小説 ムッソリーニ

M

IL FIGLIO DEL SECOLO

世紀の落とし子

下

アントニオ・スクラーティ 著
Antonio Scurati

栗原俊秀 訳

河出書房新社

小説ムッソリーニ　世紀の落とし子　下——目　次

上巻

一九一九年

一九二〇年

一九二一年

小説ムッソリーニ　世紀の落とし子　下

主要登場人物（五十音順）

ファシスト、共鳴者、親ファシスト

アチェルボ、ジャコモ　土地のブルジョワの子息。参戦派の保守主義者で、戦功勲章受章者。学術界でキャリアをスタートさせた後、政治の世界に転身し、地元で戦闘ファッショの支部を設立。一九二一年六月より下院議員。

アルピナーティ、レアンドロ　若き鉄道員で元アナーキスト、ロマーニャ出身でムッソリーニの年来の友人。貧しい階層の生まれ。長身で、屈強で、寛大で、誠実で、武装した男たちの生まれついての指導者。

ヴォルピ、アルビーノ　木工職人。数多の前科を持つ身ではあるが、戦争では英雄的な働きを見せる。暴力に取り憑《つ》かれた人物。敵の歩哨の喉をかき切るために、夜半に泳いで川を渡る特殊部隊「ピアーヴェの鰐《わに》」の一員。戦後はミラノで、退役したアルディーティの指導者となる。

ガルビアーティ、エンツォ　父親不詳の私生児。会計学の学生。元アルディーティ、元フィウーメ軍団。ブリアンツァの行動隊の首領。

グランディ、ディーノ　参戦派。アルプス歩兵旅団の大尉として勲章を受章。法学部卒。戦後はさまざまな政治組織を渡り歩いたすえに、一九二〇年十一月にボローニャ・ファッショに加入。知性に富み、思想的には明晰さを欠くものの政治的には目端《めはし》が利き、エミリア地方のファシズムの指導者としてたちまち頭角を現す。

ジウンタ、フランチェスコ　フィレンツェ出身。法学部卒。志願兵として大戦に参加、歩兵隊の大尉を務める。戦後はフィウーメ軍団に加入。物価高に抗する暴動を指揮する。一九二〇年、ミラノ・ファッショに登録。ムッソリーニから、ヴェネツィア・ジューリア地方のファシストの指揮を任される。

シローニ、マリオ　画家。「未来派宣言」の署

名者のひとり。大戦の勃発とともに、「志願兵自転車バイク大隊」に入隊。燃えさかる理想を胸に、一九一九年より、ファシズムの運動に身を投じる。ミラノの郊外で、かろうじて生計を立てながら暮らし、かつて誰も絵の題材にしたことがないような無機質な都市の風景を描く。

タラベッラ、アルド　アルディーティの大尉。機関拳銃を自在に操り、六度にわたり勲章を受章する。一九一九年四月、設立から間もないミラノ・ファッショに加入。

ダンヌンツィオ、ガブリエーレ　イタリアにおける第一の詩人にして、第一の戦士。国際的な名声を誇る文人。ダンディーで、類いまれな審美眼を有する、飽くことなき色事師。戦争に熱狂し、大戦の渦中では伝説的な功績をあげる。武力を用いた社会運動の英雄、および、凋落するブルジョワにとっての生ける神話。おそらく、この時代における、世界でもっとも有名なイタリア人。

タンブリーニ、トゥッリオ　小柄だが好戦的で悪辣な人物。詐欺罪の前科有り。大戦の勃発まではその日暮らしを送り、軍隊では中尉を務める。一九二〇年、フィレンツェ・ファッショに加入。戦闘部門の指導者となり、ファシスト行動隊「絶望団《ディスペラータ》」を設立。

デ・ヴェッキ、チェーザレ・マリア　トリノ出身の将軍。王政派。大戦では砲兵隊の中尉、アルディーティの大尉を務め、戦闘で負傷し、勲章の銀メダルを三つ、銅メダルをふたつ受章する。愚鈍で、愛国的で、衝動的な人物。一九一九年からの古参ファシスト。

デ・ボーノ、エミリオ　数多の勲章を授かった将軍。実年齢にも増して老けこみ、軍の一線を退いてからは、議会に勢力を有するあらゆる党とコネクションを持とうとする。最終的には、ファシズムに合流する。

ドゥミニ、アメリゴ　イタリア系アメリカ移民の子息。イタリア王国陸軍に加わるためにアメリカ合衆国の市民権を放棄。バゼッジョ少佐の「死の中隊」の一員として戦う。戦功により勲章を授かった傷痍《しょうい》軍人。戦後は反ボリシェヴィキを旗印とする市民防衛同盟に加入。フィレンツェ・ファッショの創設者のひとり。

トスカニーニ、アルトゥーロ　著名なオーケストラ指揮者。ミラノ・ファッショの熱心な会員。一九一九年十月、ファシストの名簿から下院議員選挙に立候補する。

バルビエッリーニ、アミデイ・ベルナルド　伯爵、地主、大戦の義勇兵、戦功勲章受章者。神経衰弱の気があり、ほとんど癲癇《てんかん》病質に近い。ピアチェンツァの行動隊の首領。

バルボ、イタロ　都市部のプチブルの子息（両親はともに小学校教師）。志願兵として戦争に参加。アルプス歩兵旅団およびアルディーティの中尉、戦功勲章受章者。戦後は、大土地所有者から資金援助を受けた、フェッラーラ・ファッショの行動隊に加入。長身で痩軀、腕っぷしが強く胆力に富み、冷笑的で無慈悲な性格。フアッショではたちまち頭角を現す。

ビアンキ、ミケーレ　南伊カラブリア出身。社会主義の闘士として出発し、やがて革命的サンディカリストとなって、きわめて急進的な立場をとるようになる。参戦派で、大戦には志願兵として参加。戦後は『ポポロ・ディタリア』で編集長を務める。戦闘ファッショ創立時からの古参ファシスト。ムッソリーニからの信頼が厚く、知的かつ狂信的。結核にむしばまれているにもかかわらず、煙草を手放せない。早世の定め。

ファリナッチ、ロベルト　もとは社会主義者の鉄道員。苛烈な参戦派だが、周囲からは兵役忌避者ではないかと疑われている。古参のファシストで、文法と論理的思考が不得手な戦闘的ジャーナリスト。粗雑で無作法なことにかけては人後に落ちず、他に類を見ないほどに厚かましく頭が固い。ムッソリーニの友人で、ロンバルディア地方の行動隊の中心人物。

フィリッペッリ、フィリッポ　カラブリア出身の弁護士。アルナルド・ムッソリーニの元個人秘書。親ファシスト系の日刊紙『コッリエーレ・イタリアーノ』主筆。いかがわしい策謀家で、余剰軍需品の取引により富を築いた利権屋。

フィンツィ、アルド　飛行士、バイクレーサー。「速さ」を愛する一方で、ボリシェヴィキ革命を夢見る零細農民を激しく憎んでいる。ポレジネ地方の、ユダヤ系の富裕な企業家の子息。社会主義者のジャコモ・マッテオッティと同郷。戦時中には、ガブリエーレ・ダンヌンツィオとともにウィーン飛行を成し遂げた功績により、勲章の金メダルを受章。

フェデルゾーニ、ルイジ　ボローニャ出身。文学者の子息で、詩人ジョズエ・カルドゥッチの教え子。ナショナリスト運動の指導者で、ファシズムの共鳴者。

フォルニ、チェーザレ　ロメッリーナの富裕な農場経営者の子息。青年時代はトリノのビリヤード場に入りびたり、自堕落な日々を送る。やがて、世界大戦の塹壕でみずからの生きる道を見いだし、戦功により銀メダルをひとつ、銅メダルをふたつ受章する。ブロンドの長身で、屈強な体格。ファシストの行動隊を指揮し、父祖伝来の地で農村同盟の粉砕に励む。

ベルトラーミ、トンマーゾ　傭兵、ラヴェンナ・ファッショの信奉者、バルボの補佐役、行動隊員でサンディカリスト。フィウーメ軍団、および、ダンヌンツィオ護衛団の一員。素性は不確かで、道徳心や倫理感に欠ける。娼館の常連であり、コカインの常用者。

ボッタイ、ジュゼッペ　アルディーティ所属の志願兵。戦争で負傷し、銀メダルの勲章を受章。未来派の信奉者で、もとは詩人志望。ローマの戦闘ファッショの創設者で、同地域における最初の行動隊の組織者。

ボナッコルシ、アルコノヴァルド　大戦の帰還兵。社会主義者との広場での闘争における中心人物。古参のファシストで、『ポポロ・ディタリア』の護衛の要《かなめ》。並外れた膂力《りょりょく》を誇り、おそろしく暴力的。イタリア中部でさかんな民謡「ストルネッロ」の愛好家。複数回にわたる収監経験あり。

マリネッティ、フィリッポ・トンマーゾ　詩人、著述家、劇作家、未来派の創始者、二十世紀イタリアにおける最初の歴史的前衛。ナショナリストの参戦派で、戦争を賛美し、アルプス歩兵旅団の志願兵として大戦に参加。装甲車「アンサルド・ランチア・1Z」を駆り、ヴィットリオ・ヴェネトの輝かしき進撃に貢献する。ファシズムの運動に草創期からかかわり、サン・セポルクロ広場における戦闘ファッショ創設集会にも参加している。

マリネッリ、ジョヴァンニ　もとはブルジョワ階級に属していたが、のちに社会主義者に転身。一九一四年よりムッソリーニに追随する。さもしく、卑しく、愚鈍で、恨みがましく、強度の近視かつ通風病み。主君にたいしては盲目的なまでに従順。ムッソリーニにより、戦闘ファッショの会計責任者に任命される。

ミズーリ、アルフレード　動物学の教授。ペルージャ・ファッショの創設者で、ウンブリア地方の行動隊の指導者。ペルージャの行動隊を指揮するもうひとりのリーダー、ジュゼッペ・バスティアニーニとの反目が原因で、ファシストからナショナリストに転身する。

ムーティ、エットーレ　屈強かつ大胆。義勇兵としてアルディーティに入隊するために、十五歳にして身分証明書の偽造を試みている。フィウーメでは、商船に略奪行為を働く海賊集団「ウスコック」に合流し、ダンヌンツィオから「緑色の瞳のジム」と命名される。

ロッカ、マッシモ　青年期、「リーベロ・タンクレーディ」の偽名を用いて、アナーキズム系および革命派の新聞で健筆を振るう。『アヴァンティ！』編集長時代のムッソリーニと親交を結び、『ポポロ・ディタリア』創刊後はムッソリーニに追随。国民ファシスト党の最高幹部のひとりであり、正常化、穏健化の方針の支持者。

ロッコ、アルフレード　ナポリ出身。反民主主義者、帝国主義者、大学教授。ナショナリスト運動の指導者で、ファシズムとの合流に前向きな姿勢を示す。高名な法学者。

ロッシ、チェーザレ　もとは社会主義の闘士で、反軍国主義者。少年時代より印刷工として働き、やがて革命的サンディカリストとなる。一九一四年には参戦派の陣頭に立ち、一兵卒として戦地に赴く。傑出したジャーナリストで、明敏な政治的知性の持ち主。ベニート・ムッソリーニの主たる相談役。

社会主義者、共産主義者

グラムシ、アントニオ　哲学者、政治学者、ジャーナリスト、言語学者、劇評家、文芸評論家、雑誌「オルディネ・ヌオーヴォ」の中心人物、イタリア社会党における共産主義派のスポークスマン、労働者の権力の理論家。脊椎《せきつい》カリエスに冒され、膿瘍《のうよう》、関節炎の痛み、極度の疲労感、脊柱《せきちゅう》の湾曲、心臓疾患、高血圧に悩まされる。比類なき思想家。

クリショフ、アンナ　ロシアにルーツを持つ革命家、ジャーナリスト。イタリア社会党の創設者のひとり。医師として、産褥《さんじょく》熱の病因となる細菌の研究に取り組み、無数の女性の命を救うことに貢献する。庶民的な街区の住人にたいしては、婦人科系の看護活動を無償で行う。フィリッポ・トゥラーティの伴侶にして相談役。それ以前は、イタリアの国会で議席を獲得した最初の社会主義者、アンドレア・コスタの伴侶だった。当時のイタリアでは女性の参政権が認められていなかったため、政治に参画するには男性パートナーを仲介に立てざるをえなかった。

セッラーティ、ジャチント・メノッティ　政治亡命者、移民。亡命先のマルセイユでは、石炭の荷降ろしで生計を立てる。やがて、統一路線の共産主義者からなる「最大綱領派」の首領となる。同派は一九一九年、イタリア社会党内部の最大勢力に発展する。若き日のムッソリーニの友人にして庇護者。一九一四年、ムッソリーニが社会党から追放されたことにより、社会党機関紙『アヴァンティ！』編集長の座を引きつぐ。以後は、ムッソリーニにとっての不倶戴天の敵となる。

トゥラーティ、フィリッポ　弁護士、政治家、政治学者。弁論の技術に長けている。イタリア社会党の創設者。人道的かつ漸次的な、穏やかな社会改良を目指す一派の、高貴な理論的支柱。

トレヴェス、クラウディオ　社会民主主義者、下院議員。洗練された知識人で、反戦論者で、社会党「改良派」の指導者。一九一二年、社会党機関紙『アヴァンティ！』編集長の座を退く。ごく短いあいだ、バッチが後任を務めたあとで、ベニート・ムッソリーニが同紙の新編集長となる。一九一五年、ムッソリーニに決闘を申しこむ。

ボルディーガ、アマデオ　科学者の家系の生まれ。工学部卒。マルクス主義を信奉し、国際的な共産主義運動に参画。イタリア社会党内で、議会への不参加を掲げる共産主義派を設立。冷ややかで、周囲を見下す傾向があり、代議制民主主義や人道的社会主義の教育学にたいしては、激しい敵意を抱いている。

ボンバッチ、ニコラ　貧農の生まれ。もとは聖職者志望。健康上の事由により軍務不適格となる。虚弱で痩身、繊細で温和な人物。社会党最大綱領派（革命派）のメンバーのなかで、党員からもっとも愛されている指導者。工場労働者や農夫からは世俗の聖人として崇《あが》められ、ソヴィエト・ロシアの指導層からも信を置かれている。通称は「労働者のキリスト」、「ロマーニャのレーニン」。ベニート・ムッソリーニの古い友人で、たがいに学校教師として政治活動に勤《いそ》しんでいたころからの付き合い。

マッテオッティ、ヴェリア・ティッタ　富裕な家庭の生まれ。憂愁に沈みがちな性格。カトリック系の教育機関で学ぶ。著名なバリトン歌手ルッフォ・ティッタの妹で、ジャコモ・マッテオッティの妻。

マッテオッティ、ジャコモ　高利貸しを営んでいた疑いのある大土地所有者の子息。彼の父親のような人間のせいで、イタリアでもっとも貧しい生活を強いられているポレジネの農夫に、若いころから同情を寄せる。教養に富み、闘争的で、容易に自説を曲げない。一九一九年十一月、下院議員に選出される。生地《せいち》の農夫からは深く尊敬され、出身階級のメンバーからは「毛皮を着た社会主義者」と呼ばれ激しく憎悪されている。

自由主義者、民主主義者、穏健派、体制側の人物

アルベルティーニ、ルイジ　『コッリエーレ・デッラ・セーラ』主筆。保守的自由主義思想のスポークスマン。一九一四年より上院議員。

ヴィットリオ・エマヌエーレ三世　内向的、優柔不断、几帳面。身体的には虚弱で精神的には軟弱。おそらく、こうした人格形成は、くる病であったことにも関係している（身長は一五三センチだった）。一九〇〇年七月よりイタリア国王。

オルランド、ヴィットリオ・エマヌエーレ　法律家、大学教員。複数回にわたり大臣を務め、「カポレットの敗戦」の後に首相に就任し、対オーストリア戦を勝利に導く。一九一九年、イタリアの代表としてパリ講和会議に参加。

クローチェ、ベネデット　当時のイタリアにおける最大の哲学者であり、最高の知的権威。上院議員、元教育相。自由主義思想の指導者だが、あからさまに反自由主義的なファシズムの暴力を、侮蔑と迎合の入り交じった近視眼的な態度で受け入れる。

コンティ、エットーレ　富豪の技師。電気産業のパイオニア。イタリア産業総連盟会長。上院議員。自由経済論者かつ保守主義者。ミラノ市民。

サランドラ、アントニオ　プーリアの大土地所有者。著名な法律家。自由主義系の政党の所属だが反動主義者。一八八六年から、都合一二回にわたり下院議員に選出される。一九一四年三月に首相に就任、イタリア国民の意思に反して国家を戦争に引きずりこむ。六〇万人の戦死者をもたらしたことにたいし、良心の呵責を感じている。

ジョリッティ、ジョヴァンニ　八十歳、身長一八五センチ、体重九〇キロ。擲弾《てきだん》兵を思わせる巨大な口ひげを誇る。五度にわたり首相をつとめた、多数派工作の巨匠。官僚機構に精通し、過去三〇年にわたりイタリア政界の頂点に君臨する。

ストゥルツォ、ルイジ　生まれつき病弱。シチリアの高貴な家系の末裔。カルタジローネ司教から叙階された聖職者。一九一九年、国家の政治に参画するようカトリック信徒に呼びかけた初の政党、イタリア人民党を創設。

デ・ガスペリ、アルチーデ　ドン・ストゥルツォが辞任を強要されたのち、イタリア人民党の書記長に就任。

ニッティ、フランチェスコ・サヴェリオ　著名な経済学者、自由主義思想のスポークスマン。南部出身の南部問題専門家。強固な選挙地盤を有し、幾たびも大臣を務める。一九一九年六月より首相。脱走兵を恩赦したことで、ナショナリストから憎まれる。ガブリエーレ・ダンヌンツィオの天敵。

ファクタ、ルイジ　青年期を学業に費やしたのち、生地《せいち》のピネローロで地方議員となり政界に入る。一八九二年、同地から立候補して代議士となり、以後の三〇年にわたり再選を続ける。政治家としての全キャリアを、ジョヴァンニ・ジョリッティの庇護のもとで送る。一九二二年二月、国王より首相に任命される。温和で、郷里の生活を懐かしみ、日々の最初の三〇分を費やして整える、取っ手のように巨大な口ひげを誇りとしている。毎晩かならず、十時をまわる前に就寝する。

ボノーミ、イヴァノエ　弁護士、ジャーナリスト。社会民主主義の穏健派。一九一二年、リビア戦争に部分的に賛同の意を示し、ベニート・ムッソリーニの動議により社会党を追放される。改良社会党を設立し、ジョリッティ政権の支持にまわる。一九二一年七月四日、首相に就任。

ミッシローリ、マリオ　右派の自由主義者、フリーメーソン会員、イタリアジャーナリズム界の王。辛辣かつ明晰な文体を操る、勇気にあふれる記者。ファシストとの対決姿勢を露わにする。

モーリ、チェーザレ　堂々とした体軀と、四角いあごを誇る。パヴィアの孤児院で育つ。シチリアでは警察署長としてマフィアと戦い、武力を用いた容赦ない手法で山賊行為を根絶やしにした。一九二一年、全権を委任されてボローニャ知事に就任。

ルジニョーリ、アルフレード　ミラノ県知事。内務省の官僚としてキャリアを積む。一九二一年より上院議員。ジョリッティの忠実な使者として、ファシストとの交渉に当たる。

親族、友人、愛人

クルティ、アンジェラ　ベニート・ムッソリーニの社会党時代の古い同志、ジャコモ・クッチャーティの娘。流血沙汰で投獄された、ファシストの行動隊員の妻。黒髪、黒く甘やかな瞳、豊満な体つき。夫の拘禁中にムッソリーニに誘惑され、愛人となる。

サルファッティ、マルゲリータ・グラッシーニ　ヴェネツィア生まれのユダヤ人。父から莫大な遺産を受け継いだのち、社会主義に宗旨替えする。教養豊かな蒐集《しゅうしゅう》家、美術批評家。弁護士のチェーザレ・サルファッティの妻。一九一四年より、ベニート・ムッソリーニの愛人となり、知的な面から彼を導く。

ダルセル、イーダ　三十がらみの婦人。元美容師。神経衰弱者。第一次大戦が勃発する以前、長きにわたってベニート・ムッソリーニと愛人関係にあり、彼とのあいだに私生児を設ける。赤貧時代のムッソリーニに、金銭的な援助を与えたとも言われている。関係が破綻してからは、ムッソリーニをつけまわし、元愛人の卑劣な行為をあげつらい、人前で公然と非難を浴びせる。

チェッカート、ビアンカ　父親不詳の私生児。華奢《きゃしゃ》で愛らしい未成年の娘。『ポポロ・ディタリア』の秘書だったが、主筆のムッソリーニに誘惑され愛人となる。一九一八年、ムッソリーニから堕胎を強要される。

ネンニ、ピエトロ　共和主義者で、ムッソリーニの友人。リビア戦争の反対運動や投獄体験をムッソリーニとともにする。優れたジャーナリスト。一九一九年、ボローニャで戦闘ファッショの支部を創設するが、じきにファシズムから離反して社会主義者となる。

ムッソリーニ、アルナルド　ベニートの弟。農学の教師や地方自治体の書記官などを務める。大戦後、ミラノの兄のもとに合流し、兄が主幹する『ポポロ・ディタリア』の会計責任者となる。温和で慎み深い、一家の良き父親。気性の激しい対照的な性格の兄とは、深い愛情で結びついている。

ムッソリーニ、エッダ　ベニートおよびラケーレ・グイーディの長女。父親のお気に入りで、彼からは愛を込めて、「苦しい時代」の記憶を伝える「貧しさの娘」と呼ばれる。気性が強く、独立心が旺盛で、節度を知らない娘。父親の性格が受け継がれている。

ムッソリーニ、ラケーレ・グイーディ　ロマーニャ地方の農夫の娘。貧窮のなかで育ち、長じてからも字の読み書きに不自由している。一九〇九年よりムッソリーニの伴侶。ともに無神論者かつ社会主義者のベニートとラケーレは、婚姻制度には反対の立場をとっていたが、一九一五年十二月十六日になって、ようやく民事婚をあげる。

一九二三年

ベニート・ムッソリーニ、ピエトロ・ネンニ　カンヌ、一九二二年一月八日

太陽が水平線で息絶えようとしている。暗がりが松林を覆い、海岸沿いの瀟洒《しょうしゃ》な別荘に達して、町を飲みこみ港を沈める。ホテルや映画館に照明がともり、甘く穏やかな冬の空気があたりに漂う。柔らかな夜がカンヌのうえに舞い降りる。

未曾有《みぞう》の戦禍により荒廃したヨーロッパを、経済と外交の両面から立て直すための会議を開くにあたって、フランスの首相アリスティド・ブリアンは、コート・ダジュールが優雅な富の展示場となるよう心を砕いた。英国の首相ロイド・ジョージは「ヴァッレッタ荘」に滞在し、ブリアンは「カールトン」に投宿している。写真家や映画カメラマンの軍団がヨットクラブの前で野営し、海岸沿いのクロワゼット通りでは、世界中のあらゆる言語で政治にかんする議論が交わされている。戦後はじめて、ドイツの代表団も会議に招かれていた。侵略者で敗者のドイツ人は、賠償金の支払いの猶予を求めた。英国人は受け入れる意向だったが、フランス人は反対した。ヨーロッパの大国同士を和解させるため、ブリアンは勇敢に戦った。やがて、新聞記者がパリ発の最新情報をカンヌに届けた。それは悪い報《しら》せだった。急遽パリに舞い戻ったブリアンに、不信任動議がつきつけられた。ナショナリストの拳銃が、棕櫚《しゅろ》の木の陰で狙いを定めている。野生の棕櫚の下で、激越な議論が渦巻く。騒ぎが収まったのは、夜も遅く更けてからのことだった。

星々の瞬く夜空に月が君臨し、その輝きを海が照り返している。港の堤防で、波が優しく砕ける音が

聞こえる。国境の南から、イタリアから、一週間のうちに何度も流血の惨事が起こる国からやってきたふたりの男が、クロワゼット通りを歩いている。激しく言い争ってはいるものの、ふたりは同国人であり、同郷人であり、古い友人でもあった。彼らにとって、衝突は不可避だった。ピエトロ・ネンニとベニート・ムッソリーニ。いまは敵同士のふたりだが、たがいに帝国主義戦争への反対運動を繰り広げていた時代には、監房で生活をともにした仲だった。妻たちは監獄の面会所で親交を深め、ベニートの娘エッダがまだ小さかったころには、ピエトロが抱っこしてやったこともある。ベニートは友を『ポポロ・ディタリア』の編集長に任用し、一九一九年までみずからの側近に置いていた。同年四月、ネンニはボローニャで最初の戦闘ファッショを創設し、ファシストによる『アヴァンティ!』襲撃を礼賛した。ところが、二年後の一九二一年三月、同じ編集部にまたもファシストが突撃を仕掛けた際、ネンニは新聞社を守るために戦った。ネンニはあの日、ファシストに同調する共和主義者から、社会主義者に生まれ変わった。そしていまは、ほかでもない、『アヴァンティ!』の特派員としてカンヌに滞在している。

たいするファシズムは、反-政党、反-教権、社会主義、革命主義、共和主義の性格を帯びた運動として出発したにもかかわらず、いまでは自前の軍を保有する、保守主義かつ王政主義の政党に変質し、ふたりが若者だったころともに戦った相手である支配階級と手を結んでいた。

夜の海岸通りをうろつくふたりは、棕櫚の並木の下で身ぶり手ぶりを交えつつ、たがいに正反対の立場に立って言葉を交わした。ふたりが面と向かって話すのは、おそらくこれが最後の機会だった。

ムッソリーニが国外へ出るのは、これでまだ二度目だった。前回はパンを求めて、移民としてスイスを訪ねた。今回は、ほんの数日ではあるが、パリまで足を延ばすこともできた。彼はそこで、若き日の革命の夢想を思い起こし胸を震わせ、下卑た日常の些事をいっとき忘れた。カンヌに到着すると、ブリアン首相にインタビューに行く前に、カジノで遊び、負け、そのあと、靴のほころびを隠すために白いゲートルを購入した。

「内戦は悲劇的必然だ。私はその責任を負っている。ボリシェヴィキの脅威を粉砕し、統治機構を立て直し、国家を救うことが必要なんだ」

きっぱりしたムッソリーニの声が、夜のしじまを鋭く切り裂く。時間帯からして、そろそろ黙った方がいいころだが、ネンニは追及の手を休めない。

「きみがその道具と成り果てたところのブルジョワ階級は、ボリシェヴィズムを労働者の権利と呼んだじゃないか。労働者にも、自分たちの達成を守るために組織化する権利はあるとか言ってね」

「そんなことは先刻承知だ。それと、私はブルジョワの道具ではない。私は前にも、これが潮時だと判断したとき、暴力という血みどろの輪から脱け出さなければいけないと主張した」

「きみに追随する者はいなかったな」

「私が平和について語ると、きまって笑いものにされる。私は戦争を受け入れるしかなかった」

和平協定の亡霊が、産み落とされる前に命を落とした赤子の魂のように、クロワゼット通りを浮遊している。行動隊は、はじめから協定に反対だった。共産主義者は、協定に署名した社会主義者を非難した。社会主義者は、戦術上の必要性のためだけに協定に署名した。ネンニとムッソリーニもよく知るとおり、協定をめぐる交渉が行われていた時期、行動隊はこんな歌を歌っていた。「殴れ、殴れ、とことん殴れ　／　俺たちがいなけりゃ行進はできない　／　ムッソリーニのことだって、思うぞんぶん殴ってやれ」。ボローニャの市壁には、「いちど裏切ったやつは、また裏切る」と書かれたビラが貼られた。ファシズムの将軍がその座にとどまるには、兵隊の気分に従うしかなかったことを、ふたりの男はよく知っていた。

それでも、ピエトロ・ネンニはかつての同志を攻めたてることをやめなかった。「きみが道を誤ったのは、きみの個人主義が原因だ。きみがどんな地位に就こうとしているか知らないが、僕にはひとつ確信していることがある。この先なにをしようと、きみのすべての行動には、横暴の焼き金が当てられることになる。きみには公正の感覚が欠けているからだ」

いまではもう、夜の静寂を破るのは、防波堤を打つ波の音だけだった。だが、ネンニの話はまだ終わっていない。ふたりのロマーニャ人が、方言を交えつつ、白熱した口論を繰り広げる。二年前から、政治は諍《いさか》いと化していた。なぜ？　ファシストに綱領はあるのか？　我《が》を通したいという野蛮な欲望とは違う、なにかより高次な理念に従うつもりはあるのか？

「きみが僕の仲間に提案した協定は、彼らにとってとどめの一撃になるところだった。それに、きみはあまりに多くを忘れすぎる。自分が社会党の指導者だったことを、きみは忘れている。いまファシストが襲いかかっている相手は、かつてきみの呼びかけに応じて社会主義者になった人びとだということを、きみは忘れている。きみは死者を忘れている……」

ここまで言って、ネンニは黙った。最後の方は、痛ましささえ感じさせる口調だった。防波堤にぶつかって砕けた海が、ベンチを水びたしにしている。不眠の夜は、歴史をめぐる陰鬱《いんうつ》な思索が展開される、野天の教壇と化していた。

ムッソリーニは口を閉ざし、考えこんだ。なにもかもが、ムッソリーニの冷笑的な個人主義のせいだというネンニの指摘は、あいにく的を外している。個人主義は休みなく、あらゆる場所に顔を出す。個人主義とは、現代性そのものなのだ。それはけっして、ムッソリーニだけに特有の性向ではない。個人はあるときから、すべての中心に置かれ、呆然と立ちつくすようになった。以来、誰もが自由に、自分の意見を創造したり、自己の在り方を構想したり、都合に合わせて観念を弄《もてあそ》んだりできるようになった。個人の感情、自発性、心臓の鼓動、自己を愛する自由……それらへの感傷的な信仰が、世界をかかる状況へ導いた。冷笑は、個人主義と抱き合わせでついてくるおまけのようなものだ。いまでは、愚者のなかでもとびきり下等なひとりが、軽い退屈を覚えて発したあくびさえもが、自分には世界を飲みくだす権利があると思いこんでいる。

ベニート・ムッソリーニは傘下の行動隊を恐れ、蔑《さげす》み、大方においてそれはお互いさまだったが、目下のところ、憎しみの輪は全方位から狭まってきていた。おそらく、もし可能なら、彼は後戻りしていただろう。だが、事ここにいたっては、復讐に酔った階級の下劣な生に従うしかない。夜の微風が、あいまいな勝利の予感を運んでくる。

「死者に重みがあることはわかっている。ほかの誰よりもよくわかっているくらいだ。私はよく、過去について考える。なじみのない土地について考えるときのように」。その声は、死亡記事を読みあげるときのように陰気だった。口調は厳《おごそ》かで、きっぱりとしている。水平線から太陽が顔を出す。最後の言葉の残響を、そよ風が連れ去っていく。

「人生に、感傷主義《センチメンタリズム》の居場所はない。お前のお仲間にはそれがわからないんだ。戦争にたいしても、平和にたいしても、私は同じように備えができている」

「きみはもう、選択肢を失ったよ」

「なら、戦争一択だ」

それ以上、語るべきことはなにもなかった。世界が巨大な悲劇に覆われるなか、夜の海岸通りを歩くちっぽけなふたりの男の幻想に、いったいなんの意味があるというのだろう？　現代の生とは、詰まるところ、避けがたい殺戮《さつりく》を組織化したものにほかならない。生を守るために蜂起した者は、ほかの誰かの生を守るために踏みつぶされる。産業文明は戦争に似て、屍肉《しにく》を食《は》んで成長していく。田畑に血が流れ、道々に血が流れる。日よけの下で血が流れ、工場で血が流れる。

そもそも、冷笑は事実のなかに宿るのであって、瞳のなかではない。フランスの女を見るがいい……ひとり残らず、邪悪で堕落している。パリの売春宿で女どもがよだれを垂らしている光景を、彼はその目で見てきたばかりだった。フランスの女は黒人に目がない。黒人の股のあいだには、堅くてがっしりとした鳥ではなく、長い、途方もなく長い鳥が生えている。これが女を悦ばせるのだ。そう。フランス女は黒人にいかれている。ひとり残らず。

ベニート・ムッソリーニはひとりでクロワゼット通りを引き返した。幅広の肩に頑丈そうなあごを埋《うず》め、パンチに耐えようとするボクサーの姿勢をとり、うつむき加減に歩いていった。乞食が服を新調したのかと思うような、白いゲートルを足に巻いて。

アメリゴ・ドゥミニ　プラート、一九二二年一月十七日

フェデリコ・グリエルモ・フロリオに乗馬の嗜《たしな》みはなかったが、にもかかわらず、馬術家の使う鞭を持って中心街をうろつくのが彼の習慣だった。プラートの人間なら、誰でも彼のことを覚えている。煙草をくわえ、粗末な帽子を目深にかぶり、右手に鞭を握りしめている。羊毛加工工場で働く労働者の顔を、鞭で打つのが大好きだった。革に覆われた竿のまわりに、よく血しぶきが舞い散ったものだった。性根を叩きなおすためだと言っていた。一九年のストライキで輝かしい勝利を収めた、羊毛加工工場の職人の傲慢な鼻っ柱をへし折ってやるためだ。実際には、彼が味わっている喜びは、奴隷を鞭うつ奴隷商人のそれと変わらなかった。そのことも、プラートの人間なら誰でも知っていた。

しかしいま、フェデリコ・グリエルモ・フロリオは、マホガニー材の棺のなかにいた。顔を鞭で打たれるのをよしとしない労働者が、彼の腹部に至近距離から銃弾を放ったからだ。いま、町では弔いの鐘が鳴り、工場は閉鎖され、商店の軒先には黒く縁どられた三色旗が掲げられている。いま、町では公葬が告知され、労働評議会が焼き払われ、その書記は怪我を負い、市庁舎が襲撃されている。いま、フロリオはファシストの殉難者となり、これで行動隊員としての使命は完遂された。

行列が出発した。ミサは、プラートおよびピストイアの司教である、ヴィットーリ神父みずからが執り行った。血から生じる光の三位一体や、新たな洗礼盤を形づくるために空となった血管について司教は語った。死者を生者に、かつての世代をこれからの世代に、昨日の過酷な責務を明日のより過酷な責

務に結びつける共同体に、司教は祈りを捧げた。

　通りでは、数えきれないほどの市民が人垣を作っていた。行列はきびきび進んだ。かんしゃく玉の炸裂音のように、らっぱの甲高いひと吹きのように、からりと乾いた動きだった。ファシストの軍団が群衆の耳目を引きつけている。二発目の銃声が鳴り響くと、隊旗が高く掲げられ、ファシストがあいさつを送り、楽隊が葬送歌を演奏した。三度目の銃声のあと、全員が「休め」の姿勢に戻り、少ししてから墓地への行進が始まった。

　通りに居並ぶ、素直で純朴な群衆が感動に打ち震え、目の前を棺が通り過ぎていくのに合わせて、ぬかるんだ地面に膝をつく。すべてがひどく緩慢だった。悲しみが、時間を過剰なまでに引き延ばしている。書記長のミケーレ・ビアンキからディーノ・ペッローネ・コンパーニにいたるまで、アキッレ・スタラーチェからピエトロ・マルシクにいたるまで、国民ファシスト党の最高権威がひとり、またひとりと、群衆の前を通り過ぎていく。ムッソリーニは遠方からあいさつの言葉を届け、『ポポロ・ディタリア』に追悼文を執筆した。フィレンツェの行動隊は、「絶望団《ディスペラータ》」を筆頭に全員が集まっていた。

　党創設を決めた会議のあとは、誰が党を指揮するのかという議論が延々と続いていた。地方のボスなのか首都の指導者なのか、ラスなのか議員なのか、戦士なのか政治家なのか。いつもの無益なお喋りだ。ここでは、指導者はみな行動隊の一員だ。ここでは、政治家と戦士の区別はない。ここでは、敵は憎みあい、死者は報復に明け暮れ、寛容は軽蔑される。ここでは、原理主義的な物の見方が採用され、権力の奪取は必然的な帰結として認識される。ここでは、政治は軍事行為であり、生は卑しく、死は聖なるものと見なされる。ここでは、闘争の経験だけが男たちを結びつける。戦争、国家、若さを讃えるかすれた歌声や神話によって、人びとはひとつになる。行列が墓地へ向かうあいだ、大衆はひざをつき、時間は引き延ばされ、悲しみは崇高な感情へ昇華された。そうしてようやく、神話は歴史になる準備を始める。

墓地に到着すると、ファシストの部隊は墓場の柱廊の下で四角形に隊列を組みなおした。陽が暮れてからだいぶ時間がたっていた。あたりには静寂がたれこめている。中央には棺台が、その両側には二対の巨大な燭台が置かれている。ろうそくの陰気な光が、生者を亡霊の軍団に変貌させる。集会の時刻を知らせる合図のように、空から涼しい夜風が吹きおりてくる。夜が深まり、見張りが始まる。歩哨が柵の手前で監視に当たる。今夜のために、そして、これから訪れるすべての夜のために。

ミケーレ・ビアンキが、ムッソリーニからの別れのあいさつを読みあげた。「名前には、象徴としての価値を持つものがあります。それは戦いの名前、結合のシンボルです。それは死によってつかみとられ、不死のなかへなだれこみます」。それからビアンキは、殉難者の母の前でひざをついた。女性は青ざめ、張りつめた表情をしていた。うつろな瞳が、虚空の一点を凝視している。敷石に染みついた、かつては息子の一部だった血の跡を、いまだに見つめているかのようだった。彼女のまわりの世界はすべて、象徴であふれかえっていた。あらゆる死者が墓から起きあがり、生者の家に戻ってくる。すべては終わり、まだなにも始まっていない。

行動隊が歌いはじめた。陽気で快活で、厚かましいとさえ言いたくなるような歌声だ。若さを言祝《ことほ》ぎ、落ちぶれる世界の、息絶えた世界の苦悶に反駁する。だが同時に、それは激しい痛みをともなう、嘆きに満ちた歌だった。司教にはそれがわからなかった。息子が死ぬところを目撃した母親は、軽く頭を揺らしているように見えた。

締めくくりに、歌声は奇妙な調子をとり、眠りを覚ます角笛のような深い音を発した。それから、墓地はふたたび静寂に沈みこんだ。人びとの顔は突然に硬くなり、凝《こご》り、老けこみ、虚脱状態に陥った。鞭を握りしめたキリストが、次の瞬間に復活するとでもいうかのように、ファシストたちは視線を棺台に釘づけにした。

「われらが同志、フェデリコ・グリエルモ・フロリオはどこだ⁉」

行動隊の首領が発した狂おしい絶叫が、唐突に夜を切り裂いた。彼は死者の消息を尋ねている。棺のなかで捕らわれの身になっていることを、誰もが知っているというのに。おそらくは気が触れたか、あるいは飲み過ぎたかのどちらかだろう。

フロリオの母はびくりと震え、怯え、こみあげる嗚咽を押さえつけた。鋤《すき》を棍棒のように握りしめる墓掘り人の指の関節から、血の色が引いていく。司教は三度、十字を切った。

「ここに！」生き残った兵士たちの千の声が、いっせいに胸から飛び出してきた。「同志フェデリコ・フロリオは、ここに！」

叫びは夜に吸いこまれた。清めを受けた旗がおろされる。儀式は終わった。埋葬することなく死者を埋葬する方法を、この葬儀は教えていた。

ジャコモ・マッテオッティ　一九二二年一月–二月

ジャコモ・マッテオッティとその妻ヴェリア・ティッタにとって、距離とは風のようなものだった。小さな炎は消してしまうが、大きな炎はより激しくかきたてる。しかし、一九二二年の冬の炎は、悪意ある手によって放たれた火事の炎だった。両親から受け継いだ家、祖父母が暮らしていた家、子供たちが心安らかに成長するはずだった家が、突然に炎に包まれた。ヴェリアと子供たちは深夜、行動隊にベッドから引きずりだされ、裸のまま、誰にとっても重すぎる決断の前で震えていた。炎の熱気を感じながら、母子は自問せずにいられなかった。「すべてが燃えてしまったら、この先どうすればいいのだろう？」

ジャコモとヴェリアは一九一二年の七月に知り合った。ジャコモ二十二歳、ヴェリア二十七歳の夏だった。それからずっと、ふたりは手紙のやりとりを欠かさなかった。それは密で、奔流のごとき文通だった。手紙はたいていの場合、内省、自己憐憫、無力感といった、悲しげな情熱に支配されていた。ジャコモが最初の手紙を書き送ったのがその年の八月で、ヴェリアから最初の返事が届いたのが九月だった。まる一年、ふたりは敬語を用い、つつましやかに言葉を交わし合った。愛はゆっくりとほぐれていった。

当代におけるもっとも著名なオペラ歌手のひとり、バリトンのルッフォ・ティッタがヴェリアの兄だった。裕福な家庭に生まれたヴェリアは、カトリック系の学校で教育を受け、深く強靭な信仰心を魂に刻みこんだ。いっときは、神に誓いを立て、世界と自分のあいだに修道院の壁を築こうかと、真剣に考えたほどだった。けっきょく、信仰の道は断念したが、早くから取り組んでいた小説の執筆は続け、そのうちの何作かはのちに出版された。

手紙で愛を育んだ若い男女は、一九一六年一月八日午後四時、ローマのカンピドリオの丘で結婚した。だが、その後はずっと、離ればなれの生活が続いた。

社会主義者で危険な扇動家のジャコモは、結婚してすぐに、シチリアへ三年間の流刑に処せられた。本人の言によれば、それは彼の生涯をつうじて、もっとも穏やかな時間だった。ところが、戦争が終わって妻のもとへ戻り、遅まきながら家庭を築こうとした矢先に、またも別離の風が吹きつけてきた。一九年、社会党が劇的な勝利を収めた国政選挙で国会議員に選出されると、マッテオッティは議員活動に粉骨砕身するようになる。そのあとはご存知のとおり、迫害、漂流、追われる獣さながらの孤独な日々だ。愛は深く、たがいをどうしようもなく必要としていたものの、現実には、ふたりにとってなくてはならない「距離」という要素を、別れ別れの生活が確保してくれていた面もあった。ジャコモとヴェリアは、隣で過ごすことが叶う時期でさえ、遠く離れた場所で書簡を交わし合う方を好んだ。妻はフラッタ・ポレジネから、夫はローマから。妻はヴァラッツェから、夫はミラノから。一〇年にわたって、寂しさの漂う手紙がやりとりされた。親愛なるヴェリア、親愛なるジャコモ、愛がすべからくそうであるべきように、苦しみのなかであなたを愛しています。

一九二二年一月七日、六度目の結婚記念日の前日に、ジャコモ・マッテオッティはヴェリアに宛てて、ヴェローナから手紙を書き送っている。「結婚から何年かたち、喜びよりも苦しみの種がより多く蒔かれる光景を目の当たりにしてきた。あとすこしで平穏を取り戻せると思っていたら、けっきょく新たな混乱に見舞われただけということも何度かあった……でも、こうした現実にもかかわらず、希望と愛が弱まることはない」。しかし、それに続けてある影が、いつも同じ、永遠の影が、希望という作り話、もうひとつの永遠、愛をめぐる永遠のうえに広がり、ジャコモはこう付け加える。「たぶん、きみのほうでは、そうは思っていないだろうね」

その次の週、マッテオッティはヴィチェンツァにいた。先の手紙にたいする返信は、まだ受けとっていなかった。夫の言葉を、妻は否定するのか、そのとおりだと認めるのか。それはマッテオッティにとって、生死を分かつ問題だった。彼は率直に嘆願した。「頼む、言ってくれ。ともに喜びを分かち合うことを阻む、この恐ろしい生にもかかわらず、僕のことを愛していると」

二月半ばに書かれた手紙では、外部の世界があらためて、内奥の感情にたいして優位に立った。妻を愛する夫のあとを継いで、政治家が、不屈の闘士がペンを握り、ヴェリア・ティッタに宛てて直近の政情を伝えた。ボノーミ内閣は倒れた。政権発足の根拠となった希望、内戦を鎮めるはずだった和平協定は、何か月も前から輝きを失っていた。ファシストを武装解除するというボノーミの試みは、九月の段階でもう、失敗に終わるであろうことが予見されていた。ボノーミの政権を二月まで延命させたのは、そうすることで利益を引き出そうと目論んだムッソリーニだった。そして、ボノーミ内閣を葬ったのは皮肉にも、ほかならぬ社会主義者だった。資本主義政党と連立を組むことを拒絶した社会党は今度もまた、妥協と引き換えに勢力を強化するよりむしろ、犯罪行為を前にしての国家の無力を告発する道を選んだ。もはや勝負を決するには、ファシズムの問題を警察の管轄と捉えていてはいけない。誰もがそう確信するようになった。おそらくは、反対に、ファシストを政府に引き入れるべきなのだろう。マッテオッティも妻に宛てて書いているとおり、この時期には、イタリアの歴史上もっとも長い政治の空白期間が生じていた。おまけに、社会党の内部では改良派と最大綱領派が政争に明け暮れている。党にふたたび、分裂の危機が迫っていた。

ヴェリアの返事は、夫に救命艇を投げてよこした。それは、ボートに無我夢中でしがみつく遭難者の返事だった。歴史の流れのなかで救助されるなら、生の海のなかで溺れても構わないなどというのは、ヴェリアからすれば狂気の沙汰だった。改良派と最大綱領派の諍《いさか》いに、ヴェリアはまったく関心を示さなかった。「愚かで思いあがった人たちが相手では、話がまとまるはずがありません」。翌週には、憤慨の矛先を夫に向けて、文通相手にさらなる痛撃を加えた。「私にはわかっています（夫婦のあいだだけで言うなら、別に問題はないでしょう）。ほんとうは、あなたは怒ってなどいないのです……この際だから書いてしまいますが、あなたはときおり、子供のように振る舞うときがあります……できることなら、何日かゆっくり休んでください」。まさしく、期待が外れたときの子供のように、ジャコモは怒りに燃え、悲しみに暮れながら、妻に抗議の言葉を送った。「ずいぶん性急な非難じゃないか。僕に憤慨しているようにさえ読めるよ。人が誰かを愛しているとき、その誰かがすることに憤慨したりできるなんて、僕にはとても信じられないな……ほんとうに、きみはとても遠くにいるんだね。それも、僕が遠くにいるときだけでなく」。こうしてまた、例の影が……

夫にたいするヴェリアの返事には冷ややかな怒りがみなぎり、彼女の敵である過激主義への非難がにじんでいた。「いくら立派な理想があるからといって、そこまで大げさに考える必要はないでしょうに……内にこもってからというもの、あなたは悲嘆と失望にとりつかれ、出口の見えない日々を送っているように見えます……光はあなたのなかにあるのでしょう。だって、私はいちども、あなたの外側で光を目にしたことがないのだから」。影が這いずり、世界を呑みこもうとしている。

あなた方はみな、ボノーミに失望しているものと推察します……彼はつねに、足るを知る社会主義者でありつづけましたが、国の舵取りをする政治家としては、失格であると言わざるをえません。聡明な思索家、中庸を旨とする人士、思ったとおりを口にする誠実な人物、虚栄や私欲とは無縁の男、ボノーミとはそういう人間であって、それ以上を望むのは酷というものですが……しかし、ファシズムと共産主義という心理上の病を治療するにあたって、ボノーミは道徳的、精神的手段にしか訴えようとしなかったのです。

フィリッポ・トゥラーティによる、アンナ・クリショフ宛て書簡、一九二一年十二月

ファシストの暴力を本気で鎮圧しようとするなら、政府は内戦に臨む覚悟を決めなければならないでしょう。ファシストは強く、大胆で、血に飢えているからです。ひとことで言えば、恐ろしい事態です。国家は日に日に、断崖へ近づいていています。

アンナ・クリショフによる、フィリッポ・トゥラーティ宛て書簡、一九二二年二月八日

ベニート・ムッソリーニ　ミラノ、一九二二年二月二十五日

年が明けてからの何か月か、ムッソリーニ議員はいつになく、世俗的、社交的生活のために時間を割いていた。スカラ座やマンゾーニ劇場に頻繁に足を運んで当世風の観客を気どってみせたり――カナリアのように黄色い靴にタキシードを合わせたその姿に、常連客は怖気《おぞけ》をふるい眉をひそめた――、同志の結婚式で立会人を務めたり、はたまた、双眼鏡に黒の山高帽、そして、フランスから帰国して以後、彼のワードローブにおける必須の構成要素となった白いゲートルという出で立ちで、サン・シーロの競馬場に顔を出したりすることもあった。ミラノの企業家はムッソリーニへの財政援助を再開した。しかもその金は、地方のファッショに大盤振る舞いしている大地主のそれとは違って、中央指導部の金庫に直接払いこまれた。近ごろ教皇に就任した、ミラノ大司教で反動主義者のアキッレ・ラッティは、昨年にドゥオーモで、ファシストの隊旗に祝福を捧げた人物だ。ちょうど同じ時期、ムッソリーニは国王に招かれてクイリナーレ宮を訪ね、もはや何度目かわからない政治の空白期間について助言を求められた。要するに、上流社会がこぞって、ムッソリーニに手を差し伸べているのだった。お前はその手をとらないのか？　その手に嚙みつくだけなのか？

二月二十五日、彼を主賓とする宴席が開かれるということで、ムッソリーニは参加を承諾した。それはミラノの一街区を活動地域とする、ほかでもない「ムッソリーニ」の名を冠するファシストのグループの、隊旗のお披露目式に合わせた集まりだった。彼は若い闘士たちから熱狂的な歓迎を受けた。バル

ベーラの赤ワインを飲み、豊満な体つきの女性支援者とマズルカを踊り、全身から自信を発散させた。政治の空白期間はようやく終結した。ムッソリーニを上機嫌にさせているのは、白髪まじりの無害な老人、ひげの紳士ルイジ・ファクタだった。地方で弁護士稼業を営むこの間抜けを、王は首相に任命した。廉直で、誠実で、邪心がなく、唯一の政治的野心といえば、みずからの庇護者であるジョリッティの不興を買わないこと、唯一の誇りといえば、取っ手にも使えそうな大ぶりで奇怪な口ひげだけだった。夜はかならず、時計の針が十時をまわる前に床につき、朝になって目を覚ますとまず、ひげの手入れに三〇分を費やす男だ。

二月に生じた政治的空白は、国家に手ひどい打撃を与えた。政権の重責を担う人物を探し当てるのに、国王はほとんど一か月を費やした。トンネルの奥底の、ひとすじの光さえない暗がりの危機、いつ終わるともしれない黄昏《たそがれ》だった。危機に最後のひと突きを与えたのは、戦争で財をなした実業家ペッローネ兄弟がオーナーを務める、スコント銀行の破綻だった。兄弟は自分たちの事業を救うために顧客の預金をかき集め、無数の慎ましやかな倹約家を路頭に迷わせたのだった。議会では以後、とどまるところを知らない誹謗《ひぼう》の嵐が吹き荒れた。

議員がこぞって、自殺行為を押しつける相手を血眼になって探しまわるなか、それまでボノーミの自由主義最大多数派を支持していたふたつの勢力――自由主義民主党と社会民主党――は、当の総理大臣を失脚させるために、みっつめのグループ――民主主義連合――に結集した。ボノーミ支持派として残っていたドン・ストゥルツォの人民党も、ファシズムと反目する左派の「白色同盟」と、ヴァチカンに近い保守派に割れていた。ヴァチカンは、このカトリック政党の創設者であるドン・ストゥルツォにたいし、はっきりと敵対的な姿勢を打ち出していた。そのドン・ストゥルツォは、政局が混乱に陥るなか、彼の年来の敵であり、ファシズムを鎮める実力を有する唯一の政治家でもある、ジョリッティの再登板に反対の立場をとった。反ファシスト連合の結成からもっとも大きな利益を受けるであろう社会党も、三つの勢力への分裂に向かって進んでいた。社会党改良派の代議士チェッリは、治安の改善を求める動議を提出することで、意図せずしてボノーミ失脚に荷担した。錯綜する拒絶の意思、個人的な敵対関係、党派間の憎悪。それらが土くれとなって、政権の亡骸《なきがら》を納める棺のうえに覆いかぶさった。他方、ムッソリーニは水を得た魚となった。社会党のチェッリの動議に、提出者とは反対の意図をもって賛成し、名人芸と呼ぶにふさわしい手腕によって、ファシストの孤立や反ファシスト内閣の成立を阻止してみせた。国王と、かねてよりジョリッティに個人的反感を抱いていたドン・ストゥルツォは、ジョリッティ復帰の道を断ち、代わりにファクタを指名することで、政治の空白期間に終止符を打った。

国家はいまや完全な崩壊の途次にあり、ムッソリーニはそうした現状を明確に認識していた。ひとまず今夜は、安堵のため息をつき、美しい娘と踊り、フィアスコに入ったバルベーラの赤ワインをがぶ飲みしていればいい。

ひげのファクタが相手なら、いくらでもやりようはある。むしろムッソリーニを不安にさせているのは、荒くれ者のテーブルだった。あそこで、いちばん隅の暗がりで、フィアスコから直《じか》にワインを飲みくだしている連中のテーブルだ。ローマではひげのファクタが、新政府を無事に組閣できたことを喜んでいるが、あのテーブルで飲んでいる行動隊の面々は、新しい大臣の名前さえ知らない。こうした手合いがもたらす問題はいつも同じだ。彼らにとって権力とは、食べること、飲むこと、女と寝ること、そして、気に食わない人間の頭を叩き割ることでしかない。諍《いさか》いの永遠の小道具である短剣だけを恃《たの》みに、際限のない暴力の欲望におぼれ、衝動に酔い痴れ、欲求を即座に解消することに身を捧げ、たえず痙攣《けいれん》したように動きまわる。待つことも、ごく控えめな努力に励むことも、真の闘争にはつきものの漸増する苦痛に耐えることも、彼らは頑として拒絶する。この連中といっしょでは、敬意を勝ちとったり、より高くを飛翔したりできるわけがない。こいつらはただ、人の足をつかんで地面に引きずりおろすだけなのだから。

同じテーブルに、いまはチェーザレ・ロッシも坐っている。和平協定をめぐるいざこざが原因で、ラスの反感を買い組織から追放された彼は、二月二日にミラノ・ファッショの書記長として復帰し、以後はラスの主張と足並みを揃えている。政治に通暁《つうぎょう》した指導者であり、会議の議論をたくみに誘導する調整者であり、目端の利く仲介者でもあるロッシは、ロンバルディア地方の行動隊の首領として復活した。ロッシの背後を守っているのが、その手で殺《あや》めてきた人数を誇りとする、フィレンツェの凶漢アメリゴ・ドゥミニだ。サルザーナの敗北を引き起こしたあと、ドゥミニはフィレンツェを離れてミラノに身を寄せていた。いまではロッシは、どこへ行くにもかならずドゥミニを従えている。ごく自然な流れとして、ドゥミニはミラノのアルディーティの筆頭であるアルビーノ・ヴォルピと近づきになった。ヴォルピもまた、ダンスホールの奥の暗がりで、行動隊のメンバーとテーブルを囲んでいる。

なんにせよ、当面のあいだは、この連中を抜きにしては戦えない。だからこそ、ムッソリーニ議員は昨年十一月、ミラノ裁判所に集まった一〇〇人の聴衆の前で、アルビーノ・ヴォルピの無実を訴えるために偽証したのだ。ヴォルピには、フォロ・ボナパルテにある社会主義者の遊興所「スパルタクス」でカード遊びをしていた、ジュゼッペ・インヴェルセッティという老いた労働者を銃殺した嫌疑がかけられていた。ムッソリーニ議員はさらに、警察署内の伝手《つて》を頼って、チェーザレ・ロッシの羽の下で身を隠すドゥミニのために、二種類の偽造文書まで用意させた。

暴力から逃れようとしたところで、けっきょくは徒労に終わる。選択の余地はないのだ。大切なのは、部屋の奥を視界に入れないようにすることだ。部屋の奥が、こちらまで這いのぼってこないことを祈りつつ。それに、ダンスホールの中央は、美しい娘であふれかえっている。どうせ見るなら、若い娘を見た方がよほどいい。

世界的に見ても、ファシズムにとって望ましい状況が整いつつある。はるかかなたの水平線に視線を向けるだけでじゅうぶんだ。今年はじめ、ベニート・ムッソリーニは政治思想を扱う雑誌を創刊した。『ジェラルキア〔「ヒエラルキー、階層制」の意〕』と名づけられたその雑誌の編集を、彼はサルファッティに一任した。底辺の貧民など用済みだ、これからは高級な思想を、高級な界隈の住人に提供するのだ！創刊号には、次のように題した巻頭記事を寄稿した。「世界はどちらへ向かっているのか？」答えはおのずから導きだされた。世界は右へ向かっている。民主主義の酩酊は、吐き気に変わって終わりを迎えた。祭りの夜を楽しんだあと、朝になって目を覚ました民衆は、血まみれのシャツに気がついた。それから猛烈な頭痛に襲われ、便器に顔を突っこみ、胃のなかのものを吐きだした。魂は疲れ果て、人びとは力を懐かしんでいる。長い目で見れば、尊厳と殲滅《せんめつ》主義の差異は消えてなくなる。もういちど、安全な場所に立てこもり、最悪の時を待ち受けよう。

現体制は崩壊しようとしている。残っているのは、議会や統治機構に自分たちの麻痺状態を知らせる、老いぼれた政治家だけだ。地方の知事は、ただただ途方に暮れるばかり。なんてざまだ！　ファシストはあんな連中のことは気にもかけない。うちの行動隊員は、辞職した大臣や現職の大臣の名前さえ知らないのだ。まったく傑作じゃないか。

イタロ・バルボ、『日記』、一九二二年二月二十五日

生における確固とした基準点を示し、安全な港の役割を果たすような制度、思想、人物を、民衆は必死に探しもとめている……一八四八年から一九〇〇年のあいだに――普遍的な賛同と社会的な立法にもとづいて――ヨーロッパ全土で打ち立てられた左派の体制は、提供できるかぎりのものを民衆に提供した……民主主義の世紀は、一九一九年から二〇年にかけて息絶えた……右への回帰の過程はすでに、目に見える兆《きざ》しとして現れている。過剰な不服従は鳴りを潜め、社会的、民主的な神話への熱狂はやんだ。生は個人へ還《かえ》っていく。目下、古典的な再興が進行している。

ベニート・ムッソリーニ、「世界はどちらへ向かっているのか？」、『ジェラルキア』、一九二二年二月二十五日

イタロ・バルボ　フェッラーラ、一九二二年五月十二－十四日

イタロ・バルボは自身の土地を完全に支配下に置いていた。行動隊の遠征と襲撃の結果、一九二一年の一年間で、北イタリアにおける社会党系、カトリック系の行政府のじつに八〇パーセントが解散の憂き目に遭い、県の行政委員がその任を肩代わりすることになった。たいていの場合、社会党の首長みずからが、恐怖に駆られて議会に解散の指示を出すことになった。さらに、フェッラーラ県の農村大衆はことごとく、赤の同盟からファシスト系の組合へ鞍替えした。同盟の支部長には、衆人環視のなか、みずからの旗を踏みにじるという恥辱を与えられた者もいる。おびただしい数の社会党の労働者が、ものの一年でファシストに変貌した。赤から黒への変質を引き起こす、聖体の奇跡だ。

一九二二年も、じつに幸先の良い形で幕が開けた。一月六日にはオネリアで、バルボはガンドルフォ将軍、および、トスカーナ地方のラスであるペッローネ・コンパーニと秘密裡に面会し、ファシストの全国的な軍事組織の発足について話し合った。四月十一日、政府の農業大臣がフェッラーラを訪れた際には、いつもの悪戯《いたずら》心を発揮して、ボローニャ県知事チェーザレ・モーリを相手に危険な賭けに打って出た。モーリは全国の知事のなかでも、ファシストにたいして断固たる姿勢を崩さない最後のひとりであり、いまなおお法の遵守を押しつけてくる、目の上のたんこぶのような存在だ。銀行家、官僚、教会関係者らが大臣を取り巻いているあいだに、フェッラーラのラスはおなじみの冷笑を顔に張りつけてモーリ知事に歩み寄り、自分が口笛をひと吹きすれば、たちまち大勢のファシストが現れて大臣をさらって

いくぞと脅迫した。モーリ知事は、懲罰遠征のさなかに逮捕されたボローニャの行動隊の首領、ジーノ・バロンチーニの釈放を呑まざるをえなかった。

四月二十五日、バルボはミラノのムッソリーニのもとを訪れ、ここしばらく温めていた彼の計画を説明した。現状はこうだ。春は、ファシストの戦士にとっては大がかりな襲撃の季節だが、フェッラーラの日雇い労働者にとっては窮乏の季節である。冬のあいだは、三〇ヘクタールごとに六名の労働者の雇用を土地所有者に義務づけた協定のおかげで、日雇い労働者も職にありつくことができた。だが、四月から五月にかけては、仕事のない状態が続く。その数は膨大だ。職にあぶれたペラグラ患者が五万人、場合によっては七万人も出る可能性がある〔「ペラグラ」はビタミンB群の欠乏による全身性疾患。二十世紀はじめまでイタリアに広く蔓延していた〕。過去には国が、一〇〇〇万から一五〇〇万リラの予算を充てて、雇用対策の公共事業を運営していた。現在、農村地域はファシストの支配下にある。社会党議員の影響力を無視できないローマの中央政府は、農夫たちのファシズムへの改宗を、飢えによって償わせようとしている。そこでバルボは、前代未聞の計画を立案した。大衆の動員によりフェッラーラを占拠し、政府を屈服させ、ファシストには党員の腹を満たす力があることを世に知らしめようというのだ。おまけに、この計画にはもうひとつの利点がある。国の金で労働者の働き口が用意できれば、ファッショを財政支援する大土地所有者の金庫には手をつけないですむわけだ。計画を披露し終えると、バルボはいつものように冷ややかな笑みを浮かべた。

ムッソリーニは黙ってバルボの説明を聞いていた。目の前にいる、長身で、痩軀で、屈強な若者が浮かべる悪魔のような微笑みに、ムッソリーニは過去を見てとり、未来を見てとっていた。ファシズムは社会主義の弟子であり、その教えの後継者でもある。ファシズムは大衆を、歴史の周縁に追いやられた存在とは見なさない。むしろ大衆は政治の舞台に召喚される。暴力が彩る場面、大衆が統《す》べる芝居。社会主義者の町を舞台に、自分自身に扮する農夫たちが、ファシズムへの権力の移行を上演する。まったくもって、常軌を逸した計画だった。

ドゥーチェは計画の遂行を承認した。ただし、一点だけ、重要な条件を提示した。成功した場合、それはファシズムの功績だが、失敗した場合、その責任はバルボが負うこと。

翌日にはもう、計画の具体化が始まっていた。バルボは全県の書記に宛てて、動員の準備を指示する絶対部外秘の通達を送付した。すべてを手筈どおり進める必要がある。命令は正確で、詳細で、厳格でなければならない。たとえ最悪の敵が相手であっても、棍棒を用いた暴力行為は絶対に禁止。たとえわずかな量であっても、アルコール類の摂取は絶対に禁止。期間中は売春宿の利用も控えること。

五月十一日の深夜、動員は開始された。県全域の鄙《ひな》びた農村から、ファシストの行動隊に護衛された無数の貧民が、徒歩で、自転車で、馬車で、馬や人が引く荷船で、ポー川支流のゴロ川やヴォラーノ川に沿って、夜の静寂のなか、町に向けて行進を始めた。

翌朝、フェッラーラが目を覚ますと、町は裸足の軍隊に占拠されていた。飢えに痩せこけ、皮膚に降り積もるほこりで肌が硬くなった五万人の日雇い労働者が、毛布を肩に引っかけ、ポレンタとパンの欠片だけが入った袋を抱えて、ファシストの見張りに監督されながら、列をなしてジョヴェッカ通りを進んでいる。その光景を、フェッラーラのブルジョワが目を丸くして見つめていた。

農村が町に流れこみ、侵略された町は機能不全に陥った。バルボは電話線を切断させ、学校施設を宿舎として接収し、すべての商店に営業をとりやめるよう命令した。どうせ失敗するに決まっていると思われていた動員だったが、いざ蓋を開けてみれば、文句のつけようがない大成功だった。通りに敷いたわら袋のうえで無数の貧民が横になり、エステンセ城は腹を空かせた軍隊に包囲された。知事は恐慌を来《きた》し、侵略軍の指揮官に面会を要請した。バルボが城のはね橋に姿を見せたとき、パンに飢えた歯抜けの口が声を揃えて、町を揺るがすほどの声援を送った。

太鼓腹を白いチョッキで包みこみ、その上から金の鎖を巻いている、いかにも血のめぐりが悪そうな青白い顔をしたブラディエ知事は、バルボから最後通牒を受けとった。警察は町に出てはならない。治安はファシストが保障する。公共事業の働き口を斡旋することを政府が受け入れるまで、農夫の動員が解かれることはない。

二日二晩、逡巡と交渉、集会と野営の時間が流れ、公営パン屋は四八時間のうちに二〇、〇〇〇キロのパンを焼きあげた。そして、五月十四日の夜明けごろ、待ちかねていた一報がもたらされた。リッチョ大臣はすべてを認めた。国は降伏し、ファシストは完全な勝利を収めた。バルボは動員解除の命をくだした。フェッラーラは彼の町となった。

ミラノにいるムッソリーニは、歓喜と同時に動揺を覚えていた。昨日まで社会主義者だった日雇い労働者が、一夜にしてファシストになってしまった。ファシズムの権勢を誇らしく感じつつも、あまりに素早い民衆の変節を前にして、心の内奥に不吉な予感を抱かずにいられなかった。この忠誠は儚く消えるのか、長つづきするのか。外面的なものなのか、それとも本質的なものなのか。これは過ぎ去る波なのか、それとも、なにかはあとに残るのか。

親愛なる友へ。本日付けの支部長声明に記したとおり、県内の失業者の救済に必要な公共事業を勝ちとるには、政府にたいして実力行使に出るよりほかない……したがって、万事ぬかりなく準備を進めること。私から突然に動員開始の命令がくだっても、不意をつかれて慌てふためくことのないように……フェッラーラの市中にて、フェッラーラ県のファシズムの歴史を通じてもっとも驚嘆すべき示威行動が展開される。それは、われわれの現在の力の指標となるだろう……命令を受けとったら、配下の全ファシスト、および、糾合《きゅうごう》できるかぎりの組合の労働者を引き連れて、指定された時間にフェッラーラに参集すること……友の規律の精神に、友の忠節に信を置いたうえで、あらためて念押しする。今回の命令は、かつて下したどの命令にも増して、絶対的な服従を必要としている。健闘を祈る。

イタロ・バルボ、フェッラーラ県の各ファッショに宛てた秘密通達、一九二二年四月二十七日

かねてよりファッショを支援し、とりわけ直近のストライキには多額の財政援助を行っていたと思しき大土地所有者こそ、無自覚に失業を作り出した張本人であると言わねばならない。利己主義に駆られた地主たちが、道理に合った耕作を怠った結果、より広範な雇用創出の機会が失われた。大土地所有者は農夫に土地を供与する誓約を果たさず、ファシストの組合員と結託して政府とその代表者に圧力をかけ、自分たちの怠惰を公金で穴埋めするよう政府に強要したのである。

フェッラーラ占拠の後に罷免されたジェンナーロ・ブラディエ知事の報告書、一九二二年五月十九日

ベニート・ムッソリーニ　ミラノ、一九二二年五月十三日

「大地主向け奴隷制度」

名誉を汚す告発だ。なによりも耐えがたいのは、この言葉の出どころがダンヌンツィオだということだった。詩聖が、戦う詩人が、大いなる冒険と大いなる理想の男が、汚れなき無私の栄光の戦士が、この言葉を口にしたのだ。ガルドーネの湖畔で金色にきらめく隠遁生活を送っていたダンヌンツィオは、ここ数週間、それまで閉じこもっていた慎みの殻を破り、嫌悪を催しつつファシストのどぶ川を見おろして、そこに不名誉な烙印を押した。大地主向け奴隷制度。怒りに燃える冷厳な半神は、つねにオリュンポスの高みに身を潜め、はるか下方で、血と糞便に肘までつかりながらあくせくと腕を振っている賤《せん》民《みん》に、命令を下す機会を窺っている。そこをどきなさい、この先は私が代わろう。

いま、ベニート・ムッソリーニの剣の前に立っている男こそ、一度聞いたら忘れられない、悪意に満ちたこの言葉を、ダンヌンツィオが口にするよう仕向けた張本人と言われている。男の名はマリオ・ミッシローリ。イタリアの新聞業界を統《す》べる君主にして、右派の自由主義者、フリーメーソン会員でもある。かつてはボローニャの日刊紙『イル・レスト・デル・カルリーノ』の主幹を務めていたが、同地の行動隊員の脅迫により町から追放され、いまは『イル・セーコロ』を指揮している。

それまでの生涯を通じて、一度も剣を握ったことのないミッシローリではあったが、ムッソリーニから公然と「度外れの臆病者」と侮辱されるにおよび、ただちに決闘の介添え人を手配し、きわめて過酷

な条件を設けた果たし状を送りつけた。それから連日、フェンシングの名手ジュゼッペ・マンジャロッティに稽古をつけてもらい、当日は時間ぴったりに、センピオーネ通りの自転車競技用トラックに姿を見せた。決闘に臨むミッシローリの傍《かたわ》らには、『イル・セーコロ』の温和な編集長フランチェスコ・ペッロッティが控えていた。五月十三日午後六時、決闘などとは無縁に生きてきた上流階級の知識人が、上質な絹のシャツの胸をはだけて、勇敢に攻撃を待ち受けている。ああ、なんと耐えがたい眺めだろう。

ミッシローリの側に理があることは、誰でもわかっていた。エミリア地方の農夫たちは、社会主義者の同盟がことごとく壊滅させられたすえに、なすすべなく飢えに屈した。大土地所有者は無慈悲な報復戦を仕掛け、数十年にわたる社会改革の歩みを無に帰そうとしていた。ファシスト系の組合は地主と直接交渉にあたり、農業協定を次々と廃止に追いこみ、それが難しい場合は、協定に備わる集団的な性格を骨抜きにした。これにより、農夫は個人で、復讐に飢える獰猛な地主と対峙しなければならなくなった。それでも抵抗する力が残っていた場合は、より絶望の度が深い貧民が、よその県からバッタの大群のように押し寄せて、農夫のストライキを粉砕してしまうのだった。

中央に優越する地方の役割を認めざるを得なかったムッソリーニは、新聞の紙面で理論的な正当化を試みた。地主にも二種類ある。ひとつは大地主――保守的な大土地所有者――であり、もうひとつは田舎地主――革命を志向する小規模土地所有者――である。ファシズムは田舎地主の味方であり、大地主には与《くみ》しない。しかし、ムッソリーニのこの論説はなんの役にも立たなかった。眼前では、奴隷制という告発が上質な絹のシャツをまとい、恥知らずにもその胸をはだけている。

それでも、ファッショの創設者はファシズムを文明化するために、できるかぎりの努力はしていた。三月のはじめには、視野を広げる目的でドイツを訪問している。共和国と非戦主義の仮面をかぶったドイツ人を、ムッソリーニはその目でしかと見た。仮面の下ではドイツもまた、ふたたび右に向かおうとしている。しかし、ヴェネツィアのラスでダンヌンツィオ主義者のピエトロ・マルシクが謀反を起こしたという報《しら》せが入り、ムッソリーニは急ぎイタリアに帰国しなければならなくなった。マルシクは、ファシズム運動の発足当初の理念が国会で裏切られたとして、ムッソリーニの統率力に疑義を呈した。イタリアに戻ってそう日も置かずに、今度はバゼッジョ少佐を相手どり、ファシズム同士で決闘に臨む羽目になった。最古参のファシストであり、「アルディーティ主義」の提唱者であり、悪名高き「死の中隊」の創設者でもあるバゼッジョ少佐は、この時期マルシクと足並みを揃えムッソリーニと対立していた。

バゼッジョと激闘を繰り広げた後の三月二十六日、ムッソリーニはイタリアの社会主義の首都であるミラノで、黒シャツを身につけた二〇、〇〇〇人の若いファシストを、密集隊形で整然と行進させることに成功した。青年たちは美しく、男らしく、丁重で立派な態度を崩さなかった。ドゥオーモ広場では、そんな若者たちの姿を目の当たりにしたご婦人方が、化粧の乗り具合を確かめてから盛大に拍手を送った。ところがその直後、地方の野蛮な行動隊がまたしても荒れ狂い、ムッソリーニを深淵へ引きずりこんだ。これが現実だ。ムッソリーニは独りだった。友はいないし、あえて友を作ろうという気もない。

四月四日の全国評議会で、ムッソリーニは言明した。ファシズムを取り巻いていた好意的な空気は、一九二一年のうちに消失した。地方における運動が華々しい成功を収める陰で、ブルジョワは行動隊の必要性に疑問を抱きはじめた。社会主義の恐怖は去った。ミラノの企業家は、片方の手で感謝のチップを渡しながら、もう片方の手では、不作法な召し使いを厄介払いする準備を進めている。巷《ちまた》では、ソヴィエト・ロシアとの交易再開という噂までささやかれるようになった。包囲網は確実に狭まっている。棍棒による打擲《ちょうちゃく》は終わりにしなければいけない。防衛が目的ならば、暴力は神聖にして侵すべからざる行為といえるが、家のなかに押し入ったり、茂みの背後で待ち伏せしたりするのはファシストではない。

蜂起の可能性は排除しないが、現時点では現実性を欠いた話だ。国家の生の中心部にファシズムを挿入しなければならない。選挙という、零落する一方の遊戯を受け入れなければならない。政権への参加の道を閉ざすわけにはいかない。議会が唾棄《だき》すべき制度であることは百も承知だが、議会を利用しなければファシズムは前に進めない。

ディーノ・グランディはムッソリーニを支持した。全員がムッソリーニの動議に賛成票を投じたが、それでも状況は変わらなかった。ファシスト党の党員数は一貫して増えつづけていたとはいえ、右派勢力を別とすれば、議会に代表者を送り出しているいかなる政党も、ファシストが政権に加わることを望まなかった。社会党はファシストを憎み、カトリック人民党はファシストを恐れ、穏健派の民主主義者と自由主義者はファシストを軽蔑していた。ファシストはひげのファクタと内密に合議を重ねた。政権側は、三つまでなら次官のポストを用意できると回答した。例によって例のごとく、差し出されたのはレンズマメの皿というわけだ。ファシズムに友はいないし、友などいらない。

ムッソリーニがミッシローリに飛びかかったとき、その顔は怒りのために土気色になっていた。第一ラウンドで早くも剣先が折れてしまった。ムッソリーニは武器を取り替えた。予備の剣を握りしめ、ムッソリーニがふたたび突進する。ミッシローリは冷静に斬撃をさばきつづけた。怒りに駆られたムッソリーニは、防御もなおざりにしてひたすら攻め、「突き」に使う剣《エペ》というより、斬撃が主体のサーブルを握りしめているかのように、激しく武器を振りまわした。

介添え人としてミッシローリが引き連れてきた、『イル・セーコロ』の温厚篤実な編集長ペッロッティは、ムッソリーニお抱えの医師ビンダに向かって、必死の形相で何度も繰り返した。「とめてください、やめさせてください！」

第三ラウンドでミッシローリは怪我を負った。傷は浅いと判断され、ふたりは決闘場へ戻った。猛り立つムッソリーニが、またしても相手に飛びかかる。ペッロッティはもう、その場にいる全員に聞こえる声で叫んでいた。「とめてください、とめてください、死人が出ます！」第七ラウンドでムッソリーニの剣先が、ミッシロ一リの右前腕の静脈束に深く突き刺さった。ミッシロ一リの劣勢は明白だった。

決闘は終わった。刃を交えたふたりは、いずれも満足していないようだった。

腕から血を流しながらも、ミッシロ一リは相変わらず冷静だった。ビンダ医師がその傷口を診ているあいだ、決闘の介添え人にはおよそ似つかわしくないペッロッティが、極度の興奮のためにがたがたと震えながら医師に近づき、まだ幼い愛娘の謎めいた病気について小声で伝えた。どうか娘を診察してきてほしいと、ペッロッティは懇願した。新鮮な空気が健康の回復につながるのではないかという希望のもと、彼女はいま、サルソマッジョーレで療養生活を送っている。ペッロッティにとっては、目に入れても痛くないひとり娘だった。この世を統べるのは悪だと観念したとしても、あの娘が苦しまなければならないのは納得がいかない。

ムッソリーニの専属医師アンブロージョ・ビンダは懇願を受け入れ、翌日にサルソマッジョーレに向けて出発した。センピオーネ通りの自転車競技用トラックでマリオ・ミッシロ一リの決闘に立ち会ったフランチェスコ・ペッロッティは、その翌週に自殺を図った。

わが社の事業や、関係の深い電力系企業の事業については、不満に思うことなどなにもない……ソヴィエト連邦との経済関係の再開は、イタリア企業の活動を拡張させるだろう。ことによったら、ロシアにわが社の事業所を置くこともできるかもしれない……イタリアがこの交渉を主導したのは、たいへん良いことだったと思っている。わが国では、共産主義の危機は峠を越したと言って差し支えない。組織化された戦力と、ファシズムの断固たる姿勢が、ボリシェヴィキの理論の拡散を押しとどめたのだ。

電力業界の著名実業家エットーレ・コンティの日記より、一九二二年四月‐五月

行進にかんして言えば、堂々として威厳があり、よく統率がとれていました。正確な人数は知りようがありませんが、二万人か、ひょっとしたら三万人くらいはいたかもしれません。どこを見ても、十七歳から二十五歳程度の若者ばかりでした。たくましく、しなやかで、さわやかな青年たちが、軍隊式に整然と隊列を組んでいました。自分たちの行動が、どれほど汚らわしい目的に従っているかも知らないかのように、その美しさと力強さを、これでもかと見せつけていました。

一九二二年三月二十六日にミラノで挙行されたファシストのパレードについての、アンナ・クリショフによるフィリッポ・トゥラーティ宛て書簡

決闘に臨む両名は、手袋と運動靴を身につけること。スカーフで手首を巻いたり、ベルトで武器を手首に固定させたりすることは禁止。ズボンを支えるのに使用するベルトの幅は、最大で四センチまでとする。戦いは上半身はだかの状態で行われる。サスペンダーの使用は禁止。

ミッシローリとムッソリーニの決闘にかんして定められた事前合意事項、一九二二年五月十三日

レアンドロ・アルピナーティ　ボローニャ、一九二二年五月二十八日‐六月二日

「持ち場に復帰するように」。二月十九日、ムッソリーニはローマから個人的に書簡をしたためた。この指示を受け、アルピナーティはボローニャ・ファッショの指導者の地位に復帰した。妻のリナは悲嘆に暮れた。

　ボローニャ・ファッショの中枢から排除される少し前、一九二一年六月八日に、アルピナーティはリナと民事婚をあげた。アナーキスト的性向を持つアルピナーティはかねてより、フェッラーラのファシスト系組合に広く見られる、農村大衆の行動隊への隷属に本能的な反発を覚えていた。そうした事情もあって、同年の六月二十日にはジーノ・バロンチーニが、アルピナーティを追い落とす形でボローニャ支部の書記長に選出された。

　和平協定をめぐり地方のラスとムッソリーニが対立していたとき、アルピナーティは協定締結に反対であったにもかかわらず、ムッソリーニへの信義を守った。反対派の会合に足を運ぶことはなかったし、バルボが企画したラヴェンナへの行進にも参加しなかった。ボローニャ・ファッショのその後の会合で、アルピナーティの勢力は破れ、国民ファシスト党の発足大会には、ボローニャ代表として派遣されることさえなかった。同じ時期、アルピナーティは組合の資金を独断で利用したとして、身内からの誹《ひ》謗《ぼう》中傷にもさらされていた。もはやボローニャのファッショに彼の居場所はなかった。

「どうにかなるさ」。レアンドロは妻にそう言って、学業の道へ引き返した。大学への登録を更新し、

農業学科への転学を申請した。

リナ・グイーディあらため、リナ・グイーディ・アルピナーティは、素朴で、勤勉で、平和な生活の蜃気楼を水平線のうえに見いだし、彼女の人生には滅多に訪れることのない、幸福に満ちた時間を味わっていた。そして、一九二二年二月、ベニート・ムッソリーニが彼女の夫を戦線に呼び戻した。

今度の敵は、社会主義者ではなく国家だった。そして、ここボローニャでは、国家はチェーザレ・モーリと名乗っていた。このモーリは、いまなお行動隊と激しい戦いを繰り広げる、イタリアで唯一の知事だった。不屈の敵を相手にしたときにはよくあることだが、モーリの奮戦ぶりをつぶさに見てきた行動隊の面々は、彼なら自分たちの首領にふさわしいとも思っていた。ムッソリーニのように角ばったあごを持つこの人物は、パヴィアの孤児院で育ち、二十世紀はじめの数年をトラパーニの警察署長として過ごした。モーリはマフィアを、不動の意志をもって激しく弾圧し、幾度となく刺客の襲撃を生きのびた。一九一五年にシチリアに戻ると、特別部隊を編成し、マフィアを弾圧したのと同じ手法で山賊団を壊滅させた。モーリはみずからの手でふたりの山賊を殺《あや》め、わずか一日でじつに三〇〇人の山賊を逮捕させた。

地域の治安を確立するため、ボノーミから十全な権力を与えられてボローニャに赴任してからも、モーリはモーリのまま変わらなかった。三つの単純な手を打つだけで、モーリはファシストの組織に首輪を着けてみせた。まずは、週末のトラックの使用を規制して、行動隊の遠征を抑止した。次に、政府直轄の出荷事務所を設置することで、農村大衆にたいするファシスト系組合の影響力を排除した。最後に、季節労働者の移住を禁じて、ファシストがスト破りを組織できないようにした。国家の無能を激しく非難してきたファシストは、自然と次の結論に達した。チェーザレ・モーリ、有能を絵に描いたようなこの知事を打倒すべし。

フェッラーラを占拠したバルボによって、すでに道筋は示されていた。進軍だ。たんに、国家にたいしてみずからの意図を押しつけるためではなく、国家とあからさまに敵対するために進軍するのだ。進軍はひとつの戦術だが、それは同時に、行動の一形式でもある。広場を決起させ、投げつけてやらねばならない。民衆が礫《つぶて》となって、モーリ知事の執務室の窓ガラスをぶち破るのだ。

レアンドロ・アルピナーティはイタロ・バルボに助力を請うた。五月二十八日、国民ファシスト党の書記長ミケーレ・ビアンキが、ボローニャの全行動隊員に向けて動員の命令を発し、フェッラーラのバルボは配下のファシストとともに南下の準備を始めた。二十九日にはもう、コディゴーロ、ポルト・ガリバルディ、コッパーロの各地から数千のファシストが結集し、三〇時間ごとに見張りの当番に立った。数千人の男たちが、圧縮わらを寝床にして柱廊《ポルティコ》の下で夜を過ごす光景を前に、ボローニャ市民は言葉を失った。

しかし進軍は、今度もまた、暴力と結びついた。ボローニャまでの道々で、ファシストはつねのとおり、社会主義者、共産主義者、労働評議会、農業組合の事務局を、もらさず徹底的に破壊した。ただ、今回の行進がいつもと違ったのは、社会党の議員も、治安維持を任とする警察署長も、分け隔てなく打擲《ちょうちゃく》の対象になったことだった。モーリ知事が憲兵隊、王国護衛隊、それに私服警官まで動員してアックルシオ宮の周囲に非常線を張ると、ファシストは中央に圧力をかけるように見せかけて側面から攻め、警備の隊列を突破した。騎兵大隊が出動しても、ファシストが戦列を乱すことはなく、白いハンカチを振りまわしたり、爆竹を鳴らしたりして対応した。馬は興奮し、後ろ脚で立って騎手を振り落とした。アルピナーティも、自分の町でバルボやグランディの後塵を拝することになったとはいえ、行動隊を率いてサン・ジョヴァンニ・イン・モンテの牢獄を襲撃し、獄舎につながれていた六〇名のファシストを解放した。

国家は屈した。五月二十九日、ボローニャのブルジョワから構成される市民団体が内務大臣に宛てて、モーリの罷免《ひめん》を求める電報を送った。翌三十日にはローマから、警視長のジャコモ・ヴィリアーニが、現地捜査のために派遣されてきた。ヴィリアーニ上院議員はモーリ知事の過剰な熱意を批判した。全国紙の過半は、モーリにたいするファシストの蜂起を支持する立場をとった。激しい攻撃を命じられた騎兵隊の将校たちは、蜂起者への同情を隠さなかった。

県庁で籠城していた三日間、知事は何度もローマに電報を送り指示を仰いだ。中央政府からは、とらえどころのない曖昧な返事しか届かなかった。そのあいだも、広場からは野営する民衆の歌声が聞こえてきた。「モーリ、モーリ、お前は終わり　／　俺たちが突きさす短剣で　／　モーリよ、くたばれ、お前は終わり」

ひとたび誰かが引き金を引けば、ボローニャには血の雨が降っただろう。だが、発砲の命令が下されることはなかった。均衡を破ったのは、ある悪ふざけだった。「バルボ式」の行進は、「若者らしい陽気さ」のもとに行われなければならない。視察係として政府から派遣されたジャコモ・ヴィリアーニは、ローマに次のように報告した。行動隊は隊列を組み、完璧な規律に則《のっと》って、ひとりずつ順番に、何時間もかけて、ズボンから逸物《いちもつ》を取りだし、県庁の壁に小便をかけておりました。イタリア国家と、国家を体現するチェーザレ・モーリが、滑稽の縄に絡めとられていく。

ボローニャ占拠から四日後の六月二日、モーリ異動の確約を得たあとで、ムッソリーニは動員解除の命令を発した。通達の締めくくりにはこうあった。「今回の一件は、時代を画する出来事としてイタリア史に刻まれるだろう。運動の再開が必要となった暁には、私もきみたちに合流し、進軍の先頭に立つことを約束する。ただし、そのときはより遠大な、より気宇壮大な目的を掲げて進もうではないか」。フェッラーラ、ボローニャとくれば、次はローマが視界に入ってくる。バルボの行進が手本を示してくれた。すべてを白日のもとにさらしてやろう。

同時期にアルピナーティは、一九二一年五月の選挙を経ていない者としては初めて、国会議員の地位を獲得することになる。被選挙者の年齢要件を満たしていないという理由で、ファシスト党の一部の議員が失職したことにともなう措置だった。

アルピナーティ議員は荷造りを済ませ、リナにキスをして、ローマへと旅立った。イタロ・バルボは六月五日の日記で、ボローニャの占拠をこう評している。「革命の予行演習」

あの連中は、いまだに山賊とマフィアの違いをわかっていない。われわれは山賊を弾圧した。山賊行為は、シチリアにおいてもっとも目を引く犯罪であるには違いないが、もっとも危険だというわけではない。ウチワサボテンのあいだだけでなく、県庁や、警察や、大金持ちの大邸宅の廊下で、あとはもちろん、どこぞの省庁の廊下でも、マフィアを一網打尽にして構わないという許可がおりてはじめて、われわれはマフィアにほんとうの致命傷を与えられるのだ。

新聞各紙に「マフィアへの致命的一撃」という見出しが躍ったあと、チェーザレ・モーリが同僚に打ち明けた言葉、シチリア、一九一七年

反ファシストの突風が……平原に吹き荒れた。ニッティ子飼いの汚らわしいお巡《まわ》り、アジアの副代官がお似合いのあのモーリとかいう警官は……解放された土地エミリアで、ますます悲劇的な色合いを深める所業に精を出している。迫害、居住の禁止、逮捕が相次ぎ、法の定める自由は廃止された。

国民ファシスト党モデナ支部の声明、一九二二年二月

モーリ知事殿は些末な用件のために幾たびも、時には夜半にまで、執務室に大佐を呼びつけていた。

ボローニャ占拠にかんする、警視長パオロ・ディ・タルシアの報告書より、一九二二年七月十五日

ポー平原の副王という特別任務を、お巡りに特有のみっともなくせせこましい傲慢さをもってつとめていたあの男は、もはや無と成り果てた。

「モーリという犬っころ」、ボローニャ・ファッショの機関紙『アッサルト〔「襲撃」の意〕』、一九二二年七月一日

ベニート・ムッソリーニ　一九二二年七月二十六日

「ミリオーリ議員およびガリボッティ議員には、今後永久に、水も火も使わせない」

ファクタの政権が倒れる最終的な引き金となったのは、クレモナのラス、悪漢ロベルト・ファリナッチの行動だった。社会党の議員だろうとカトリックの議員だろうと、声明文――たいてい文法の間違いが含まれていた――をひとつ出すだけで、自分の土地から追放できる権力を持った男だ。イタリアの口承文学になじみの道化、クレモナに移民したモリーゼ出身の警官の息子、苛烈な参戦派だったのに戦争には行かなかった男、召集がかかったあとは、地元の鉄道駅の差し掛け屋根の下で戦争をやり過ごしたために、敵からは「ひさし野郎」と呼ばれる愛国の鉄道員、日刊紙『クレモナ・ヌオーヴァ』の創刊者にして文法が不得手な論説委員、自分が前線に立つことはけっしてない行動隊隊長、破滅的な暴力に心酔するこの木っ端の小物が、五か月前に国王に登用されたばかりの首相に、とどめの一撃を与えたのだ。

初夏の訪れとともに、クレモナではファリナッチ配下の行動隊が、「赤」と「白」、社会党系とカトリック系の別なく、あらゆる農村同盟と地方政府を粉砕するための広範な活動に着手していた。「これ以上は現状に耐えられない」という理由で、二か月のあいだに三五の地方政府が辞職を決めた。六月十六日、黒シャツ隊はクレモナの県庁を占拠し、ミリオーリ議員の自宅に火を放った。ミリオーリはカトリック人民党の代議士で、長年にわたり農村の「白色同盟」を指揮してきた人物だった。大土地所有者を「われらの土地の木に」逆さ吊りにして、「ユダのような」最期を迎えさせてやるというのが、ミリオーリの口癖だった。七月五日、うだるように暑い夏の一日、ファリナッチは人目を盗んでひとり市庁舎に忍び入り――門番は玄関の陰で涼をとりつつ居眠りしていた――、市長室で自治体の判が押された便箋をくすね、この日をもって自分がクレモナの市長に就任した旨、クレモナ県知事に通知した。その一〇日後、ファリナッチは大規模な行動隊を引き連れて、クレモナの町を包囲した。三日三晩、破壊と殺戮《さつりく》のかぎりがつくされ、政府の無能があらわになった。ファクタの政権が倒れたのは、その二日後のことだった。

ファシズムはまたしても、議会の全勢力を敵にまわした。国会論戦において、トレヴェス議員はファクタの政府を「去勢内閣」と名づけ、あけすけに非難した。トゥラーティは、イタリア社会が中世へ回帰しつつあると警告し、政府にさらなる痛撃を加えた。「なんらかの対策を講じなければ、文明が崩壊するのは時間の問題です」。絶望に近い怒りに声を嗄《か》らしつつ、トゥラーティはそう叫んだ。自由主義陣営の新聞も、今回は社会主義者の抗議を支持した。『コッリエーレ・デッラ・セーラ』がついに、暴力に基礎を置くファシズムの恫喝《どうかつ》を詰《なじ》り、トリノの『スタンパ』ではルイジ・サルヴァトレッリが、右派の大臣たちの共犯的な無気力を激しく指弾した。国家を守る気がないのであれば、ただちに権力の座を明け渡すよう、サルヴァトレッリは勧告した。

ムッソリーニはいつもどおり、自分以外の誰かの血でずぶぬれになった十字架を運んでいた。ファシストの暴力が吹き荒れているあいだ、『ポポロ・ディタリア』の紙面には、征服戦争を称揚する記事が掲載された。「かつてもいまも、われわれは悪党、ごろつき、野蛮人、奴隷制擁護論者、山賊、裏切り者と呼ばれている」。そして、主筆はこう続けた。「なんと呼ばれようと構うものか。新聞業界の諸兄よ、無益な侮辱の言葉を、どうぞ印刷しつづけるがいい。われわれはお返しに、政治と組合の双方の手段をもって、諸君の骨を砕いてみせよう」

しかしムッソリーニは、派手なプロパガンダを展開する裏側で、クレモナの包囲を解くようファリナッチに指示を出していた。ファリナッチから拒絶の返事が届くと、ムッソリーニは実力行使をちらつかせた。並行して、国家を安心させるための手も打っていた。合法的な道をたどって政権に合流すべく、行動隊の暴力を抑止する意志があることを、彼はミラノ県知事を介して中央政府に伝えていた。ムッソリーニは六月以降、ファシストの孤立を防ぐために、あらゆる扉を叩いてまわった。王に取り入り、ニッティ派の老いた自由主義者におべっかを使い、カトリック人民党の憎っくきドン・ストゥルツォや、社会党改良派にまで媚びへつらってみせた。試みはことごとく失敗した。

そこでムッソリーニ議員は、七月十九日に議会で演説に臨み、お得意の脅迫を更新し、胸襟を開いてみずからの苦悩を、政権党か反乱の党かというジレンマを打ち明けてみせた。

国会ではカトリック人民党と社会党が、行動隊の襲撃から自分たちを守ろうとしないファクタ政権に不信任を突きつけた。ところが、ファシストの長はあろうことか、人民党や社会党に協調して、反ファクタに一票を投じた。ただしそれは、もはや何度目かわからない政権崩壊が起きたときに、残骸の下で生き埋めにならないようにするための、ちょっとした術策に過ぎなかった。

ほんとうのところを言えば、たしかに苦悩はしていたが、ジレンマなどすこしも抱えていなかった。ファシストは自分にしか興味がない。ファシストは健全で、男らしく、強い国家の真正なる代表者を任じている。モンテチトリオの劇場を動きまわる、辛気臭い操り人形なんぞに用はない。とはいえ、問題は、イタリアの議会が無能であるかぎり――現状において、それは火を見るより明らかな事実だった――、国家としてのイタリアにも好転の兆しは訪れないということだった。幻想を抱いても仕方がない。衰亡はすべてのものに等しく襲いかかる。どこかに身を隠そうとして、隙間や、余白や、裂け目を探しても無駄なことだ。ムッソリーニの戦略はいつも変わらなかった。彼は待って、待って、待ちつづけた……なぜなら、死者をやり過ごすには、死者が家の扉の前を通り過ぎるまでじっと待つのが正しい作法だから。だが、死者はすでに扉の内側へ入りこんでいた。もうずっと前から放置されている、ほこりとダニまみれのソファの上に、自由民主主義の亡骸が横たわっている。そう、ジレンマなどない、暴力に窓はない。ムッソリーニのやり方はつねに変わらない。測り、薄め、広げ、そのあとで、有利な立場から交渉を進める。おかげで相手は、隣家の火事を見つけるにも、わざわざ灰をかぶった木のてっぺんにのぼり、水平線の彼方を見つめることを強いられる。ドゥーチェと行動隊のあいだに認められる、ただひとつのほんとうの違いは、彼にとっては暴力が、たんなる外科手術の道具でしかないのにたいし、行動隊にとっての暴力は、血塗られた光の欲望であり、渇きであり、本能であるという点だった。ムッソリーニにとって争いごとは、生の現実のささやかな一側面でしかない。だが黒シャツにとって、武装した兵隊同士の衝突は、一個の神話にも等しかった。これでは勝負が成り立つはずがない。

七月二十二日、ローマのムッソリーニが白いゲートルを巻いて、イタリア国王との面会のためにクイリナーレ宮の階段をのぼっているあいだ、ノヴァーラ近郊のトレカーテではデ・ヴェッキ率いる行動隊が、労働評議会の柱とトラックを鎖でくくりつけ、事務所を引き倒していた。崩壊した建物は、ダイナマイトで木っ端みじんにされた。翌日には、そこからほど近いマジェンタで、また別の蛮行が演じられた。

そして、一九二二年七月二十六日、ミラノのロヴァニオ通りに位置する編集部で、ベニート・ムッソリーニは身震いしながら結果を待ち受けていた。イタリア社会主義の長老フィリッポ・トゥラーティは、国王と会談するために、数日前にムッソリーニが踏みしめたばかりの階段をのぼることを、今回はじめて受け入れた。共産党は早くも、トゥラーティの選択は身売りだと言って非難している。カトリック人民党が社会党を受け入れ、社会党が政権の一翼を担うというシナリオが、いよいよ現実味を帯びてきた。

マルクス主義とカトリック信仰、ふたつの教会、二十世紀を代表するふたつの宗教が、ついに手を結ぶのだ。療養のためにヴィシーに逗留しているジョリッティにも、王は手紙を書いたといわれている。史上初の社会党連立内閣が組まれるのか、あるいは、第六次ジョリッティ内閣が発足するのか。どちらが現実になったとしても、ファシストにとっては一巻の終わりだ。

その間も、ムッソリーニはなおも変わらず、全員と交渉に当たっていた。ナショナリスト、自由主義者、民主主義者、カトリック人民党、さらには社会主義者とさえ。あとはもう、ロヴァニオ通りの編集部を前へ後ろへとうろつきながら、事の成り行きを見守るしかなかった。ただ、格子模様の床を歩くとき、黒い砂粒が描く縁飾りの四角形を踏みつけないよう、主筆はよくよく注意していた。迷信とは、誰にも名を知られていない、ちっぽけで、奇怪で、恨み深い神への畏《おそ》れであり、この忌むべき世界にふさわしい、たったひとつの信仰でもあるのだから。

ファシズムはいままさに、心の奥底に抱える苦悩に決着をつけようとしています。合法政党、すなわち政権党となるのか、それとも、反乱の党になることを望むのか……いずれにせよ、綱領のなかでファシズムに機関銃を向けるような政権が、ここイタリアで成立することは有りえません……今般の危機から、反ファシストの極端な方針を掲げる政権が生じるのであれば……われわれはそうした反動にたいして、蜂起をもって応えるでしょう……私としては、合法的な成功を重ねることによって、ファシズムが国家の生に参画するよう願っています。しかし、道義的責任を鑑《かんが》み、それとは別の可能性があることも指摘しておかなければなりません。議員諸兄の熟慮と良心に私の言葉を託し、これから起こる危機のなかで、みなさんのひとりひとりに……その言葉を想起していただければと思います。終わります。

ベニート・ムッソリーニ、議会演説、一九二二年七月十九日

イタロ・バルボ　ラヴェンナ、一九二二年七月二十七－三十日

ファシストを内閣に参入させるため、あるいは、反ファシスト内閣の発足を防ぐために、ローマでベニート・ムッソリーニが全方位的な交渉を展開していたのと同じ時期、フェッラーラではイタロ・バルボが、ラヴェンナから一通の手紙を受けとっていた。「事態はきわめて深刻です。バレストラッツィが棍棒で殴り殺され、激しい撃ち合いになりました。これまでに七人が死んでいます。町は過激派の手中にあります。すぐに来てください」

手紙の送り主は、一九一五年、まだ十五歳だったころに、生年月日を偽り義勇兵としてアルディーティに入隊した若者だった。運動選手のような体格の屈強な青年で、社会主義者との衝突の際にはつねに最前線に立って戦った。フィウーメでは、「ウスコック」の海賊団とともにアドリア海を荒らしまわり、包囲された町に物資を補給するため、商船に襲いかかって略奪行為を繰り返した。ダンヌンツィオはそんな彼を、「緑色の瞳のジム」と呼んだ。ほんとうの名前を、エットーレ・ムーティという。

いきさつはいつもと変わらず、わざわざ説明を聞くまでもなかった。脱穀された小麦の運搬をめぐって、ファシストの組合員と社会主義者のあいだで争いが起き、ファシストの荷車引きが棍棒で頭蓋を叩き割られて死亡した。バルボは手紙に目を通すとただちに、ロマーニャの全行動隊に進軍の命令を発し、自身もラヴェンナへ向けて出発した。

バルボとはそういう男だった。頭のなかはいつも進軍、テント、歌、野営のことでいっぱいで、口も

とにはかならず微笑を浮かべている。彼にとって、右へ行ったり、左へ行ったりするのはたんに、行動を起こし、移動し、展開し、行進し、野営することと変わらなかった。本日の試合はラヴェンナで、議会から遠く離れた土地で行われる。

バルボが町で、労働同盟に所属する社会党や共和党の代表者と交渉に当たっているあいだ、農村では兵士たちが戦っていた。チェゼナティコではレアンドロ・アルピナーティが襲撃を受けた。ラヴェンナを目指して車を運転していたときに、村の広場で敵が発砲してきたのだ。アルピナーティは無傷だったが、いっしょに車に乗っていた、ボローニャ・ファッショの創設者のひとりであるクレアルコ・モンタナーリが、銃弾を受けて死亡した。ファシストはその夜、モンタナーリの仇《かたき》を討つため、ラヴェンナの社会党系組合の連合に激しい反撃を加えた。

歴史ある館、赤の同盟の要塞は、完全に破壊された。建物を包みこむ火が、結核患者のハンカチについた血痕のように、暗がりのなかにそのきらめきを投影している。ラヴェンナには送水路が設置されておらず、炎は何時間も赤々と燃えつづけた。無数の農夫による、積年の苦労が結晶した巨大な建造物が、ゆっくりと焼け落ちていく。炎はこのまま、永遠に燃えつづけるのではないかと思われた。洞窟のなかで暮らす未開人のように、人びとは火に魅せられ、建物が燃える様子をじっと見つめていた。

やがて、絶望にもだえる年配の男性が駆けつけてきて、建物を囲む人の輪を破った。消防士の介入を呼びかけ、手をもみしだき、髪をかきむしり、炎のなかに飛びこんでいこうとする。男の名はヌッロ・バルディーニ、ラヴェンナの協同組合を創設した社会党穏健派の代議士で、ロマーニャの日雇い労働者の生活改善のためにすべてを捧げてきた人物だった。人生を賭した夢と努力が、目の前で灰になっていく。

バルディーニは六十歳だった。エットーレ・ムーティをはじめ、二十歳《はたち》そこそこの行動隊員からすれば、まぎれもない老人だ。誰もバルディーニには手出ししなかった。日記のなかで、バルボはこう書いている。「われわれは敵対者に、恐怖の感覚を与えなければならない」。悲嘆に暮れる老人が、敵から危害を受けることなく、打ち砕かれた人生と向き合っているあいだ、恐怖はその場のすべてを覆いつくしていた。

それから、歌や、せせら笑いや、野営をともなって、進軍が再開された。ローマからはミケーレ・ビアンキが、党の代表としてバルボに電報を送り、ただちに暴力を中断するよう指示を出した。ムッソリーニは政権入りのための交渉を進めている。ラヴェンナの蛮勇がこのまま続けば、ムッソリーニの努力は水の泡になる。

だが、ラヴェンナ近郊の町や農村では、すでに九名が死んでいた。人びとは恐怖に震え、広大な平野で孤立している。ローマは遠い。ここでは、別の角度から攻撃を加えなければならない。ここでは、恐怖の感覚とは闘争の感覚を意味している。

ミケーレ・ビアンキの譴責《けんせき》も顧《かえり》みず、バルボは警察に赴き、ガソリンを満タンにしたトラックの縦隊を三〇分以内に手配しなければ、ラヴェンナの社会主義者の家をすべて焼き払うと脅迫した。警察は要求を容《い》れた。バルボは自動車に乗って出発し、ファシストを満載にしたトラックの隊列がそれに続いた。

進軍は七月二十九日の午前十一時に開始された。ちょうどフィリッポ・トゥラーティが、社会党の歴史上はじめて、国王と会談するためにクイリナーレ宮の階段をのぼっていたころだ。翌日の同じ時刻に、ファシストの部隊は解散した。行軍は二四時間続き、そのあいだ誰ひとり、休憩もとらず、食べ物にも手をつけなかった。二四時間にわたって、ただひたすらに、破壊のかぎりがつくされた。

ファシストはリミニ、サンタルカンジェロ、サヴィニャーノ、チェゼーナ、ベルティノーロをはじめ、フォルリおよびラヴェンナ県のあらゆる市街、あらゆる村落を通過していった。ファシストが通ったあとには、火柱が立っていた。ロマーニャの平原は、丘の上にいたるまで、ことごとく炎に包まれた。

ラヴェンナに戻ったのは夜明けごろだった。ローマにこの報せがもたらされるなり、すべての交渉が打ち切られた。トゥラーティの国王との面会も無駄になった。社会主義者はふたたび、ゼネストを宣言した。

トラックの長い隊列の先頭を走る自動車で……私自身がハンドルを握り、そして出発した。昨日二十九日の午前十一時に進軍は開始され、本日三十日に終結した。行軍は二四時間続き、そのあいだ誰ひとり、休むこともなければ食べ物に手をつけることもなかった。われわれはリミニ、サンタルカンジェロ、サヴィニャーノ、チェゼーナ、ベルティノーロなど、フォルリ県とラヴェンナ県のあいだのあらゆる市街地や村落を通過していった。赤どもの自宅や、社会主義者と共産主義者の活動拠点をことごとく破壊し、火を放った。すさまじい夜だった。われわれが通ったあとには、炎と煙の柱が空高くそびえていた。

イタロ・バルボ、『日記』、一九二二年七月三十日

アメリゴ・ドゥミニ　ミラノ、一九二二年八月三日

スカラ座。一七八三年、『セビリアの理髪師』の陽気な調べが、革命を目前に控えた世界において、これをかぎりと生の甘美さを謳《うた》いあげ、一八四六年のある日の午後には、『ナブッコ』のドレスリハーサルを観覧した労働者が、民衆の春を想起させる、いまだかつて耳にしたことがないような歌唱を聴いて涙を流すほど感動し、一九〇七年には、感傷的な世紀に永遠の別れを告げる『蝶々夫人』が、未来への展望を失った鑑賞者に深い心痛をもたらした、この世界でもっとも著名なオペラ劇場の前で、いま、一台のトラックが群衆のあいだへ、狂ったように突っこんでいった。凶器と化したトラックの側面には、黒いペンキでこう書かれていた。「恐怖！」

黒シャツのそでをまくり、たくましい腕をむき出しにした屈強な男が、荷台の側面につかまって立ち、襲撃の指示を出している。チェーザレ・フォルニ、三十二歳。ロメッリーナでもっとも富裕な部類に入る地主の息子であり、灰色がかったブロンドで、ぎらついた目の下に漿液《しょうえき》の入った大きな目袋を垂らしている。若いころはコカインにおぼれ、トリノの売春宿やビリヤード場に入りびたっていたフォルニは、同世代の多くの男たちと同じように、かつては知らなかった生の意味を、戦場で見いだした。砲兵隊の大尉として戦場に臨み、授かった勲章の数はじつに八つにのぼる。父親の家に戻ってからは、ファシストの行動隊の首領となった。まずは地元周辺で、その後はロンバルディア地方南部全体で、あらゆる農村同盟を徹底的に破壊してまわり、地域住民を恐怖で震えあがらせた。おびただしい数の農夫を棍棒で

打擲《ちょうちゃく》したあと、被害者を強制的にファシストの組合に加入させ、ファシスト党への全面的な服従を約束させた。配下の男たちはフォルニを崇拝していた。社会主義者の根城であるミラノで、赤の過激派がいままさに敢行しているストライキを粉砕するため、フォルニは今回、七〇〇人のファシストを率いてモルターラからやってきた。気が触れたように荒れ狂うフォルニを乗せて、イタリア社会主義生誕の地であるミラノが行政府を置くマリーノ宮へ、トラックは全速力で突っこんでいった。そこはまさしく、スカラ座の真正面に位置している。

ファシストはその日ずっと、マリーノ宮の占拠を試みていた。しかし、ミラノを管轄する師団の司令官は、数百人規模の王国護衛隊を投入して市庁舎の防衛に当たらせた。馬に乗った兵士たちは午前のうちから、劇場の柱廊に立てこもる行動隊に攻撃を仕掛けてきた。ひとりの行動隊員がわき道に面した格子窓へよじ登り、まんまと建物の内部に忍び入って、会議室のバルコニーから三色旗を掲げることに成功した。もっとも、そのファシストは即座に警察に逮捕された。そこで、フォルニはトラックの運転手を煽り、警察の隊列の前で思いきりアクセルを踏ませたのだった。

警察はすんでのところで身をかわした。花の意匠があしらわれたリバティ様式の鉄柵へ、トラックが正面から突っこんでいく。鉄のかたまりが発する無機質な轟音に、生のかよった馬のいななきが混じり合う。耳をつんざく騒音に警察が呆《ほう》けているあいだに、ファシストを乗せた何台もの乗用車が広場になだれこみ、馬に乗った警備隊の展開を妨害した。ほぼ同時に、ヴェルディ通り、マンゾーニ通り、サンタ・マルゲリータ通りの三方からファシストの隊列が飛びだしてきて、「われらに《アノイ》！」と叫びながら軍隊を圧倒し、広場を制圧した。ほんの一瞬、なにもかもが静止した。良識にたいする咆哮《ほうこう》のなかで、現実にたいする反逆の雄叫《おたけ》びのなかで、現実を転倒させたいという抑えきれない欲望のなかで、世界は一瞬だけ結晶化した。

チェーザレ・ロッシは狂喜していた。四八時間前からずっと、バルボの「火柱」に抗議してイタリア全土の労働者がゼネストを宣言してからずっと、ロッシはこの瞬間を待っていた。あるいは、この興奮ぶりから察するに、生まれたときからずっと待ちつづけていたのかもしれない。日がのぼるころにはすでに、アメリゴ・ドゥミニをそばに呼び寄せ、影のように張りついて背後を守るよう指示していた。それから、ロンバルディア全土から駆けつけてくる行動隊に、次々に命令を下していった。ムッソリーニは不在だった。ローマにいるはずなのに、まったく連絡がつかないのだ。新しい愛人を連れて、カステッリ・ロマーニへ小旅行としゃれこんでいるのではないかという噂もあった。弟のアルナルドは、アリッチャとフラスカーティのあいだに位置するあらゆるホテルの電話交換台に、三〇分ごとに電話をかけた。ドゥーチェの行方は杳《よう》として知れなかった。

それまでの経緯はこうだ。バルボの「火柱」の報が広まるやいなや、労働同盟は最後の抵抗として、八月一日午前零時開始のゼネストを宣言することに決めた。社会主義者はこのストライキを「遵法スト」と命名した。労働者や農夫から構成されるイタリア全土の組織が、政治的な自由や組合運動の自由を守るために、一致団結して戦いに臨む決意を固めた。それは報復の余地を残さない闘争であり、勝負師にとっての最後の賭けだった。ここで負けたら、あとは自分の脳みそを吹きとばすしかない。

ところが、ジェノヴァに編集部を置くとある労働者向け新聞が、先走ってストライキの情報を漏らしてしまったがために、同盟側の計算は早くも狂いはじめた。国王はその時点ではまだ、左派内閣を発足させるために、社会主義者の助力を得るべく交渉を進めていた。しかし、ストライキの報に接するなり、王は急ぎファクタを呼び出し、社会主義者を抜きに新政権を組閣してくれと涙ながらに懇願した。その日の午後五時には、ファクタはすでに、退陣前とすっかり同じ顔ぶれの内閣を組織していた。王の涙を前にして、「いいえ」と言えるはずがなかった。

八月一日、いよいよストライキが開始されると、社会主義者の悪手がもたらした千載一遇の好機に接し、チェーザレ・ロッシに負けず劣らず歓喜雀躍《かんきじゃくやく》するミケーレ・ビアンキが、ファシストの最後通牒を発表した。「われわれは国家に四八時間の猶予を与える。すべての臣民に向けて、そして、国家の存立に危害を与えようと目論む輩《やから》に向けて、国家は速やかに、国家の国家たる権威を証明すること。この期間が過ぎれば、ファシズムは十全な行動の自由をわがものとして、国家の立場に成りかわり、国家の無力をあらためて証明することになるだろう」。ムッソリーニもまた、新聞の紙面で喜びを発散させた。「われわれが望むのはこれだけだ。闘うための、生きるための、苦しむための、勝つための、自由な領域を獲得すること。あるいは、こう言ってよければ、勝ち誇るための領域を獲得すること。勝利はわれらの手のうちにある」

実際、チェーザレ・ロッシはいま、行動隊に制圧されたミラノ市長の執務室をうろつきながら、大いに勝ち誇っていた。何度も護衛役の方を振りかえり、同じような言葉を繰り返している。社会主義者を統率する哀れな呆《ぼ》け老人たちは、もはや何度目かわからないゼネストを宣言することによって、バルボの暴力さえ正当化してしまうような唯一の亡霊を呼び覚ました。それはつまり、ボリシェヴィキ革命という亡霊だ。そうして彼らは、道理に合わない希望を、道理に合わない恐怖と引き換えにした。「わかるか?」ロッシは喜びに顔を輝かせながら、ドゥミニになおも繰り返した。「何か月も前から火を放ち、人を殺している私たちではなく、法を尊重してストを打っているやつらの方を、世間は無法者呼ばわりしているんだ!」

最後通牒が定めた期限が過ぎると同時に、イタリア全土で、武装したファシストが一斉に蜂起した。以前と同じ、ブルジョワと自由主義者の恐怖を後ろ盾とした、誰からも罰を受ける心配のない、たがの外れた反撃だった。他に先駆けて反乱の狼煙《のろし》があがったミラノでは、アルド・フィンツィが午前八時に、レオンカヴァッロ通りの車庫からトラムを引っぱり出し、みずからの運転で三号線を走らせた。いっしょにトラムに乗りこんだ行動隊員が、車両の小窓から小銃や機関銃を構え、群れなすスト参加者に銃口を向けていた。

マリーノ宮で浮かれ騒いでいるファシストのあいだに、誰かがダンヌンツィオを呼びに行ったという噂が広がった。この日、詩聖は偶然、マリーノ宮から歩いて一〇分の距離にある、マンゾーニ通りの「ホテル・カヴール」にいた。詩聖のミラノ滞在は、ストライキとも、ストライキの粉砕とも、いっさい関係がなかった。ダンヌンツィオは、彼と仕事をする出版社であればかならず支払わなければならない、法外な前払い金について交渉するために来ていたのだ。だがフィウーメの司令官は、ファシストの使節との面会すら受け入れようとしなかった。ダンヌンツィオに同伴していたコルセスキ弁護士は、詩人が心から軽蔑を抱いている暴力行為に、詩人の名前を結びつけるような真似はやめてほしいと懇願した。

フィンツィとロッシは話し合った。「大地主向け奴隷制度」の告発がなされてからというもの、ムッソリーニはかつてなくダンヌンツィオを憎んでいた。だが、ここにムッソリーニはいない。ドゥーチェはアリッチャか、フラスカーティか、あるいはアルバーノのあたりで、女の体と、軽めのスパークリングワインを堪能している。ロッシは配下のファシストに命令し、もうすぐガブリエーレ・ダンヌンツィオがマリーノ宮へやってくるという噂を拡散させ、自身はフィンツィと連れ立ってホテル・カヴールへ急行した。

さしもの司令官も、あの伝説のウィーン飛行をともにした戦友、アルド・フィンツィとの面会を拒むわけにはいかなかった。とはいえ、明らかに礼を失したこの要請を前に、詩人は抵抗を示し、ほとんど腹を立てているようでさえあった。するとフィンツィが、マンゾーニ通りに面した窓を開けた。詩人到着の報に熱狂した群衆が、ダンヌンツィオの名前を連呼している。まるで、彼がフィウーメを統治していたころのように。

「司令官、あなたを呼んでいるのはわれわれではありません。ミラノの民衆です」

ガブリエーレ・ダンヌンツィオは、この手のおべっかには逆らえない男だった。

「では、行こうか」

通りに出ると、すでに車が用意されていた。チェーザレ・ロッシは前もって、スカラ広場の市庁舎に掲げられた黒い隊旗のあいだに、フィウーメの旗を設置させていた。ダンヌンツィオはそれを見て目頭が熱くなり、勇躍してバルコニーへ向かった。群衆の歓喜に圧倒され、なにを言うべきかもわからないまま、詩聖は即興で語りはじめた。

「ミラノ市民よ。いやむしろ、鉄の時代の隊長に倣《なら》い、〈ミラノの男たちよ〉と言うべきか。ロンキの冒険の後、私がこの欄干から語りかけるのは、これがはじめてだ……この欄干はあまりにも長いあいだ、三色旗に沈黙していた。イタリアのしるしとイタリアの空が交わす、神聖な対話に沈黙していた……」

その名高き雄弁は、曖昧さの殻に閉じこもったまま、技巧を凝らした隠喩のなかに、文学的装飾のなかに迷いこみ、猛り立つ群衆の狂乱に圧倒されていた。だがそれで構わなかった、もはや言葉は問題ではなかった。スカラ座に向かって差しだされた、落ち着きなく、繊細そうで、よく肥えた詩人の肉体が、封蠟《ふうろう》のうえの印のように、この記念すべき一日に刻印を押した。この文人はついには、友愛への人道主義的な呼びかけまで発するにいたった。

「私が話しているのは闘争の言葉だと、諸君は信じているかもしれない。だが、友愛の言葉のほかに、私が語る言葉などない……いまなお傷口から血がしたたっている今日、この日ほど、善意の言葉が力を持つ日はかつてなかった。私はここで、燃えさかる善意の輝きを希求しよう。不活発な善意、怯懦《きょうだ》の善意ではなく、雄々しい善意を、正当な境界を印づける善意を……」

　この呼びかけにも意味はなかった。イタリアの詩聖が、あらゆる労働者の友愛と燃えさかる善意を希求していたその瞬間、何本か通りを隔てたサン・ダミアーノ通りでは、フォルニとファリナッチが率いる行動隊が『アヴァンティ！』編集部にたいして、これで三度目となる放火を企てていた。そのなかのひとりは、社会主義者が防衛のために用意した鉄条網に触れて感電死し、また別のひとりは、爆弾で四肢を吹きとばされた。だが、最終的には、紙の倉庫から火の手があがり、すべてが炎に包まれるだろう。これで、通りをふさぐ障害物はなくなった。ファシストは、より大規模な反撃の準備を始めた。

二週間前まで、世論の大勢はファシズムに否定的な立場をとっていた。すでに敵は弱体化し、わずかな抵抗しか示していないというのに、ファシストによる遠征の展開、実施の有り様は、あまりに度を越しているように見えたからだ……現在、イタリアは明らかに、ファシズムの側へ引き寄せられている。現実に蓋をしても仕方がない……ゼネストという鏡を覗きこんだ国家はまたしても、そこにボリシェヴィキの相貌を、勝利のあとに訪れた、あのあまりにも悲しい数年間の記憶を見いだしたのだ。

「現実」、『コッリエーレ・デッラ・セーラ』、一九二二年八月六日

ベニート・ムッソリーニ　ミラノ、一九二二年八月十三日

ローマからミラノへは空路で戻った。八月の生ぬるい空気が、ひげのそられていない顔に勢いよく襲いかかる。ムッソリーニは飛行艇「マッキM18」の操縦桿を握っていた。座席に覆いがない夏仕様で、「イゾッタ・フラスキーニ・アッソ」の一五〇馬力エンジンを搭載している。航続距離は一〇〇〇キロ、最大時速はおよそ二〇〇キロにもなる。かつてサルファッティと交わした約束を、彼はまだ守る気でいた。みずから飛行機を操縦して移動する、ヨーロッパではじめての国家元首になってみせる。

眼下に広がるイタリアはすばらしく美しかった。風を切る音がエンジンのうなりに吸いこまれ、ムッソリーニのあとを追いかけてくる。オーボエの深く神秘的な音色と、弦楽器の荒々しく唐突な響きを、交互に耳にしているかのようだ。飛行士用のゴーグル越しに、ぼやけた丘や斜面へ視線を這わせる。それはまるで、打ち負かされた敵の、荘厳で静謐《せいひつ》な肉体のようでもあった。生きていることを実感する。

社会主義はしばらく前から、地面にはいつくばっている。もう、起きあがることはないだろう。ファシストの行動隊が科した罰は容赦なかった、八月四日、敗北を悟った労働同盟が「遵法スト」の解除を宣言したあとも、行動隊は攻撃の手を緩めなかった。むしろ、地面にひれ伏す敵への苛烈な制裁は、降伏が宣言されたあとでなおいっそう激しくなった。全国で、数かぎりない協同組合、研究会、労働評議会が破壊され、社会党系の地方議会の多くが解散に追いこまれた。ムッソリーニがイタリア上空を飛んだ八月十二日にはまだ、トスカーナ地方、エミリア地方、ポー平原から、火災の煙が立ちのぼっている

のが見えた。正真正銘、とどめの一撃だった。

同じ日の朝、『ラ・ジウスティツィア〔「公正」の意〕』の紙面に、トゥラーティ本人による敗北宣言が掲載された。ムッソリーニは操縦席に乗りこむ前に、その記事に目を通していた。「勇気をもって、次の事実を告白しなければならない。今回のゼネストは、われわれにとってのカポレットとなった。われわれはこの勝負で、目も当てられないほどの大敗を喫した。最後のカードを切った結果、われわれの抵抗の堅固な拠点であると思われていたミラノとジェノヴァを手放すことになった。主要な地域にはことごとくファシストの突風が吹き荒れ、われわれはなすすべなく打ち倒された。勇気をもって、次の事実を認めなければならない。勝者はファシストである。もし彼らが望むなら、その恐るべき拳をいつまでもふるいつづけることだろう」

イタリアとはほんとうに、驚嘆に値する国家だ。四八時間かそこら棍棒を振りまわしただけで、一世紀を費やした闘争が頓挫してしまうのだから。社会主義者は粉砕された。見るがいい。男たちが、新聞が、眼下でうずくまっている。見るがいい。つい昨日まで、このすばらしい国家の平野、海岸、尾根のいたるところに神経を行き渡らせていた、あの社会主義者の組織を……いまではもう、動くことも、叫ぶこともなくなった。それどころか、呼吸をする気力さえ残っていない。

トゥラーティはいつも正しい。とはいえ、彼の現状認識が、いささか悲観的にすぎることも事実だった。なるほどたしかに、もはや社会主義者には攻撃を加える必要さえない。だが、戦場にはまだ、ふたつの勢力が残っている。ファシストと自由主義国家だ。両者の対決は、生きるか死ぬかの戦いとなるだろう。一度きりのチャンスをものにするために、ファシズムは長いあいだ待ちつづけてきた。道を踏み外すことのないように、最大限の注意を払わなければならない。いつもどおり、慎重に。

だが、事は簡単には運ばないだろう。簡単であるはずがない。ムッソリーニ不在のなか、自発的な行動により圧倒的な勝利を獲得したことで、ミラノの行動隊は有頂天になっていた。自身の同意を待たずに動員の命令をくだしたビアンキを、ドゥーチェは厳しく叱責した。するとビアンキは、絶対的な恭順をあらためて誓う一方で、次のように言ってのけた。自分としては、「腐った内閣の一員になるための」政治屋の術策に付き合うつもりはない。それよりも、正真正銘の権力を奪取するため、いまこそ跳躍を試みるべきだ。八月五日にムッソリーニと電話で話したチェーザレ・ロッシにいたっては、『アヴァンティ！』襲撃の際に命を落とした三名のファシストの葬儀のためにミラノに戻るつもりだというドゥーチェにたいし、それだけのためにわざわざ戻ってくる必要はないなどとのたまう始末だった。さらに、ロッシ、ビアンキ、フィンツィをはじめとする、熱に浮かされたミラノの面々は、およそ現実味を欠いたクーデターの計画まで練るようになり、その参加者を集めるために、誰彼なしに適当な呼びかけを始めていた。しまいには、クーデターを告知するため、『コッリエーレ・デッラ・セーラ』に使節まで派遣したが、新聞のオーナーであるアルベルティーニ議員の弟は、ファシストの代表団を門前払いした。

同時期の八月九日、ローマの議会では、第二次ファクタ内閣の信任投票をめぐる議論が行われていた。ある共産党の議員がファシストの行いを厳しく指弾すると、レアンドロ・アルピナーティが議席から立ちあがり、ひとことも発しないまま、しごく平静に共産党議員の方へ歩いていった。国会議事堂の事務員がどうにかアルピナーティを制止したとき、彼はすでに武器を握りしめていた。

このままではいけない。ムッソリーニもまた、今回の出来事に魅了されていたには違いなく、例によって例のごとく、遵法ストの鎮圧はみずからの功績であると宣言していたものの、行動隊もろとも暗闇に飛びこむつもりはさらさらなかった。ファシストの部隊は軍隊の規律に則《のっと》って組織されている。それは事実だ。だが、愚者か狂人の類でなければ、彼らに純然たる軍事行動を起こす力があるなどとは信じないだろう。イタリアの軍隊が、ほんとうの意味で行動隊の鎮圧に乗り出したことは、これまでに一度もない。サルザーナの一件からもわかるとおり、軍隊がその気になれば、ファシストを蹴散らすことなど造作もないのだ。社会主義者の群れでさえ、組織化に長けた指導者がいれば、行動隊の襲撃をせきとめられる。事実、パルマでは八月六日、労働者の街区オルトレトッレンテを、「人民突撃隊」が防衛した。四〇〇〇人の黒シャツ隊を率いるバルボは、町へ入ることはおろか、川を渡ることさえできなかった。

それに、南部の問題もある。国家の肉に腫瘍となってへばりつく、この中世の残骸は、ニッティ元首相に代表される、土地に根を張る老いた名士にいまなお支配されている。プーリアと、ナポリのごく一部を除けば、ファシズムが南イタリアに足を踏み入れたことはまだなかった。エミリア、トスカーナ、ロンバルディアのラスの大半は、ローマよりも南に下った経験がない。南部はファシズムにとって、完全なる未知の土地だった。

あとはダンヌンツィオがいる。またあいつだ、いつもあいつだ。マリーノ宮のバルコニーで演説したあと、ロッシは本人の同意を取りつけることもせずに、詩人がファシストの一員になったとする公式声明を発表した。ダンヌンツィオはこれに腹を立て、おおやけに不快感を表明した。とはいえ、欄干から眺めた群衆の海は、彼の心をたしかに浮き立たせていた。コカイン常用者として躁鬱《そううつ》の状態を往き来する詩人は、政治の興奮が引き起こす新たなる雷光に、膝を屈しつつあるようだった。

要は、ほんの少しでも操縦桿の扱いを誤れば、まっさかさまに墜落するしかない状況だ。水面下でたゆまず交渉を重ね、たくみなハンドルさばきで航行を続けたすえに、とうとう彼は、常人には思いもつかない、ダンヌンツィオとニッティとの秘密会合の約束を取りつけた。この宿敵ふたりと手を結び、すべてを掌握する三頭体制を築くつもりだ。北も南も、合法も非合法も、革命も国家権力の再興も、宮廷も広場も、糞《くそ》も血も、政権の神秘も謎めいた民族の驚異も、ぜんぶまとめて支配してやる。会合は八月十九日に行われる予定だった。かつてイタリア大使としてワシントンに駐在していた、カミッロ・ロマーノ・アヴェッツァーナ男爵の所有になるトスカーナ地方の邸宅が、会合場所に設定された。唯一の問題は、言うまでもなく、ダンヌンツィオが指揮権を握りたがるだろうということだった。

八月十三日、ミラノでファシストの頂上会議が開催された。ビアンキとロッシを除けば、三者会合のことは誰も知らなかった。党の指導部、中央委員会、国会議員グループ、組合連合など、ファシズムのあらゆる首領が一堂に会した。この種の会議に参加するのは今回がはじめてという者も多く、プーリアのカラドンナや、ナポリのアウレリオ・パドヴァーニら、南部の代表者まで参集していた。それでも、ダンヌンツィオとニッティとともに政権に就くという秘密の構想は、全員にたいして伏せられていた。サン・マルコ通りにあるファッショの事務所の、簡素で飾り気のない一室で、扉を閉ざしたまま会議は進められた。

まずは党書記長のビアンキが、ファシスト党をめぐる概況を報告した。次から次に煙草を取り替えながら、党のジレンマを告白する。「われわれは途方もない責任と対峙している。巨大な労働者大衆が、われわれのもとに合流しつつある……ファシズムは決断を迫られている……国家を養う活力となるのか、あるいは、われわれ自身が国家に取って代わるのか」。蜂起か、次回の選挙を通じての合法的な権力の奪取か。これが、ファシズムが直面しているジレンマだ。ビアンキ、ファリナッチ、バルボを除けば、蜂起という選択肢を本気で受けとめている者はいなかった。多くの追随者を持つディーノ・グランディは、蜂起に反対であることをはっきりと表明した。ただし、次の一点にかんしては、ビアンキの言うことに道理がある。ファシズムはいま、もはや引き返すことのできない重大な局面に立っている。革命を説くばかりでけっして行動を起こさなかった社会主義者が、ファシストに教訓を与えてくれた。このまま進めば、行き着く先は権力か破滅かのどちらかだ。偉大な経済学者ヴィルフレード・パレートもまた、ジュネーヴからムッソリーニに宛てて、次のようなメッセージを伝えていた。「いまがそのときです」

バルボは戦闘部隊の組織的結集を強固に主張していた。昼の休憩のあいだ、ビアンキとムッソリーニはそのバルボを呼び寄せ、全国規模で部隊を展開する際の指揮をバルボに依頼した。バルボは笑みを浮かべて承諾した。部隊をしかるべく統率するには、バルボのかたわらにふたりの将軍をつける必要があるとの結論にいたった。その役は、トリノのラスであるデ・ヴェッキと、実年齢にも増して老けこんだ退役将軍エミリオ・デ・ボーノに託された。デ・ボーノは何年も前から、政界に縁故を得ようとして、議会に席を持つあらゆる政党に接触を図っていた人物だ。

午後に再開された会議に参加したのは、党の指導部に属するごく少数のメンバーだけだった。進行役はムッソリーニがみずから務めた。この会議では、四つの議題にかんして評決が行われた。バルボ、デ・ヴェッキ、デ・ボーノからなる最高司令部のもとに、行動隊を軍事組織化すること。議会にたいして、選挙の実施を要求すること。未開拓地域へのファシズムの浸透を図ること。そして最後が、場合によっては有りうる選挙協力に非妥協の態度で臨むという、誰ひとり内実を理解していない、なんとも曖昧模糊とした覚悟についてだった。

すでに日は沈んでいた。会議の解散も間近になって、緊急の電話がかかってきた。ダンヌンツィオが、瀕死の重傷を負ったという。司令官は、邸宅の窓から落下した。頭蓋に深刻な外傷を負い、おびただしい量の血を流している。

この報せは大きな困惑を引き起こした。落下の原因が伝えられると、困惑の度合いはなおのこと深まった。なんでも詩人は、同棲する恋人ルイーザ・バッカラの妹で、まだ未成年のヨランダという娘に、性的な暴行を加えようとしたらしい。それは、著名なピアニストであるバッカラが、詩人と妹のヨランダに演奏を聴かせている最中の出来事だった。姉妹のどちらが詩人を突き落としたのかはわからない。

憤激した恋人なのか、辱《はずかし》められた妹なのか。あるいはたんに、コカインのやり過ぎで危険の判別がつかなくなった詩人が、向こう見ずに窓から飛び降りただけかもしれない。いずれにせよ、この事故はイタリアの歴史の流れを変えた。

ムッソリーニは、飛行機を操縦しているときにしか感じないような興奮を味わっていた。ただし、彼がいま坐っているのは、飛行機ではなくスポーツカーの運転席だ。助手席にバルボ青年を乗せて、ミラノの町を案内してやっているところだった。アクセルを踏みこむと、道路の石畳のうえで車がわずかに横滑りし、夏の夕暮れのなか、トラムの線路の上で何度かタイヤがスリップした。だが、そんなことは気にしなかった。ファシズムのドゥーチェは、国家の文化の行く末について、若き友にあれこれと話題を振っていた。右寄りのものも含め、いくつかの新聞は、「赤」と「黒」が日常的に繰り広げる暴力を評して、暗い時代だの、頽廃だのと喚《わめ》きたてている。なんて浅はかな連中だろう。こいつらはなにひとつわかっていない。イタリア語で書かれたもっとも偉大な詩である『神曲』は、われらが永遠の内戦を詠《うた》った韻文ではないか。教皇派《グエルフィ》と皇帝派《ギベッリーニ》の一世紀にわたる血みどろの争いがなければ、『神曲』をものするための霊感がダンテのもとに降りてくることもなかっただろう。

めずらしくドゥーチェが上機嫌であることを見てとったバルボは、詩人たちの霊感について、詩人たちの飛翔について、詩人たちのバルコニーからの落下について冗談を飛ばした。心を高く掲げよ！　心地よい夏の夕方だった。ミラノの街路に敷かれている四角い斑岩のうえを、スポーツカーが矢のように飛び去っていく。ああ、生とはなんとすばらしい。

ドライブに出かける前に、ムッソリーニはにんまりと笑みを浮かべながら、ファシスト党の公式声明を口述した。それによると、ローマへの進軍は、「あらゆる根拠を欠いた風聞」とのことだった。

選挙か、それとも暴力か。誰であれ、国家の一員としての良識をわずかなりとも保持しているなら、かくもあけすけに表明されたファシズムのジレンマとやらにたいし、あらためて次の疑問を突きつけなければならない。そもそも、ファシズムは合法なのか？……自分たちの力を知らしめるために、立憲政体の法に則る形で有権者の裁きを求め、しかも同時に、暴動、武装蜂起、クーデターの可能性を臆面もなくちらつかせる政党など、許容できるはずがない。「ファシズムが、合法か革命かというジレンマを抱えざるをえないのは、現今の窮地を乗り切るためである」、そのように考えた時点で、われわれはファシズムの術中にはまっている。事実はまるで反対だ。ファシズムの前に、不可避の分岐点などありはしない。なぜなら、現状においては、ファシストは誰からも脅迫されていないし、日の当たる場所からファシストを排除しようと目論む勢力も存在しないのだから。ファシストが、ファシストだけが、選挙か蜂起かを、自由気儘《きまま》に選択する権利を有している。

『スタンパ』、トリノ、一九二二年八月十五日

ファシズムは敵を完膚なきまでに打ちのめし、敗走させ、決戦に勝利した……嵐が収まったと見るや、当局は武器の押収に取りかかるだろう。したがって、各支部は所属のファシストにたいし、武器弾薬を遅滞なく、安全な場所に保管するように厳命すること。

ミケーレ・ビアンキ、ファシスト党地方支部宛ての、受領後の廃棄が義務づけられた秘密通達、一九二二年八月七日

行動隊を指揮する将軍や将校によって練りあげられた、ファシズムのとある軍事計画が存在す

――る……現在は休止期間だが、それは数日かもしれないし、数時間かもしれない。ファシストの軍隊は最後の行動を起こそうとしている。首都を制圧するために……首都が、ファシストの目的地である。

『アヴァンティ！』、ローマ版、一九二二年八月六日

――クーデターを試みるため、ファシストがローマを目指しているという噂が聞こえてくるが、それはあらゆる根拠を欠いた風聞である。

『ポポロ・ディタリア』、一九二二年八月八日

ジャコモ・マッテオッティ　一九二二年十月十日

「じきに国会議員を辞職すると思う。だって、どんな仕事も行動も無益だからね。ほかの党には同調できない。自分の党は、なすべきことをいっさいなにもやっていない。なら、議員でいることになんの意味がある?」

一九二二年の春にはすでに、ジャコモ・マッテオッティのなかに失意が広がりはじめていた。妻に宛てた、五月二十日の手紙のこの一節が、それを証言している。一日一日、世界はますます破滅の様相を濃くしている。だが、いまのマッテオッティにはもう、世界の破滅を防ぐ手立てはなかった。わが身を投げ出してみたところでむなしいだけだ。妻ヴェリアから非難されても、マッテオッティは不満を言い返さなくなった。絶望の時を生きる彼にとって、ヴェリアはただひとりの女神だった。手紙のなかの問いかけは、「なにをすべきか?」ではなく「なんの意味が?」に変わっていた。失われた闘争のジレンマだ。

二日後の五月二十二日は、マッテオッティの三十七歳の誕生日だった。その日に書いた手紙のなかで、ジャコモは早くも、人生の収支を振りかえる作業に取りかかっている。「今日で三十七歳になる。三十七……まあ、なにが変わるわけでもない。ただ、三十七という数字は確かだし、こんなにも速く歳月が過ぎてしまったことに愕然《がくぜん》とする。なによりも、というか、ほぼ唯一、僕が恐ろしく感じるのは、きみから、きみの愛から、きみという存在から、きみの愛情から遠い場所で、こんなにも長い時間を過ごしてしまったことだ。たぶん、僕にとって、取りかえしのつかないことといったらそれくらいだ」

夏のはじめ、ファシストが最後の決定的な攻勢に出ているころ、妻に宛てた手紙のなかでマッテオッティは、私的な会話に専心している。そこに書かれているのは、夫婦の愛をめぐる、甘く優しい言葉ばかりだ。それはまるで、世界のうちにあって世界と対立するふたつの魂がやりとりした、共謀の書簡のようにも読める。闘争に捧げられた公人の生が、手紙のなかでは私有化されている。「そう、きみのことを考えている。きみは僕の、大きな、ほんとうの、ただひとつの愛だった。毎日、毎時間、きみが僕の思考を占拠してきた。一年中ずっと、きみが僕の心を占拠してきた」

六月二十九日、深い絶望の底から政治にかんする言及が、ただ一度きりの言及が顔を出している。「われわれは外洋にいる……われわれの党のほかに、現状の悲劇を正しく認識している者は誰もいない」。孤立、孤独、砂漠、遭難。一九二二年夏、イタリアの社会主義者にとって政治はそのようなものに落ちぶれていた。

六月一日、労働総同盟からの突き上げを受けて、社会党の国会議員グループはジラルディーニ提出の議題に賛成票を投じた。それは、公共の自由と法の秩序の回復のために、政府との同意に努めるよう議員に義務づける内容だった。しかし、社会党最大綱領派の指導層は、改良派とブルジョワの共犯関係を批判して、いったん表明した賛成の意思を撤回した。そんなことをしているあいだに、七月の終わりから八月のはじめにかけては、ノヴァーラ県だけで二二一の左派の行政府が解散に追いこまれた。ムッソリーニの旧友であり、いまは社会党に所属するピエトロ・ネンニが指摘したように、プロレタリアートの指導者たちは、教会博士もかくやの見せ物を提供していた。自分たちの世界が破滅に向かっているというのに、彼らは聖典の文言をめぐる議論に夢中になっているのだ。プロレタリアートはもう、誰からも守ってもらえず、助けてもらえず、ただ自分自身にすがるよりほか、どうすることもできずにいた。

七月二十九日、国王と面会するためにトゥラーティがクイリナーレ宮の階段をのぼって以後、党派間の憎悪が撒き散らす有害な粉塵は、大地に分厚い層を形成するにいたっていた。急進的な社会主義者は例外なく、この出来事を真正の裏切りと見なして糾弾した。共産主義者は「骸《むくろ》のトゥラーティ」などと言って、このイタリア社会主義の長老をしつこく嘲笑した。その翌日、社会主義運動の最後の残り火を、ゼネストが吹き消した。ゼネストの担い手は誰だったのか？　諦めることをよしとしない民衆だ。武装した男たちに自宅に押しかけられ、仕事を再開しろと脅され、そのあいだ家を焼かれていた鉄道員だ。もう一〇〇回もストライキを敢行してきた労働者だ。すでにさんざん辛酸を舐めてきたにもかかわらず、彼らは今回も招集に応じた。それはジャコモ・マッテオッティの目には、讃嘆に値する、胸を震わす光景に映った。明日への期待などかなぐり捨て、信義をまっとうすることにすべてを賭けた男たちの、一世一代の大仕事だった。

八月下旬、あらゆる戦線で社会主義者が敗北を喫したあと、マッテオッティは切に願った。ほんのすこしで構わないから、平穏な時間を過ごしたい。夏とは、そうした希望に灯がともる季節なのだ。すばらしく穏やかな気候で知られる、西リヴィエーラのヴァラッツェを夫妻は選んだ。冬の夜は、北から吹きつける風をベニグア山がはねかえし、夏の昼間は、リグリア海の心地よい涼風が市中を通り抜けていく、そんな土地だ。しかし、ジャコモ・マッテオッティはここでも素性を突きとめられ、八月二十九日、町を離れることを余儀なくされた。警官と、土地のファッショの行動隊に付き添われて、マッテオッティは駅へ向かった。

十月三日、ローマで第一九回イタリア社会党党大会が開かれるに及んで、マッテオッティの心痛はさらに深まった。出席することを考えただけでも気が滅入るような、胸をさいなむ会合だった。党のさらなる分裂だけは、どうあっても回避しなければならない。党が割れてしまえば、革命派が革命を起こすことも、改良派が共闘に臨むことも、金輪際かなわなくなる。にもかかわらず、党は割れた。分裂は自殺行為だが、もはや避けようがなかった。左右両派の動議には、同じ絶望に由来する、ふたつの極端な思想が読みとれた。党書記長のジャチント・メノッティ・セッラーティによる、改良派追放の提案は、わずかな票差で可決された。フィリッポ・トゥラーティとジャコモ・マッテオッティは、生涯を捧げてきた社会党から放逐された。病変を切除したのち、党大会は共産主義インターナショナルへの加盟と、モスクワへの新たな代表団の派遣を決議した。そのあとは、代表団の人選をめぐって、ひたすら激しい議論が交わされた。

トゥラーティ、マッテオッティ、クラウディオ・トレヴェス、ジュゼッペ・サラガト、サンドロ・ペルティーニら、党を追われた人びとは、イタリアにおける第三の左派政党を設立した。一種の皮肉なのか、あるいは、もはやおなじみとなったやりきれない絶望を暗示しているのか、新しい党は「統一社会党」と命名された。若く、活力に満ち、けっして飼いならされることのないジャコモ・マッテオッティが、党の書記長に選出された。こうして彼らは、つねに革命を予告しながら、けっして革命を実行しない「最大綱領派」の狂気から自由になった。自由になったが、その自由をなんのために使えばいいのか、彼らにはわからなかった。

ヴェリアはもう何年も前から、夫に撤退を懇願していた。妻の良識に説き伏せられたのか、ジャコモ・マッテオッティは十月十日、次のような手紙をしたためている。「子供たちやきみを守りたい。それに、自分自身のことも。無益な犠牲はなんの役にも立たないし、なんの助けにもならないから……だのに僕は、みずから進んで溺れるようにして、党の書記長を引き受けてしまった。でも、すこしの間だけだよ。きっとね」

諸君が君主と政治的対話を交わし、君主制やブルジョワと協調を始めたことは、わが党と諸君らの関係の終焉を意味している。われわれは、諸君の善意に疑問を投げかける気は毛頭ない。だが、次の点だけは断言しておこう。昨日まで、諸君があれほどかたくなに主張していた統一は、ほかでもない、諸君ら自身の手によって砕かれたのだ。

『アヴァンティ！』、フィリッポ・トゥラーティとその追随者に向けられたメッセージ、一九二二年七月三十日

トゥラーティが王に会いに行った。社会主義運動はもはや形なしだ。未来へ引きずっていく骸《むくろ》がひとつ減った。

パルミロ・トリアッティ、『オルディネ・ヌオーヴォ』、一九二二年七月三十日

プロレタリアートの団結を実現する労働同盟は、プロレタリア防衛運動のさらなる展開のために運営され、強化されなければならない。勝利をわれらから遠ざけようと、敵が荒れ狂えば荒れ狂うほど、ますます勝利はわれらのもとへ近づくだろう。

社会党指導部の声明、一九二二年八月八日

ベニート・ムッソリーニ　ミラノ、一九二二年十月十六日

「最初の一撃で、ファシズムは木っ端みじんに粉砕されるでしょう」

　バドリオ将軍はローマで開かれたとある会合で、銀行家、新聞記者、さらには「戦勝公」ことディアズ将軍を前にして、このように言い放ったとされている。ファシズム発祥の地、ミラノのサン・マルコ通り一六番地の事務所に秘密裡に集まった男たちにとって、穢《けが》れた都ローマの、どこぞのサロンで口にされたこの言葉は、こめかみにつきつけられた拳銃と同じだった。彼らのなかにも四人の将軍がいたが、バドリオが正しいことはみなわかっていた。ひとりだけ、わかっていない者がいるとすれば、それはイタロ・バルボだった。十月六日、ドゥーチェに呼ばれてミラノにやってきたバルボは、行動隊の軍隊化は迅速に進んでいると請け合った。地方の若者たちは、すぐにでも出発できます。

　面談が終わると、ムッソリーニはめずらしく打ち解けた態度でバルボを誘い、ふたりで「カンパリ」というカフェへ軽食をとりに行った。くつろいだ雰囲気のなか、カフェでは終始穏やかに会話が交わされた。それでも、ムッソリーニは認めないわけにはいかなかった。バルボが率いる荒くれ者は、軍人ではない。喧嘩の勇気と戦闘の勇気は違う。敵対的な村を震えあがらせるために、備えのない敵や燃えやすい家財に容赦ない攻撃を仕掛けるのは、目にも鮮やかな行為ではあるものの、戦争ではない。トラックで自転車に対抗したり、均衡状態を突き崩したり、社会主義を奉じる大衆がデモのなかで表明する、民主主義への穏やかな信頼に怒濤《どとう》の攻勢をかけたりするのは、心躍る行為ではあるものの、戦争ではな

い。九月なかばにデ・ボーノとデ・ヴェッキが整備した、国防部隊の新たな軍規は、行動隊に軍隊の規律を課し、軍隊の階級制度を導入し、選挙による指揮官の選出制度を廃止した。だが、ご立派に「国防」などと名づけてみたところで、現実には、ファシズムはほんとうの軍事力は保有していなかった。ポー平原のすべての行動隊の武器をかき集めても、せいぜい数千挺の小銃があるきりで、隊員にその使い方を教えられる者もいなかった。

正規軍が放つ最初の一撃で、ファシズムは崩壊するだろう。そんなことは誰でも知っている。それでも、経験豊富な四名の将軍と、いくつもの勲章を授かった四名の退役軍人は、ある秋の日の午後、国家にたいする武装蜂起を決断するためミラノに参集した。

サン・マルコ通りにあるファッショの事務所の、そう広くもない幹事室にて、午後三時より会合は開始された。招集状はムッソリーニが、出席は義務であることを書き添えたうえで、四日前にみずからの名前で発送していた。宛て先は、すでにミラノにいるミケーレ・ビアンキのほかは、国防部隊の司令官であるバルボ、デ・ボーノ、デ・ヴェッキの三名と、ローマの行動隊の首領であり、大戦で金メダルを授かったウリッセ・イリオーリ、そして、新規加入者でいずれも輝かしい戦歴を誇る、ファラ将軍とチェッケリーニ将軍のふたりだった。ファッショの事務所はこの日、外側は王国護衛隊、内側は行動隊と、二重の部隊に監視、警護されていた。

話し合いを始める前に、連絡の行き違いについて解決しておく必要があった。デ・ボーノは、会議に誰が招集されているのか知らされていなかったため、ファラとチェッケリーニというふたりの新参者がその場にいることにひどく腹を立てていた。デ・ボーノの不満を見てとったムッソリーニは、軽く肩をすくめてみせた。いったいなにが気に食わないのか？　新入りふたりは高名な軍人だ。チェッケリーニは、第二次イゾンツォの戦いにおけるベルサリエーリ〔高度な機動性を特徴とする軽歩兵の特殊部隊〕の指揮官だった。ファラはオーストリアのバインジッツァ高地を占領し、リビアのシャラシャットではイタリアの名誉を救った。それに引き換え、デ・ボーノはどうなのか。軍隊関係者の輪を一歩出れば、デ・ボーノのことなど誰も知らない。じきに揉め事はおさまり、会合が始まった。どこへ行ってもいちばんの若手であるバルボが、議事録をとる係になった。

まずはドゥーチェが、会議の目的を説明した。われわれはなぜ集まったか。それは、自衛のすべすら知らない国家に、もはや存続する権利はないからである。もし、イタリアにほんとうの政府が存在するなら、王国護衛隊がまさしくこの瞬間にあの扉から入ってきて、会合の解散を命じ、この事務所を接収して、われわれをひとり残らず逮捕しているはずだ。軍隊と警察組織を有する国家において、士官名簿と軍規を備えた武装集団の存在など、けっして許されるものではない。早い話が、イタリアには国家がないのである。これ以上は時間の無駄だ、ファシストはなんとしてでも権力の座につかねばならない。さもなければ、イタリアの歴史は一篇の滑稽譚に成り下がるだろう。

じつに単純な理屈だった。イタリアはひとつの国《ネーション》だが、国家《ステート》を持たない。ならば、ファシズムがイタリアに国家を与えよう。ムッソリーニは九月二十日、ウーディネで開かれたファシストの会合で、次のように言明している。「計画はひとことで言い表せる。われわれはイタリアを統治したい」

取っ手の形をした大髭で表情を隠しているファクタ首相は、いまだに幻想にしがみつき、第三次内閣にはファシストも参加してくれるだろうと見込んでいた。そのファクタは九月二十四日、議員生活三〇周年を支援者とともに祝うために、ピネローロで宴席に参加した。ヴォローヴァン〔鶏・魚のクリーム煮などを詰めたパイ〕とヴィテル・トンネ〔子牛肉を白ワインや野菜とともに蒸し煮にして、裏ごししたマグロの入ったソースをかけて食べる、ピエモンテ地方の郷土料理〕を目玉とする食事会には、七一名の上院議員と一一七名の下院議員を含む、三二〇〇名の会食者が詰めかけた。それは、最上流の階級に属す人びとのために催された、盛大な葬儀だった。

内閣のミイラたちは、「ローマ進軍」とはただの隠喩であると信じこもうと躍起になっていた。だが、歴史の流れのなかで、進軍はすでに始まっている。なぜならローマは毒に汚染されており、患部を切除するには、役立たずの政治屋どもからローマを取りあげるには、進軍することが必要だからだ。部隊は準備できている。戦争に参加した軍隊の暴力によって、ファシストの部隊は改良されている。暴力の預言は現実となる、解放する暴力と束縛する暴力が存在する、大衆は愚鈍な羊である、民主主義の世紀は終わった、自由主義国家は仮面である、ファシズムとは若く、強く、雄々しいイタリアである、衝突は不可避である、機は熟した、戦うべき時がきた、預言が告げていた時がきた。鐘が鳴れば、われらはひとりの人間のごとく一体となって、進軍を開始するだろう。

ドゥーチェが吟じる戦争の歌を聴いているあいだ、バルボの瞳には、行動への本能的な欲求が燃えさかっていた。ビアンキが、もう何本目かわからない煙草に火をつける。デ・ヴェッキが青ざめた顔で口を挟んだ。

「汚染され、腐敗して耄碌《もうろく》した、虱《しらみ》まみれの哀れなイタリアを軽蔑することにかけては、私は人後に落ちません。ですが、ドゥーチェ、肝心かなめの問題点が見過ごされています。ファシストの力を統御する軍事組織がなければ、計画の挫折は必至です」

ムッソリーニとビアンキは示し合わせたように視線を交わし、それから同時に、反対者の方へ顔を向けた。デ・ヴェッキがふたたび口を開く。

「国防部隊の準備は終わっていません。組織化された軍隊として動けるようになるまでには、まだ時間がかかります」

ムッソリーニは激昂《げっこう》し、声を荒らげた。まさしく、時間を捻出できるはずがないと知っているからこそ、デ・ヴェッキは時間を要求しているのだ。攻撃は、数日以内に行われなければ意味がない。「それはばかげています。成功よりも失敗を好むというなら話は別ですが……」デ・ヴェッキは最後にそう反論し、一か月の猶予に要求を引き下げてから、ほかの参加者に意見を求めた。

イタロ・バルボは次のように懸念を示した。「年寄りどもの政党は動きを速めています。ファシズムはみずからの意図に反して、選挙の罠を利用した敵の陰謀に絡めとられる危険がある。もしここでクーデターに打って出なければ、春には手遅れになっているかもしれない。ローマの空気が生ぬるくなるころには、自由主義者と社会主義者も手を結ぶでしょう」

ミケーレ・ビアンキはバルボの意見を支持し、政治の潮流の観点からも、即座の行動が求められていると付け加えた。反対に、ビアンキから話を振られたデ・ボーノとチェッケリーニは、延期を求めるデ・ヴェッキの慎重論に同調した。ファラ将軍も、延期の側に傾いていた。即時行動が必要だとは思えないし、そもそも自分は、ファシズムの幹部や司令官のこともまだよく知らないのだとファラは言った。

そして、ふたたびムッソリーニの番になった。口調は和らぎ、不意打ちの陰湿さは鳴りを潜めている。「ローマ進軍という革命的行為については、いますぐに実行するか、永久に実行しないか、そのどちらかしかない。ファクタを相手に進めている交渉は、たんなる目くらましだ。時は熟し、政権は朽ちている。この間《ま》にも、ジョリッティの亡霊はすこしずつ、舞台の前方へ迫《せ》り出してきているんだ。わかっていると思うが、ジョリッティが権力の座に返り咲けば、すべてをいちから考えなおさなければいけなくなるぞ」。ここでいったん口をつぐみ、全員を見まわして、自分の言葉が及ぼした効果を確認した。そうして、ふたたび話しはじめる。「聞けば、ファクタの取り巻きのなかには、ジョリッティとダンヌンツィオの和解という、とんでもない計画を練っている者がいるらしい。私は先週、ガルドーネでダンヌンツィオに会ってきた。いまのところは、彼はこちら側だ。しかしファクタは、十一月四日の戦勝記念日に〈無名戦士の祭壇〉の前で、傷痍軍人や退役者に見守られるなか、ジョリッティとダンヌンツィオを抱擁させる肚《はら》なんだ。占い師の脳みそがなくてもわかるだろう。芝居じみているとはいえ、重要な意味を持つことは否定しようのないその手の行為は、ジョリッティに新たな力をもたらす。そんな事態が起こる前に、われわれは行動を起こさなければならない」

これで決まりだった。武力行使だ。正確な日程を決めるのは、十月二十四日にナポリで大規模集会が開かれた後ということになった。あとは、内容を詰めるだけだ。軍事行動が始まった瞬間、組織内の政治階級はすべて無効になる。かわりに、ビアンキ、バルボ、デ・ボーノ、デ・ヴェッキから構成される「四頭会議」に、ファシズムの全権が付託される。モンテロトンド、ティヴォリ、サンタ・マリネッラに部隊を集結させ、三方から一夜にしてローマへ進軍する。四首脳はペルージャに本部を置き、予備軍はフォリーニョに駐留する。

ムッソリーニはポケットから用紙を取りだした。あっけにとられる面々をよそに、蜂起開始の際にファシストへ投げかける声明を読みあげる。何日も前に準備して、ずっとポケットに入れていたのだ。

「ファシストよ！　イタリア人よ！　決戦の時がきた……」

簡素で寒々としたサン・マルコ通りの事務所のなかで、チェーザレ・ロッシの執務室だけは、選び抜かれた多くの家具で飾られていた。会議が終わり、ほかの出席者といっしょに出ていく前、大ブルジョワの邸宅に似合いの板張りの壁を見て、バルボは気どった趣味を鼻で笑った。いまはムッソリーニが、険しい顔つきで、この優雅な室内を行ったり来たりしている。それから、ロッシの机の前で立ちどまった。

「ジョリッティが返り咲けば、私たちは終わりだ」

最後の部分は、「お・わ・り・だ」というふうに、一字ずつ区切って発音された。殺気立った声が、激しい苦悩の波から立ちのぼり、耳を刺す音色を響かせる。

「フィウーメのことを思い出してみろ。いまと似たような状況で、政府はダンヌンツィオに砲撃を浴びせた。事は急を要するんだ。なのにあの連中ときたら……だが、私は自分の考えを押し通した。月末までには、すべての準備を済ませなければ」

ムッソリーニは口を閉ざし、二〇平方メートルの空間でふたたび行進を始めた。話に続きがあることをわかっていたロッシは、沈黙によって同意を表明した。相談役の理解ある態度を受け、君主は現状の正確な描写に取りかかった。

「ファシズムはいたるところで汎濫《はんらん》している。いまでは、軍隊の外観を纏《まと》おうというところまできた。反ファシズムの陣営にはもう、断固たる抵抗を展開する力は残っていない。どこかの土地で、かぎられた人数が、単独で立ち向かってくるだけだ。憲兵隊と王国護衛隊は、とくに地方では、明らかにファシズムに肩入れしている。軍の幹部もこちらの味方だ。なぜなら、軍人はファシストのことを、塹壕からやってきたイタリアだと感じているからだ。加勢までは期待できなくとも、静観はしてくれるだろう。ファクタの政府には、ファシズムに向けて引き金を引く度胸などない。王政派はウーディネでの私の演説を聞いて安堵している。ナポリではより明確な姿勢を示すつもりだ。国会議員は、自分たちの術策がことごとく失敗したことに気づいている。いまでは、ファシストと良好な関係を築くことで頭がいっぱいだ。あんな連中は、快楽に走る自殺者の群れでしかない……企業家やブルジョワや地主はみな、われわれが政権に就くことを望んでいる。アルベルティーニのような自由主義者でさえ、いかなる犠牲を払おうと、ファシズムによる政権奪取が優先だと主張するようになった。あのルイジ・エイナウディまで、『コッリエーレ』でわれわれに共感を示している……」

ムッソリーニはまた立ちどまり、ポケットに両手を入れた。まるで、権力への進軍の障害物が、チェーザレ・ロッシの部屋を歩くことまで妨げているかのように。

「懸念はある。まずはパルマだ。ここは、共産主義者に武力で占拠されている。あとはダンヌンツィオ、国王、そして、ファシストの放縦だ。決定的な行動を起こしているときに、ポー平原で身動きがとれなくなるようなことがあれば、目も当てられない。ダンヌンツィオの磁力に引きつけられる者はつねにいる。ファシストのなかにもいる。バルコニーから転落したあとでさえ。だが、あの男に物事をまとめあげる力はない。詩人は『アルチヨーネ』を書いた。もちろん、私にあんなものが書けるはずはない。だが、政治家として値打ちがあるかといえば、答えは否だ。偉大な足跡を残した男だが……あとから振りかえってみれば、旅人の影しか残っていない……たとえ詩人がわれわれの敵に包囲されているにせよ、あの男を操る手ならいくらでもある……」

ここで、ドゥーチェはまた動きをとめた。

「いちばん心配なのは、そう、ファシストだ。なにしろ、粗悪な人間どもがファシストの素材だからな。壮大な事業に向いているはずがないんだ。個人の地盤、地域の寡頭支配、ちっぽけな暴君が権勢をふるう土地……それを屈服させないと……国王について言うなら、たしかにあれは謎めいた人物だが、玉座のまわりにはわれわれが利用できる梃子《てこ》がある……」

ファシズムの共鳴者として知られる、皇太后とアオスタ公へのほのめかしが、部屋に押しよせる夕闇のなかで宙づりになる。口にするのは憚《はばか》られる、フリーメーソンへの暗示とともに。ムッソリーニはポケットに手を入れなおし、また首を振った。

「〈ゲートルのボタンが足りません〉……わかるか、チェーザレ⁉　この好機を逃せばわれわれはおしまいなんだ。なのにデ・ヴェッキやら、デ・ボーノやら、喜歌劇《オペレッタ》にでも出てきそうなうちの将軍どもは、制服の用意ができていないなどと抜かしやがる！　あんなやつらはローマ進軍より、祝賀パレードでも企画していればいい……」

ミラノ・ファッショ書記長の執務室は、すでに暗くなっていた。秋が深まるにつれ、どんどんと日が短くなる。十月なかばの北イタリアでは、夜が早く訪れる。

チェーザレ・ロッシはようやく書きもの机を離れ、アールデコのランプをともした。かたくなな沈黙と射るような視線が、厄介な質問の輪郭を壁に描き、宣戦布告のうえに皮肉の影を投げかけた。「ローマ進軍」という表現は、その沈黙のなかに吸いこまれ、意味を持たないからっぽの言葉となった。

ムッソリーニはロッシの視線をとらえ、笑みを浮かべた。言葉を介さずとも、ふたりはたがいの胸中を完全に見通していた。

戦争は将軍たちの手に余る。彼らは二重思考ができない、考えるということを知らない。戦争と、心理的な戦争の違いがわからないし、暴力と、暴力の脅迫をわけて考えることもできない。必要なのは、「あたかも」を実践することだ。すべてが「あたかも」の哲学なのだ……宣言すること、動員すること、武装すること、すこしばかり殺し合うこと、そして……そして、ほんとうに進軍しながら、進軍するふりをすること。あるいはその反対でもいい、好きな方を選べばいい。いずれにせよ、肝心なのはファンファーレ、喧騒、頌歌《しょうか》、いくらかの血の染みだ。肝心なのは、自分の内容を真実だと信じてもらうために、現実が行き過ぎることを求めるフィクションだ。突きつめて考えるなら、あらゆる偉大な行為は、良くても象徴なのだ。悪ければどうなのかは、口に出さずにいる方が賢明だろう。

「いまがそのときです」。あの偉大なるパレートも、ジュネーヴから発信された電報にそう書いていたではないか。だが、この著名な学者は、次のように付け足してもいた。「イタリア人は大きな言葉と、小さな行動を好みます」

ファシズムは革命だ、それはわかっている。だが、すべてを賭けるのは賢明な策ではない。どこかに足場を残しておかなければならない、すべてが崩壊するような印象はぜったいに与えてはいけない。さもなければ、最初の熱狂の波に続けて、第二の恐慌の波が押しよせるだろう。節度ある蛮行が求められる。そう……権力の奪取にはこれが必要だ。節度ある蛮行。

虚弱な政治屋たちのイタリアと、健やかで、強く、活力に満ちたイタリアが戦っている。後者はいま、すべての能無しを、すべての役立たずを、イタリア社会に汚染されたすべてのごみを、ひとまとめに箒で掃き落とす用意をしている……要するにわれわれは、イタリアがファシストになることを望んでいる。

ベニート・ムッソリーニ、クレモナの政治集会、一九二二年九月二十四日

いまや自由主義国家は、その裏になんの顔もない仮面と化した……自由主義国家の愚かしさは、自由をすべての人びとに、国家を打ち倒すためにそれを利用しようとする人びとにまで与えたという点にある。われわれは、そうした自由を与える気はない……われわれを民主主義から隔てているのは、選挙というお飾りではない。人びとは投票を欲している？　なら、好きに投票すればいい！　倦怠を経て痴愚にたどりつくまで、われわれみなで投票しつづけようではないか！　誰も普通選挙の廃止など望んでいない。われわれは、反動的かつ厳格な政治を行う……ファシズムはイタリア人を三つのカテゴリーに分割する。家にとどまり待っているだけの、「無関心な」イタリア人。外を歩きまわることができる「共鳴者《シンパ》の」イタリア人。そして最後が「敵の」イタリア人であり、このカテゴリーに属す人びとに外を出歩く権利はない。

ベニート・ムッソリーニ、「アマトーレ・シエーザ隣人会」での演説、ミラノ、一九二二年十月四日

古狐のジョリッティが、ファシズムを敗北に追いこむ準備を進めています。もし、ジョリッティに飼いならされてしまうなら、そこでファシズムは終わりです……いま、社会主義を見捨てようとしている大衆が、やがてはファシズムを見捨てるでしょう。どんな手を使ったところで、大衆を満足させることなどできるはずがないのですから。見捨てられる前に革命を起こさなければいけません。でないと、祭りは終わってしまいます。

――マッフェオ・パンタレオーニによる、ヴィルフレード・パレート宛て書簡、一九二二年十月十七日

社会主義者にはつかみとれなかった逃げさる時は、いま、ファシズムの手中にある。われわれ行動の人間は、この時を逃すことなく、進軍を決行する。

――ベニート・ムッソリーニによる、サウロ、カルナーロ、ミラノの行動隊に向けたメッセージ、一九二二年十月はじめ

ニコラ・ボンバッチ　モスクワ、一九二二年十月末

民主主義は最悪の文体を有している。出来損ないの文学だ。トロツキーは正しい。ファシズムの襲撃にたいする自由主義系の新聞の態度が、そのことを証明している。口ごもり、共感し、それから後ずさりする。衒学的《げんがく》で、晦渋《かいじゅう》で、ぐらぐらと足場の定まらない散文だ。思想にも意志にも欠けた、時代遅れの民主主義の散文は、呆然としてあたりを見まわしながら、次々と但し書きを積み重ねていく。それは自分のものではない言語、英語から翻訳した言葉で、そこには古典ギリシア語が、なじみのない過去が残響をとどめている。民主主義とはなんなのか、イタリアは知らない。もちろんロシアだって知らないのだが、彼の地は少なくとも、民主主義にたいする無知を補うために、世界に向けて共産主義を贈与した。

十月末、ニコラ・ボンバッチはモスクワに向けて出発した。共産主義インターナショナルの、第四回大会に出席するためだった。一九二一年一月にリヴォルノで社会党と分裂した、イタリア共産党の代表団といっしょだった。共産党は共産党で、右と左に割れていた。アンジェロ・タスカ率いる右寄りの少数派は、つい先ごろトゥラーティら改良派を追放した社会党との合流に前向きだった。それにたいして、ボルディーガ書記長が先頭に立つ左の多数派は、「統一戦線」に反対の立場だった。ロシアのボリシェヴィキは、合流を強く推奨していた。そうすれば、すべてのプロレタリアートが一体となって、ファシズムの障壁になることができるからだ。しかし、ボルディーガは抵抗した。ボルディーガにとってみれ

ば、民主主義とファシズムはすでに同義語であり、資本主義者による反革命はすでに勝利を収めていた。今後ファシズムが権力の座についたところで、いったいなんの違いがあるというのか？　そのように主張するボルディーガにたいして、トロツキーはイタリアのファシズムに見られる特殊事情を強調した。プロレタリアートに対抗するためプチブルを動員するというのは、世界中を見まわしてもほかに例がない。それでも、ボルディーガは耳を貸さなかった。トロツキーがなんと言おうと、彼のような男にとって、民主主義とファシズムは同一物でしかありえなかった。

どんなときでもモスクワの側に立つボンバッチは、「統一戦線」の構築にも賛成だった。二月にローマで開かれた党大会では、社会主義者による「汚染」を避けることにばかり汲々《きゅうきゅう》とする、ボルディーガとその取り巻きの抽象主義、純粋主義を、正面切って批判した。結果、ボンバッチは党内で居場所を失った。孤独と不信の日々を過ごし、ついには党の中央委員会から除名された。彼はレーニンの側近ジノヴィエフに宛てて、胸が締めつけられるような手紙をしたため、そのなかで自身が見舞われた「政治的殺人」に嘆きをもらしている。

ファシストに打ち負かされ、社会主義者と袂《たもと》を分かち、内部にまた分裂を抱えているイタリア共産党の代表団が十月末にモスクワに到着したとき、ロシアでは共産主義が、いままさにこの世の栄華をきわめているところだった。レフ・トロツキー、せっかくの助言をボルディーガから無視されたこの人物は、革命前は「ペン」とあだ名される文人だった。そのペンを手放すが早いか、史上もっとも巨大な民衆の軍隊、武器を持った数百万の労働者と農夫からなる「赤軍」をほんの数か月で組織し、世界規模で戦地を転々とする新たな戦争の概念を作りあげた。四年にわたり血みどろの内戦が繰り広げられるなか、トロツキーは赤軍の先頭に立ち、ふたつの大陸と数十の戦線で、あらゆる革命の敵を踏みつぶしていった。内外の敵を蹴散らした東方の共産主義者は、まもなくソヴィエト社会主義共和国連邦を結成し、世界史における新たな時代の到来を言祝《ことほ》ぐだろう。ひるがえって西方の共産主義者は、敗北に敗北を重ね、あらゆる戦線から後退している。地球上のすべての共産党が集まったコミンテルン内部では、ロシアの同志の絶対的な覇権《ヘゲモニー》がくっきりと浮かびあがった。ボルディーガを筆頭とする他国の共産主義者としては、身を隠すための巣穴がどこにあるかに関係なく、みずからの敗北の底から、ロシアの同志の勝利にせいいっぱいの声援を送るよりほかなかった。

磁器の人形を思わせる、ニコラ・ボンバッチの瞳の青みを帯びた虹彩には、ささやかな鬱積《うっせき》の色が宿っていた。その目つきが雄弁に語っているとおり、自分がモスクワに従属する立場にあることを、彼はよく承知していた。すでにリヴォルノの会合で、そこに居合わせた同志たちを前に、彼はこう宣言していた。「たとえ恐怖に満ちていようと、たとえ苦痛に満ちていようと、ロシア革命という光のあとに続いて、前に進もうではありませんか」。年が明けてからは、イタリア国家にたいして、ロシアとの貿易を再開すること、および、ソヴィエト政権を正統な政府として認めることを求め、議会で闘争を展開した。この闘争の過程で、ボンバッチは奇妙な道連れを得た。エットーレ・コンティに代表される、企業家の富豪たちだ。こうして、「金儲け主義」と共産主義が手を結んだ。敗北の運命から嘲《あざけ》りを受ける者は、かかる歴史の皮肉にも屈服しなければならない定めだった。

モスクワでは、栄光あるロシア革命の写真は、すでに正当な権利をもって、同時代の中央文書館に収蔵されていた。指導層の執務室や会議室には、そうした写真がうやうやしく飾られていた。一九一七年七月、サドーヴァヤ通りにて、群衆に向けて発砲する、暫定政権に忠実な部隊の兵士。一九一七年九月、馬車の荷台で銃を構えペテルブルグを哨戒する、ボリシェヴィキの労働者グループ。一九一七年十月、戦闘の準備をする、巡洋艦アヴローラの乗組員。

なかでもひときわ見事な写真には、次のような添え書きがあった。一九一七年十月二十五日、冬宮《とうきゅう》の入り口へ駆け足で向かっていく赤衛隊。ロシア全土を統《す》べるツァーリの主たる住居であり、その権力の象徴でもある建造物へ、プロレタリアートが攻撃を仕掛けている。シャッターは高い場所から切られている。おそらく写真家は、街灯のてっぺんによじ登ってこの場面を撮影したのだろう。雪に覆われた白い広場の表面で、くすんだ色合いの男たちが群れをなし、やはりくすんだ色調の、石造りの外壁に飛びかかっていく。写真の奥に広がっているはずの、未来の水平線へいたる道を、荘厳な宮殿が柵でふさいでいる。敵の堡塁《ほうるい》は、とても乗りこえられそうにないように見える。終わりなき冬の酷寒のなかにそびえる、言葉を発することも、こちらの言葉を聞き入れることもない、断固たる拒絶の表象だ。それでも、身を躍らせて攻撃にかかるちっぽけな男たちのなかに、両足を地面につけている者はひとりもいない。全員が、全員が息せき切って走り、ルネサンスの遠近法の基礎となった数学法則に身をゆだね、ほとんど完璧なピラミッドを形づくっている。まるで、マザッチョかピエロ・デッラ・フランチェスカが、勝利に彩られた労働者の闘争を活写したのかと思うような構図だった。この、一九二二年十月末の時点では、ニコラ・ボンバッチをはじめとするイタリアの代表団の目には、共産主義革命はまだ、勝者の悔恨のようには映らなかった。人びとがそうした眼差しを獲得するのは、まだずっと先の話だ。彼らがはっきりと見てとったのは、敗者の嘆きだけだった。

ボンバッチとともに代表団の一角をなす、イタリア共産党のもっとも明敏な知性アントニオ・グラムシは、最悪の健康状態にあった。グラムシは今回、モスクワの会議に参加するため、ほんの数日前にサナトリウムから出てきたばかりだった。サナトリウムで過ごした六か月間は、病状の進行を遅らせる役しか果たさなかった。このころのグラムシは、慢性疲労、健忘症、不眠といった症状に悩まされていた。

二十世紀のもっとも偉大な人物、かのレーニンもまた、残念ながら病に苦しめられていた。イタリアの代表団と面会する数か月前に、彼は脳卒中の発作に見舞われた。それでも、レーニンは笑みを浮かべながら客人を迎え、カプリで過ごした若き日の亡命生活の記憶をよすがに、ボルディーガやカミッラ・ラヴェーラにイタリア語で話しかけた。ボルディーガは一同を代表して、レーニンの病状にたいする不安を伝えた。

「大丈夫だ」。レーニンはきっぱりと答えた。「ただ、横暴な医師の指示に従わないといけなくてね。病気がぶり返さないように……」。それから、残りわずかな自分の未来のことはあとまわしにして、イタリアの現状を説明するよう要求した。

ボルディーガは社会党との関係について触れようとしたが、すぐにレーニンにさえぎられた。そんな議論に割くための時間はない。知りたいのは、ファシストを抱えるイタリアで、いまなにが起きているかということだ。

ボルディーガは、訊かれたことに素直に答え、すでに口にしたことのある分析や判断を繰り返した。不意に、偉大なロシア人が割って入り、労働者と農夫はこのところの出来事についてどう思っているのかと質問した。イタリア共産主義を代表してモスクワにやってきたボルディーガは、授業で取り扱わなかったテーマについて質問を受けた学生のように、言葉を失って立ちつくした。

イタリアに目を転じるなら、そのころナポリのプレビシート広場では、無数の黒シャツが「ローマへ！　ローマへ！」と叫んでいた。時を同じくして、ミラノに集まった社会党の主要なリーダーたちは、ファシズムの企図を真剣に受けとめるべきではなく、この脅迫は非現実的であると見なすことで一致していた。重大な出来事はなにひとつ、ぜったいに起こるはずがないという確信のもと、イタリアの社会主義者はモスクワ行きの列車に乗りこんだ。

単純に、伝統主義的な観点にのみ立脚して言うのなら、国家には、ファシズムの激しい攻撃に抵抗するための最低限の実力が備わっているはずである。したがって、われわれはかつてもいまも、ローマ進軍が実現するとは思っていない。

「衝突は起きないだろう」、『アヴァンティ!』匿名記事、一九二二年五月十五‐十六日

進軍　一九二二年十月二十四－三十一日

ナポリ、一九二二年十月二十四日、サン・カルロ劇場、午前十時

ナポリ、地中海の女王、安逸な熱狂と、時代を超えた幻滅の都、そのナポリに立つサン・カルロ劇場の巨大なホールに、一九二二年十月二十四日午前十時、ベニート・ムッソリーニが姿を現わすと、かつてない昂揚《こうよう》が劇場全体を包みこんだ。それはダンヌンツィオの演説がもたらす感動に似ていたが、詩人の言葉にまとわりつく悲しみのニュアンスとは無縁だった。今度の英雄的指導者は、歓喜に震える群衆に犠牲を求めるのではなく、恍惚を与えるだろう。

演説のなかで、ムッソリーニは高らかに宣言した。歴史の主役は大衆である。二十世紀がもたらしたこの重要な知見に、新聞記者は驚くと同時に感服し、「魔術的な、ほとんど宗教的な宣言」、「驚くべき直観力」と評し、「震えるほどの感動を引き起こしたこの言葉を、紙面で再現すること」は不可能であると読者に告白した。県知事、市長、地方政府の有力者や南部の国会議員グループの歓待を受け、五〇〇本の隊旗に見守られながら、高らかなラッパの音に背中を押されて、とうとうベニート・ムッソリーニが壇上にのぼったとき、一〇〇〇と少ししか座席のないホールで、二時間前から押すな押すなの騒ぎを繰り広げていた七〇〇〇人のナポリ市民がなにを感じたのか、それを理解するには、その場に居合わせ、震えるほどの感動を共有するより手立てはないのだ。ムッソリーニの登壇に合わせて、軍楽隊が「青春」を演奏した。一階席の全員が起立していた。全員が声を合わせ、胸を震わせ、あらんかぎりの

声を張りあげて歌っていた。

ナポリ人が陽気な民衆であることを意識して、ドゥーチェは最初に軽い冗談を飛ばし、それから、王立劇場を埋めつくすブルジョワ市民の前で、率直かつ慎重な演説を披露した。ファシズムが武装政党であることは、もはや隠し立てするまでもない。われわれが武装したのは、最後には力がものを言うからである。それゆえにファシズムは、揺るぎない規律を叩きこまれた、強力な軍団を組織した。ファシズムは、曖昧さを排して言うなら、国家にならんと欲している。議会とはただの玩具《おもちゃ》だ。だが、ファシズムは民衆から玩具を取りあげるつもりはない。議会を維持して、手慰みにするのもいいだろう。ファシズムの目的は別にある。われわれの神話、それは国であり、その偉大さである。

ここまで言ってから、ムッソリーニは用心深く危険を回避した。理想に燃える共和主義者としての顔は、きっぱりと脇に退けられた。ゲームの規則はこうだ。王がファシストに楯突いて、みずから問題を起こさないかぎりは、王のことは問題にしない。軍隊にたいしては、敬意と賞賛のこもった言葉さえ捧げてみせよう。だが、相手が国王だろうと軍隊だろうと、機が熟したことに変わりはない。われわれはいま、矢が弓から放たれるか、引き絞るあまり弓が折れてしまうかの境目にいる。われわれは、召し使いの扉を通って権力の座に就くつもりはない。内閣という、粗末なレンズマメのスープと引き換えに、われらが起源の輝かしき理想を差しだすわけにはいかないのだ。

抑えきれない歓喜が体の内側から湧きあがるのを感じ、七〇〇〇の群衆は熱狂した。ひとり残らず、全員が拍手している。自由主義者はなにひとつ理解できなかった。ボックス席の下から二列目では、真紅のビロードに覆われたバロック様式のひじかけ椅子に身を沈めながら、ベネデット・クローチェが盛大に拍手を送っている。このナポリの哲学者は、おそらくイタリアの知的世界における最高権威であり、いままさにファシズムによって蹂躙《じゅうりん》されている自由主義思想の先導者でもある。五十四歳で、一二年前から上院議員となり、ジョリッティの最後の内閣で文相を務めたクローチェは、革命とは無学者による教養人への反乱であるという考えのもと社会主義者を憎悪し、ムッソリーニのことは浅薄な独学者、思想の乞食として見下していた。それでも、クローチェはムッソリーニの演説に拍手を送った。

クローチェの隣では、南部問題の専門家であるジュスティーノ・フォルトゥナートが、おぞましさに身震いしていた。「ここにいる人びとは、暴力に染まり過ぎている」

クローチェは気どった笑みを浮かべ、別の思想家の名前を引きながら、フォルトゥナートを安心させた。「おやおや、マルクスがなにを言ったかお忘れですか？　暴力は歴史の産婆ですよ」

ホールを出ると、クローチェの教え子である文学者のルイジ・ルッソが、師への崇敬の念に打ち勝って質問をぶつけた。「先生、説明してください。なぜあのように拍手されたのですか？　私には、ムッソリーニは道化に見えます」

この偉大な哲学者は、世界のあらゆる色彩をその目で見てきた海千山千の男のような雰囲気を漂わせながら、永久《とわ》なる冷笑主義《シニスム》の作法にしたがって、優しく、諭《さと》すように、血気盛んな若者に教えを授けた。「そうだね、ルイジ。だが、きみも知っているだろう？　私にとって政治は芝居なんだよ。みんな喜劇役者さ。あのムッソリーニは、たいした道化だよ」

言われてみれば、ムッソリーニが途切れることのない喝采を浴びていた舞台には、前日に上演された『蝶々夫人』の舞台美術が設置されたままだった。つじつまは合っている、すべてはつながり合っている。異国趣味、形式ばった無意味な所作、西洋の優越、目を見張るほどの劇的統合。

サン・フェルディナンド広場、午後四時三十分

力の誇示は完璧にうまくいった。イタリア全土から、二〇、〇〇〇人はくだらないファシスト――なかには、四〇、〇〇〇人いたという声まである――が、誰にもじゃまされることなくナポリまでたどりついた。交通手段は、国鉄により特別に手配された列車だった。ファシストが、その座を奪いとると明言している国家の鉄道を使って、彼らはナポリにやってきたのだ。

ファシストの軍団は、国防部隊向け命令文書第一号の指示に従って、アレナッチャ運動場に集まり隊形を組んでいた。何件かの個別の事故を除けば、知事や政府が何日も前から抱いていた懸念とは裏腹に、ファシストはナポリの町中を、軍隊式に、だがじつに平和に進んでいった。武装した男たちは、これ見よがしに武器をひけらかして行進した。そのなかには、プーリアから来た騎兵大隊まで混じっていた。在イタリア英国大使館の軍事部門担当者は、その勇ましい挙動と装備を目の当たりにして、讃嘆の念に打たれた。こうした情報のすべてが伝わっていたにもかかわらず、ファクタ首相はローマで安堵のため息を漏らし、自由主義派の弁護士で国会議長のエンリコ・デ・ニコラにいたっては、ムッソリーニに祝意を伝える電報まで打っていた。彼らはこう思っていた。もう安心だ、蜂起は杞憂《きゆう》だったのだ。

午前中にサン・カルロ劇場でブルジョワを丸めこんだドゥーチェは、午後四時半、ファシズムの全参謀を引き連れて、サン・フェルディナンド広場に設営された演壇から部隊を閲兵した。黒シャツの大群は、隣のプレビシート広場まで氾濫していた。同志は歓呼し、「万歳！」と叫び、ムッソリーニはそん

な彼らを黙って見つめていた。広場の先の街区、起伏の激しいパッロネット・ディ・サンタルチアを越えたところで、湾の水面が一日の最後の光を照り返している。

演壇から降りたイタロ・バルボは、群衆のなかに地元エミリアの同志を見つけ、彼らに命令を与えた。鼓舞の波が、貧しさのはびこる路地を満たしながら、演壇に向かって、その先の丘に向かって這いのぼっていく。「ローマ！　ローマ！」

日暮れ前の空の下、兵士たちは永遠の都の名前を形づくる二音節を、途切れなくはっきりと発音して拍子をとった。ムッソリーニが口を開く。

「ナポリと、イタリア全土の黒シャツ隊よ、われわれは今日、一滴の血も流すことなく、ナポリの昂《たかぶ》る魂を、南イタリア全土の燃えさかる魂を征服した。示威行動は自然と終わり、戦闘に変わることはなかった。だが、私はここできみたちに、時代の要請をはっきりと告げるとしよう。ファシストに政権を与えるか、ファシストがローマにのぼって政権を奪取するか、ふたつにひとつだ！　それは数日後かもしれないし、あるいは数時間後かもしれない」

すぐそばには、イタリア王国陸軍の司令部があった。イタリアの陸軍に、窓の下から喝采を送るよう促したあとで、ムッソリーニは短い演説を終えた。広場にファシストの叫びが渦巻く。「ファシズム、万歳！　陸軍、万歳！　イタリア、万歳！　国王、万歳！」

壇上では、熱烈な王政主義者であるチェーザレ・デ・ヴェッキが、ムッソリーニに耳打ちしていた。

「あなたも叫ぶんだ。〈国王、万歳！〉」

ムッソリーニは返事をしない。

デ・ヴェッキは食い下がった。「ほら、叫んで、〈国王、万歳！〉」

ムッソリーニはまた無視した。デ・ヴェッキがムッソリーニの腕をつかみ、もういちど嘆願する。共和主義者としての信念はまだ、ベニート・ムッソリーニの心のどこかに根を張っていた。すでに群衆は演壇に背を向けて、陸軍の司令部がある館の下へ移動を始めている。ムッソリーニは片手を顔に当てて、ほお骨を覆うようにした。疲れたときのいつもの仕種だ。それから腕をぐいと引いて、デ・ヴェッキの手を振り払った。

「いい加減にしろ。叫ぶのはやつらに任せておけばいい。もうじゅうぶんだ……」

ナポリ、一九二二年八月二十四日　オテル・デュ・ヴェズーヴ、ムッソリーニの部屋、夜〔「ヴェズーヴ」はナポリの活火山「ヴェズヴィオ」のフランス語名〕

ヴェズヴィオ山のカルデラには、南と東へ数キロにわたって軽石が広がっている。降りつける雨に侵食された曖昧な輪郭が、濃い黒の一点となって湾を睥睨《へいげい》している。火山のふもとではナポリの町が、自分でも気づかぬうちに下を向き、没落の運命に身を捧げつつ眠っている。自分が誰なのかも、なぜ泣いているのかも知らないままに、ナポリは夢のなかですすり泣いている。

「入ってくれ」。ムッソリーニは窓辺の椅子に腰かけ、海の上で荒れ狂う雷雨に見とれていた。

「われらに《アノイ》！」

デ・ヴェッキ、デ・ボーノ、バルボに加え、党の副書記長であるテルッツィ、バスティアニーニ、スタラーチェが、片腕を伸ばしてあいさつした。ひとりを除いて、全員が黒シャツと軍服を身につけ、胸に勲章のメダルを飾っている。チェーザレ・デ・ヴェッキは、前に迫り出した腹を隠すために黒くて幅の広い絹の帯を巻き、しわひとつない灰緑色のズボンをはいていた。泥にまみれたバルボのブーツが、ペルシャ絨毯を汚している。ミケーレ・ビアンキだけは「ローマ式敬礼」をせず、相も変わらず、擦り切れたぼろぼろの平服で通していた。病にむしばまれた痩せぎすの体に、サイズの合わない黒のジャケットを引っかけているその姿は、これから仕事に向かう葬儀屋のようでもあった。

「ア・ノイ、ア・ノイ……適当に坐ってくれ。バルボ、メモを頼む」

「紙がありません、ドゥーチェ」

「電報の用紙を使え。机の上にある。これは秘密会合だ。形式は気にしなくていい。さっさと済ませるぞ」

一同は腰を下ろした。ビアンキだけは立ったまま、ムッソリーニが坐るひじかけ椅子と向き合っていた。ここなら、誰にも気づかれずにドゥーチェと視線を交わすことができる。

ムッソリーニは計画を伝えた。ファシスト党の政治階級は、十月二十六日から二十七日にかけての深夜に、四首脳に権力を移譲する。その瞬間から、ムッソリーニを含むすべてのファシストは、ペルージャの司令部から発される四首脳の命令に従わなくてはならなくなる。作戦計画は、十月十六日にミラノで話し合われた素案をもとに、十八日にボルディゲーラで開かれた秘密会合にて、すでに詳細が詰められている。イタリアは一二の管区に分割され、それぞれに総団長が任命される。ピエモンテ、リグリア、ロンバルディアを含むもっとも重要な地域は、ミラノ市役所の襲撃を主導したロメッリーナのラス、チェーザレ・フォルニに一任される。決行の日がきたら、各管区の団長は動員の命令を発し、ファシストの部隊に地方の要所を制圧させる。肝心かなめの進軍部隊は、ローマ近郊の三か所から出発する。十月二十七日の夜、イタリア全土からやってきた行動隊が、サンタ・マリネッラ、メンターナ、ティヴォリに集結する。目標は権力の奪取にある。新政権では、重要度の高い省で、最低でも六名のファシストを大臣に就任させる。

「ひとつ、ここで決めておくべき問題がある。ただちに動員を開始すべきか、あるいは、動員前に主要都市の公共施設を占拠して、地方に打撃を与えるべきか。私としては、占拠と動員は同時に決行されるべきだと考えている。反対意見は？」ムッソリーニのきっぱりとした口調は、その言葉が質問の衣をかぶった命令であることを伝えていた。

エミリオ・デ・ボーノは、喋ることは自分にとって多大な苦労をともなうのだとでも言うかのように、消え入りそうな声で賛成意見を表明した。軍隊で着実に経歴を積み重ねてきたこの将軍は、なんとしてでも陸軍省の大臣になりたいという野心にとりつかれていた。いまから二週間前、軍隊から籍を抜くか、あるいはファシスト党を脱退するかの決断を迫られたとき、デ・ボーノはローマの執務室で、人の目も気にせずおいおいと泣き崩れたのだった。

デ・ボーノに続けて、ビアンキも賛成した。彼の目には、この部屋で起きていることはなにもかも、たんなる芝居にしか見えなかった。ドゥーチェはすでに、すべてを決めてしまっているのだから。ビアンキは素直に、自分に割り当てられた役を演じた。過剰な演出など必要としない、子供向けの無言劇のように、ただ首を縦に振るだけでじゅうぶんだった。バルボも賛成だった。ただし、バルボの行動隊の攻撃をはね返した唯一の町、パルマにかんしてだけは、特別の警戒が必要だと彼は伝えた。

ただひとり反対したのは、例によって例のごとく、デ・ヴェッキだった。作戦計画は穴だらけだし、装備もじゅうぶんではないと泣き言を並べている。一方で、現実には、軍事衝突は起きないだろうと思っているとも彼は語った。必要なのは、議会が危機に陥った際に、国王を担ぎだすことだ。あとのことは、すべて自分が考えようと、デ・ヴェッキは付け加えた。

バルボは筆記の手をとめた。挑みかかるように、デ・ヴェッキの顔を凝視する。四頭のひとりが発した後ろ向きな言葉には、壁際に追いつめられた男の動揺が見てとれた。蜂起までの道すじは、ムッソリーニがいつもどおりの手際の良さで段取りをつけている。しかし、ひとたび蜂起が起きたあとは、ペルージャの司令部に権力が移譲され、すべての責任が四首脳の肩にのしかかってくる。それは、この場にいる全員が理解していることだ。ところがデ・ヴェッキは、その曖昧模糊とした表現――あとのことは、私が考えましょう――によって、政府に最後通牒を突きつける前に、ローマの政治家や宮廷を相手に、独自に交渉に当たる権限を認めてほしいと暗に求めているのだ。それもまた、この場にいる全員が理解していた。

ムッソリーニとビアンキが交錯させた視線には、不吉な瞬間に居合わせた者に特有の、陰鬱な確信が宿っていた。裏切り者、臆病者の類いは、いつでも、どんな場所にもいるものだ。

国王の扱いにばかり拘泥《こうでい》するばからしさを一蹴しつつも、ムッソリーニはデ・ヴェッキにたいし、どんな交渉でも好きなようにやればいいと許可を出した。それから、すでにミラノで同意を取りつけてある、四首脳の声明文書を取りだした。ドゥーチェが声明を朗読する。会議の締めくくりに、ローマで会おうと約束してから、この日の集まりは解散となった。翌日は、ナポリで目くらましの政治集会が開かれ、ムッソリーニはそのあいだにミラノへ戻る手筈になっている。

これですべて決まった。計画は、「革命の五つの時」に沿って進む。一．動員、および、公的施設の占拠。二．ローマ近郊への黒シャツ隊の結集。三．権力の移譲を求める、ファクタ政権への最後通牒。四．ローマ入都、のち、あらゆる犠牲を厭《いと》わずに省庁を掌握。五．失敗した場合は、中央イタリアへ撤退しファシスト政権を樹立、そして、ポー平原の黒シャツ隊を速やかに招集。

子供じみた計画だ。軍事の素人でもそれはわかる。なかでも、最後のふたつは失笑ものだろう。火山のふもとで眠る町を、降りしきる雨が濡らしている。

——貴君と、ナポリに集まったすべてのご同僚に、私個人の、心からの愛を込めたあいさつが届きますよう。

国会議長エンリコ・デ・ニコラ、ムッソリーニ宛ての電報、午前十時半

——ファシストの示威行動は整然と行われた。特筆すべきことはない……それからムッソリーニが短い演説をぶち……ファシストに政権を与えないなら、ファシズムが力ずくで奪取する旨を述べた。

ナポリ知事アンジェロ・ペーシェ、ルイジ・ファクタ首相宛ての電報、午後七時半

——ナポリでのファシストの集会は穏やかに進行。個別に二件の混乱があったものの、重大な意味はなし……ローマ進軍計画は解消されたものと信ずる。

サン・ロッソーレで保養中の国王に宛てた、ルイジ・ファクタ首相の電報、午後九時四十分

——ナポリの演説は、決断よりは苛立ちの表われであると信じたい。

『コッリエーレ・デッラ・セーラ』、一九二二年十月二十五日

——喜劇役者……操り人形のパレード。

イタリア共産党の機関紙『オルディネ・ヌオーヴォ』、一九二二年十月二十五日

——哀れなる支配階級の政治屋どもを、窮地に追いこむことが必要なのだ。

ベニート・ムッソリーニ、サン・フェルディナンド広場、ナポリ、一九二二年十月二十四日

ローマ、一九二二年十月二十五日　テルミニ駅のプラットホーム、午後七時半

「人と会う約束があってな」

ナポリから乗った急行列車が、いまから数分前、雨に打たれる庇《ひさし》の下でブレーキをかけたとき、座席に赤のビロードが張られたコンパートメントで、彼の装いになくてはならない白のゲートルを留めなおしながら、ムッソリーニは素っ気なくそう伝えた。コンパートメントにはチェーザレ・ロッシと、ドゥーチェの個人秘書であるアレッサンドロ・キアヴォリーニがいた。ローマからミラノへ出発するまでの三〇分の停車時間を、ムッソリーニが女との逢い引きに利用したとしても、ふたりが驚くことはなかっただろう。彼の体内では、重大な局面であろうとお構いなしに、この動物的な欲求が燃えたぎるということを、まわりの人間はよく知っていた。むしろ、重大な局面においてこそ、ドゥーチェは肉の欲求に溺れがちだった。

駅は静かだった。朝から敷かれていた警戒態勢も、ムッソリーニたちが到着したころには解かれていた。ナポリ帰りのファシストを乗せた特別列車は、オルテ方面へ逸れていった。暇を持てあました憲兵たちが、食堂車のガラス戸の前にたむろしている。人垣を作ってもたれあい、ベツレヘムの夜の牛のように、からっぽの胃から吐きだされる嫌な臭いの息でもって、たがいの体を温めている〔イエス・キリストが誕生した夜、イエスが寝かされた飼い葉桶に牛とロバが口を近づけ、息を吹きかけてイエスの体を温めたという伝承がある〕。

「約束」の相手は女ではなかった。大ぶりの眼鏡に山高帽という出で立ちの男を先頭に、優雅な紳士の一団がムッソリーニの車両に近づいてくる。ムッソリーニはホームに降りた。眼鏡をかけた男はムッソリーニを、ほかの紳士から離れた場所に引っぱってゆき、身ぶり手ぶりを交えて勢いよく話しはじめた。時間がないことに焦り、急いでいる様子だった。傍目《はため》にも、なにかを交渉していることは明らかだった。なにかを売り、なにかを買う約束を交わしているのだ。

ムッソリーニはあらゆる相手と、何日も前から、何週間も前から、ひそかに、休みなく、交渉を重ねていた。そのことは、チェーザレ・ロッシがいちばんよく知っている。たとえばアントニオ・サランドラ、自由主義者を自称しながら、プロイセンの男爵のように反動的で、いまだに封土からの収益の胸算用ばかりしている、傲慢でしみったれたプーリアの大地主だ。ファシストよりも右寄りな名誉ファシストであり、かつては国会議長として、国の意図に反してイタリアを戦争に引きずりこんだ。数百万の死者と負傷者にたいし、彼はいまなお引け目を感じている。サランドラにおべっかを使うために、ムッソリーニはナポリに向かう途中、ローマに立ち寄り彼の自宅を訪問していた。ムッソリーニは、五つの大臣のポストと引き換えに、サランドラをふたたび議長の座に就かせることを約束し、自分自身にたいする見返りはなにも求めなかった。ムッソリーニはニッティとも交渉していた。元首相にして南部の名士、ほかに代わる者のいない財政部門のエキスパート、浴びた罵倒の数ならヨーロッパでも随一の知識人だ。大戦の脱走兵に恩赦を与えたニッティのことを、ムッソリーニは陰で「豚」と呼び、フィウーメの解放にニッティが反対したとき、ダンヌンツィオは彼を「蝸牛《かたつむり》」と呼んだ。もちろん、ファクタ現首相も交渉相手のひとりだった。フランス憲兵風、田舎の公証人風、宿営地の下士官風のひげを生やした、無能で無気力で、とはいえご主人さまのジョリッティにたいしてはレトリーバーのように忠実なこの人物は、来るべき年金生活へのぼんやりとした期待に胸を震わせつつも、歴史にぶざまな姿をさらすことは本望でなく、最後にひと花を咲かせたいという虚栄心を捨てきれずにいた。あとはもうひとり、わけても重要な交渉相手がいる。齢八十を数える大物政治家、ムッソリーニが真剣に交渉に臨んでいる唯一の相手、いまからでも国家の権威を立てなおすことができる唯一の人物、いまなおムッソリーニに妥協による合意を押しつけることができる唯一の策士、ほかでもないジョヴァンニ・ジョリッティ元首相だ。ジョリッティとは、ミラノ県知事ルジニョーリを通じて、ロッシが個人的に交渉に当たっていた。だが、ジョリッティはいま、ピエモンテのカヴールにいる。道行く薬屋がジョリッティとすれ違えば、帽子をとってあいさつを送ってくるような彼の地元で、ジョリッティは八十歳の誕生日を祝っているところだった。

あらゆる相手と交渉し、国会議員の浅見につけこんで、かくれんぼに興じ、いくつものテーブルにつき、すべての席でチップを賭け、行き交う拒絶に信を置き、党派間の憎悪をかきたて——カトリック人民党のドン・ストゥルツォはジョリッティを拒絶しているし、この両者とニッティ元首相はライバル関係にある——、各人の虚栄心をくすぐって、各人に餌に食いつかせた。つまるところ、ムッソリーニは誰が相手でも関係なく、同じことを約束していた。罪を贖《あがな》われたファシストが、四つか五つの大臣のポストと引き換えに、連立政権の長の座を保証する。そして、全員にたいして、同じペテンを働いた。もっとも重要な目的、ムッソリーニの「秘密の計画」は、どんなときも変わらなかった。時間を稼ぐこと。政治の危機を、もはや後戻りのきかないところまで、残された選択肢はファシスト政権の発足だけというところまで押し進めること。そうしてはじめて、蜂起をちらつかせてファクタを辞任に追いこみ、戦わずして権力を掌握することが可能になる。「革命の五つの時」の三番目が一番目に変わり、残りの四つはすべて不要になるわけだ。

実際、時機を見きわめることにすべてがかかっていた。行動を起こすのが早すぎれば、ファシストを排除した緊急内閣の樹立がまだ可能かもしれないし、遅すぎれば、ファシストの軍事力がただのはったりであったことがばれてしまう。ちょうど、ファシストがローマの城門にたどりついたときにファクタの政権が倒れてくれれば、ファシストの殲滅《せんめつ》を軍に命令する権限を持った者はいなくなる。そのときこそ、行動隊のおもりを遠慮なく、秤《はかり》の皿に投げつけてやればいい。「ファシストに向けて発砲できる人間はひとりしかいません。この私です」。秘密の交渉を重ねるなかで、ムッソリーニは全員にこの言葉を繰り返し、政権の座に就いた一分後には行動隊を解散させることを全員に約束した。行動隊の暴力という混沌から国家を救いだせる人物は、ひとりしかいない。それは、混沌を引き起こした張本人だ。

ホームでは、回転花火に火がついたかのように、激しい握手と抱擁が交わされていた。ムッソリーニは腕を伸ばし、手の甲を反り返らせて、ファシスト式に別れのあいさつを送った。そのあいだ駅員は、必死に彼をコンパートメントに押しこもうとしていた。この厄介な客にローマに残られ、なにか面倒事でも起こされては敵わないと考えたのだ。列車は無事に出発した。

「あれはラウル・パレルミだ。〈スコティッシュ・ライト〉の本部長だな。王立治安部隊やローマの守備隊の将校、それに、国王付き武官のチッタディーニ将軍も、われわれの反乱に助勢すると請け合ってくれた。おそらく、あの〈海洋公〉、海軍大将のタオン・ド・ルヴェルもだ。ジェズ広場のフリーメーソンに所属する全員が、ファシストの味方についたぞ」〔ローマのジェズ広場には、「スコティッシュ・ライト評議会」の関連グループが設立した、「グラン・ロッジャ・ディタリア・デッリ・アラム」というフリーメーソンの支部があった〕

ムッソリーニは席に戻るとすぐに、チェーザレ・ロッシにそう伝えた。興奮を抑えきれないときに特有の、つっけんどんな口調だった。列車の窓からはまだ、古代ローマの水道橋のアーチが見える。あとは、各人の休暇が長引くことを祈るばかりだった。ジョリッティが、できるだけ長く、ピエモンテの秋のまどろみに浸かっていますように。王がサン・ロッソーレの狩猟からただちに戻って、戒厳令を布《し》くようなことがありませんように。ダンヌンツィオの残骸が、かつての異常な精神を昏睡《こんすい》から目覚めさせ、彼を最後の冒険に駆り立てるようなことがありませんように。ダンヌンツィオ……いつもダンヌンツィオだ……またダンヌンツィオだ。はたしてムッソリーニが撒いた餌に、詩人の虚栄心が食いつくかどうか……

午後八時に出発した列車が北上していく。さらば、ナポリ、さらば、ローマ、さらば、ペルージャ。時代の祈りの喜劇、民主主義の喜劇、あるいは戦争の喜劇よ、さらば。さらば、そしてミラノへ！　次の勝負の舞台はミラノだ。交渉し、欺き、脅迫せよ。ピストンがコネクティングロッドに動きを伝え、そこから動輪へ動きが伝わる。それはまるで、用済みになった者たちが次々と打ち捨てられ、積み重なっていく音のようにも聞こえた。交渉し、欺き、脅迫せよ。全員と交渉し、全員を裏切るのだ。

ガルドーネ、一九二二年十月二十五日　カルニャッコ荘

まだ雨が降っている。洟水《はなみず》が垂れ、頭が痛み、湿気のせいで思うように息ができない。年老い、肥え太り、季節の変わり目ごとに風邪を引く。かつては、卑怯者や臆病者に嘲笑を浴びせて楽しんでいたというのに、いまでは自分の姿が彼らと重なり、激しい眩暈《めまい》を覚えている。これが、こんなものが、生きのびたことにたいする褒賞なのか。

入れ替り立ち替わり戸を叩く客人に、もう何日も前から苦しめられていた。最高の仕立て屋が手がけた、プリンス・オブ・ウェールズ柄の明るい色みのダブルスーツでさえ、詩人の脱腸を覆い隠すことはできなくなっていた。その腹から一ポンドの贅肉をよこせと、誰もがガブリエーレ・ダンヌンツィオに所望してくる。

栄えある最初の面会希望者は、あのムッソリーニだった。詩人はきっぱりと、面会謝絶の旨を通知した。次はファクタの番だった。十月二十一日に届いた手紙には、ダンヌンツィオの文体を模倣しようとする、涙ぐましいまでの努力の跡が認められた。ローマの「無名戦士の祭壇」の前で、盛大に戦勝記念日を祝う予定なので、ぜひ参加してほしいという内容だった。「親愛なる友よ、ローマでは十一月四日、偉大なる出来事が現実となります。すべてを、すべてを、イタリアにすべてを捧げた人びとの口からあふれだす平和の言葉を、いまこそイタリアに伝えることは、この時勢にあって為しうる、もっとも意義深い行為といえるでしょう……この招きへと流れつく清水を、国家は夢中になって飲みつづけています。

いまほど平和を渇望したことは、かつてありません。十一月四日にお会いしましょう」。痛ましい。ほんとうに痛ましい。

かつてはガブリエーレ・ダンヌンツィオも、「模倣不可能な」彼の文体を真似た文章を目にすると、自尊心が満たされる思いがしたものだった。だが、年老いたいまとなっては、それは凶兆のようにしか思えなかった。なんと痛ましく、なんと不吉な手紙であることか。「悪徳の巣」たるローマの奥底から、故郷のピエモンテを夢見ている哀れなファクタは、戦勝記念日の祝賀会にダンヌンツィオが出席してくれるという筋書きに、有り金のすべてを賭けていた。要するに、老詩人がどう応《こた》えるかで、ファクタの防衛作戦の成否が決するのだ。ダンヌンツィオはいまこそ、戦争で四肢や視力を失った無数の人びとに見守られながら、イタリアを破滅から救わなければならなかった。簡潔さへのこだわりにとらわれていた詩人は、電報の文体で首相の申し出を受け入れた。「ご配慮に満ちた言葉に感謝します。力を取り戻しました。ローマで会いましょう。わが喉はトレヴィの水を欲しています」

だが、詩聖への申し出はまだ終わっていなかった。ファクタに返事を書いた直後に、今度は政権の座を提示された。ニッティとヴィットリオ・エマヌエーレ・オルランドという、ふたりの元首相と共同で運営する、三巨頭内閣だ。さらにはムッソリーニが、ウィーン飛行をともにした戦友アルド・フィンツィを代理に立てて、またも交渉を申し込んできた。ひとまずフィンツィとの面会は受け入れたものの、詩人はきわめて厳しい条件を提示した。労働者組織にいっさい攻撃を仕掛けず、企業家や地主からいっさい財政援助を受けないのなら、ファシストに協力するにやぶさかでない。さらに、二日後の十月二十四日、自分のことを「指導者《ドゥーチェ》」などと呼ばせている、人のアイディアを盗むのが大好きなあの悪党は、個人秘書のトム・アントンジーニを派遣してきた。駆け出しの詩人だとかいう、なよなよとして純粋そうなこの美青年は、「ドゥーチェの」ローマ進軍に同伴してはもらえないかとダンヌンツィオに提案した。フィウーメ時代からローマ進軍を思い描いてきたダンヌンツィオにとって、これほど人をばかにした申し出はほかになかった。そう、ファシストはなにもかも、詩人からくすねていったのだ。頌歌《しょうか》も、モットーも、ジェスチャーも、なにもかも。あいつらが手をつけなかったのは、私の思想と理想だけだ。「戦う詩人」は怒り狂った。ムッソリーニの計画を台なしにするという、ただそれだけの目的のために、今回の騒動に首を突っこんでやろうと心に決めた。

ところが、また雨が降りはじめ、洟水《はなみず》が垂れ、喉が炎症を起こした。詩人は医者を呼びにやらせてから、ベッドに身を落ちつけ、友人のアルド・ロッシーニに手紙を書いた。「ほとんど声も出ません。氷点下一七度の、トレントの空にいるようです！　厳格かつ真摯な命令を医師から受けている以上は、おとなしくしているよりほかありません。とても悲しく思います。ご承知のとおり、ローマに行くつもりだったのですが、この体調では難しいでしょう。もし回復するようなことがあれば、きっと行きます」。日が傾きかけ、ドゥーセ医師が邸宅にやってくると、詩人は厳しい口調で言い渡した。「このままでは客人の群れに殺される。頼むから、孤独を処方してくれ」

ドゥーセ医師は言いつけに従い、詩人には絶対安静が必要だという、完璧なダンヌンツィオ風文体で書かれた処方箋を、新聞各紙に掲載させた。

しかし、それから二四時間もたっていない十月二十五日の午後、ガブリエーレ・ダンヌンツィオはベッドから飛び降りた。ドゥーセ医師に指示を出し、急に健康状態が回復した旨、あらためて新聞社に伝えさせた。ダンヌンツィオの病状にかんする短い報せを掲載した今朝の新聞は、ナポリにおけるムッソリーニの大勝利を数ページにわたって詳報していた。

よみがえった詩人はプリンス・オブ・ウェールズのスーツを身につけ、装飾品であふれかえる書斎に入っていった。じきに、ミラノ県知事のアルフレード・ルジニョーリが訪ねてくる。この数日の狂気じみた交渉の鍵を握る人物だ。どうやら雨もやんだらしい。

ファシストの多くがダンヌンツィオに政権の座に就いてほしいと望んでいること、企業家や銀行家の多くがもう一度ジョリッティに政権の座に就いてほしいと望んでいることを、アルフレード・ルジニョーリは説明した。それから、県知事は事もなげに、ガブリエーレ・ダンヌンツィオに提案した。ムッソリーニと、そして……ジョリッティとの協調を！

いかにもダンディーらしいポーズをとったまま、ダンヌンツィオは大理石のように固まっていた。フィウーメに砲撃をお見舞いした男との同盟を平然と提案してくる、この厚顔無恥な間抜けの顔を、数秒にわたりじっと見つめる。

詩人はつと立ちあがり、庭に面した窓を大きく開け放った。また雨が降りだしている。詩人は窓を閉め、力ない握手と、「やれるだけ、やってみましょう」という手短な返事でもって、ルジニョーリ知事に別れを告げた。

ルジニョーリが車に乗りこむのを見届けるなり、詩人はローマにいる代理人に宛てて電報を口述した。「病状はますます悪い。逸脱による罰だろう。もう誰にも会えない。すべて断念する。あらゆる試みは徒労に終わる。ダンヌンツィオ」

それから、渦巻き装飾《カルトゥーシュ》が施された玄関扉に貼り出す告知文を直筆し、ガブリエーレ・ダンヌンツィオはまたベッドにもぐりこんだ。

もう日が沈もうとしていた。アラバスター、クリスタル、はなやかな色彩の磁器が、ガルダ湖に降りる夕暮れの、雨に濡れたかすかな光を飲みながら、薄闇のなかで輝いている。歴史の進軍を阻むべく邸宅の玄関に貼り出された、疲れ果てた詩人による世界への声明文を読みとるには、この乏しい光のなかで、よくよく目を凝らさなければならなかった。

「わが不屈の思想を、フィウーメにて、軍艦の砲撃でもって殺そうとした男と、いったいなにを分かち合えというのだろうか？　私はいま、死ニ至ルホドノ《ウスクエ・アド・モルテム》悲しみを感じている。この目に映るローマは、悪徳の巣でしかない」

ミラノ、フォロ・ボナパルテ、一九二二年十月二十六日　ムッソリーニの自邸、朝

一家の主人は、獲物のはらわたに鼻先を突っこむ肉食獣のように、スープ皿の前で背を丸めていた。まるで、糊のきいたシャツの襟を汚さないことに、全神経を集中させているかのようだ。ローマから帰ったばかりの夫が牛乳のスープをすする様子を、まだ部屋着から着替えてもいない妻が見つめている。

ベニートとラケーレは、ひとことも話さなかった。静寂を破るリスクを冒すに足る言葉など、この夫婦のあいだには存在しないということを、ふたりはこれまでの経験から熟知していた。もし夫が、自分は首相になるつもりだと野心を打ち明ければ、ラケーレは農婦になじみのことわざを返すだろう。「新しきを求め古きを捨てる者には、災いが訪れる」。総理とは名誉職であり、俸給は出ないのだということを知らせたら、ラケーレは夫を罵倒するだろう。「なんてご立派なお仕事だこと！　イタリア人全員の使用人になって、おまけに給料も出ないなんて！　なんてご立派な名誉だこと！」この妻とともに舐めてきたあまりにも多くの苦悩が、けっして口を開かないようベニート・ムッソリーニに勧めていた。

ラケーレは一時間前、夫がナポリ出張から帰宅するとすぐに、家に隠してあった手榴弾を片づけておいたことを伝えた。家宅捜索の恐れが強まるなか、爆弾を家に置いておくことはあまりにも危険すぎた。ラケーレの姉で末期の結核患者のピーナが、手榴弾をひとつずつ胸に隠してスフォルツァ城まで運び、堀のなかへ放り捨てたということだった。

するとムッソリーニは、ピストルはまだあるのかと妻に尋ねた。情事のライバルから身を守るために、

自宅に保管してあった一丁だ。ピストルなら、小さなヴィットリオが眠るソファベッドのマットの下に隠してあると妻は答えた。

電話が鳴った。ローマにいるミケーレ・ビアンキが、たまっていたものを吐きだすように、激しい勢いで現状をまくし立てる。公式声明で否定しているにもかかわらず、動員が近いという噂がいたるところに広がっている。今日の午後に閣議が開かれる予定だが、聞くところによれば、ファクタは辞任の瀬戸際に追いこまれているらしい。ビアンキは昨晩、ナポリから戻るとただちにファクタと面会した。新内閣にはファシストも参加するつもりだから、辞任の決断をくだすのはもうすこし待ってほしいとビアンキは要請した。彼はさらに、ファシストは四つの大臣のポストで満足するつもりだとファクタに伝えた。さいわい、国王はまだサン・ロッソーレで休養中だ。だが、ビアンキが予想していたとおり、四首脳の一角をなすはずのデ・ヴェッキは、ファシストから離反したものと考えた方がよさそうだった。おそらく、ペルージャに姿を見せることもないだろう。デ・ヴェッキはいま、右派の王政主義者と交渉し、サランドラ内閣の発足を画策している。ファシストともつながりがあるとはいえ、実質的にはサランドラの配下であるリッチョ大臣が、デ・ヴェッキのこうした動きを踏まえて、本日午後に辞表を提出し、ファクタ内閣を倒そうとしているようだ。ディーノ・グランディはデ・ヴェッキの側についている。グランディを四首脳の総参謀に任命したのが、ほかならぬデ・ヴェッキだった。

しかしムッソリーニは、とくに心配するふうでもなかった。

「好きにさせておけ。連中には、計画をどうこうするだけの力はない。動きを見張っておけばいい」

「ルジニョーリがガルドーネに行った」

「ダンヌンツィオは、なにか決めたか？」

「まだわからないな」

「お前は引きつづき、ファクタを宥《なだ》めておいてくれ。自分はファシストにとって必要な男だと、あいつに信じこませておくんだ。できるかぎり、決断を先延ばしさせろ。しかし、忘れるなよ、ミケーレ。もう後戻りはなしだ」

受話器を置いたあと、夫は妻に、今後四八時間はけっして家を離れないように言いつけた。電話にかじりつき、すべての伝言を正確にメモをすることが妻の仕事だった。大仕事が待っている。夫はしばらく、編集部に泊まりこみになるだろう。

ベニート・ムッソリーニはゆったりとした足どりで町を歩いた。編集部があるロヴァニオ通りまでの道のりは、いたって平穏だった。ブレラ通りも、ソルフェリーノ通りも、スタトゥート通りも、普段となにも変わらない。働く人びと、足早にアカデミーに向かう芸術家、フィオーリ・キアーリ通りの朝のまどろみのなかでまだ夢を見ている、夜に擦り切れた哀れな娼婦。ナポリの喧騒も、ローマのささめきも、ここミラノから聞いていると、前後を忘れた酔いどれの喚《わめ》き声と変わらなかった。

ミラノ、ロヴァニオ通り、一九二二年十月二十六日
『ポポロ・ディタリア』編集部、昼から夕方にかけて

ダンヌンツィオがローマの代理人に送った電報は、当然ながらブレーシャ知事に傍受され、十月二十五日の午後八時四十五分時点ですでに、ローマの内務省に内容が伝えられていた。事態は急迫した。ダンヌンツィオの退場はファクタにとって、防衛戦略の要《かなめ》を失ったことを意味している。十一月七日に予定されている議会の再開まで、なにごともなく済むはずがない。事態は急迫している。どうにもならない速さで急迫している。この先はもう、時の流れに抗《あらが》って進むしかない。さらに、ミラノ県知事のルジニョーリは、ファシストが十月二十七日の晩に急襲を計画しているという、きわめて確度の高い情報を入手していた。まだジョリッティとムッソリーニの同意が成立する可能性はあるし、そうなれば自分も新政権の一員になれるかもしれないと、ルジニョーリは儚い期待を抱いていた。そこで、知事は二十六日の朝、政府にこの情報を伝えるとともに、ファシストの襲撃にどう対処すべきか、三つの案を用意して指示を仰いだ。(一)数にものを言わせて威圧する、(二)武力で制圧する、(三)とくに対策は講じない。

第三の選択肢を一蹴したうえで、内務大臣のパオリーノ・タッデイは午後零時十分、ローマからイタリア王国の全県知事に宛てて、暗号化された電報を送った。時と場所にかかわりなく、ファシストによる武装蜂起には武力をもって対抗せよ。タッデイはさらに、反乱の兆候が認められるやいなや、ムッソリーニを筆頭とするファシスト幹部らを即時逮捕できるよう、書面上の手続きを整えておいた。まだ始

まりもしないうちから、進軍を終わりに導いていた可能性のあるこの電報は、いま、ルジニョーリ知事の机の上に置かれている。

　これらすべてを、ロヴァニオ通りの編集部にいるムッソリーニはまだ知らずにいた。とはいえ、当局の手入れを警戒していたことには変わりなく、新聞社を囲む柵に沿って小銃を持った兵士を配備し、防衛任務に当たらせていた。そのまわりでは、印刷所から運ばせた巻きとり紙が、うずたかいバリケードとなってそびえている。新聞記事が印刷されるはずだった丸くて巨大な紙の束は、降りやまぬ雨の下で早くも朽ちはじめていた。それから、ムッソリーニはわが身を守るため、言葉が持つ厄除けの力にすがり、新聞社を「砦《とりで》」と改名した。装備の不足を、まじないの言葉で補おうというわけだ。まさしくこの日の午後、最大部数の発行に備えて増員された編集者たちを前に、ムッソリーニは悲壮な調子でまじないの言葉を口にした。「われわれは兵士として動員された。今夜から、全員がその自覚を持たなければならない」。主筆はそう宣言した。「われわれは武装して、社屋と設備を防衛する。まもなく革命が実行に移される。各人は持ち場につくこと。ここは砦だ。われわれの砦だ。どんな犠牲を払ってでも、ここはかならず守り抜く」

　ところが、身内の人間にたいする決然とした態度とは裏腹に、ドゥーチェは外部の世界にたいしては、まったく別の態度で臨んでいた。それは、昨日までは世界に媚び、いまは世界から媚びられている者の、自信に満ちた融和的な態度だった。突如として、ムッソリーニは交渉を持ちかけられる側になり、彼は誰にたいしても、慈悲に満ちた嘘を惜しみなく振り撒いた。ルジニョーリにたいしては、自分はジョリッティとの連合政権の樹立に前向きであると請け合い、これからローマへ向かうというコスタンツォ・チャーノにたいしては、大臣のポストを五つ提供してもらえるのであれば、ファシストはサランドラと協調する用意があると言明した。ついには、再登板の可能性を期待するニッティ元首相までが、すでにその可能性が潰《つい》えたことも知らぬままに、ムッソリーニに使者を送ってきた。

　雨水を吸った紙のバリケードで機銃掃射から身を守りつつ、ムッソリーニは智慧《ちえ》と節度を感じさせる言葉を語りつづけた。十月二十六日の午後遅く、ファシズムにたいして何年にもわたり無関心と軽蔑の態度で接してきた「お大尽」の面々が、ようやっと意を決して、赤茶けた電球の光がかすかに照らす「砦」の階段をのぼってきたときも、ムッソリーニの語り口は変わらなかった。アルベルト・ピネッリ率いる、ミラノおよびロンバルディア地方の主要企業の代表団は、わざわざムッソリーニにあいさつするため、雨空の下、水を吸った巻きとり紙のあいだの狭い通路をぞろぞろ進み、『ポポロ・ディタリア』の編集部を訪ねたのだった。為替相場の推移、国債価格の変動、対外向けの借款《しゃっかん》といった話題に触れつつ、企業家たちは現今の社会情勢への懸念を表明した。目下進行中の革命運動の頭領であり、猛々しい脅迫の野蛮なる唱道者でもある人物が、これら社会経済をめぐる諸問題の重要性を正しく捉え、じつに深い思索と生き生きとした感性をもって論じるのを聞いて、客人たちは感服せずにはいられなかった。「砦」から出ていくなり、ロンバルディアの企業家グループは銀行協会と連絡をとり、国民ファシスト党の会計責任者ジョヴァンニ・マリネッリの口座に、二〇〇万リラを振りこむよう指示を出した。

　ほどなくして、けっきょくファクタは辞任しなかったという報《しら》せがローマから伝えられた。各大臣はポストを首相に返上し、以後、大臣職の差配は首相に一任されるという、なんとも曖昧な決議をもって閣議は散会となった。おそらく、ファクタはまだ、自分の内閣にファシストを招き入れることを夢想しているのだろう。ロヴァニオ通りの砦に安堵のため息が漏れる。ひとまず、進軍は救われた。

　外ではまだ雨が降っている。巻きとり紙はもう、どろどろとした塊に変わっていた。大戦の塹壕を思い出す。雨に溶ける紙の肉は、腐敗する戦友の肉とよく似ていた。

　いまはこれでいい、焦る必要はない。南の熱気に包まれた国では、たとえ激しく雨が降りつけていようと、曖昧な選択こそが本道なのだ。蜂起を指揮するファシストの幹部を逮捕するよう命じたタッデイ大臣の電報は、内閣の一員になる望みを絶ちきれないミラノ県知事の机のうえで、ゆっくりと萎《しお》れていった。あとは、出来事の成り行きを見守ろう。

急な報《しら》せによると、ファシストがなんらかの行動を起こす兆候があるとのこと。政府は断固たる処置を講ずる予定。ムッソリーニからは昨日、私が内閣首班にとどまるなら、当初の要求より少ない大臣のポストと引き換えに、政権に加わる用意があると伝えられた。選択肢を確保しておくため、ムッソリーニの使節には、同案については当事者双方で検討を行うことを要請した。

ルイジ・ファクタ首相による、国王ヴィットリオ・エマヌエーレ三世宛て電報、一九二二年十月二十六日、午後零時

ファシスト党が蜂起を計画しており、主要都市の政府系施設の占拠が近日中に実行されるという報せが数多くもたらされている。かかる企てが明るみに出た際には、取りうるすべての手段を実行した後、武力をもって対抗すること。

パオリーノ・タッデイ大臣による、各県知事宛て電報、一九二二年十月二十六日、午後零時十分

部外秘。各方面から伝えられる徴候を鑑《かん》みるに、暴力的手段を用いた直接蜂起により、国家権力を奪取しようとする試みが間近に迫っていると考えられる。忠誠の誓いにもとづく至高の義務を裏切り、かかる運動に荷担するような人間は、軍隊にはひとりもいないものと確信している……閣下各位は、司令部と協力し、治安維持のための実力行使に備えること。

陸軍相による軍司令部宛て電報　一九二二年十月二十六日、午後五時

イタリアは、イタリアを破壊する闘争を思いとどまるよう、みずからの息子たちに要請する。イタリアは、苦悩と破滅しかもたらさない怒りをただちに静めるよう要請する。より栄え、より偉大な国となるた

めに。

この呼びかけが受け入れられないなどということは、考えられない。

閣議の議事録、一九二二年十月二十六日、午後七時半

ファクタ内閣をムッソリーニ議員に引き継がせるほか、危機を乗り切る手段はありません。危機を引き起こしたのはファシスト党です。なら、その党のトップが、新政権を組織する役目を負うべきです。今回の危機は、議会の外からもたらされました。もはや議会ではなく、国が指導者を選ぶ段階にきています。いま、この瞬間、国を代表しているのは誰でしょうか？　われわれ、ファシストです……それを否定する人びとは、現実から目を背けているに過ぎません。われわれはすでに、ローマにいます。

ミケーレ・ビアンキ、国民ファシスト党書記長、新聞記者を前にしての会見、ローマ、深夜

議会に巣くう老人どもの目は、選挙という脅威にやすやすと曇らされる。いままでは誰もが、われ先にとファシストとの同盟を求めている。このおべっか使いどもを、いいように利用してやろう。われわれは昨日生まれた。だが、そのわれわれの方が、年寄りよりも賢いのだ。

イタロ・バルボ、『日記』、一九二二年

ミラノ、ロヴァニオ通り、一九二二年十月二十七日
『ポポロ・ディタリア』編集部、午前二時四十分

休みなく稼働を続ける輪転機の轟音と、収まる気配のない激しい雨音を、電話のベルの音が切り裂いた。「砦《とりで》」は途方もない低気圧に包囲され、大陸を吹き抜ける西風にさらされている。苛立ちのこもる声で返事をしたのは、砦に詰めているチェーザレ・ロッシだった。

ミラノ ― なんだ、どうした?

受話器の向こうには、ローマのミケーレ・ビアンキがいる。ヴィミナーレの電話交換局に頼んで、ベニート・ムッソリーニの番号につないでもらったのだ。半島各地で続発している嵐のせいで、通話にはかなりの雑音が混じっていた。それでも、自分たちの通話が盗聴されていることを、ビアンキは気取《けど》らずにはいられなかった。内務省の担当者が、左手でヘッドホンを押さえ、右手では速記の準備をしながら、ミラノとローマのあいだで交わされる会話に耳を澄ましているはずだ。

ローマ ― 大臣たちが首相にポストを返上した。今日のところは、ファクタは決断を先送りした……だから、要するに……

沈黙のなか、激しい雨音に混じって、受話器の先からミケーレ・ビアンキの不安が伝わってくる。もし、ミラノでムッソリーニとジョリッティが同意にいたってしまえば、進軍は頓挫しかねない。結核菌に肺を冒され、死の足音を間近に聞くビアンキは、ファシストの誰よりも強い思いで、今回の冒険を成功させたいと願っていた。いまから二時間前には、膠着《こうちゃく》状態を破り権力の奪取へ突き進むため、ビアン

キの主導で記者会見が招集された。彼はそのなかで、ベニート・ムッソリーニに国家の舵取りを託すことが、危機を乗り切る唯一の手段であると強調していた。
ローマ――ミラノの状況はどんな具合だ？
ミラノ――万事快調だ。
ローマ――なら、ナポリで合意したとおりなんだな？
ミラノ――ああ……まあ……新しい報《しら》せもあるにはある。
ローマ――どんな？
ミラノ――電話で話せるわけないだろう？　要するに、妥協の芽が見えてきたんだ。
ローマ――くそっ、なんてこった……
ミラノ――まあ、待て……私が見るところ、この「妥協」の余命はあと数日だ。そのあとは、双方から却下されるだろうよ……
ローマ――だが、「妥協」っていうのはどんな類《たぐい》の……
ミラノ――実利的なやつだな。
ローマ――わかるさ。見せかけなんだろ、けっきょくは。
ミラノ――そういうことだ……ああ、フィンツィがお前と話したがってる。
ローマ――もしもし、俺だ。
アルド・フィンツィがチェーザレ・ロッシから受話器を受けとる。時刻は午前二時四十五分。フィンツィが遠まわしに、ファクタ内閣の辞職について尋ねる。
ミラノ――明日の明け渡しか？
ローマ――そうだと思う。

ミラノ　―　そうか、ならいいんだ。
ローマ　―　もう、一歩も後戻りはできないぞ。
ミラノ　―　当然だ。
ローマ　―　進むべき道が見える気がするんだ。
ミラノ　―　はっきりとな。
ローマ　―　お前の言葉を聞いて安心した。頼むぞ。
ミラノ　―　じゃあな、ミケーレ。

ミラノ、ロヴァニオ通り、一九二二年十月二十七日　『ポポロ・ディタリア』編集部、午前三時

「砦《とりで》」でまた電話が鳴った。さっきの電話から一五分しかたっていない。かけてきたのは、今度もミケーレ・ビアンキだった。チェーザレ・ロッシの控えめな応答や、アルド・フィンツィの保証だけでは、ビアンキを安心させるのにじゅうぶんではなかったのだ。

前回と同じく、ローマのヴィミナーレから『ポポロ・ディタリア』への電話で、盗聴されているのも前回と同じだった。ただし、今回は主筆本人が電話に出た。

ビアンキ　――　ベニート……

ムッソリーニ　――　なんだ、ミケーレ。

ビアンキ　――　俺も、こっちの仲間たちも、きみの方針を知りたいんだ。

束の間の沈黙。ムッソリーニは唖然としている。

ムッソリーニ　――　私の方針……？

ビアンキ　――　そう。なにか報《しら》せはあるか？

ムッソリーニ　――　報せはこうだ。ルジニョーリがカヴールに行ってジョリッティと話してきた。大臣のポスト四つと、次官のポスト四つまでなら、分捕《ぶんど》ってこられるらしい。お飾りでない、重要な省のやつをな。

ビアンキ　―　具体的には？
ムッソリーニ　―　海軍、国庫、農業、植民地だ。それに、陸軍省はわれわれの友人に任せると言っている。あとは四つの政務次官だ。
ビアンキ　―　それで？
ムッソリーニ　―　カヴールから私に電話してきた。今朝九時に、ミラノに戻るそうだ。
ビアンキ　―　ベニート……
すがりつくような調子で、ビアンキは友の名を呼んだ。
ムッソリーニ　―　なんだ？　言ってくれ。
ビアンキ　―　ベニート、俺の言葉を聞く気はあるか？　ぜったいに変わることのない、俺の思いを聞いてくれるか？
ムッソリーニ　―　ああ……聞くとも……
ビアンキ　―　ルジニョーリの話は、断ってくれ。
沈黙。
ムッソリーニ　―　わかってるさ……当然だ。事態はもう動きだしてる。いまさらとめられるはずがない。
このあと内務大臣に伝えられ、大臣からファクタ首相に伝えられ、首相から国王に伝えられるであろう言葉を書き写しているあいだ、速記者の手には汗がにじんでいたに違いない。
ビアンキ　―　宿命なんだ。これから起きようとしていることは、俺たちの運命なんだ……もう、大臣のポストを取り引きしてる場合じゃない。
ムッソリーニ　―　ああ、もちろんだ……

ビアンキ　―　これで決まりだ。この電話の内容を、きみの名前で公表してもいいか？
ムッソリーニ　―　おい、ちょっと待て……とりあえず、ルジニョーリがなにを言ってくるか聞こうじゃないか……明日にまた話そう。
ビアンキ　―　わかった。
ムッソリーニ　―　そっちがすべての動きを把握できるよう、ルジニョーリの報告の内容もお前に伝える。
ビアンキ　―　ああ……それでいい……
ムッソリーニ　―　じゃあな。
ビアンキ　―　それじゃあ、ベニート。

ミラノ、ロヴァニオ通り、一九二二年十月二十七日 『ポポロ・ディタリア』編集部、午後

コスタンツォ・チャーノは朝一番の列車でミラノに到着した。ロヴァニオ通りで目にした男たちは、みな眠たそうだった。昨晩は、地面に並べられたマットレスのうえで、短い睡眠をとっただけのようだ。ローマとミラノを何度も行ったり来たりして、ブッカリの英雄は疲れきっていた（「ブッカリ」はクロアチアの湾港都市「バカル」のイタリア名。本書上巻68ページを参照）。奇襲部隊の兵士よろしく、新聞社の床で野営している校正者よりも、チャーノはなおいっそう疲弊しているように見えた。大戦中は駆逐艦と魚雷艇を乗りまわし、戦後はジョヴァンニ・アニエッリの船舶会社の重役におさまって富を築いた、この無鉄砲な元急襲隊員は、ムッソリーニの机の正面に置かれたひじかけ椅子に腰を沈めるなり、指二本分も幅がある濃い口ひげの下から、ローマで用いられている策謀について詳しい報告を始めた。サランドラとの面会、ヴィットリオ・エマヌエーレ・オルランド元首相によるジョリッティ訪問、いまにも内閣が倒れるという噂、間近に迫る王のローマへの帰還についてチャーノは語り、最後に、ファクタの書簡をムッソリーニに手渡した。直接に話し合いたいので、ローマへくだってきてほしいと、現首相はなおもドゥーチェに懇願していた。

いつもの癖で、ムッソリーニはビラや、新聞の余白や、電報の用紙にメモを書きつけていた。目の前にいる男が、ファシズムに謀反を企むデ・ヴェッキやディーノ・グランディと結託して、なんとしてでもローマ進軍を頓挫させようとしていることくらい、ムッソリーニは百も承知だった。デ・ヴェッキや

グランディにたいしてしたのと同じように、彼はチャーノにも好きなように喋らせておいた。モンテチトリオ宮の廊下ではいま、「ミケーレ・ビアンキにそそのかされたファシストに吹きつける狂気の風」だとか、ファシストをとめられなかった場合にローマの城門を濡らすであろう、暴徒化した群衆の「血の雨」だとかについて、多くの議員が声を押し殺して語り合っていた。連中のすべての策略、すべてのささやきが、ファシストにとっては有利に働く。なぜなら、それはけっきょく、連中が懸命に祓《はら》おうとしている亡霊を、逆に呼び起こすことにしかならないから。この世に悪霊が存在するかはわからない。だが、悪霊への恐怖は確かに存在する。そして、恐怖とはファシストにとって、研ぎ澄まされた唯一の刃であることを、ムッソリーニはよく知っていた。昨日まで、形の定まらない泥のかたまりでしかなかった進軍は、謀反人たちのささやきによって生命を吹きこまれ、いまではみずからの生を生きる怪物に変貌した。暗がりから出《い》でる無数の黒シャツが、権力の奪取のために武装して首都に進軍するという未来図は、それを現実とするには口にするだけでじゅうぶんだという、太古の神託のひとつとなったのだ。

チャーノが編集部を訪れる少し前、もう六時間か、あるいは一二時間を稼ぐために、ムッソリーニはルジニョーリ知事のもとにロッシを派遣していた。ジョリッティとの交渉に決着をつけたいから、のちほどこちらから訪問するつもりだと、ルジニョーリには伝えておいた。

午前十時二十五分、チャーノがまだ主筆の机と向き合って坐っているとき、『ポポロ・ディタリア』編集部にアントニオ・サランドラ元首相が電話をかけてきた。権力の獲得を目指すふたりのライバルは、ポーカーのプレイヤーのように、自分の手札を偽ることに腐心していた。

サランドラ　── 閣僚は辞表を首相に預けた。大臣のポストの扱いはファクタに一任されたよ。

ムッソリーニ　── それでファクタは、国王に辞表を渡したんですか?

サランドラ　── そこまでは聞いていないな。

ムッソリーニ　──　ふん……それで、政権の空白が回避される可能性は？
サランドラ　──　さてね……事の成り行き次第だろう。
ほんの数秒、寸劇は中断された。観客役を務めているチャーノやチェーザレ・ロッシが、ムッソリーニと視線を取り交わす。次の台詞では、声のトーンを変えなければならない。
ムッソリーニ　──　もし……もし、新内閣を組織するよう指名されたら、引き受けるおつもりですか？
サランドラ　──　さあ……いまはなんとも言えないな。あなたにローマに来てもらわないと！
ムッソリーニ　──　それはできません。ミラノとローマを何往復もするのは無理です。
サランドラ　──　現状では、あなたがローマにいることが必要なんだ。あなたを抜きにしては、私も、ほかの者も、誰であれこの危機を解決できないのだから。チャーノには会ったのかな？
ムッソリーニは、机の向こう側に坐っている男に目配せした。
ムッソリーニ　──　ええ、ここにいます。だからこそ、あなたからの報《しら》せを聞きたいと思っていたんです。
サランドラ　──　結構。昨日なにがあったかは、チャーノから聞いてくれ。また新しい報せがあったら伝えるよ。
焦燥を感じさせる口調で会話は打ち切られた。第一ラウンドではどちらのボクサーも、隙を見せないように用心しつつ、相手の出方を窺うことに徹していた。知っていることを否定して、知ることのできないことをさも知っているかのように装った。ただし、ムッソリーニは敵と違って、やりとりされる言葉のひだから、アッパーカットを放つ体勢を整えていた。
心震わす抱擁と、「クイリナーレで会おう！」という漠然としたあいさつでもって、ムッソリーニはチャーノを見送った。一日の残りの時間は、ロヴァニオ通りで時間稼ぎをして過ごせばいい。いまや「進軍」は、傾いた面の上を滑るように進んでいる。あと数時間の辛抱だ。昼のあいだに、誰もファシストを逮捕しに来なければ、今夜の零時、行動隊がイタリア全土で県庁を襲撃する。それまでの数時間が、全員にたいして「はい《シ》」と言いつづける最後の時間だ。サランドラ内閣についてはチャーノを通じて「はい」と言い、ジョリッティ内閣についてはルジニョーリを通じて「はい」と言い、そのほかなにを提案されても、ひたすら「はい」と言いつづける。いまでは誰もが、三つか、四つか、五つの大臣職を差し出しながら、どうかローマに来てくれとムッソリーニに嘆願している。権力の座に就く可能性があるほかの候補者は、ムッソリーニと同じ賭け金で、ムッソリーニとだけ交渉のテーブルにつくことを受け入れたために、ムッソリーニがいなくてはルーレットをまわすことさえできなくなった。キャリアの最後にひと花咲かせたいと願う元首相、大臣職をひとつ余分に提供することしか交渉の術を知らない時代遅れの政治家、自分自身よりも長生きしてしまった前世紀の遺物……ムッソリーニが相手にしているのは、そうした男たちだった。

　最後の「はい」を言い終えたあとで、ムッソリーニは執務室にチェーザレ・ロッシを呼び、彼の前で新内閣の大臣名簿を読みあげた。ロッシはかすかな笑みを浮かべた。この狂人め、もう自分が首相になると決めているのか！

　しかし、ムッソリーニがロッシにもたらした驚きはそれだけではなかった。なんと彼は、受話器を持ちあげ、マンゾーニ劇場のボックス席を予約するよう秘書に頼んだのだ。今宵の演目は、近ごろ巷《ちまた》で大いに話題になっている、フェレンツ・モルナールの『白鳥』だ。ムッソリーニはサルファッティといっしょに、この芝居を観にいくつもりだった。

「今夜は劇場だ！」

声を張りあげ、全員に聞こえるように彼は言った。姿をくらます頃合いだ、皆に自分を探させるのだ。前世紀の老いた政治屋どもに教えてやれ。二十世紀に幕を開けた殲滅《せんめつ》の政治においては、「はい」などというものは存在しない。存在するのは、ただひとつの、巨大な、血を好む「いいえ」だけだ。

残る唯一の懸念は、イタリア王国の正規軍が、黒シャツに引き金を引きはしないかという点だった。だが、もしそのような事態に陥り、ファシストの同志が大量虐殺されたとしても、その責任をかぶるのは、ペルージャで身動きができなくなっている四首脳だ。深夜零時の鐘が鳴り、モルナールの『白鳥』の幕がおりるころには、ドゥーチェはもう、四首脳に重責を引き渡していることだろう。

ペルージャ、一九二二年十月二十七日　ホテル・ブルファーニ、四首脳の司令部、夜

ミケーレ・ビアンキとエミリオ・デ・ボーノは、もう何時間も前から、背を丸めて地図とにらめっこを続けていた。ふたりとも汗ばみ、狼狽している。ひとりは平服、ひとりは軍服という違いがあるとはいえ、亡霊のごとく痩せ細っている点や、兄のおさがりを着ているような印象を与える点では、どちらもまったく変わらなかった。これから制圧しなければならない土地のことを、ほとんどなにも知らないのだから、地図から目が離せないのも当然のことだった。

実際のところ、このウンブリアの小都市は、作戦の指揮を執《と》るにはまったく不向きな土地だった。鉄道の線路から外れているため、そこへたどりつくには、ろくに舗装もされていないぬかるんだ道を延々と進まなければならない。電話や電報といった通信手段は、ほとんど存在しないも同然だった。外の世界でいまなにが起きているのか、ペルージャからはまったくわからなかった。これでいったいどうやって、侵攻の手筈を整えろというのか！　無為な数時間を過ごしたあとで、オルテに司令部を移してはどうかと誰かが提案した。部隊の集結地に指定されているモンテロトンド、サンタ・マリネッラ、ティヴォリからほど近い、鉄道の接続駅だ。四首脳はその部隊を指揮してローマに進軍するはずなのだが、ペルージャにいる彼らのもとに、部隊の情報はなにひとつ入ってこなかった。だが、けっきょく、司令部の移転は断念せざるを得なかった。というのも、移転の承諾を得ようにも、ミラノのムッソリーニとまったく連絡がつかなかったのだ。電話はいつまでもつながらなかった。ローマ進軍の司令部は外界から

孤立し、四首脳は完全な暗闇のなかをさまよっていた。

ペルージャの指揮官は、土地のファシストから構成されるいくつかの百人隊《ケントゥリア》と、「魔王《サタン》」、「トーティ」、「フィウーメ」、「禿鷲《はげわし》」、「深き絶望」の名を冠した行動隊を率いていた〔「トーティ」は、第一次大戦の英雄エンリコ・トーティにちなんだ部隊名〕。最後の部隊の名称は、いまの状況をぴたりと言い当てているように誰もが感じた。

近隣の村から集まった行動隊は、ペルージャの市街地に侵攻したあと、周辺の丘の険しい斜面を素手でよじ登り、猟銃や、棍棒や、鎌や、ふだんは豚の首を切るのに使っている包丁といった武器しか持たない守備隊を撃破していった。ファシストはこのあと、深夜零時の鐘が鳴ったら、郵便局、電報局、そのほかの公的施設、市の城門を占拠し、さらには、臨戦態勢を敷いた軍隊が数十挺の重機関銃で防衛する、街道の分岐点を制圧しなければならない。ファシストがよじ登った丘の上では、本職の将校が指揮に当たる砲廠《ほうしょう》から、四首脳が司令部を置くホテル・ブルファーニに砲門が向けられていた。

丘の上から、大砲の照準器を覗いて下方を見おろすと、砂と土の入った小袋でホテルの窓が補強されているのがわかる。ホテルの入り口には、すでに門衛の姿はなく、かわりに銃剣を持ったファシストが立っている。両側面に一挺ずつ、機関銃が配備されている。建物に威圧的な外観を付与するのが狙いらしいが、思ったような効果はあげていない。

同じ広場、ブルファーニのまさしく正面、ホテルからほんの数十メートルしか離れていないところに、ファシストが襲撃する予定の県庁がある。県庁の柱廊では、王国護衛隊と憲兵隊が三重の列を作って防衛の任に当たっている。県庁の屋根には、数十挺の機関銃が並べられている。いまのところ、軍隊は兵舎で待機しているが、ひとたび戦端が開かれれば、ファシストの背後から正規軍の兵士が迫ってくるだろう。ファシストの司令部に、軍隊の砲撃をしのぐだけの力はない。そんなことは誰でも知っていた。

午後八時、報《しら》せが届いた。トスカーナの行動隊と、ファリナッチ配下のクレモナの行動隊が先走って行動を起こし、そろってとんでもないへまをやらかしたらしい。フィレンツェでは、国防部隊の高級将校トゥッリオ・タンブリーニ——「大打擲者《ちょうちゃく》」のあだ名をますます鼻にかけている男——が率いるファシストが、正規軍の士官数名を拘束して県庁を包囲した。そこではちょうど、第一次大戦の「戦勝公」こと、アルマンド・ディアズ将軍を讃える宴席が開かれているところだった。

「あのばかども！」

ビアンキとデ・ボーノに見送られるなか、イタロ・バルボが車に乗りこむ前に発した最後の言葉がこれだった。降りしきる雨の下、暗闇のなかでぬかるんだ道を走り、バルボはフィレンツェに急行した。浅はかなファシストによるディアズ将軍への侮辱は、軍全体を敵にまわす結果にもつながりかねない。なんという災難だろう。そもそも「戦勝公」には、ムッソリーニの新内閣における陸軍相のポストを約束していたというのに。

クレモナとフィレンツェの報せに怒り狂い、気を揉んでいたとはいえ、みずからの名誉を汚すことをよしとしないバルボは、すでに車がホテルの外で待機していたときに、玄関を守る行動隊に命令を残していった。今後は二時間おきに、県庁の前で隊形を組む王国護衛隊のことを、大口を開けて笑い飛ばしてやるように。

いまもローマで、進軍を頓挫させるべく画策しているデ・ヴェッキは、ペルージャに顔を出すことさえしなかった。バルボが行ってしまったあと、四首脳の司令部では、決起時刻まで適当に時間を潰すほか、なにもやることがなくなった。糊のきいた黒シャツを、骨と皮だけの肉体にひっかけているエミリオ・デ・ボーノは、また地図とにらめっこを始めた。ミケーレ・ビアンキは、結核患者に特有の咳で体を揺らし、つねに手放さない鞭を足下に放って、図書室のひじかけ椅子にへたりこんだ。

クレモナ、一九二二年十月二十七日　県庁舎、夜

闇が作戦開始の合図だった。午後六時、行動隊員が電気を遮断すると、クレモナの県庁全体と隣接する道々で、突如として明かりが消えた。それを合図に、暗がりのなか約七〇人の行動隊が、ロベルト・ファリナッチの指示に従い、県庁内部へ侵入した。憲兵隊や王国護衛隊は、驚きに打たれはしたものの、県庁への侵入をあえてじゃまだてすることはしなかった。クレモナは、県全体がファシストに膝を屈して久しく、もうしばらく前から、当局とファシストのあいだに共犯関係ができあがっていたのだ。同時に、別の行動隊が電報局と電話局を占拠した。電光石火の、見事な奇襲ではあった。だが、あらかじめ定められた決起時刻までは、まだ何時間もある。自分たちの行動がどんな帰結をもたらすか、ファリナッチはなにも考えていなかった。それは焦燥と、内的な規律の欠如が引き起こした行動であり、その根底には明らかに、他に抜きん出たいという浅薄な欲求があった。さもしいとしか言いようのない、じつにファリナッチらしい振る舞いだ。

県知事は、停電直後の自失状態から立ちなおると、駐屯部隊の司令部に警戒態勢をとるように指示を出した。やがて増援部隊が到着すると、ファシストは次々に逮捕されていった。捕らえられた四〇名のファシストは、全員がひと部屋に押しこめられた。大人に約束を守ってもらえず失望した子供のように泣きじゃくり、国家当局に不平を並べる。いつもなら見て見ぬふりをしてくれるのに、どうしてこんなひどいことをするのだろう？　自分たちを解放させるために、囚われのファシストは県知事に向かって

力説した。国家の最上層を味方につけた、われらが崇高なるドゥーチェの同意のもと、まさしくこの瞬間、イタリア全土で動員が実行に移されている。県知事のもとには、そんな情報は入ってきていなかった。聞こえてくるのは、クレモナ郊外に位置する小村サン・ジョヴァンニ・イン・クローチェで、武装したファシストが暴動を起こしているという報《しら》せくらいのものだ。

それからしばらくして、ファシストの第二部隊が襲撃を決行した。県庁を取り囲む軍隊の列に自動車で突っこむ者もいれば、縄はしごで窓によじ登ろうとする者もいた。らっぱが二度鳴った。それから、小銃部隊が発砲する音が聞こえてきた。密集隊形を組み、ファシストに銃口を向けて、駐屯部隊の兵士がヴィットリオ・エマヌエーレ通りを進んでくる。

眼前の光景がにわかには信じられず、ファリナッチは味方の前に身を投げ出した。「やめろ、撃つな！　どうせ空砲だ……」

ローマ、一九二二年十月二十七日　ホテル・ロンドラ、午後十時

ミラノ　―　向こうは交渉をまとめたいと思っています。ちょうどいま連絡が入りましたが、こちらも考えは同じのようです。三〇分後にまた連絡します。

ローマ　―　ああ、よろしく頼む。

ルイジ・ファクタの一日は、この約束から始まった。カヴールでのジョリッティ（「向こう」）との面談から戻ったルジニョーリは、ムッソリーニ（「こちら」）の来訪を待ちつつ、三〇分後にまた電話することを約束した。しかし、ファクタ首相はそのあとずっと、むなしく電話を待つだけの、痛みに満ちた時間を過ごす羽目になった。

午後八時五分、国王ヴィットリオ・エマヌエーレ三世がついに帰還した。ファクタに加えて、ローマ県知事、警視総監、ローマ警察署の署長が、駅のホームで国王を出迎えた。列車から降りた国王は首相と握手を交わし、ふたりはそのまま駅構内の貴賓室へ向かった。疲れているし、気分が悪いし、もうなにもする気が起きないのだとヴィットリオ・エマヌエーレは言っていた。退位して、妻や息子といっしょに、どこかで田舎暮らしでもできないものか。

それでも、王はすぐに誇りを奮い起こし、ローマはなんとしてでも守らなければいけないと言明した。もし、ファシストがほんとうに、武器を手に首都の城門に現れたなら、たんに軍当局に権力を委譲するだけではじゅうぶんではないだろう。王はとうとう、「戒厳令」という言葉を口にした。戒厳令さえ布

告されれば、ファシストの進軍は瓦解《がかい》したも同じことだ。

「あなたは、治安を守るように」。テルミニ駅の貴賓室に響いたきっぱりとした命令は、ファクタに向けた別れの挨拶のようでもあった。これ以上、付け加えるべき言葉はなにもない。国王は駅を出ると、居所であるサヴォイア宮へ帰っていった。

午後九時ごろ、待ち焦がれていた電話がようやくかかってきた。ルジニョーリは首尾を報告した。ムッソリーニは劇場へ行ってしまい、交渉は不調に終わりました。

ルイジ・ファクタはあらためて、国王に面談を申し入れなければならなくなった。ファクタはサヴォイア宮を訪ね、現状にたいする全面降伏を表明した。もし、ファクタが二四時間前に首相を辞職していれば、イタリアにはまだ、ファシストの侵攻に対峙する政府を持つための時間的猶予があっただろう。もし、いまここで辞職すれば、ファシストと対峙する政府それ自体が、存在しなくなってしまう。そしてファクタは、まさしくいま、辞職することを選んだのだった。

ヴィミナーレ宮に戻ると、ファクタは側近の官僚たちに、もう休んでいいと許可を出した。「われわれは辞職したんだ」。ファクタは言った。「これで政権は空白だ。また明日」。警視総監が、ファクタに同調するようにして言い添えた。「いずれにせよ、ファシストが明日の朝七時より早くローマに到着することはないでしょう」。ファクタはその言葉に力づけられ、こう告げた。

「私も、もう休むとするよ」

少なくとも三〇年前から、一度の例外もなくそうしてきたように、ピネローロ生まれのルイジ・ファクタ元首相は今夜もまた、夜の十時になる前にベッドに横になった。

長い一日だった。ホテル・ロンドラの部屋でひとり、老いた紳士はベッドカバーをめくる力さえ見いだせずにいた。脱いだばかりの、まだ雨に湿っているコートをベッドに放り投げ、その上に横になって眠りについた。

一方、内務省の若き次官エフレム・フェッラーリスは、職場に戻り、今夜は寝ずの番だと覚悟を決めた。

フェッラーリスは数時間にわたって、夜の闇のなかで口をつぐんだまま、各県庁と内務省をつなぐ電話機が点灯するのを眺めていた。数時間にわたって、ヴィミナーレ宮の巨大な部屋の静寂に包まれながら、電話電報や緊急の電報が机に積み上がっていくのを見つめ、占領された県庁舎や、襲撃を受けた電報局や、ファシストの側についた駐屯部隊や、ファシストに接収されて首都に武器を運んでいる列車の名前をメモしつづけた。国家を形づくる無数の薄片が、一枚、また一枚と剝がれ落ちていく壮大な光景は、夜が明けるまでずっと続いた。

ミラノ、一九二二年十月二十七日　マンゾーニ劇場の客席、午後十時過ぎ

ルイジ・フレッディは前途有望な青年だった。古参の行動隊員であり、二十代後半という若さで『ポポロ・ディタリア』の編集長を務め、政治宣伝の分野で類いまれな才能を発揮している。『イル・ファッショ』に掲載されたフレッディの記事は相当の反響を呼んだ。そこには、「拳は理論の要約である」という一節があった。

しかし、いま、マンゾーニ劇場のボックス席で、フレッディは逡巡していた。緊急の報《しら》せを携えてきたことを身ぶりで伝えたにもかかわらず、ムッソリーニは彼にたいし、そのまま待機しているように合図したのだ。ムッソリーニとサルファッティは、手をつなぎ、欄干から身を乗り出して、フェレンツ・モルナールの『白鳥』の第二幕に魅了されている。

だが、幕間に入り、クレモナでなにが起きたかを知らされるなり、ムッソリーニは編集部に急行した。急使としてクレモナからミラノに派遣されてきたのは、周囲から「老狐」と呼ばれている男だった。濃いひげ面で、生皮のジャケットを身につけ、飛行士用の眼鏡を首からさげた老狐が、ヘッドライトの壊れている、泥まみれの黒いバイクの横で、ムッソリーニの到着を待っていた。老狐は、禍々《まがまが》しい宿命の化身のような外貌をしていた。モト・グッツィにまたがり、ベルトに短剣を差し、ズボンのなかに拳銃を突っこんだその姿を見れば、いったいこのちんぴらは、二輪車を乗りまわすことのほかに、人生をとおしてなにかひとつでもまともな行いをしたことがあるのだろうかと、誰もが訝《いぶか》しく思うに違いなかっ

た。なにも聞かなくても、伝令の内容は察しがついた。クレモナで、大惨事が起きている。

縄はしごで県庁の窓によじ登ろうとしていたファリナッチ配下のファシストに向けて、兵士は引き金を引いた。老狐がペルージャからクレモナに到着したのは、まだ同志たちの亡骸《なきがら》に温《ぬく》もりが残っているころだった。クレモナのファシストが、決行時刻よりも前に行動を起こしたことを知るなり、バルボは作戦の中断を命令するために老狐を派遣した。しかしファリナッチは、戦闘をやめるかわりに、ドゥーチェに宛てた直筆のメモを老狐に託した。「死人が出ている。一刻の猶予もなし」

執務室に入ると、フィレンツェにいるバルボから電話がかかってきた。タンブリーニ配下の能なしどもが演じた失態について報告を受ける。さいわい、バルボはぎりぎりのところで襲撃を阻み、ディアズ将軍に非礼を詫びることができたという。

ムッソリーニは受話器を置くと、先週に自分で書いた、四首脳名義の声明文を持ってくるように指示を出した。原本は手元になかった。アレッサンドロ・キアヴォリーニが、ムッソリーニに言われて郵便局の貸金庫に文書を保管していたのだが、そこはいま警察に監視されている。

誰かが声明文の写しを引っぱり出してくると、すでにファクタ辞任の情報に接していたムッソリーニは、細部を何か所か手直しした。まるで、「光あれ」と言うだけで光をもたらすことのできる全知全能の神のように、『ポポロ・ディタリア』主筆は、ミラノのロヴァニオ通りにある執務室から、雨降る夜にイタリアの四方にちりぢりになっている哀れな四首脳の名のもとに、次のような文章をしたためた。「秘密作戦の四首脳は、現政権の退陣、下院議会の解散、上院の会期延期を宣告する。軍隊は兵舎にとどまること。けっして戦闘に参加してはならない」。ムッソリーニにはよくわかっていた。クレモナの件からも明らかなように、軍隊に介入されては、闘争もなにもあったものではない。

あとひとつ気がかりなのは、イタリア国王がどう出るかだった。庶民の家庭に生まれたムッソリーニを、その出自ゆえに軽蔑している あの忌々しい小男は、進軍の息の根をとめる戒厳令をはたして布告するだろうか。不安を抱えつつ、ムッソリーニは一日の締めくくりに、ふたつの行為を通じて呪術的な力に願を掛けた。小さな言葉の神々はその力でもって、事実に背を向け、ときに人を現実から遠ざけてくれることがある。

生まれついての記者であるムッソリーニは、まず、クレモナの大失態のことはきれいに忘れて、明日の新聞の見出しを編集者に口述した。「イタリアの歴史は、決定的な転換点へ――トスカーナではすでに、ファシストの動員が始まっている――シエナの全兵舎、ファシストに占拠される――灰緑色の制服、黒シャツと友好関係を結ぶ」（「灰緑色」とは、イタリア王国正規軍の軍服を指す）。それから、主筆にして検閲官のムッソリーニはチェーザレ・ロッシを呼び出し、ファシストに好意的な記事を書くことを強要するために、アルド・フィンツィといっしょにミラノの各出版社をまわってくるように命令した。

「今夜は、ここまでだな」。ムッソリーニはそう言って、表情に諦めの色さえにじませつつ、新聞社回りへ向かう相談役を見送った。

チェーザレ・ロッシは、各編集部への脅しに説得力を持たせるために、腹心の行動隊員を同伴した。自己紹介のときに前科をひけらかし、相手の反応を見ては悦に入るトスカーナ人だ。

「どうも、アメリゴ・ドゥミニです。九人殺してます」

ローマ、一九二二年十月二十八日　陸軍省および内務省、夜

深夜一時をすこし過ぎたころだった。三時間前、衰弱しきった肉体がかろうじてたどりついた姿勢のまま、ファクタはまだ、ホテル・ロンドラのベッドに横たわっていた。起こしにきたのは、内閣の若き次官エフレム・フェッラーリスだった。目の前の打ちひしがれた肉体のなかにフェッラーリスが見てとったのは、濡れたコートをベッドカバーにして丸くなっている、どこにでもいそうなただの老いぼれだった。それから一時間もたたないうちに、この死体のような老人は、ホテルから陸軍省へ移動していた。

午前二時に始まった会合には、悲壮な空気が漂っていた。内務大臣のタッデイは、多くの県で軍がファシストの侵攻を防げなかったという事実に、悲憤をともなう驚きを禁じえないことを表明し、ローマの管区師団長プリエーゼ将軍を責め立てた。将軍は怒りと憤りに駆られ、責任は政治階級の怠慢にあると主張した。事実、将軍は何日も前から首都防衛の準備を進めていたし、二日前には、実力行使を容認する正式な書面も要求していた。タッデイ大臣は、いますぐその書面を用意することを約束した。

会議が終わると、ファクタはサヴォイア宮の王のもとを訪ねた。二〇分後、面会を終えたファクタは、個人秘書のアメデオ・パオレッティにこう言った。

「私はヴィミナーレに戻るから、運転手にそう伝えてくれ。これから戒厳令の文書を用意する。朝になったら、国王に署名をもらう」

内務省に戻る途中、ピエモンテの老紳士は、胸中にかすかな勇壮の気が湧いてくるのを感じていた。

「ファシストめ、本気でローマに来るつもりなら、この私を八つ裂きにしてからだぞ」。ファクタは故郷の方言で、そう毒づいてみせた。

午前五時半に閣議が召集された。議題はもちろん、戒厳令についてだ。国家にたいする重大な危機を前に、憲法にもとづく権利の保障を一時的に無効とし、全権を軍当局に委託するこの例外的な法制上の措置は、一八九八年を最後に講じられていなかった。おかげで官僚は、あちこちの資料をひっくり返して、過去の声明文を発掘してこなければならなかった。かつての文書に認められる、あまりに激しい語調や、今回の事例にそぐわない表現に手を加え、ファクタは新しい声明文を作成した。その結果、重厚にして穏健、簡潔にして荘重な、決然たる宣言文ができあがった。この文書を引っさげて、ルイジ・ファクタは午前九時、ふたたびヴィットリオ・エマヌエーレ三世のもとへ参上した。あとは王の署名さえあれば、ファシストの進軍はローマではなく牢獄で、あるいは墓場で終焉を迎えるだろう。

時は前後して午前六時過ぎ、もう何日も前から待たれていたローマ防衛を命じる書面を、ファクタはプリエーゼ将軍のもとに送った。三〇分後、各県知事に電報が送付され、蜂起の責任者を逮捕すべしとの命令が伝えられた。午前七時五十分、今度は軍当局に向けて電報が打たれ、遠からず戒厳令が布かれることが通知された。午前八時半、戒厳令について知らせるビラが、ローマの市中に張り出された。

当時の植民地相は、イタリア民主党、および、自由主義系の新聞『イル・モンド』の創設者ジョヴァンニ・アメンドラが務めていた。前年のクリスマス・イヴにファシストから暴行を受け、先の十月二十四日にはナポリの編集部を行動隊に焼き払われた過去を持つ植民地相は、この待ちわびた瞬間に立ち会うことで、滅多にない、忘れがたい幸福を味わっていた。

「ファシストがローマに足を踏み入れることはない。われわれは戒厳令の布告を決定した。あの浮浪者どもも、明日にはおとなしくなっているだろう」。誠実な民主主義者が、戒厳令の布告に歓喜していた。

閣議は、戒厳令の布告を王に提案することを、満場一致で決定した。

閣議の議事録、十月二十八日午前六時

閣議の満場一致の決定にもとづき、政府は各県知事に、治安維持の策を講じるよう命令する……あらゆる手段を用い、いかなる犠牲も惜しんではならない。国家権力にたいする反乱の指導者と扇動者は、例外なく、即刻逮捕すること。

イタリア王国の県知事および軍司令官に宛てた、首相の電報、一九二二年十月二十八日、午前七時十分

二三八五九号。本日正午より、王国の全県に戒厳令を布くことを、閣議は決定した。関連の政令は速やかに布告される予定。各県知事は現時点より、あらゆる例外的措置を講じ、治安の維持、および、財産と個人の保護に努めること。

イタリア王国の県知事および軍司令官に宛てた、首相の電報、一九二二年十月二十八日、午前七時五十分

文明の母ローマへの進軍を企て、この都が体現する自由の理念を窒息させようと目論む輩《やから》を、けっして許してはならない。諸君は、血の最後の一滴を流しきるまでローマを守り、その歴史にふさわしい存在として行動すること。

ローマの駐屯部隊の将校および兵卒に向けた、エマヌエーレ・プリエーゼ将軍の訓示、一九二二年十月二十二日、早朝

サンタ・マリネッラ、モンテロトンド、ティヴォリ　一九二二年十月二十八日、午前八時半

進軍を頓挫させるための戒厳令の布告文書が、ローマの道々に貼り出されていたころ、蜂起はすでに、ラツィオの農村地帯で破綻していた。

首都防衛の任に当たる師団には、揺るぎない意志を持つプリエーゼ将軍の指揮のもと、軍隊、憲兵隊、財務警察、王国護衛隊から、二八、〇〇〇人の兵士が集まっていた。六〇挺の機関銃、二六門の大砲、一五台の装甲車が、ファシストを迎え撃つ準備をしている。

この堅固な守りにたいして、進軍を開始すべき時刻に集結地点に到着していたファシストの人数は、三部隊を合計しても一〇、〇〇〇人程度だった。飢えと渇きに苦しめられ、足は棒のようになり、意気をくじかれ、装備は貧弱で、全身を雨に濡らした男たちだ。拳銃やら、短剣やら、農具やらをベルトに差し、手には棍棒やら革の鞭やらを握りしめている。もっとも、ファシストの大半は武器を持っていなかった。小銃があったとしても、肝心の薬莢がどこにもない。百人隊《ケントゥリア》の隊長は、腕の立つ射手に縦隊の先頭と側面を守らせるため、わずかしかない小銃は大戦の帰還兵に託すよう、若年のファシストに指示を出した。滝のような雨が容赦なく降りそそぐ。横殴りに吹きつけ、顔全体に襲いかかり、外套の下にしみこみ、水たまりを打ちつけて泥のしぶきをはねあげる。ローマの司令部の命令により、オルテとチヴィタヴェッキアで線路が遮断されたため、ファシストはその先の道程を徒歩で進まなければならなくなった。農村や林を通過する途中で、縦隊は四分五裂した。歴史に襲いかかるべく、イタリア全土から

夜通し行軍してきた若き革命家たちは、まるで原始人のようにして、藁《わら》と小枝でこしらえた掘っ立て小屋や洞窟のなかで野営し、楡の木の下で雨露をしのごうとした。湿った藁やずぶ濡れの藁を寝床にして、スポンジのように水を吸った靴下の替わりに新聞紙を足に巻いた。糧食には、わずかなじゃがいもと米のビスケットがあるきりだった。見捨てられた男たちは、人家の集まる界隈にたどりつくなり水飲み場に駆けていったが、どこも飲料水は涸れていた。体がしびれ、足は重かった。先の展望もなにもないままに、ファシストは前に進んだ。乗馬用のブーツを脱いで、背中で揺らしながら、裸足で歩いている者もいる。まわりには、荒涼たる平野が広がっている。建てかけの家屋を見かけると、あそこで雨宿りができるのではないかと、ムッソリーニの息子たちは幻想を抱いた。一軒の家に一〇〇人からのファシストが詰めかけ、天井からはばらばらと雨粒が降り落ちてくる。それでも、外界の刺激にまったく無感覚になっていた男たちは、かまわずそこで眠りについた。あるいは、うとうととまどろみつつも、野生の獣のように意識を張り詰めている者もいる。戦争をどうこうする前に、まずは生きのびることが、彼らの胸中を占める最大の関心事だった。一般人にパンを乞い、即席で畜殺場をこしらえて、肉屋でもなんでもない人間が獣の喉をかき切った。この「浮浪者」こそ、革命を遂行するために、イタリア全土から集まった若者たちだ。それなのに誰ひとり、撤退しろとも、攻撃しろとも、彼らに命令をくださない。塹壕で過ごした三年間と同じように、オルテとティヴォリのあいだに不意に生じた新たな中間地帯《ノーマンズランド》で、彼らは囚われの身になっている。忘れられ、水びたしになり、自由を奪われたまま、悪意とともに、略奪への飢えとともに、理想とともに、雨の下、歴史の袋小路を行軍しつづけている。

ミラノ、ロヴァニオ通り、一九二二年十月二十八日
『ポポロ・ディタリア』編集部、午前八時ごろ

ガッレリアは王国護衛隊に封鎖されていた〔「ガッレリア」は一般には、商店の集まるアーケードのこと。ここでは、イタリアでもっとも著名なアーケードである、ミラノの「ヴィットリオ・エマヌエーレ二世のガッレリア」を指す〕。イタリア商業銀行の屋上に設置された三挺の機関銃がスカラ広場に銃口を向け、マンゾーニ通りを走るトラムは、スカラ座の前を通らないように迂回している。昨日までは、イタリアを騒がせている混乱とは無縁のように見えていたミラノだったが、今朝では町全体が、すでに戒厳令が布かれたあとのような様相を呈していた。誰がどう見ても、まともな戦いにはなりそうになかった。行動隊は、サン・マルコ通りにあるファッショの事務局の前に拒馬《きょば》を並べていた。それにたいして軍隊は、雨で増水した運河に沿って、ソルフェリーノ通り、サン・マルコ通り、ブレラ通りの各交差点に、兵士と重機関銃を配備している。

自宅で夜を過ごしたムッソリーニは、早朝のうちに編集部に身を移した。それから二時間後、れんが積み工からブリアンツァの行動隊の首領となり、いまは「砦《とりで》」の防衛を指揮しているエンツォ・ガルビアーティから、緊急の報告がもたらされた。モスコヴァ通りから三台の装甲車が、ソルフェリーノ通りからは王国護衛隊の大隊が、編集部を占領するために向かってきている。おそらく、反乱の指導者を逮捕せよという命令を実行しにきたのだろう。

まずはチェーザレ・ロッシに交渉が一任された。流血を防ぐために、妥協案を提示する。先刻からア

ルディーティとファシストが通りに出て、雨に溶けた巻きとり紙のバリケードの前に立ち、小銃と手榴弾をひけらかしている。彼らを建物のなかへ撤退させるから、軍隊はモスコヴァ通りの曲がり角で、いったん前進を停止してほしい。

しかし、王国護衛隊の少佐は聞く耳を持たなかった。命令が下された以上、あとは実行するのみだ。少佐の口ひげの下から、進軍にとどめを刺す言葉が発されようとしたその瞬間、ベニート・ムッソリーニ本人が、歴史の分かれ目に姿を見せた。少佐はかたくなな態度を崩さず、ドゥーチェにたいしても脅しの言葉を発した。

それまで一貫して、ルジニョーリ知事に内務大臣の席を約束しつづけていたムッソリーニは、少佐の傍《かたわ》らに控えている、知事の部下の警察署長に語りかけた。

「みなさん、われわれの運動がどのような性格を持っているか、どうかよく考えてみてください。あなた方にとって、反対すべき点などなにひとつないはずです」。それからドゥーチェははったりをかけた。「いずれにせよ、あなた方の抵抗は無駄なことです。ローマを含め、イタリア全土はわれわれの手に落ちました。いまに報《しら》せが入りますよ」

言葉が、またも言葉が、現実にたいして優位を占め、現実を遠ざけた。小さな主張が、大きな効果を引き起こす。ペルナ署長はムッソリーニの言葉に同意し、少佐は決心をぐらつかせた。流血は先送りされた。

一時間後、ルイジ・フェデルゾーニが『ポポロ・ディタリア』編集部に電話をかけてきた。ちょうど、戒厳令の署名のために、ファクタが国王と面会していたころだ。王の腹心であるフェデルゾーニは、ローマ防衛のために「青シャツ隊」を展開しているナショナリズム運動の指導者だ。もっとも、青シャツ隊を構成する若者のなかには、いままさに首都に攻めこもうとしているファシストに、共感を抱いている者も少なくなかった。フェデルゾーニは目下、二重の、あるいは三重の駆け引きに精を出している最中だった。ムッソリーニはこの男と言葉を交わす気になれず、アルド・フィンツィに応答を任せ、チェーザレ・ロッシにはふたつめの受話器で会話を聞いておくように命じた。ローマから響く声は、目の前に迫る破局に押しつぶされそうになっていた。

フェデルゾーニ　―　ペルージャにいるデ・ボーノ将軍と話をしてきました。ムッソリーニ議員を説得して、一刻も早くローマへ向かわせてくれと、しきりに懇願されましたよ。なにしろ、向こうにはミラノとの連絡手段がありませんから。ローマは膠着《こうちゃく》状態に陥っています。王は話し合いを望んでいるのに、ファシストの指導者がどこにもいないからです。デ・ヴェッキはペルージャへ発ったようですが、三〇分前の時点ではまだ到着していませんでした。ここには誰もいません。危機が迫っています。すぐにムッソリーニに伝えてください。事態がいまよりも悪化すれば、王が国を去ることも有りえますよ。

フィンツィ　―　わかりました、伝えておきます。

フェデルゾーニ　―　いますぐローマに向かうよう言ってください。これは、総指揮官として、デ・ボーノがムッソリーニに要求していることなんです。

フィンツィ　―　よくわかりました。ただ、こちらにも事情がありますから。ミラノの軍当局にくだっている命令は、お伺いした内容とはだいぶ違うようですよ。ファッショの本部を離れるわけにはいきません。いまにも戦闘が始まろうとしているんです。

ローマから怒号が響く。

フェデルゾーニ　―　気は確かですか⁉　下手をすれば国王は、取り返しのつかない決断をくだすかもしれない。そうならないためには、選択の自由が確保された状態で……つまり……外的な圧力なしに、国王に行動を起こしてもらわなければいけないんです……それに国王は、流血の責任は負いたくない、そんなことになればイタリアを去るとはっきり仰いました。いまはイタリア全土で戒厳令が布かれていますから、軍は独自の判断で動いているかもしれませんが……

「流血」……「戒厳令」……この言葉が聞こえたところで、ベニート・ムッソリーニが電話室に入ってきた。

フィンツィ ― ああ、ムッソリーニが来ました。彼に替わります。

フェデルゾーニ ― 失礼ですが、私の好きなように話させてもらいますよ。デ・ボーノに会って、現状を伝えてもらいました。戦闘が起きています。もし、この状況がずるずると長引けば……王は退位されるでしょう。ローマには、ファッショを代表する人物がひとりもいません。私がデ・ボーノに会っていたとき、デ・ヴェッキはまだペルージャに着いていませんでした。私はデ・ボーノに頼まれました。いま話した内容をあなたに伝え、すぐにローマに向かうよう言ってほしいと。

ムッソリーニ ― ミラノは交戦状態ですから、ローマには行けません。なんにせよ、ペルージャの総司令部に問い合わせてもらわないと困りますよ。私としては、総司令部の決定に全面的に従うつもりで……

フェデルゾーニは憤激し、ムッソリーニの語り口によく似たエミリア方言をまじえながら、相手の言葉を遮った。

フェデルゾーニ ― 向こうはミラノと連絡をとることもできないのに、ペルージャの司令部がどうやってあなたに決定を伝えるんですか⁉

ムッソリーニ ― それはあなたの仕事ですよ。どのみち、ペルージャと連絡をとるのはあなたなんだから。それと、イタリア全土で反乱の火の手があがっていることをお忘れなく。

フェデルゾーニ　──　自分たちの足場を壊してはいけません。そうなれば、すべておしまいです。

ムッソリーニ　──　ペルージャと連絡をとって、ムッソリーニは司令官の決定に従うと伝えてください。

フェデルゾーニ　──　頼むから、『ポポロ・ディタリア』を離れないでくださいよ。

ムッソリーニ　──　離れませんとも。あとは、今回の危機が右へ、右へ、右へと向かうようにお力添えいただければ……

フェデルゾーニ　──　どういう意味ですか?

ムッソリーニ　──　ファシスト内閣の方へ、ということです。

狂人の妄言が、束の間の沈黙を引き起こす。ややあってから、二枚舌の策士は気をとりなおした。

フェデルゾーニ　──　もちろんですよ、当然でしょう。ただ、停戦状態に行き着くようなことは避けないと。そちらが望むとおりの結果を得られるよう、明日の晩まで、私も方々に掛け合ってみますから。

ムッソリーニは受話器をおろし、電話室を出た。チェーザレ・ロッシがあとに続く。ベニート・ムッソリーニは愉快そうに笑いを漏らした。

「私が言ったとおりになっただろう。〈ローマへ来い、ローマへ来い〉の大合唱だ。狙いどおりの展開だな」

降りやまぬ雨が、戒厳令下のミラノを濡らしている。ロヴァニオ通りとモスコヴァ通りが交わる角、王国護衛隊の小隊が交通を遮断している地点では、機関銃の暗褐色の銃身をつたって、水が小川のように流れ落ちている。

殺戮《さつりく》が間近に迫っている。その全責任はまたしても、四人の脇役に押しつけられた。彼らはいま、ペルージャのホテルの客室で、世界から切り離されたまま、事象の地平線を凝視している。

ペルージャ、一九二二年十月二十八日
ホテル・ブルファーニ、ローマ進軍総司令部、同時刻（午前八時ごろ）

　ワインとシャンパンのぬかるみが、曙光の名残を受けて輝いている。鼻を刺す吐瀉物《としゃぶつ》の悪臭に、無数の吸い殻が発する酸《す》い臭いが折り重なる。パンやサラミの食べ残し、あるいはタルトに刺された吸い殻もあれば、グラッパのグラスの底で溺れている吸い殻もある。

　泥のなかを八時間も走りつづけたあと、両手を腰に当てて青の「ランチア」から降りるなり、チェーザレ・マリア・デ・ヴェッキは吐き気を覚えた。車には、ローマ進軍の総参謀を務めるディーノ・グランディも同乗していた。四人の行動隊員が、司令室の床に寝そべっていびきをかいている。ずしりと重い口臭と、夜通し続いたばか騒ぎの臭いが漂っている。デ・ヴェッキが男たちを足蹴にする。目を覚ました酔漢が、罵り合いを始める。作戦で使う地形図は、鋲一本で留められて壁にぶらさがっている。これがファシストの革命だ。

　デ・ボーノは死人のように青ざめ、ビアンキは咳で体を震わせていた。ふたりとも、外の世界についてはきわめて曖昧な情報しか持っていなかった。ローマでなにが起きているか、ペルージャに来るまでの道のりでなにを見たか、デ・ヴェッキはふたりに伝えた。雨と寒さに苦しめられ、げっそりとやつれたファシストが、おぼつかない足どりで、武器も持たずに南へ進軍している。戦われることのないだろう戦いの場を目指す、亡霊たちの行進だ。

　死んだキリストを哀悼する彫像のように固まっていた四首脳は、バルボの到着により意識を取り戻し

た。ぼさぼさの頭のまま——まだ酔っているのか、それとも興奮しているだけなのか、にわかには判別がつきかねた——、得意の嘲《あざけ》りと蔑《さげす》みを込めて、バルボはデ・ヴェッキを罵倒した。「政治屋」に転身したデ・ヴェッキを詰《なじ》り、彼抜きでペルージャの県庁舎を制圧したことを誇ってみせた。

「素晴らしい、たいしたものだ！　それで、師団の司令部は？　きみたちはそこも占領したのか？　ここに砲門を向けている、アルプス歩兵旅団の司令部は？　軍は武装を解除したのか？」怒りのあまり、チェーザレ・マリア・デ・ヴェッキの歯茎にはうっすらと血が滲んでいた。

そのすぐ後、午前十時ごろ、電報局から報《しら》せが届いた。戒厳令が布告され、反乱の指導者を逮捕せよとの命令がくだされたということだった。ビアンキは、まずはミラノと、それからローマと、必死に連絡をとろうとした。どちらもつながらなかった。四首脳は完全な暗闇に捨て置かれた。

ひとりのファシストが自転車に乗って、ホテル・ブルファーニに駆けつけてきた。ローマから警察署に電話がかかってきている。四首脳のひとり、デ・ヴェッキと話がしたいらしい。冗談か本気か知らないが、国王の代理で電話したとか言っている。

冗談ではなかった。国王付きの武官チッタディーニはデ・ヴェッキに、ただちにローマへ戻るよう要請した。国王はファシストの代表者との会談を望んでいるのに、ムッソリーニがミラノを離れられないからだ。デ・ヴェッキは思い切って、なにか具体的な提案があるのかと訊いてみた。先方は「ある」と答えた。

ローマまで四時間で連れて行ってみせるとのたまうほら吹き——「ムッソリーニ風に運転しますよ」などとうそぶいていた——の車に乗りこむ前に、デ・ヴェッキは旧友のコルナーロ将軍と面会した。ペルージャに駐屯している、アルプス歩兵旅団の司令官だ。

コルナーロ将軍はファシストの狂気に非難を浴びせた。もっとも、旧友のあいだで交わされる非難というのは、親愛の情を込めたあいさつとそう変わるものでもない。かつて戦地をともにした将軍に、デ・ヴェッキは忍耐を、寛容を、譲歩を求めた。

そんな話は認められないと、コルナーロはきっぱりと言い切った。今夜から戒厳令が布かれることになっている。命令は絶対だ。するとデ・ヴェッキは、状況は変動すると請け合った。自分は王に召し出され、これからローマに向かう予定だ。どうか、衝突は回避してほしい。コルナーロは丁寧な口調で答えた。

「衝突？　そんなもの、起きるはずがないだろう。この町は孤立している。ファシストの加勢に駆けつける者などいないし、機関銃はつねに照準を合わせているんだ」

それから将軍はデ・ヴェッキと腕を組み、建物の屋根や広場を見下ろす丘を指さして、ささやくように言い足した。

「まさか私が、砲兵の配置の仕方も知らない男だと思ってるのか？」

チェーザレ・マリア・デ・ヴェッキは、コルナーロ将軍との会話の内容をほかの四首脳に伝えた。バルボはいつもどおり、蛇のようにしゅうしゅうと音を立てながら、脅し、罵り、悪態をついた。

「この腰抜けめ……電話で革命を起こそうってわけだ……俺は戦うぞ。俺が敵に屈するとしたら、それは最後の弾を撃ち終えたときだ」

ムッソリーニ風の運転手の隣に乗りこむデ・ヴェッキに、興奮したバルボの甲高い声が背後から襲いかかる。

「革命はもう始まったんだ……俺は撃つぞ……撃つぞ……」

ない。

ミラノ、ロヴァニオ通り、一九二二年十月二十八日　『ポポロ・ディタリア』編集部

二三八七一号。通告。本日付の電報二三八五九号が伝えた戒厳令にかんする命令は、実行してはならない。

午後零時五分、内務省および陸軍省に宛てて首相の電報が送信された。午後零時三十分、陸軍省は師団の司令部に、戒厳令の中止を通達した。直後、通信社「ステファニ」がこの報《しら》せを広く伝えた。あらゆる約束、あらゆる義務に背を向けて、国王は政令への署名を拒絶した。戒厳令は撤回された。

理由を問うても仕方がない。理由などいくらでもあるし、ひとつもないのだ。かつて在ったこと、これから在るであろうこと、在ったかもしれないこと、世界の創造以前から永遠に在りつづけることの上に、歴史のスフィンクスは無言のまま鎮座している。

ベニート・ムッソリーニがこの報せに接したのは、ロヴァニオ通りの執務室で、ナショナリズム運動の指導者であり著名な法学者でもあるアルフレード・ロッコと面会していたときのことだった。ロッコがローマからミラノまで出向いたのは、サランドラ内閣の発足に力を貸すよう、ムッソリーニを説得するためだった。ムッソリーニはロッコに閣僚名簿を手渡した。それは、唯一の選択肢として残った内閣の名簿だった。つまり、ファシスト内閣だ。ムッソリーニは断言した。もはや、彼にすべてを託すほか、いかなる可能性も存在しない。

じゅうぶん許容に値する、ほんのわずかな遅れののち、アルフレード・ロッコは雷のような直感に打たれて現実を把握した。サランドラのことなどきれいに忘れ、ドゥーチェの方へ身を投げ出し、その体をひしとかき抱いた。

「仰るとおりです。イタリアを導くことができるのはあなただけだ」

ファシズムの創始者は勝利した。ムッソリーニはそれを確信していた。戒厳令の脅威は去った。あとに残るのは、ローマの城門に集結するファシストの行動隊だけだ。ムッソリーニは一日の残りの時間を、勝者に付きものの仕事のために費やした。

イタリアの運命の新たなる支配者は、政務次官の名簿を作成し、『コッリエーレ・デッラ・セーラ』の主幹と電話で協議し、自らの大勝利を伝える『ポポロ・ディタリア』の号外を準備し、デ・ヴェッキや、そのほかムッソリーニのライバルと共謀するローマのファシストからかかってくるすべての電話に、人差し指のひとふりで「ノー」を伝えた。さらに、会談のために首都へ出向いてほしいという、国王付き武官からの正式な招きにも断りを入れた。もちろん、いますぐローマへ向かう用意はある。自分で飛行機を操縦していってもいいくらいだ。ただし、彼が次にローマの土を踏むのは、組閣の任を託されたときだけだ。

午後五時、ムッソリーニは『アンブロジアーノ』紙の記者からインタビューを受けていた。「ローマで解決策を見つけられると幻想を抱きつづけ、意地でもミラノに目を向けようとしない勢力が存在します。もはや、選択肢はひとつしかありません。ムッソリーニという選択肢です」。午後六時、命令系統の乱れによるものか、王国護衛隊の小隊がふたたびロヴァニオ通りへ進軍を開始したとき、発砲するはずがないという確信のもとに、戦闘ファッショの創設者は戸棚の小銃をその手につかみ、みずから通りに躍り出て部隊の前に立ちはだかった。午後七時、前回の訪問から二日しかたっていないのに、またもミラノの企業家たちが訪ねてきた。デ・カピターニ・ダルツァーゴ、ピレッリ、ベンニ、クレスピ、エットーレ・コンティらから構成される代表団は、もはや編集部までの道順をすっかり把握していた。午後八時、ハードカラーの上等なシャツにネクタイを巻いて、ムッソリーニはふたたび劇場へ足を延ばした。ただし今回の同伴者は、年来の恋人であるマルゲリータ・サルファッティではなく、正統な配偶者のラケーレ・グイーディだった。じきに日付も変わろうかというころになって、ようやく、何時間もむなしくベルを鳴らしつづけていたローマからの電話に応答した。それは、サランドラ内閣の発足を画策する、デ・ヴェッキ、チャーノ、グランディらの最後の足掻《あが》きだった。新たなる支配者は迷いなくこう言った。

「ファシストの軍隊を動員し、革命を起こし、死人を出してまで、アントニオ・サランドラ氏の復活を助けろというのか？　悪いがほかを当たってくれ」

ローマでも、ミラノと同じように、電話機のベルの乾いた音が、ひっきりなしに鳴り響いていた。

ペルージャ、一九二二年十月二十八日　ホテル・ブルファーニ

ホテル・ブルファーニにその報《しら》せが届いたのは、ちょうど王国護衛隊が、ペルージャ中央郵便局の奪還に向けて動きだしたころだった。ミケーレ・ビアンキとエミリオ・デ・ボーノは、たがいの肉体にたいする生理的嫌悪をものともせずに、情熱的な恋人同士のように抱擁を交わし合った。

とはいえ、表の兵士たちはまだそれを知らなかった。ホテルの玄関の数メートル先では、まさしくその瞬間、軍隊がコルナーロ将軍を押し立ててマッツィーニ通りを前進していた。目標の郵便局には、わずか二挺の機関銃を頼みに、黒シャツ隊「深き絶望」が立てこもっている。らっぱが鳴らされ、兵士が武器を構えるなか、ファシストの幹部ふたりが、ふたつの勢力に挟まれながら、青ざめた顔で休戦交渉に臨もうとする。

実年齢よりも早く老いたエミリオ・デ・ボーノは、目に涙をいっぱいにためて、臨戦状態の部隊のあいだに、その骸骨のような肉体を投げだした。ファルセットと聞き紛うような裏声で、デ・ボーノは絶叫した。戒厳令は撤回された。国王はムッソリーニをローマに呼んだ。新内閣の発足は時間の問題だ。コルナーロ将軍は二度目のためらいを覚えた。

数時間後、デ・ボーノはペルージャの要塞司令官であるペトラッキ将軍のもとを訪ねた。すれ違いざま、将校や兵卒はデ・ボーノに向かって軍隊式に敬礼し、それから口ひげの下に微笑を浮かべた。ついさっきまで、ファシストにたいする怒りと蔑《さげす》みの念にとらわれ、元同僚のデ・ボーノとの面会など頑と

して受けつけず、言葉ではなく砲弾に語らせてやると息巻いていたペトラッキ将軍は、突如としてファシストの大義の信奉者となり、みずからの振る舞いを正当化し、弁明し、新しい主人に慈悲を乞うた。心配はいらないと安心させてやったあとで、デ・ボーノが席を立とうとすると、ペトラッキ将軍が最後の嘆願を口にした。

「ラジオを、ラジオを頼むよ。また聴けるようにしてほしいんだ」

ファシストや野次馬や物乞いで、ホテル・ブルファーニは早くもごった返していた。写真機を持った記者も駆けつけてきた。ビアンキとデ・ボーノとバルボは、運命の日を記録に残しておくのも悪くないと思い、写真機の前に立った。三人とも、すこしだけ前かがみになっている。先刻まで、この戯曲は悲劇だと信じきっていたのに、それが唐突に、幸福な結末を持つ一篇に変貌した。そんな脚本を押しつけられた荷の重さが、三人の背を丸めているようだった。

ティヴォリ、モンテロトンド、サンタ・マリネッラ　一九二二年十月二十八日

野営地は人であふれかえっていた。新たに到着した者たちが、先に来ていた浮浪者と争って、なんとか炎のそばに坐ろうとする。もっとも、肝心の炎はというと、雨に降られてすでに灰となっていたのだが。シエナの軍団に所属する三〇〇〇人のファシストが、昼食後に合流した。午後になって、アンコーナの五〇〇人と、サビーナの三〇〇人がやってきた。夕方には、フィレンツェ第一軍団の二〇〇〇人、アレッツォ軍団とヴァルダルノ歩兵隊の二〇〇〇人、フィレンツェ第二軍団の三〇〇〇人がそこに加わった。

到着した男たちは皆、待つことの苦しみに身もだえしている。飲み水も、食料も、金もない。それよりなにより、命令がない。バルボがバイクに乗ってやってきて、政治的な駆け引きには応じるなと言い残していっただけだ。そのあとは何時間も、何日も、なんの命令も聞こえてこない。作戦もない、伝達もない、情報もない。下された指示といえば、あれやこれやの禁則ばかり。いかなる理由があっても、自分の宿営地を離れてはならない。人にも物にも損害を与えてはならない。撃ってはならない。農夫から家禽《かきん》を盗んではならない。

進軍は泥沼にはまっていた。雨のなかに忘れ去られ、鶏の盗人に身を落とした兵士たちは、当てどもなく野営地をさまよい、ばかばかしい巡視のために心身をすり減らし、雷雨によって引き起こされる風邪に震えていた。あるいは、呼びかけにたいする返答がまったくないまま、無為な時間を過ごさなければ

ばならない苦しみが、風邪のほんとうの原因だったのかもしれない。

ティヴォリ近郊に宿営する部隊を指揮していたのは、ジュゼッペ・ボッタイという若者だった。ワイン商人の息子で、かつては詩作の道を志し、アルディーティの将校として大戦に身を投じた志願兵でもある。未来派の思想に触れたあとで、彼はローマの行動隊の首領となった。ティヴォリの森の岩場に立つ宿泊所に、ボッタイは司令部を置いていた。ヴィッラ・デステの糸杉が、先端だけちらりと見えるような立地だった。

皇帝の都に進軍するため、イタリア全土から集まった男たちとともに、ボッタイはその地で何日ものあいだ、脳髄を麻痺させるような滝の轟音に浸かりながら、決起の合図を待ちつづけた。東の方角、雷に裂かれた灰色の空の下、遠方から描いた風景画のようなローマが、地平線にぼんやりと浮かんでいる。

この状況に早急に片をつけなければ、恐ろしい事態が生じますよ。ムッソリーニは、自分に組閣が任されるならローマへ行くと言っています……すぐに返事がもらえるなら、飛行機に乗ってでも行くそうです。とにかく、ローマに決断してもらわないと……組閣のために、いったんローマへ引っ張り出せれば、いろいろとやりようはあるはずです。昨晩に彼が公表した新内閣より、もっとましな内閣を組織するよう、まわりが説得したらいいじゃありませんか。

ルイジ・アルベルティーニ、『コッリエーレ・デッラ・セーラ』主幹、旧サランドラ内閣政務次官との通話、一九二二年十月二十八日

現状はこうである。北イタリアの大部分が、ファシストに完全に掌握された。中央イタリア全土は……「黒シャツ隊」が制圧している……わずかな驚きと、たいへんな狼狽に襲われている政治当局に、今回の運動と対峙するだけの力はない……もはや、政権はファシストが担うしかない……誰の目にも、それは明らかである……そのほかのあらゆる選択肢は排除されるべきである……ローマの一部の政治家の無意識は、醜怪と宿命のあいだで揺れている。決断せよ！　ファシズムは権力を欲している。ファシズムはそれを手にするだろう。

ベニート・ムッソリーニの社説、『ポポロ・ディタリア』、一九二二年十月二十九日

各執政は、軍団の兵からなる巡視隊を組織すること。巡視隊は、ファシストが地域住民の財産に損害を加えたり、鶏を盗難したりすることがけっしてないよう、隊長個人の責任のもとに対策を講じること。

サンタ・マリネッラのファシスト司令部に交付された命令文書第四号、一九二二年十月二十八日

ベニート・ムッソリーニ　ローマ、一九二二年十月三十一日　ホテル・ロンドラ、首相専用室、夜

足の臭いがする。

ゲートルを外し、靴ひもをほどき、ズボンのベルトをゆるめ、ジャケットを脱いで、ひじかけ椅子にどっかりと腰をおろす。フランス式に、口の真ん中に煙草をくわえ、アメリカ式に、向かい合わせのひじかけ椅子に足を投げだす。

「よその連中の仲違いに大いに助けられた。そこは認めなきゃならん……もちろん、首相候補に名乗りをあげていたやつらのことだ！　ボノーミ、デ・ニコラ、オルランド、ジョリッティ、デ・ナーヴァ、フェラ、メダ、ニッティ……議会主義のお歴々が、苦悶の表情を浮かべながら、指名してくれ、指名してくれと、悲鳴のような叫びをあげていた。あとはファクタだ。われわれがナポリで集会したあとに政権を投げだすなんて、いったいあいつの脳みそはどうなってる⁉」

チェーザレ・ロッシは、そのほか数名の「同志」――「友」はいらないとムッソリーニが言い張るので――とともに、ドゥーチェの言葉に耳を傾けていた。ムッソリーニは穏やかに、率直に、投げやりに、勝利に終わった戦いを回顧している。もっともドゥーチェは、この勝利の瞬間においてもやはり、あるいはむしろ、この勝利の瞬間においてこそ、ほかの誰でもない、自分自身に向かって語りかけているのだということを、ロッシはよく承知していた。

「反ファシズムの勢力は、抵抗する素振りさえ見せなかった……まあ、それはそうか。〈遵法スト〉か

らこっち、社会主義者の舟は浸水しっぱなしだ……だが、ちょっとしたゼネストを打つだけでも、じゅうぶんわれわれのじゃまをできたはずだがな」

ホテル・ロンドラの支配人が新首相のために用意した客間の外では、横柄な行動隊員、新大臣、政務次官、公務中の将軍や休憩中の将軍、ローマの裏社会の男たち女たち、ありとあらゆる山師どもが、恵みを、施しを、おこぼれを授かろうと躍起になり、猛禽のような息を吐きながら、ルドヴィージ通りをぐるぐると旋回していた。だが、こうした手合いの哀れっぽいうめき声は、ミラノからやってきた旅人の耳には入ってこなかった。彼はいま、豪奢な仮住まいで、靴を脱いでゆったりくつろぎ、部屋の窓から表の往来を一瞥している。

「ファクタでなくジョリッティが首相だったら、こうはいかなかった……ミラノでは戦闘が起きただろうし、反乱が成功することもなかったはずだ。国家がわが身を守ろうとすれば、いつでも守れるのが当然だし、そうすれば国家は勝利するんだ。ところが、哀しいかなイタリアには、もはや国家が存在していなかった……」

聴衆を前にしての独白はなおも続いた。勝利によって宥《なだ》められた、穏やかな独白だった。まるで葬送歌か、あるいは子守歌のようでもある。外ではようやく雨がやんだ。疲れきった男たちは、冬の足音を聞きながら、ローマの秋の甘やかな夜に包まれていた。勝者は秋の神に感謝を捧げた。そして、冬が間近に迫っていることを知っているがゆえに、この穏やかな季節を心ゆくまで味わおうとした。

ムッソリーニは、ここ何日かの追想にとりかかった。大理石の床のうえを、酒類の入ったカートが滑るように進んでくる。

二日前の十月二十九日、サランドラから辞退の意向が伝えられたあと、国王付き武官は組閣の任を託すために、ムッソリーニをローマに呼んだ。ムッソリーニは、電話ではなく電報を寄こすように強く求めた。「電報が届き次第、すぐに発ちます。飛行機で行っても構いません」。電報は届いたものの、彼は飛行機はおろか、電車にさえ乗らなかった。ルジニョーリ知事が手配した午後三時発の特別車両は、ホームでむなしくムッソリーニの到着を待ちつづけた。『ポポロ・ディタリア』主筆は出発前に、みずからの勝利を伝える号外の準備を済ませておきたかったため、約束の時間に間に合わなかったのだ。

ほんのひととき、弟のアルナルドと感動を分かち合い（「ああ、父さんが生きていればな！」）、号外の第一面を完成させたあとで、ムッソリーニはようやく列車に乗りこんだ。中央駅を午後八時半に発ち、翌日の午前九時半にローマに到着する予定の、一七番の急行列車だった。大勢のファシストが見送りにきていたが、あいさつは早々に切りあげた。新首相は定刻どおりの出発を断固として要求した（「今後はすべてが、正確に進まなければならない」）。ミラノのファシストの歌声――「若さよ、青春よ……」――を振り切って、列車は闇のなかへ滑りこんでいった。

残念ながら、列車の運行には二時間近くの遅れが生じた。まずはフィオレンツオーラ、次にサルザーナ、それからチヴィタヴェッキアで、黒シャツ隊が線路の真ん中に立ちはだかり、列車の進行を阻んだからだ。ドゥーチェはそのたびに、列車を降りてファシストを閲兵してやらなければならなかった（「勝利はわれわれのものだ。それを台なしにしてはいけない。われわれのイタリアをもう一度、古代の偉大さへ導こうではないか」）。

ベニート・ムッソリーニは一晩中、翌日の夜明けまで、足下を流れ去るイタリアを寝台車の窓から眺めていた。午前十時五十分、ついに目的地に到着すると、チェントチェッレ飛行場から離陸した六機の飛行機までが、ローマの空からムッソリーニにあいさつを送った。

一九二二年十月三十日午前十一時五分、庶民階級に出自を持ち、政治の世界をジプシーのように放浪し、独学で権力の扱いを習い覚えた、まだ三十九歳にしかならないベニート・ムッソリーニは、イタリア国王から、イタリアを統治する任務を拝命するため、歴史に前例のない武装政党の軍服、すなわち黒シャツを身につけて、クイリナーレ宮の階段をのぼっていた。彼はこのとき、イタリアの歴史上もっとも若い首相であり、世界でもっとも若い統治者だった。政権の運営に参加したことも、国家行政に携わったこともいっさいなく、ほんの一六か月前に下院議員になったばかりだ。それでもなお、この鍛冶屋の息子は、世紀の息子は、権力への階段をのぼりつめた。この瞬間、新たな世紀が足もとでぱっくりと口を開け、彼を飲みこんで口を閉ざした。

翌日は、ファシストを都に入れてやらなければならなかった。そうしないわけにはいかなかった。いまではベニート・ムッソリーニは、望むとおりのものを手に入れられる立場にある。そのムッソリーニに、国王は直々に要請した。首都を守るために、どうかファシストを追いはらってほしい。だがムッソリーニはこう答えた。ローマを行進するという望みを叶えてやれないなら、ファシストの側にどんな反発が生じても、私は責任は持てません。ファシストの進軍部隊は、ムッソリーニが三十日の午前に列車で到着するより先に、ローマの城門に達していた。それにもかかわらず、この哀れな男たちは三日三晩、雨の下で野宿しながら精神を腐食させていたのだった。ティヴォリの部隊を指揮していたジュゼッペ・ボッタイが、絶望するファシストとともにローマを行進する許可を願い出ても、届くのは断りの返事ばかりだった。しかし、十月三十一日にファシスト内閣が発足すると、行動隊への対応にも変化が生じた。勝利を実感させてやる前に、ファシストを家に追い返すわけにはいかない。惨めな、ほんとうにあったのかどうかさえ疑わしい勝利であっても、勝利は勝利なのだ。地方の兵卒のなかには、すでにミラノでムッソリーニが国王付き武官の電報を受けとっていたときに、あえて命を投げだすような行動に出た者もいた。ボローニャでは、レアンドロ・アルピナーティ率いるファシストがサン・ジョヴァンニ・イン・モンテ監獄を襲撃し、獄舎につながれていた数十人の同志を解放したあと、純真で向こう見ずな八人の黒シャツが、ファシストと共犯関係にあるはずの憲兵隊の兵舎や、もはや攻めこむ意味などない軍需品の倉庫に襲いかかり、結果として命を落とした。ちょうどラケーレが、ドゥーチェの旅行かばんに荷物を詰めこんでいるころの出来事だった。殉難には遅すぎた。

暴力と英雄的行為にいそしむ機会を与えてやらなければならない。この新たな世紀においては、ひいきの息子の権利をおおやけに保障してやることが大切なのだ。武装蜂起は頓挫した。それは認めよう。だが、喜劇は現実に変わったのであって、喉元に突きつけた短剣を引っこめる道理はない。

かくして、十月三十一日の午前、新政権がクイリナーレ宮で就任の宣誓を行っているとき、ファシストの全部隊はボルゲーゼ公園に集結した。午後一時、テヴェレ川のほとりでドゥーチェの閲兵を受けたあと、行列は出発した。服装はばらばらで、誰もが泥にまみれ、空腹を抱え、ベルトに短剣を差し、手には棍棒を握っている。それから、ポポロ広場で隊列を組み、最大限の秩序と規律を維持するよう言い渡された。もともと、暴力のために動員された部隊だったが、この日の行進ではあらゆる暴力行為が固く禁じられた。法の正しい運用を保障する首相は、いまではムッソリーニ本人なのだ。ウンベルト通りをくだって「祖国の祭壇」まで行進し、そこからクイリナーレ宮の正面にまわる。

国王が、ディアズ将軍とタオン・ド・ルヴェル海軍大将のあいだに立って、バルコニーから短いあいさつを送る。ドゥーチェは数分だけ、憲法院の窓から顔を出した。行進は六時間続いた。

緊張のあとに続く疲労でぐったりとなり、教会のなかにいる犬のように足蹴にされつつ、ファシストは首都の道を何キロも歩いていった。途中、すでに恐怖から解放されたローマ市民が、通りの両側で腕を振り、卑屈な喝采を送っていた。亡霊のように実体のない物語で、肉も骨もある主役を務めたファシストの行動隊は、自分たちでも気づかぬうちに列車に乗りこみ、勝利の果実から搾りとった胃液を嚙みしめた。

もちろん、このときもやはり、規律に従わない者はいた。数年間、週末がくるたびに、棍棒による打擲《ちょうちゃく》と懲罰遠征に精を出していた男たちが、そうやすやすと規律の型にはまるはずはない。反抗的なファシストは、暴力の衝動に身を任せ、ニッティ元首相の邸宅を襲い、ボンバッチ議員の事務所を破壊し、「人民突撃隊」の首領アルゴ・セコンダーリの頭を何度も打擲した。セコンダーリは深刻な脳震盪《しんとう》に見舞われ、そのまま路上に放置された。より勇敢な、あるいはより軽率なファシストは、敵の本陣に戦争を仕掛けようと試みた。ボルゴ・ピオ、サン・ロレンツォ、プレネスティーナ、ノメンターナといった、前年に襲撃して惜しくも返り討ちに遭った庶民的な界隈に、武器を持って踏みこんだのだ。今回もファシストは撃退された。

こうした報《しら》せに触れたムッソリーニは、最後まで首都に残った矯正不能な行動隊員らが、力ずくで列車に押しこまれるところを見届けるために、みずからテルミニ駅まで駆けつけた。ローマをきれいに片づけ、イタリアを正常化しなければならない。明日は今日とは別の日だ。


いま、ファシズムのドゥーチェはホテル・ロンドラの首相室にいる。ひじかけ椅子の上で体を伸ばし、足を休め、軽い眠気に誘われている。声を一オクターブ下げ、素足から立ちのぼるなじみの悪臭に頭の芯を痺れさせつつ、ごく少数の取り巻きに向けて、この日の昼間に『コッリエーレ・デッラ・セーラ』の記者へ語った言葉を繰り返す。

「すでにご承知かと思いますが、われわれは世界でも類を見ない革命を成し遂げたのです。いまだかつて、このような革命が起きた国があったでしょうか？　公共サービスは機能したまま、商業活動は継続したまま、勤め人は職場で、労働者は工場で、農夫は畑でそれぞれの仕事に取り組み、列車も通常どおり運行していました。マントヴァで一〇名、ボローニャで八名、ローマで四名が命を落としましたが、それでも、イタリア全土で三〇人しか死んでいません。パルマや、サン・ロレンツォや、そのほかごく限られた例を別にすれば、まったく混乱は見られませんでした。これは新しい様式の革命なのです！」

異論も反論も、あろうはずがなかった。周囲は早くも、従順の作法を習得しはじめている。

明日はなにをしよう？　答えられる者はいない。誰ひとり、この部屋にいる人間でさえ。いまは皆、成し遂げた行為に酔いしれている。権力は掌握した。あとは、ひたすらその維持に努めるだけだ。ローマの秋の夜が、甘く穏やかに更けていく。

暗闇に静寂を添えて、眠りへと通じる意識の黄昏《たそがれ》へ、柔らかく滑っていく。ひじかけ椅子でだらしなく寝そべるこの男は、ミラノからローマへ寝台車で旅をしながら、世界を統《す》べる権力を腕ずくでもぎとった。そんな真似を許したことで、いったいどれだけのものが、取り返しのつかないほどに失われたのか。これから先、人びとは途方もない時間をかけて、この問いと向き合うことになるだろう。

われわれはここで、若者たちによる見事な革命に立ち会っています。いかなる危険もない、色彩と熱狂にあふれた革命です。じつに愉快な時を過ごしています。

リチャード・ウォッシュバーン・チャイルド、ローマ駐在アメリカ大使、一九二二年十月三十一日

事態が平和裡に推移したことは疑いえない……ただ、残念ながら悲劇の欠如は、民衆の生においては時として、道徳的誠実さの欠落と見なされることがある。

『スタンパ』、一九二二年十一月一日

国家の生が傷を負った……イタリア人は、もう四年も前から、暴力のなかに発展の道を、あるいは解決の可能性を見てとることに慣れきってしまっていた。強い政党とは、すなわち威嚇的な政党であると考えることが、習い性になっていた……そのなによりの証拠であるムスリム的な無関心によって、大衆はファシストの反乱や、あらゆる領野における国家当局のみじめな崩壊や、あらゆる種類の国家権力にたいする侮辱に、ことごとく荷担したのである。

ルイジ・アルベルティーニ、『コッリエーレ・デッラ・セーラ』、一九二二年十一月二日

ここ数日の情勢に、あなたと同じく、ひどく心を痛めています。自由は深刻なまでに損なわれました。回復には相当な時間がかかるでしょう。しかし、いったいあなたは、これらすべてにすくなからぬ責任を負っていることを、いささかなりとも自覚されているのでしょうか？　ファシストの不法行為、越権行為、残虐行為にたいし、あなたは長きにわたって、不満の声をあげてきませんでした。むしろあなたは、ことあるごとに、ファシストの棍棒と鋭い牙を賛美してきました。そうして、その当然の帰結でしかない現実

に、いまになって不平を漏らしておられるのです。

ジュゼッペ・プレッツォリーニによる、ルイジ・アルベルティーニ宛て書簡　一九二二年十一月三日

かつてこの国を苦しめていた半－社会主義的な体制が、ついに終焉を迎えた……革命が起きたことは事実だが、それはスパゲッティが盛られた皿のような、じつにイタリア的な革命だった。今回の変革の成り行きにたいして、それがまるきり違憲だからというだけの理由で、過度の懸念を抱くべきではない。

フランチェスコ・ボルゴンジーニ・ドゥーカ、ローマ教皇庁、教会特別問題聖省長官、一九二二年十一月六日

ファシストの革命について語る声が、そこかしこから聞こえてくる。謳い文句はじつに立派で、高らかに耳に響く。おそらく、現実はずっと控えめだろう。国家権力の放棄はここにきわまり、ファシストはただ、運動の所産たる熟れた果実を摘むために、手を伸ばしさえすればよかった……ファシズムとは要するにはったりに過ぎないが、それはじつに多彩で豊富なはったりなのだ。革命の最中に、機関銃が唸りをあげさえすれば、黒シャツ隊の熱情は瞬く間に鎮まっていたに相違ない。

ピエトロ・ネンニ、『アヴァンティ！』、一九二二年十一月十四日

ベニート・ムッソリーニ　ローマ、一九二二年十一月十六日　下院議会、午後三時

議場は人であふれかえっていた。『イッリュストラツィオーネ・イタリアーナ』誌も伝えているように、三〇年前から国会に通いつめている古参の記者でさえ、このような「驚くべき光景」を目にしたことはかつてなかった。上院議員、外交官、元下院議員向けの傍聴席は、優雅な紳士や毛皮をまとった淑女でごった返している。一般向けの傍聴席には、人ひとり入りこむ隙間すらない。わきの通路は、新政権にあいさつを送るために駆けつけた市民で埋めつくされている。心が浮き立つような、興奮さえ覚えるような眺めだった。とはいえ、カメラのレンズはひとつ残らず、閣僚席に向けられていた。

午後三時きっかりに、まずは下院議長エンリコ・デ・ニコラが議場に入った。そのあとに続き、陸軍省の大臣であり、オーストリアを打ち負かした「戦勝公」でもあるディアズ将軍に護衛されたムッソリーニ議員が、内閣の全大臣をうしろに従えて入場した。左派の代表を除くすべての議員が立ちあがり、ムッソリーニに拍手を送った。一般の傍聴席も、その熱烈な歓迎に参加した。意気揚々とした足どりで議会に入ってきたこの男に、イタリアはとろけるような眼差しを送っていた。まるで、馬に乗って議場に入ってきたかのように、ムッソリーニひとりが、まわりの議員から浮きあがって見えた。

いわゆる「ローマ進軍」から半月が過ぎていた。国内外の新聞はこの出来事をさまざまに伝えた。「強い若者たちの、美しく喜びに満ちた革命」、「無血革命」、「決然たる試み、新時代の到来」、「じつにイタリア的な出来事、皿に盛られたスパゲッティ」、そして「喜劇」。あれから一五日が経過し、そのあ

いだにローマだけで、一九人の死者と、二〇人の重傷者が出た。にもかかわらず、ローマ進軍は早くも忘れられようとしていた。

黒い男たちが群れをなして、世界を行進していく。そんな光景を思い浮かべて不安に喘《あえ》いだ日々のことは、もう誰も思い出したくないらしかった。議場のすべての視線が、威圧的な目をぎょろつかせるひとりの男に向けられている。その瞳は、彼を軽蔑する敵対者の目にも、「夜を照らすヘッドライトのよう」に映っていた。人びとは、途方もない期待を寄せている。この男、暗がりから不意に姿を現した、この夜行性の獣なら、長く続いた夜を終わらせることができるかもしれない。

ファシズムのドゥーチェと最初に和解にいたったのは、皮肉なことに、彼に政権を奪われた自由主義者だった。ナポリの大哲学者ベネデット・クローチェは、相変わらずファシズムに拍手を送っていた。ジョリッティは、ムッソリーニがイタリアを、「すでに腐臭を発しているどぶから」引き揚げてくれることを願っていた。ニッティは「なにも反対しない」と約束し、サルヴェーミニは、朽ちた政治階級の「老いたミイラと悪人ども」を一掃してほしいとムッソリーニを急き立てた。ファシストの行動隊に自分の新聞社を焼かれたアメンドラでさえ、法の支配の立て直しをドゥーチェに期待していた。新政権の閣僚にはファシストのほかに、カトリック人民党、ナショナリスト、民主主義者、自由主義者の議員らが選出された。汎ヨーロッパ的な名声を誇る哲学者ジョヴァンニ・ジェンティーレは、教育省の大臣に就任することを了承した。世界大戦でイタリアを勝利に導いた、アルマンド・ディアズ将軍とパオロ・タオン・ド・ルヴェル海軍大将には、それぞれ陸軍相と海軍相のポストが割り当てられた。廊下でのささやき声、かすかなため息、血が流れないかわりに結論も出ない宮廷の陰謀……十年一日のごとく繰返されるこうした遊戯に、イタリアはもはや倦《う》みつかれ、自分たちの欠陥ばかりが議会で強調される現状に、国民は厭《あ》き果てていた。イタリア人は、ひとことで言うなら、自分自身にうんざりしていた。ほとんど全員、そしてなかには、ファシストの暴力の被害に遭った人びとでさえ、新政権の長命を願っていた。国家の非常事態に現れた、「鉄のごとき健康」を誇るこの男なら、毒に汚染された患部を切除してくれるかもしれない。イタリア人は、病を癒やす役割を、病そのものに期待していた。

ベニート・ムッソリーニに、聴衆を失望させるつもりはないようだった。ディアズ将軍とイタリア国王に長い拍手が捧げられたあと、ムッソリーニは立ちあがり、完全な静寂のなか、いつもどおり音節をはっきりと区切りながら、皮肉を込めて語りはじめた。

「紳士諸君！　本日、この議場で私が表明するのは、諸君にたいするあくまで形式的な敬意です。したがって、諸君に感謝のしるしを求めるようなことはけっしてありません」

長い中断。モンテチトリオのミイラたちが、侮辱をゆっくりと味わうことができるように、ムッソリーニはしばし口を噤《つぐ》んだ。首相は議員諸氏に向けて、あなたたちにあいさつするのは、うわべの敬意を表するためでしかないと言い放ったのだ。じきに演説を再開すると、今度はミイラたちを敵視する民衆に呼びかけた。

「イタリア人民のなかでも、もっとも良質な層に属す人びとが、政府を飛びこえ、議会の指名の外に、議会の指名の上に、議会の指名に反して、この新政権を打ちたてたのです……革命は疑いなく、自己の正当な権利を有しています。黒シャツの革命を擁護し、最大限に推進すること、それこそが私の演説の目的です」

「革命」への思いがけない言及が飛びだすと、行動隊員に占領されていた傍聴席の一角から盛大な拍手が湧き起こった。誰もが忘れようと努めているローマ進軍を、たったいま、われらのドゥーチェが思い起こさせてくれたのだ。突如として、進軍が議会を圧倒した。黒シャツどもの鋲のついた靴が、通路の床の石灰岩《トラバーチン》を踏みならす音が聞こえてくるようだった。紳士諸君よ、進軍を忘れようとしたところでそうはいかない。うしろを振り返るのではなく、前を見るのだ。道はまだ始まったばかりだ。議員席の民主主義者や自由主義者は、行動隊が騒いでいる傍聴席に不安げな視線を向けた。ムッソリーニは、聴衆の注意を自分の方へ引き戻した。

「私はあえて、完膚なきまでの勝利は選択しませんでした。それよりも、節度ある道を選んだのです」

安堵の感覚が、議場のなかをさざ波のように広がっていく。さっきまで、恐怖のこもった目つきで行動隊を見つめていた議員の多くが、いまの言葉に元気づけられ、満足そうに首を縦に振っていた。われわれのご主人さまは、行き過ぎた真似はしたくないと仰っている。ああ、よかった。猫に見逃してもらったことに、ねずみが安堵し、感謝している。

ところが、ベニート・ムッソリーニは唐突に、閣僚席の下から鞭を取り出した。

「私の背後には、全身を武装した三〇万の若者がいます。なにものも恐れず、私の命令には狂信的と言ってもいいほど従順な若者たちです。私は彼らとともに、ファシズムの名誉を汚したすべての人びと、ファシズムに侮辱を与えようとしたすべての人びとを罰してもよかったのです。耳が遠い、この陰鬱な議場を、部隊の野営地に変えてもよかったのです」

鼻面《はなづら》に向けて放たれた、鞭のしたたかなひと振りだった。議会への冒瀆《ぼうとく》が、当の議会が開かれている場に響きわたる。耳が遠い、この陰鬱な議場！　いまや民主政体は、ひとりの男の慈悲深き認可のうえに成り立っている。この政体を統治し、この政体を尊重するために召し出されたはずの当人が、そのように言明したのだ。今回は罰を受けずにすんだが、それはたんに、先送りされただけの話だろう。罰をくだすこともできたのだという表明は、名誉を失墜させられた議員にとって、罰そのものになった。顔面への鞭のひと振りだ。ほとんど全員が、みずからにふさわしい仕打ちだと感じつつ、よけようとも、隠れようとも、抗おうともせずに、おとなしく鞭を食らっていた。

傍聴席では行動隊が熱狂している。一方で、ムッソリーニの侮辱はファシストではないすべての人びとを、暗く、重苦しい空気で包んでいた。反応したのは、ごく一部の議員だけだった。フランチェスコ・サヴェリオ・ニッティはおおいに憤慨し、ひとことも発さぬまま議場をあとにした。社会主義者の議席では、モディリアーニとマッテオッティだけが、勢いよく席を立った。ある議員の、「議会、万歳！」という叫びが、辱められた議会のどこかで、孤独に響きわたった。残りの議員は、傍目《はため》には、自分たちは侮辱されて当然だと感じているようにしか見えなかった。彼らの沈黙は、無抵抗の改悛の仕種《しぐさ》だった。それからムッソリーニは、罪人の集団に向かって語りかけた。

「議会の扉を固く閉ざし、ファシストだけの内閣を組むこともできたのです。私にはそれができた。しかし、すくなくともこのはじめの段階においては、私はそれを欲しなかった」

またしても、気の滅入るような安堵が議場に広がる。議員たちは忍従の色をにじませながら、賛同を示すために首を振った。民主的な自由の権利を代表する議員たちは、いままさに、次の事実を受け入れようとしていた。自由は今後、それをけっして使用しないという条件のもと、上位者の純然たる気まぐれによって施されるものとなる。民主的政体の残骸は、目こぼしの生を生きる準備を進めている。自分のことを、自由の代表者、自由の擁護者だと感じている議員は、おそらくこの瞬間、議場にひとりもいなかった。

議会を屈服させたあとで、首相は国際政治の重大テーマに話題を移し、三国協商について、トルコ、ロシア、そのほか諸外国との関係について熱弁をふるった。しかし、自分がまだ生きていることを確かめるために、ぼんやりとした面持ちで手首の脈を調べていたモンテチトリオ宮の議員にとって、演説はすでに終わったも同じだった。

しめくくりのあいさつの前に、ムッソリーニは国家の権威というテーマに触れた。ファシズムの首領は、いましがた踏みつけにしたばかりのこの概念を立てなおし、ファシストの不法行為から防衛することを約束した。ファクタ前首相や、果ては社会主義者の議席からも拍手が湧き、祝いの言葉が取り交わされた。ムッソリーニは、人さし指と親指で輪っかを作り、それを額の前に掲げて、ねずみ相手の遊戯を再開した。しかしねずみは、生の儚さを痛感するあまり、先ほどから体の震えがとまらなかった。猫の爪にがっちりとつかまれたまま、そっと視線を上げて、みずからの非礼を詫びるかのように、弱々しい笑みを浮かべている。

そして、最後の鞭が飛んできた。議会という場にふさわしい「議員諸氏」でも、敬意のこもった「わが同僚」でも「同胞」でもなく、打ち解けた軽蔑の混じる、なんとも曖昧な「紳士諸君」という呼びかけが、今度も冒頭に置かれていた。

「紳士諸君、議会と反目したまま国を治めることは、私の本意ではありません……少なくとも、それが可能であるあいだは……しかし議会は、みずからが置かれた立場をわきまえなければいけません。議会の解散は二年後かもしれないし、あるいは二日後かもしれないのです」

この最後通牒によって、イタリア王国第二六回国会は埋葬された。その場に居合わせた者のうち、もっとも鋭敏な知性を備えた何人かは、果たして次回の国会は召集されるだろうかといぶかしんだ。彼らの余命は二日なのか、二年なのか。それはすべて、ご主人さまが勝手次第に決めることだ。

命令するのは誰なのかという点を、余すところなく明確にしておくために、ベニート・ムッソリーニは議会にたいして「全権」の委託を要求した。またしても、誰ひとり逆らわなかった。

審議が中断されているあいだ、数人の議員がジョヴァンニ・ジョリッティのもとに集まり、議会の威信を守るために抗議してくれと談判した。「その必要はないようだよ」、政界の長老はこう答えた。「この議会は、自身にふさわしい政権を選んだんだ」

ジョリッティの言うとおりだった。国民ファシスト党の議席数は三五に過ぎないにもかかわらず、イタリア議会は、議会の信用を失墜させたベニート・ムッソリーニ政権に、圧倒的な信任票を投じた。賛成票三〇六にたいし、反対票は一一六、棄権票は七にとどまった。議会はファシズムに、「全権」を授与した。賛成票を投じたなかには、ガスパロットやアルベルティーニのような、ファシズムを厳しく批判し、深く軽蔑する議員も含まれていた。ここに示されたのは、揺るぎない降伏の意志だった。

首相があのような演説をなされた以上、本議会はもはや存在理由を失いました。

ルイジ・ガスパロット議員、議会演説、一九二二年十一月十六日

ムッソリーニは、状況は自分の意のままであるという印象を周囲に与えた。そして今日、議会制度が多くの擁護者を見いだした一方で、現行の議会そのものは、自身のふところにさえ、ひとりの擁護者も見いだすことができなかった。

カミーユ・バレル、ローマ駐在フランス大使、一九二二年十一月十八日

議会に振るわれた一昨日の鞭、人民党議員にたいするデ・ヴェッキの侮辱、死ぬ前に気骨のあるところを見せようとする、一部の目立ちたがりの議員による分不相応な振る舞い……これらすべてが、投票の前には鎮静化し、内閣に賛成票を投じた三〇六人は、議会向けの声音《こわね》を使う兎の調教師に、たちまち手なずけられました……この先、なにが起きるのでしょうか？……議員たちは、棒で打たれた犬のように、仲間のもとへ帰ることでしょう。春の選挙では行動隊のひとりとして、国民ブロックに復帰できるはずだという希望を胸に。

アンナ・クリショフによる、フィリッポ・トゥラーティ宛て書簡、一九二二年十一月十八日

親愛なるエミリア、今日の手紙を書き終えるなり、もう一通を書く必要があると痛感し、急ぎ筆をとった。慎重に、慎重に、慎重に振る舞ってほしい。今日の議会の議事録を読んだのだが、心臓がとまるような思いがした。明日、きみがどんな感情に襲われるか、手にとるようにわかる気がする。むだなおしゃべりでわが身を危険にさらしたところで、自由への愛を表明したことにはならない。いまは口を閉ざす時だ。

──語るべき時はかならずくる。それまでは、自分を守ることに専念しなければいけない。

ガエターノ・デ・サンクティスによる、妻宛ての書簡、一九二二年十一月十七日

ジャコモ・マッテオッティ　ローマ、一九二二年十一月十八日　下院議会

ジャコモ・マッテオッティは黙らなかった。ごく一部の限られた人びとにとって、言葉を発することと立場を貫くことは、わかちがたく重なり合っている。

賛成多数により新政権への信任が表明された二日後、マッテオッティは議会演説に臨んだ。取りあげたのは、一九二二‐二三年度暫定予算案の成立延期というテーマだった。前々日の完全降伏を受けて、多くの報告予定者は発言の機会を放棄していた。マッテオッティは違った。権限があるかぎり、語ることをやめはしない。

統一社会党書記長ジャコモ・マッテオッティ議員はまず、自分の演説が、あくまで専門的な問題にのみ焦点を当てたものであることを言明した。それは不屈の意志と、細部への過剰なまでのこだわりをもって、きわめて入念に準備された質問だった。自由主義陣営の多くの議員とは異なり、マッテオッティはイタリアの現実を明晰に認識していた。彼は口を開くなり、自分たちが犯しつつある過ちを、目の前に迫る独裁の十字架に容赦なく磔《はりつけ》にした。

「議員諸氏よ、私はこれから、政府によって提出された暫定予算案にかんして、所属党派を代表して手短に所見をお伝えします。昨日の議会で表明された政治的立場を、この場で繰り返すことは適切ではないでしょう。あたかも、われわれがまだ、独裁体制ではなく民主政体のもとにあるかのごとくに、本日はあえて専門的な観点からのみ発言します」

独裁体制が到来するという予感はあまりに強く、マッテオッティを押し潰さんばかりになっていた。暫定予算をめぐる質問は、議会の解散、「即時の扼殺《やくさつ》」を牽制《けんせい》し、前日の投票に引きつづいて、「承認と改悛を表明する」二度目の投票が必要であることを国会議員に納得させる効果があるとマッテオッティは踏んでいた。断崖絶壁に立ちながらも、マッテオッティは予算について、微に入り細をうがつ質問を重ねていった。税制の公正化、一時借入金の流通、鉄道事業の赤字予測。かすかな兆候から病変を看取する解剖病理学者として、彼はいま、民主主義という名の人体と対峙している。ムッソリーニ政権の経済閣僚が作成した予算の奥深くまで分け入り、その些細なごまかしのうちに、組織の変質を読みとっていく。不屈の敵の執拗さをもって、小さなミスもことごとくあげつらい、激しい憎悪をかき立てる息詰まるような厭世観でもって、政権の行く末を予見する。この調子で行けば、革命、革命と威勢がよかったファシストも、かつての老いさらばえた為政者と同じように、国債の発行に身を窶《やつ》すしかなくなるだろう。

「議員なんかやめて、占い師になれ！」マッテオッティが並べたてる不吉な未来予測に対抗して、右翼の議席から匿名の野次が飛んだ。

しかし、マッテオッティの熱弁も、ムッソリーニの歴史的な演説のあとにあっては、人びとの記憶に残るような要素はなにひとつなかった。反ファシストの陣営は、敵を利するために、記憶に残る言葉をみずから放棄しているようでさえあった。肉に牙を立てる言葉、たとえ小さな爪であっても、大地の土くれをしっかりとつかむことができる言葉を見いだすには、いまや公的な言論を振り捨てる必要があった。周知のとおり、独裁の影が徐々に世界を侵蝕する時局にあっては、生は私的な領域に閉じこもっていく。

統一社会党の若き書記長に、かつての闘士としての横顔を求めるなら、議会演説よりむしろ、イタリア社会主義のもっとも著名なスポークスマン、長老フィリッポ・トゥラーティに宛てた書簡に目を通す方がいい。マッテオッティはそのなかで、自分は一歩も引かないことを誓うとともに、新たな権力者の甘言にやすやすと乗せられる同志たちを詰《なじ》っている。所属政党を「売春宿」と形容し、その道徳的な退廃を責め、ベニート・ムッソリーニが行使する異様なまでの誘惑の力を前に、的確な自己診断をくだしている。「連中に与《くみ》するほど、われわれは不誠実ではないし、純真でもありません」

苦悩にまみれた日々の真実の言葉を探すなら、ジャコモ・マッテオッティが妻に宛てた手紙を読めばいい。マッテオッティはもう長いあいだ、家族と離れて暮らしていた。定まった住居もないままに、ホテルの客室やその場しのぎの隠れ家を転々として、地下活動家のような生を送っていた。そんな彼が、十月はじめ、家族で暮らすための家をローマで探していた。折しも、ファシストがローマにくだろうとしているという観測が、いよいよ強まっているころだった。重大な危機を前に、妻子と離ればなれに生きることについに耐えられなくなったのか、「大いなる危険のあるところ、救済も生まれる」というヘルダーリンの詩句に理を認めたかのごとくに、マッテオッティはローマでの家族の暮らしを思い描いていた。十月十日の手紙には、次のような一節がある。

「子供たちやきみを守りたい。それに、自分自身のことも。無益な犠牲はなんの役にも立たないし、なんの助けにもならないから。ローマに適当な家が見つかっても、誰にも住所は知らせないつもりだ」

それから二〇日後の月末、すでにファシストは首都への進軍を終えていた。笑劇《ファルス》と悲劇が排除し合うのではなく、いかにたがいに混じり合うかを、マッテオッティはこの時も透徹した眼差しで見てとっていた。苦労の多いローマでの家探しだったが、住居の選定はほぼ済ませていた。ところが、一家の主《あるじ》はこのときになって、台風の目に家族の隠れ家を築こうというみずからの善意に、払拭しがたい疑念を抱きはじめた。ヴェリアへの手紙のなかで、彼は自分自身に疑いの目を向けている。

「どうやら悲喜劇は終わったようだ……今夜から、列車はふだんどおり運行する。なんとか都合をつけて、きみに会いに行くつもりだ。無事に帰れたら、ふたりで話し合おう。ずっと前から予見していたことではあったとはいえ、いざ目の前で今回の騒動が起こってみると、この危険のなかにきみたちを迎え入れるべきではないという思いが、あらためて強くなった。最近は、きみたちを国外へ逃がすべきじゃないかとさえ考えている」

夫と違い、ヴェリアはけっして疑わなかった。彼女は遭難のただなかで、憂鬱の感情という不動の岩場――ヴェリアにとって、確かな手応えが感じられる唯一の感情――にしがみついて、愛と美の言葉を夫に書き送っている。

「あなたの生活を思うと哀しくなります。大切な日常も、物質的な慰めも、あなたはなにひとつ知らないままに毎日を生きている。そんなふうにして、あなたは年を重ねてしまった。あなたに日常を与えることは、私にもできなかった。でも、それももう終わりです。私たちはずっといっしょです。いろいろな事情があって、家にいられないときはあるかもしれない。それでも、私たちのベッド、私たちの明かり、休息のひとときを過ごすための温かな一角が、あなたの帰りを待っています。私たちの家で、心穏やかに、愛おしい思い出を振り返りましょう」

見るがいい。ひとり残らず、全員が並んでいる。高名な経済学者、高名な哲学者、大戦で勝者となった将軍たち。良い新年を迎えられますようにと、首相にあいさつを捧げるため、内閣のすべての顔ぶれが行列を作っている。瞠目すべき手腕を誇るこの気鋭の政治家を、アメリカの新聞は「イタリアでもっとも興味深く、もっとも有能な人物」と形容した。彼の成し遂げた偉業に敬意を表すべく、誰もが身震いしながら自分の順番を待っている。ファシストのクーデターは現実となったが、天から空が落ちてくることはなかった。

十一月二十四日、新首相の就任演説によって辱《はずかし》めを受けたあと、議会はベニート・ムッソリーニに、行政改革と財政再建に取り組むための全権を委託した。彼の個人的な成功は、国境さえ越えていった。先週、このイタリア政界の新星は、ローザンヌ会議にみずから乗りこみ、フランスの首相ポワンカレと、英国の外務大臣カーゾンを相手に、はじめて対等な立場で会談に臨んだ。会議の開催地である、ローザンヌ近郊の小村テリテに彼を招いたのは、英仏の首脳の方だったのだとムッソリーニは吹聴した。中東における植民地の委託統治について、あらためて話し合いの場を設けるという約束を、イタリアの新首相は英仏の代表から取りつけた。じつに華々しい成果だった。イタリアが偉大な力を取り戻すための第一歩だ。それこそが、ムッソリーニの統治の目的だった。いかにも尊大な態度で椅子に腰かけ、机の向こうで立ったまま彼の話を拝聴している従順な大臣連中に向かって、ムッソリーニは次のように宣言した。

「われわれに課された歴史的使命とはこうだ。この国《ネーション》を国家《ステート》に変える。そこでは道徳的理想が具現化し、画然とした階層の仕組みのなかで、上から下まで、すべての構成員がみずからの務めを果たすことに誇りを覚えるようになる。われわれが目指すのは統一的な国家であり、それはまた、イタリアという国のあらゆる歴史、あらゆる未来、あらゆる力を付託された、唯一無二の国家でもある」

大臣が頷き、次官が拍手する。ファシズムの革命は、まだ始まったばかりだ。

ファシズムのドゥーチェの行く手には、途方もない事業が待ち受けている。それは数年、数十年を必要とする、再建の叙事詩となるだろう。奇跡を、一足飛びの進展を信じられるのは、頭の弱い人間、普遍的な幸福とやらを掲げるあれこれの計画の立案者だけだ。ドゥーチェはこの場所を、たまたま通りかかったわけではない。そうではなく、ここにとどまるために、ここを統治するために、彼はわざわざやってきたのだ。その「全権」を背景に、最初に矯正してやらなければならないのは、午睡を手放そうとしないローマの公務員だった。彼らはこの睡眠時間を死守しようとする。そこに爪を突き立てて、これはわれわれの権利なのだ、いつも眠たげで活力のない民衆が、何世紀にもわたって守ってきた権利なのだと喚《わめ》きたてる。われわれが昼寝をしたからといって、取り返しのつかないことなど一度たりとも起こらなかったではないか。そんな彼らも、ドゥーチェには従わなければならないし、実際にそうなるだろう。ドゥーチェは彼らを機械時計に改造する。イタリア人の眠りを覚ますためなら、ムッソリーニは敵とも、友とも、自分自身とも戦う用意ができていた。

もちろん、行動を起こすにあたって、さしあたっては、法律からも、憲法からも、逸脱するつもりはけっしてなかった。ムッソリーニは議会ではっきりとそう言った。革命は端緒についたばかりだが、すべてを転倒させ、新しい世界を即席で作り上げるというのは無理な相談だ。「なにもかもを消尽《しょうじん》する」のは、自分の意図するところではない。民衆の生活の支点や基盤のなかには、尊重されるべきものもある。ただし、午睡はそこには含まれない。

ドゥーチェを仕事に没頭させてやるためには、時間が、平穏が必要だった。イタリアに献身するうえでじゃまになりそうなものを、彼はことごとく片づけた。家庭の雑事に煩わされることがないように、ラケーレや子供たちはミラノに残してきた。さらに、首相としてトレント県知事に書簡を送り、いまだに彼につきまとう、頭のいかれたあのイーダ・ダルセルを精神病院送りにするよう要請した。そして、一九二二年三月にムッソリーニのもとを訪れ、夫の釈放への力添えを依頼したアンジェラ・クルティには、家具調度の整った居心地の良い住居をあてがってやった。知り合ってすぐ、ひいきの愛人の座におさまったアンジェラは、ローマ進軍を間近に控えた十月十九日、ムッソリーニの娘を出産した。庶子ではあったが、父親として、できるだけのことはしてやろうという気もあった。かつて別の愛人――ビアンカ・チェッカート――が産んだ息子に、「グラウコ」というホメロス風の名前をつけたムッソリーニは、今回も『イーリアス』を参照して、娘を「エレナ」と命名した。母子はムッソリーニの斡旋により、ローマのパリオリ地区に立つ瀟洒《しょうしゃ》な住居に移り住んだ。

自分の生活にかんしては、多くを求めることはしなかった。ローマにいるときは、グランド・ホテルの一室で寝起きしていた。世話役に就いているのは、給仕と運転手と護衛係をひとりでこなす、チリッロ・タンバラという男だけだった。ムッソリーニの好物である豚皮のミネストローネを調理するのも、タンバラの大事なお役目のひとつだった。あとはひたすら、修道院の細則や、軍隊の規律に支配されたような日々だった。ドゥーチェは六時には起床し、七時には通りに出て、八時にはキージ宮の執務室に到着していた。そこから電話で、ローマの四〇、〇〇〇人の公務員が、ひとり残らず持ち場についているかどうかを確認する。行政改革が彼の使命であり、改革を進めるためなら役所に大砲をぶち込んでも構わないと思っていた。化け物じみた、あの鈍くさい獣の目を覚ましてやるのだ。消化がのろいものだから、いつも頭はぼんやりとしているし、けだるい昼下がりには、いつ終わるとも知れない午睡のなかでうとうととしている。「目が覚めたら日が暮れていた」なんて話もあるくらいだ！

あとはもう一匹、檻に閉じこめなければならない野獣がいる。すばしこくて獰猛な、「行動隊」という名前の野獣だ。ファシストが権力の座に就いたあと、最後の精算を済まそうとするかのごとくに、行動隊はイタリア各地で暴力行動に打って出た。ミラノでは、市議会の選挙のさなかに、白昼堂々と投票所が占拠された。ブレーシャでは、司教館のなかまで行動隊が押し入って、聖職者に暴行を加えた。そしてトリノでは……トリノでは……国会でファシストの政権が信任を受けてから、まだ一か月かそこらだというのに……トリノでは……流血の惨事が勃発した。ムッソリーニは現状の把握のために、クラウディオ・ジウンタという行動隊員をトリノに派遣した。ジウンタはムッソリーニ配下の行動隊員のなかでも、名うての荒くれ者として知られる男だった。その彼でさえ、トリノで目にした光景を語る際には、「前代未聞の凶行」、「蛮族じみた悪党の群れ」、「殺人者集団のえじきになった町」といった言葉を使うしかなかった。

トリノの事態は、おおよそ次のように推移した。

十二月十七日から十八日にかけての晩、ニッツァ地区にて、共産主義者のトラム車掌が、路上の喧嘩でふたりのファシストを殺害した。もとをたどれば、痴情のもつれが原因の、個人的な諍《いさか》いだったらしい。土地の行動隊の首領、人よりは獣に近いピエロ・ブランディマルテは、ピエモンテの各地から、ただちに三〇〇〇人の行動隊をかき集めた。「死者のために泣くのではなく、復讐せよ」。これがブランディマルテの標語だった。配下の行動隊は、この言葉に忠実に従って、十二月十八日午後一時から二十日の昼過ぎまで、まる二日にわたって、遠征、拘束、放火、破壊、殺人に明け暮れた。それはひどく大雑把な、間違いだらけの復讐だった。人違いのために無辜《むこ》の市民が犠牲になる事例が、四八時間のあいだに次々と積みあげられた。とある食堂では、主人が店の裏に連れて行かれ、二発の銃弾を頭に撃ちこまれて死亡した。その肝臓は、突いたり切られたりした痕《あと》でずたずたになっていた。一家の父親が、家族と食事をしている最中に殺されたり、若い工員が、路上に引っぱり出されて棍棒で殴り殺されたりした。中心街の道々は血に染まった。排水溝や窪地、丘の上の藪《やぶ》のなかから、犠牲者の遺体が発見された。増水した川が、死体を岸に打ち上げることもあった。名づけようのない残虐行為、想像しようのない残忍性、分け隔てのない底なしの苦悶だった。三日目、ブランディマルテの行動隊は締めくくりに、労働評議会を焼き払った。血に酔い痴れた犬の群れが、炎の赤を背景に、楽器を奏し、歌い、踊っていた。

ドゥーチェは即座に、行動隊の蛮行を批判した。ベニート・ムッソリーニ首相はトリノの虐殺を、「人類にとっての恥辱」と断じ、見せしめの懲罰をちらつかせた。ところが、三日後の十二月二十三日、政治的背景を持つ(「国家のための」)殺人にかんして、首相は恩赦を宣告した。クリスマスを挟んだ二十八日には、国防義勇軍設立のための最初の政令を閣議に提出している。首相の意図を説明すればこうなる。行動隊によるさらなる罪を防ぐためには、ブランディマルテの人殺しどもを、国家機関の一部に、ある種の警官に、武装国家の基礎に変えてやる必要がある。これこそ、ドゥーチェが傷口に当てようとする焼灼器《しょうしゃくき》〔病組織を焼いて破壊する機器〕だった。

矛盾であることも、狂気の沙汰であることも、百も承知だった。だが、現実を見なければならない。ある勢力が権力の座に就いたなら、砦《とりで》を築き、まわりの全員から身を守ろうとするのは当然のことだ。それに、この国は疲れている。ローマ進軍に怯えながら、不安と苦悩に満ちた日々を送ったあと、イタリアはようやく、危難を逃れてひと息ついたところなのだ。無秩序も、野蛮なストライキも、頭蓋を破裂させる棍棒も、ここらで一掃しなければいけない。犯罪者を護衛の兵隊に昇進させることは、この目的を達成するための代償だ。そもそも、歴史を振り返るなら、罪人が兵士になるという例はそう珍しくもないはずだ。権力を掌握したいま、ファシズムには、ファシズムの脅威という重圧からイタリアを解放することが求められている。イタリアは休みたがっている。平穏に浸かりたがっている。

従順と黙認が拡散し、半島を覆いつつあった。多くの新聞は、影や疑念を招き寄せることを嫌い、トリノの虐殺を論評することさえしなかった。これですべて片づいた。これでイタリア人は、安心して眠ることができる。イタリア人は眠らなければいけない。イタリアには彼がいる。夜を徹して私たちを見守ってくれる、新しい男がいる。さあ、もう目を閉じよう。良い夢を、偉大な夢を、地中海の覇者の夢を見よう。明日を夢見よう。なぜなら、明日は私たちを待ち受け、私たちはもう、明日に達しようとしているから。なぜなら、新しい年は彼の名のもとに、ベニート・ムッソリーニの名のもとに始まるから。

倦《う》みつかれた半島に、ひとり英雄が屹立している。

一九二三年

ベニート・ムッソリーニ　ローマ、一九二三年一月

これからの数か月は、生涯を通じてもっとも幸福な期間になるに違いない。ローマからの電話で、彼はラケーレにそう繰り返した。一日一回、欠かすことなく、ムッソリーニはミラノに残してきた妻に電話をかけた（たとえ離れていても、というより、離れているからこそ、家庭は重要な意味を持つ）。「いいか、ラケーレ。俺たちの生涯を通じて、いまがもっとも幸福な時期だからな」。そう言って電話を切るなり、弩砲《どほう》で放たれた石つぶてのように仕事へと飛びかかる。そんな彼は、ローマの官僚の目には、悪魔憑《つ》きかなにかのように映っていた。体のすみずみまで幸福感をみなぎらせ、自分が成し遂げた驚くべき出世にあっけにとられ、目の前の現実を疑っているようでさえある。ムッソリーニが仮住まいとしたグランド・ホテルのロビーには、通りかかる彼をひと目見ようと、いつも小さな人垣ができていた。ファシズムのドゥーチェは早くも、伝説の光輪を身にまといつつあった。

いまでは、どこへ行っても同じことが起きた。広場を横切る彼の姿が、群衆の目にとまるやいなや、ドゥーチェの肉体はその性的な力により、人びとを抗いがたく惹きつけた。仕事場からグランド・ホテルまでの道のりを、徒歩で移動しようとするだけで、コロンナ広場の群衆はたちまちムッソリーニの姿を認め、彼を取り囲み、その体に触れようとした。路傍から、群衆のなかから現れたこの新たな政治家に、人びとは崇拝を捧げた。民衆の前にわが身をさらし、民衆と直接に、個人的に触れ合い、だが民衆からはひどく遠く、ひどく淫らなこの鍛冶屋の息子に、人びとは極度の興奮を覚えていた。彼なら、こ

の男なら、秘術めいた陰謀と宮廷の術策に耽《ふけ》るばかりの、民衆には名前も知られていない古びた政治屋どもを一掃してくれることだろう。どこへ行こうと、路上で、広場で、彼は群衆に取り巻かれ、群衆に抱擁された。

見よ、この男《エッケ・ホモ》を。彼こそは新しき男、「がらくた」にたいする若さの男、頽廃のあとの再生の男、退化を振りはらう壮健の男だ。混沌の支配者、時代の先導者、歴史の産科医だ。どんな難産だろうと、この男なら心配はない！　彼の前に立ちはだかるのは、古いイタリアの政治屋だ。老人たちはいまだに、かび臭い議会の決まり文句をもてあそんでばかりいる。ほんのときたま、生気の欠片を発散させたときでさえ、先史時代の墓場から亡霊が出てきたような印象を与えるばかりだ。

見よ、この強き男を、力の男を。彼の力とは肉体の力だ。それ以外の力などこの世にあろうはずがない。暴力を鎮めるであろう暴力の男、残虐を飼いならすであろう残虐の男、闘争を終わらせるであろう闘争の男だ。イタリアから闘争はなくなるだろう。なぜなら、国内の戦線は彼の手でかき消されるから。昨日までかぎ爪で押さえつけていた連中に、彼は安全を与えるだろう。まさしく、獅子の調教師だ。聴衆が息を呑んで見つめるなか、彼はライオンの檻に入っていく。そして、鞭のひと振りとともに、言葉や杖で、口を開いたり閉じたりするよう野獣に命じる。なぜなら、檻のなかにいるのは彼のライオンだから。

見よ、この宿命の男を。兆《きざ》しが、お告げが、前触れとなるさまざまな出来事が、彼の到来を暗示していた。天賦の才に恵まれた専制君主だ。大衆を屈服させ、大衆に命令をくだすことにかけては、彼の右に出る者はいない。あまりにも長いあいだ、民衆から待ち望まれていた征服者だ。終わりもなく、きりもなく、なにもかもがつながり合って、だが宿命的なものはなにひとつない、ひたすら退屈なばかりの芝居に飽き飽きしていた民衆が、ついに熱狂の渦に巻きこまれようとしている。

彼はそれを知っていた。知らずにいられるはずがなかった。彼の敵から、いちばん最近の敵から、何度も聞かされてきたことだから。この国は疲れ、引き裂かれ、打ちのめされている。この国は休息を夢見ている。夢なき眠りを、安逸の夢を夢見ている。この国は疲れている。だからこそ、彼は疲れを知らずに働いた。外務省が入居するキージ宮の、「ガッレリア・デーティ」と呼ばれる広間に、首相の執務室を移転させた。仕事机を見おろす丸天井《ヴォールト》には、スタッコとフレスコで、聖書の場面や紋章の装飾が描かれている。午前八時にこの執務室に到着すると、芯の先が角ばった鉛筆と果物かごを持ってこさせ、あとはひたすら働いた。夕方まで、夜まで、一日一〇時間、一二時間、ときには一八時間も働いた。

宿命の男はろくに食べず、飲まず、コーヒーの量まで制限した。かわりに、あふれでる治癒への活力が、彼を突き動かす熱量となった。遅れが出ている仕事は膨大にあり、船はいたるところから浸水し、公務員のたるみ具合には目も当てられない。そこで彼はすべてを背負った。彼は他人を信用せず、けっして仕事を人任せにしなかった。あらゆる新聞、およそ読むに値しないようなものも含めて、ほとんどすべての新聞に目を通した。官僚制度の簡素化を手はじめに、イタリア全土に政令の豪雨を降らした。連日、数えきれないほどの訪問者と面会した。客人たちは、意中の女性とはじめて逢い引きする前のように、ネクタイを整え、靴のつま先のつやを確認しながら、控えの間でいまかいまかと自分の順番を待ちかまえていた。一日が終わり、あとはホテルに帰るだけという段になると、無用なもの、余計なものも含めて、すべての資料を整理整頓し、もう何年も前から使っている黄色い革のかばんに書類を戻した。翌朝は日の出とともに起床し、フェンシングの稽古をした。あるいは、フェンシングの師であるカミッロ・リドルフィに、乗馬の練習を見てもらうこともあった。「ウルラート〔「咆哮」の意〕」という名の栗毛の馬にまたがって、彼はボルゲーゼ公園の並木道を三〇分ほど疾駆した。

権力のほかに、ライオンの調教師がみずからに許した唯一の悦びは、女だった。女なしではやっていけない。そもそも、女を断念する理由などあるだろうか？　ふたつの悦びはその本質を一《いつ》にしている。家族から離れ、独身男のような生活を送っていたことも相俟《あいま》って、彼はその横溢する色情を、なんの抑制もなしに解き放った。

マルゲリータ・サルファッティはドゥーチェに会うため、わざわざミラノから首都へ通っていた。ローマでの常宿は「ホテル・コンティネンターレ」だった。ムッソリーニは護衛の目を逃れるために、チェルナイア通りに面した裏口からホテルを抜け出し、サルファッティに会いに行った。首相の不在が発覚するたび、ローマ警察の署長や警視総監は眠れぬ夜を過ごす羽目になった。そのあいだ、恋人たちは愛し合い、国家の未来をめぐる演説文を協同で執筆していた。ムッソリーニは、サルファッティが編集長を務める雑誌『ジェラルキア』に、「革命の第二期」についてのインタビュー記事を提供することを約束していた。

ふたりで一枚の紙に向かい、恋人たちは文章を書き進めていった。革命の第一期は、荒々しく痙攣《けいれん》的な美のなかで終結した。これは決定的な歩みであり、けっして後戻りすることはできない。次に着手すべきは、正常化である。当面のあいだは、すべてを不変にとどめおき、古きと新しきを調和させ、ひとつずつ妥協を積み重ねていかなければならない。それはゆっくりではあるものの、厳《おごそ》かでひたむきな歩みである。くれぐれも、敵は幻想を抱かぬように。ファシスト国家は容赦しない。徹底的に戦い、殲滅《せんめつ》する。これが、ファシスト国家の主要な特質である。議会は日常的に侮辱され、公的に軽蔑されるべきである。いまやイタリアを代表するのはファシズムであり、そうである以上、国家は遠からず、議会の意思には左右されなくなる。ファシズムの外にいる者にとって、選択肢はふたつしかない。敵になるか、さもなくば死か。敵と味方の線を引かずに、やり過ごせるなどと思ってはいけない。

そして明け方、予言し、脅迫し、享受したあと、最後の悦び、おそらくはもっとも貴重な悦び、征服した都市の孤独という悦びに、ファシズムのドゥーチェは身を委ねる。

コートの襟を立て、煙草に火をつけ、両手をポケットに入れて、深く満たされた心持ちで、ベニート・ムッソリーニはひとり、護衛もつけずに、ひとけのないゴイト通りを歩いていく。

ジョリッティ、ニッティ、ボノーミ、サランドラ、オルランド、そのほか群小の神々が住まう、議会という名のオリュンポス山の時代は終焉を迎えた。先の十月から十一月にかけて、壮大な清算が行われ、人物も、手法も、信条も、ひとまとめに処分された……われわれの革命の第二期が、並はずれて困難で、並はずれて重要であることは、疑いの余地がない。第二期が、革命の運命を決定する……ファシストの革命は、偉大な国家を形づくる精妙で複雑な政治機構を、いちどきにまるごと解体するような真似はしない。この革命は段階を踏みながら、一歩ずつ進行する……

ベニート・ムッソリーニ、「第二期」、『ジェラルキア』、一九二三年一月三十一日

マルゲリータ・サルファッティ　一九二三年一月

私のベニート、愛しいあなた。

一九二三年一月一日の朝です。この日付は、あなたに宛てた手紙のなかで、最初に書きたいと思っていました。捧げ物のように、献辞のように。

ベニート。愛しいあなた。

私はいまも、これからも、ずっと、永遠に、あなたのものです。時間がたつほどに、ますます、ずっと。


恋の季節だった。愛しい人への崇拝が膨らみ、弾けて、世界中へ拡がっていく。とはいえ、苦悩が雄弁である一方、幸福はつねに寡黙な感情であるがゆえに、かのマルゲリータ・サルファッティ、洗練されたサロンの女主人、深い教養を身につけた社交界の女王であっても、みずからの思いを表現するにあたっては、恋に落ちた小間使いの感傷的な紋切り型《クリシェ》に頼るほかなかった。礼賛と反復。反復と礼賛。こうでもしないかぎり、地上の愛は「永遠」に栖突けない。

恋する者に特有の、悲壮で、鈍重で、崇高な勇気を奮い起こして、一年の最初の一日の日が沈む前に、マルゲリータ・サルファッティはホテル・コンティネンターレのレターヘッドが入った便箋をふたたび手にとり、グランド・ホテルの貴賓に宛てて二通目の手紙を書いた。

一九二三年の、最初の時間。

愛しい人、愛しいあなた！

あなたの名前を紙に書きつけながら、新しい一年を始めたいのです。ベニート、愛しい人、愛しいあなた、愛しています！　はっきりと伝えておきます。狂おしいほどに、焦がれるほどに、この身はすべてあなたのものです。私はそれを誇りに思います。いまも、一九二三年もずっと、そして、愛しいあなた、もしあなたが望むなら、もし、私があなたを愛するように、あなたも私を愛しているなら、私はずっと、永遠に、あなたのものです。


ここでもまた、あの崇高な熱意が、「永遠」の向こうを張ろうとする無謀な意志が顔を出している。「愛しています、ずっと、永遠に……」

愛する男は光そのものであり、自分はその陰に隠れて生きることを女は約束する。私はただ、静かに、慎ましやかに、あなたの傍《かたわ》らに控えていたい。そしてただ、すこしばかりの平穏を、いくばくかの歓喜を、終わりのない愛の確かさをあなたに与えたい。あらゆる大洋を旅してきた、「栄光に満ちた偉大な船」に、束の間の休息を与えられる港になれたなら……そのほかに、私はなにひとつ望まない。

この儚くむなしい約束を忠実に守り、新年のはじめの数日、マルゲリータはホテル・コンティネンタールの客室で、ベニートの来訪を辛抱強く待ちつづけた。欲望か、あるいは急な用件に駆られたときには、グランド・ホテルの従業員向け階段をのぼることも辞さなかった。愛しい男のためならば、みすぼらしい階段をのぼるくらいわけはない。

恋の季節はまた、誇りの季節でもあった。サルファッティはそのことをはっきりと、愛を伝えるときと同じような調子で言明している。

私もまた、あなたの部隊の兵士なのです。明らかに、ひそやかに。かつてあなたに誓ったことを、あなたの友として、あなたの女として、あなたの花嫁として、私はあらためて誓いました。主人であり、花婿であり、当主であり、恋人であるあなたに、私はかつて誓いました。パルチザンの、イタリア人の、市民の、母の、恋人の、絶対的な忠誠と献身をもって、私は誓いました……私はあなたを誇りに思います。うわべのあなたではなく、ほんとうのあなたを誇りに思います。気が触れるほどに、正気を失うほどに、あなたを誇りに思います。けれど私の感情は、群衆があなたに捧げる盲目的崇拝とは違います。あなたに備わる、真の内在的な価値のために、あなたを誇りに思うのです。

公衆の前に姿をさらしているときは、つねに頑強な専制君主のポーズを崩さないムッソリーニも、ひとたび私的な場にとじこもれば、苦悩にもだえ、ささいなことに腹を立て、ぐずぐずと煮え切らない態度を示すことも珍しくなかった。サルファッティは、そんな彼の素顔を知りつくしている、おそらく唯一の人物だった。それでも、恋に落ちたこの女性は、永遠の愛に身を捧げた義勇兵は、匿名の大衆の立場に甘んじることをためらわなかった。無数の崇拝者のひとりとなって、恋人の「古代ローマ人のような角張った顔」に見とれることに、彼女は喜びを覚えていた。秘密の樹液を吸いながら、長い時間をかけて生い育ってきた情熱が、いま、厳しい寒さをものともせずに、厚かましいほどに咲き誇っていた。とはいえ、恋愛小説《ロマンツォ・ローザ》が大好きな小間使いならよく知っているように、あらゆる薔薇《ローザ》には棘がある。

マルゲリータはベニートに、一糸まとわずその身をさらしている。神と向き合う被造物のごとくに、仰向けになって、完全な降伏の姿勢をとっている。それでも、群衆を圧してそそり立つ「古代ローマ人のような角張った顔」にうっとりと見とれつつも、彼女はみずからの功績を誇らずにいられなかった。粗野な男にやすりをかけ、田舎者の身だしなみを整え、独学者に教育を施し、鍛冶屋の息子を上流社会に招き入れたのは彼女だった。賽《さい》を振らなければならないとき、ためらう男の背中を押したのは彼女だった。万が一、歴史への襲撃という賭けに負けた場合、男がスイスへ逃れるための中継地点として、ブリアンツァの所領に男を迎え入れる準備をしたのは彼女だった。すべてを得るためにすべてを賭けたあの晩、スカラ座のボックス席で男の手を握っていたのは彼女だった。列車でローマに行かなければならないとき、駅までの足がない男に自動車を貸してやったのは彼女だった。彼女は自分の男のために、若さの最後の火を燃やして、これらすべてをやり遂げたのだ。

次の春、マルゲリータ・サルファッティは四十三歳になる。その日は遠からずやってくる。ホテル・コンティネンターレの客室で、いつ果てるとも知れない時間を待ちつづけるとある晩、ふと化粧室の鏡に視線をやると、そこにはただ、老いた女のしなびた顔ばかりが映っている。そんな日が、あとすこしでやってくる。

ベニート・ムッソリーニ　ローマ、一九二三年一月十二日　グランド・ホテル、ムッソリーニ議員の居室　ファシズム大評議会第一回会合

フロア全体がムッソリーニ議員の住居としてあてがわれている、グランド・ホテル三階の小さな広間では、怨恨がふつふつと発酵を進めていた。

この日はじめて開かれるファシズムの頂上会議は、ぜひとも荘重に執り行いたいとムッソリーニは望んでいた。設立されたばかりで、まだ公的な位置づけはなく、党史の数行を占めるに過ぎないこの諮問会議は、ムッソリーニの私的な居室で開催された。それでも、発案者たるムッソリーニは、会議に歴史的重要性を持たせることを欲し、かつて栄華をきわめた「晴朗きわまる《セレニッシマ》」ヴェネツィア共和国の歴史を参照して、「大評議会」なる名称を引っぱり出してきた。かくして、素性は曖昧で、半‐非合法で、事前準備もなにもなしに招集されたこの会議は、「ファシズム大評議会」と命名された。開催の直前には、この出来事をマグネシウム光の力で永《なが》く歴史にとどめるために、ヴィットリオ・エマヌエーレ通りに自前のスタジオを持つ写真家――ムッソリーニと同じく、参戦派の元社会主義者――まで呼びにやらせた。

ファシズムのラスたちは、がに股のような形の脚をした、エンパイア・スタイルのテーブルのまわりに腰かけている。だが、ムッソリーニの熱意や努力とは裏腹に、誰よりも彼に感謝し、彼に忠実であるべき男たちは、全身に怨恨をたぎらせていた。

不満と失望にまみれ、喧嘩をふっかけたくて仕方ない男たち、ムッソリーニ的な迅速さを妨げる主たる要因、革命の第二期の障害物だ。けっきょく、彼のじゃまをするのはファシストなのだ。男たちの不

満を切りとった写真が、臭化銀に浸かるガラス板の表面に刻まれる。裏切られた野望、革命にたいする不満、揺るぎない自己中心主義が、毒の霧を発している。親族同士の対立関係、地元の縁故、部族間の復讐行為、田舎者の諍《いさか》いが、悪臭を放つ瘴気《しょうき》となってあたりを満たす。党派、少数派、過激派が撒き散らす煙霧質《エアロゾル》が、喉から呼吸の自由を奪う。大評議会は次の人員から構成されていた。党書記長、副書記長、党指導部のメンバー、閣僚、政務次官、ファシズムの重要人物、警察幹部、鉄道監督官、労働組合の書記長、協同組合の指導者、政治顧問。たいていが、凡庸で、欲深く、了見の狭い男たちだ。ムッソリーニという名のサイクロンが、イタリアの空に上昇気流を生じさせ、その風に運ばれて出世しただけの愚図どもだ。この国の最高権力者が、じきじきに、彼らを現在の地位に就けてやった。それなのに、グランド・ホテルのなめらかな鏡に映るのは、感謝の念ではなく、不満にゆがみ眉をひそめる陰鬱な顔つきだった。

「進軍」の翌日にはもう、ファシストのお偉方は不平を唱えだしていた。ムッソリーニは連立政権を組むにあたって、自分に割り当てたポストを除けば、ファシストからは三人の大臣しか任命しなかった。そんなわけで、十月三十一日の午前十時には早くも、ビアンキとマリネッリ、勝利を収めた政党の政治局書記長と行政局書記長の両名が、デ・ボーノを陸軍相に任命しなかったことに抗議するため、ホテル・サヴォイアにいるドゥーチェのもとへ、辞表を携えて談判にやってきた。革命から二四時間もたっていないというのに、ファシストはドゥーチェの「裏切り」を言い立てるようになっていた。ふたりを宥《なだ》めるには、デ・ボーノを警視総監に据えざるを得なかった。お次はコンスタント・チャーノが、海軍相に任命されなかったことを抗議してきた。そうして彼は、商船隊の監督官の座に収まった。その次は、はじめのうちすっかり忘れ去られていたアルフレード・ロッコが抗議にやってきて、国庫省の次官のポストを手に入れた。それでも、ロッコは内心、忸怩《じくじ》たるものがあった。というのも、同省で大臣を務めるデ・ステファニは、パドヴァ大学で刑法の手ほどきをしてやった教え子なのだ。こんな具合に、ムッソリーニの目の前には、遅まきながらの埋め合わせ、枯れることのない恨みつらみ、勝手に戦線を離脱する無規律な兵卒の列が、どこまでも延々と続いていた。

ファシストの指導層のなかには、おこぼれのポストどころか、痛ましい苦悶と向き合わなければならない者もいた。熱狂するファシストの首領だったロベルト・ファリナッチは、進軍の翌日には、不満だらけのファシストの首領に変わっていた。第一級の地位への登用をことごとく拒絶されたファリナッチは、下級のポストに甘んじることをよしとせず、地盤であるクレモナの所領へ立てこもり、中央に不服を感じる少数派の統率者となった。みずからを、原初の純粋さを守護する者、非妥協の信念に生きる男と称し、傘下の地域紙『クレモナ・ヌオーヴァ』を通じて非難の言葉を並べたてた。すべての交渉は裏切りであり、武装解除は「今日の敵であるところの昨日の敵」を利する行為である。「不純物との接触」によってファシズムを汚してはならない。土地にはびこる寄生植物にたいしてするように、あらゆる異論を根こそぎにしようではないか。

この晩、首相の居室にて開催されたファシズム大評議会第一回会合において、山出しのファリナッチは二列目の椅子に腰かけ、正常化を志向するあらゆる計画、動員解除をめぐるあらゆる命令に反旗を翻すべく、口ひげの下で体勢を整えていた。行動隊の正常化と動員解除こそ、ムッソリーニが今宵、党幹部に呑ませようとしている議題だった。ファリナッチを含め、ムッソリーニの私室に隣接する広間に集まったすべてのファシストにとって、それは周知の事柄だった。

ファリナッチが妨害すべき計画は、「国防義勇軍」という名前だった。十二月なかばにファシストの幹部会で告知され、同月二十八日に閣議で承認された計画だ。以来、国防義勇軍をめぐる政令は三週間にわたって、いまだ署名をためらっている国王の仕事机に、手つかずのまま放置されていた。もしこの政令に署名してしまえば、王国の正規軍とはまた異なる、特定政党に従属する第二の軍隊の創設を承認することになってしまう。義勇軍を構成する兵隊は、正規の徴兵活動を通じて募集されるが、彼らを結びつける紐帯《ちゅうたい》はただひとつ、首相への忠誠のみである。ムッソリーニはこの部隊をもって、ファシストの暴力を合法化し、正常化しようと目論んでいた。地方の行動隊を武装解除し、首相個人の意のままになる新設部隊に組み込むことができれば万々歳だ。政令ひとつで、近代世界では国家の専有物とされている合法的な暴力を手中に収め、行動隊の狼藉に手綱《たづな》をつけられるというわけだ。

例によって例のごとく、ムッソリーニは二面作戦を展開し、各方面を丸めこもうとしていた。ドゥーチェを権力の座に引きあげたあと、地元の町に送り返された行動隊は、新政権の発足後も武装解除することを拒絶して、いまでは党中央にとっていちばんの悩みの種になっていた。そんな行動隊を地方のラスが利用して、反ムッソリーニの運動を展開することのないように、まずはラスと行動隊を分断する必要があった。他方、ムッソリーニはムッソリーニで、議会および立憲君主政体に脅しをかけておくために、まだまだ行動隊を利用しつづけなければならなかった。ムッソリーニの権力はいまもなお、内戦というおぼろげな脅威によって担保されているのだから。

「ファシストの革命は、まるまる一世代にわたって続くこともじゅうぶん有りえる」

会合の冒頭で党首が発したこの言葉を聞いて、参加者は椅子から飛びあがりそうになった。彼らはてっきり、自分たちの闘争は勝利のうちに終結し、あとは心ゆくまでその果実を楽しむだけだと思いこんでいたのだ。暴力にまみれる日々が、これから一生涯にわたり続くだって？　この目まいを引き起こすような見通しは、小さな広間にほんの束の間、苛立ちのこもった空気を充満させた。ドゥーチェが短いあいさつを済ませたあと、デ・ボーノが国防義勇軍の計画を説明した。

国防義勇軍は、ファシスト革命の防衛と治安の維持を目的とする部隊である。こうした任務は軍隊には向いていないし、ここ何年か治安の維持を担当していた王国護衛隊は、近く解体される手筈になっている。徴募については、名目上は志願制にする予定だが、実際には、ファシストの軍事組織に属している者だけを候補とする。すべての行動隊は、国防義勇軍の発足に合わせて解散する。ファシズムにとどまることを望む行動隊員は例外なく、義勇軍に入隊しなければならない。高級将校は軍隊から選抜し、大佐と同等の権限を持たせた党の高官《コンソレ》を補佐役に就ける。義勇軍はイタリア国家、そしてとりわけ、ベニート・ムッソリーニ首相にたいして忠誠を誓う。部隊の規律は、「いついかなるときでも、絶対的かつ盲目的に尊重」されなければならない。

デ・ボーノの説明が終わり、会議の参加者が討議を交わす段になって、ムッソリーニがあらためて発言の機会を求めた。目をぎょろつかせ、ムッソリーニの視界から隠れるようにして坐っているファリナッチをきっと睨みつける。

「二列目の席に坐っている参加者に言っておく。これは警告だ。イタリアが容認できるムッソリーニは、どんなに多くてもひとりまでだ。何ダースものムッソリーニが受け入れられる余地はない」

チェーザレ・ロッシは、国防義勇軍の計画に真っ先に賛成した。「穏健派」のファシストは、ひとり残らず賛成の意思を表明した。元アナーキストで参戦派のマッシモ・ロッカも、次善の選択として賛成にまわった。ロッカは『ポポロ・ディタリア』の名物記者で、国民ファシスト党では国政レベルの指導者を務めていた。行動隊の暴力にかねてより懸念を示していたロッカは、「正常化」方針の主たる支持者でもあった。

しかし、室内ではまたもや不満が発酵を始めていた。意見を訊かれたファリナッチは、国を服従させておきたいなら、義勇軍よりも行動隊の方が有益だろうと指摘したうえで、悪意を込めてこう付け加えた。「危機的な状況下では、なおのことね」。ファリナッチの発言が、抗議の口火となった。多くの勲章を授かった将校であり、党では副書記長を務めるアッティリオ・テルッツィは、「革命の精神を保持する必要性」を熱心に擁護した。かつてダンヌンツィオのフィウーメ軍団に属していたフランチェスコ・ジウンタは、ファシスト党がドゥーチェの友人にだけ益をもたらす組織であるなら、もはや党にとどまっていても仕方がないと不平を漏らした。デ・ボーノやデ・ヴェッキとともに、義勇軍の監督官に指名されていたバルボは、政治的な信念というよりは、争い好きな自身の気質に従って、なれなれしい口調をことさらに強調しつつ、ドゥーチェに質問を投げかけた。

「なあ、ベニート。俺たちが革命をやりとげたのは、きみひとりのためだったのか、俺たち全員のためだったのか、どっちなんだ?」

バルボの質問をもって、この日の会議は終了した。ミケーレ・ビアンキが、その場を取り繕うようなことをなにか言って、議論は明日へ持ち越しとなった。

不純物の除去、および、妥協の排除こそ、ファシズムを維持するための主要な武器でなければならない。われわれが創造し、防衛し、強化したときのままの姿に、ファシズムをとどめおくために……いかなる逆境に追いこまれようと、われわれはこの至上の価値を守ってみせる。ファシズムを搾取する前に、死者の名誉を汚す前に、われわれ自身の体を踏みつける勇気が必要なのだ。それは簡単なことではない。

ロベルト・ファリナッチ、「防衛し、浄化することが必要である」、『クレモナ・ヌオーヴァ』、一九二三年二月十七日

ファシストの仕事は戦うこと　／　陽気に、若さをたぎらせ　／　その俺たちを、議員にする気か？　／　ああ、ベニート、ああ、祖国、ああ、イエスよ

「非妥協派の哀歌」ファシストの戯《ざ》れ歌、一九二三年

もうずいぶん前から、友人や敵の批判にさらされてきた。つまり、ファシストの革命をイタリアにもたらしたのは、たったひとりの人物、たしかに並外れた人物ではあるにせよ、やはりたったひとりの人物であって、彼にふさわしい協力者はごくわずかしかいないという批判である。もうずいぶん前から、私は自問してきた。はたしてファシスト党はベニート・ムッソリーニにとって、政治的な支柱たりえているのか。それとも、この党はたんに、ムッソリーニ個人に寄生して生きているだけなのか。

マッシモ・ロッカ、国民ファシスト党国家指導部会員、『クリティカ・ファシスタ』、一九二三年

三人か四人の例外を別にすれば、新しい全国指導部の面々を、私はまったく評価していません……愚鈍で、卑劣で、腐敗した連中ばかりです。私の見解は多くの党員に共有されていますし、同調者は増える一方です。

ローマ・ファッショ創設者、行動隊首領、ローマ進軍部隊隊長ジュゼッペ・ボッタイによる、ムッソリーニ宛ての私信、一九二三年一月十三日

マルゲリータ・サルファッティ　ミラノ、一九二三年三月二十六日　ペーザロ画廊

「私もまた、ここに作品を展示されている芸術家たちと、同じ世代を生きてきたという自負があります。たしかに、私は別の道を選びました。しかしながら、私もまた、ある種の素材を相手に、ある種の画然《かくぜん》とした理想を追求する芸術家であって……」

ベニート・ムッソリーニは、仕立ての良いグレーのスーツを身にまとっていた。この日ばかりは、シャツの色も黒ではなかった。いつものように、身ぶり手ぶりを交えて語るのではなく、タイプライターで印字された短い挨拶文を、淡々と読みあげている。リノ・ペーザロが運営する画廊のアールデコ調の広間には、美術批評家、蒐集《しゅうしゅう》家、芸術家だけでなく、官憲、政治家、企業家、新聞記者など、ミラノのあらゆる要人が集まっていた。

建物の外、ミラノ随一の繁華街であるマンゾーニ通りでは、「狂乱の二〇年代」がいまをさかりに咲き誇っていた。車、ラジオ、レコードプレーヤーに代表されるテクノロジーが世界を動かし、新たな神々が創出され、映画館のスクリーンで神話が再現され、進歩と現代性に向かって人びとは身を乗り出し、誰もがこの宴《うたげ》に参加するよう手招きされ、誰もが蓄音機で音楽を聴き、炸裂するジャズの時代の、シンコペーションのリズムに乗って、誰もが激しく踊り狂った。女もこの時代を享受していた。ぶしつけで、無遠慮で、男勝りな女たちが、肩をむき出しにして、参政権をよこせと声高に叫んでいる。同じ時期、数百万もの大衆が生活のなかに「余暇」を見いだし、かつてはひとにぎりの王侯君主だけのもの

だった、趣味《ホビー》やら、浪費やら、娯楽やらに夢中になった。列車の車輪がとどろかす、規則正しい金属質の騒音に霊感を得て、作曲家は狂詩曲《ラプソディー》を書きあげた。日曜日ともなれば、ミシガン湖には群衆が大挙して押し寄せて水浴びに興じ、ハリウッドの丘では、ターラントのカステッラネータ出身のイタリア系移民ルドルフ・ヴァレンティノが、白い衣装でアラブの族長《シーク》に扮し、近視と偽って兵役を逃れたという「人殺しのような目つき」で、世界中の女を魅了していた。そうしたすべてを、はるか頭上から、巨大な看板に描かれた、ふたつの巨大な青い瞳が見おろしている。広告看板のモデルのうつろな眼差しは、その崇高な無関心によって、再生した世界の目覚めを宥《なだ》めている。

もちろん、これらすべては海の向こうで、アメリカ合衆国で起きていることだ。とはいえ、ここミラノでも、世紀は咆哮《ほうこう》を発していた。ロンバルディア地方では、コモ湖やヴァレーゼ湖といった観光地とミラノの往来を効率化する、自動車向け道路の建設が始まったばかりだった。これは世界ではじめての「自動車道路」だと言う者もあれば、これはへとへとの家畜に引かれる荷車でなく、強力な内燃機関を搭載した金属の塊のために設計された最初の道路だと言う者もいた。さらには、ヨーロッパを救うのは市民の愛国心ではなく、はるかかなたのアメリカ人だと言う者もいた。アメリカの大衆が、われわれの工場で作られる新製品を大量消費してくれるおかげで、ヨーロッパは立ちなおることができるのだ。

こうしたすべてが外で起きている一方で、壁の内側、リノ・ペーザロの美術ギャラリーの内部では、ベニート・ムッソリーニの声が新しい世紀を、イタリアの世紀を言祝《ことほ》いでいた。「一九〇〇年は重要な一年でした。イタリアの民衆の大部分が政治的な生に参入していくことになる、その節目の年だからです。小さな民衆が、大きな国を築くことはできません。芸術と芸術家を無視したまま、国を治めることはできません。芸術とは、人間精神の本質的な表現なのです。芸術と芸術家に関心を示さない政権は、イタリアのような国にあっては、不適格の誹《そし》りを免れません」

ムッソリーニはつねのごとく、一語一語、音節をはっきりと区切りながら挨拶文を読みあげていった。リノ・ペーザロの画廊に集まった面々は仰天していた。国のトップが、芸術にここまでの重要性を認めたなどという話は、いままで聞いたことがなかった。そもそもベニート・ムッソリーニが、新聞の論説欄と行動隊の武力でイタリアを屈服させた瞠目すべき野獣が、まわりにいる全員からおべっかを使われつつも、けっして無愛想な表情を崩さない新しい権力の顔が、さして有名でもない七人の画家、その場に居合わせた政治家や企業家からはろくに名前も知られていない画家たちの展覧会へ、開会のあいさつをするためにわざわざやってきたということ自体、にわかには信じられないような出来事だった。なかでも信じられなかったのは、イタリアの「強き男」が、他人の言葉を読みあげているという点だった。タイプライターで印字された挨拶文は、ひとりの女性から手渡されたものだった。いったい、こんなことが有りえるだろうか？　優雅な広間には、ムッソリーニの無機質な大音声が響いている。なのに、そこで話しているのは彼ではなく、彼女なのだ。この晩、ベニート・ムッソリーニはマルゲリータ・サルファッティの腹話術人形に過ぎなかった。

今日、勝利の栄光を味わっているのは彼女だった。友人である七人の芸術家――フーニ、シローニ、ブッチ、ドゥドレヴィッレ、オッピ、マレルバ、マルシグ――をひとまとめにして、サルファッティは新たな芸術潮流の誕生を宣言した。ただし、全員の画風に即した名称をひねり出すことはどうあっても不可能だったため、展覧会は単純に、「二十世紀《ノヴェチェント》の七人の画家」と名づけられた。サルファッティには揺るぎない確信があった。この展覧会が、新たな始まり、新たな再生《ルネサンス》の到来を告げる号砲となるだろう。未来派の混沌は終わりを迎え、ベニート・ムッソリーニによって再建された秩序と階層を反映する、「現代的な古典主義」の芸術が誕生するのだ。新たなファシズム時代のための、新しい芸術だ。ほかでもない、彼女自身、マルゲリータ・サルファッティこそが、この新たなファシズム芸術を統《す》べる女教皇だ。ドゥーチェの演説が終わったあと、簡単に拍手をしてから、アペリティフを楽しむための白い手袋を持ってくるよう給仕に命令したときの、優雅でありながら尊大でもあるサルファッティの態度を見れば、夜会の主人が誰なのかは一目瞭然だった。

花の意匠があしらわれたどっしりとした鉄柱のうえから、街灯が磨りガラス越しに室内を照らしている。だが、リノ・ペーザロの画廊はいま、権力の影に覆われていた。「ローマ進軍」から間もない十一月三日、今宵の展覧会で作品が展示されている画家の何人かは、ムッソリーニに祝意を伝える熱烈で卑屈な書状に署名していた。もっとも、全員が権力の軍門にくだったわけではなかった。ファシズムのドゥーチェが展覧会の開会式に参加することをサルファッティから告げられると、アンセルモ・ブッチとレオナルド・ドゥドレヴィッレは激しい嫌悪を露わにした。そしていま、マンゾーニ通りでシャンパンの栓が抜かれているあいだ、画廊から少し離れた「カッフェ・コーヴァ」で、ふたりの偏屈者はベルモットのグラスを鳴らしていた。

しかし画廊は、権力よりも強烈な毒をはらむ、冷めた愛という影にも覆われていた。ベニートがローマに暮らしはじめてから三か月で、マルゲリータはもう、裏切られたと感じるようになっていた。新年の、喜びに満ちた崇拝の手紙は、すでに遠い思い出に変わっていた。彼女はいまでも、絶えず手紙を書いていた。とはいえ、そこに記された言葉に込められているのは、懊悩《おうのう》、憤慨、怨嗟《えんさ》の感情ばかりだった。それは、返事がこないとはじめからわかっている言葉、誰に宛てて書かれたわけでもない手紙だった。出世志向の彼女は恋人の忘恩を詰《なじ》り、自分と夫チェーザレの登用を強く求め、独立心にあふれる彼女は、気まぐれな暴君が嫉妬に駆られて吐きだす専横な言葉を嘆き、恋に落ちた彼女は、ひとけのない部屋でむなしく彼を待ちつづけることに憔悴《しょうすい》していた。

親愛なるあなた、肉体的にも、精神的にも、私はもう限界です。理由は書かなくてもわかるでしょう。もう無理です、もう無理です、もう無理です。さようなら！　私はすぐに、いますぐにここを発ちます。ああ、もう出発していたならよかったのに。さようなら。すべてが台なしになりました。すべてが。ほんとうなら最後になるはずではなかった、あの最後の電話も含めて。苦く激しい悲しみのほか、私の心にはなんの感情も湧いてきません。


　ほとんどの恋愛がたどる道を、ふたりもまた進んでいた。激しい情熱の大いなる物語は、哀れな恋人たちのちっぽけな物語に落ちぶれた。ひっきりなしに繰り返される「さよなら」の言葉、愚にもつかない言い争い、突然の悔悛、相手のために犠牲になろうという衝動、慈悲に満ちた胸騒ぎ。「あなたはどこまで繊細なのでしょう。今夜は楽しい気持ちでいようと、私は自分に言い聞かせていました。そんな私を見つめるあなたの瞳の奥底には、悲しみと憐れみが宿っていました。その悲しみと憐れみに、私は感謝を捧げます」

　サルファッティは揺れていた。ときには、自分のすべてを捧げる用意があると、声高に叫ぶこともあった。「恋人たちを監視し、じっと時計の針を見つめる」外の世界など放っておいて、ほんの数時間でも構わないから、愛しいあなたを抱きしめたいと訴えた。そうやって、「少しでもあなたの飢えを満たし」、彼女は彼女で、恋人に、「偉大な野生の狼」に、みずからの飢えを満たしてもらうのだ。ところが、また別のときには、サルファッティは居丈高《いたけだか》にふんぞりかえり、独立を、敬意を、尊厳を要求した。あなたが政治を統《す》べるなら、自分には芸術を統べる権力を与えよと、彼女は恋人に詰め寄った。

　こうしてサルファッティは、以前から折に触れて伝えてきた要望を、あらためて口に出すようになった。息子アメデーオをともなって、チュニジアへ旅に出ることを許可してほしい。自由な女としての、貪欲な知識人としての渇望を満たすために、彼女は新たな冒険を必要としていた。現地の学校が抱えている問題や、病院、不動産市場の調査が、旅に出る表向きの口実だった。横暴で、嫉妬深く、独占欲が強い恋人であるムッソリーニは、何度請われても首を縦に振らなかった。だが懇願はなおも続き、恋人たちは嘆きに沈み、涙に暮れた。そう、嘘のような話ではあるが、あの彼でさえ泣いたのだ！　ムッソリーニはとうとう、ひとけのない部屋にサルファッティを放置し、美術史の仕事に専念させた。なぜなら、彼にはほかにやることがあったから。世界史を作るという仕事があったから。

日々は流れ、春になるとついに、「偉大な野生の狼」は恋人のアフリカ行きを認めた。マルゲリータは旅立った。

若き首相に祝意を捧げます……あなたなら、世界を制するわれらの芸術の力を、正当に評価することができるはずです。

詩人、作家、画家によるベニート・ムッソリーニへの挨拶文、『ポポロ・ディタリア』、一九二二年十一月三日　カッラ、フーニ、マリネッティ、シローニほか

優しさをください。なぜって、あなたの優しさは私のものだから。そのほかに、私が望むことはひとつだけです。私の生活を殺《そ》ぎとり、締めつけ、窒息させようとしないでください。ばかげた禁則や無茶な要望、苛立ち、立腹、叱責を控えてください……あなたには大いなる宿命があります。途方もない仕事です……私の生は、ごくささやかなものです。私の仕事は、ごくささやかで、慎ましやかなものです。それでも、私にとってそれは神聖で、かけがえのないものなのです。私の仕事を尊重してください。これはけっして、ゆきすぎた願いではないはずです……

素晴らしい一日になるはずだったのに！　ふたりだけで、暖炉の火に当たりながら、ふたりの愛を確かめあい、愛に包まれて過ごすはずだったのに。なのにあなたは、グラスに毒を注ぎ入れた！　乱暴、罵倒、当てこすり……あなたが悔い、泣き、取り乱したあと……あなたの涙と私の涙が混じり合ったあと、あなたは偉大に、崇高に振る舞ってくれました。そう、あなたにしかできないやり方で……

マルゲリータ・サルファッティによる、ベニート・ムッソリーニ宛て書簡、一九二三年

ベニート・ムッソリーニ　ローマ、一九二三年四月十七－二十三日

サントゥッチ伯が居住するローマのグリエルミ宮にはふたつの玄関がある。一方の入り口、ジェズ通りの玄関から邸宅に入ったのは、無神論者にして唯物論者、反聖職主義者の男だった。数年前には、公衆の面前で神に食ってかかり、もし神がみずからの存在を証明したいのであれば、二分以内に雷で自分を殺してみせろとうそぶいた人物だ。もう一方の入り口、ピーニャ広場に面した玄関からは、ガスパッリ枢機卿が入ってきた。生涯にわたって、毎日のように、地上の都のために天上の都を裏切りつづけてきた人物だ。玄関の広間やがらんとした大階段を、静かに、早足で通り抜け、ふたりは別々にグリエルミ宮に入り、別々に出ていった。

ほんの昨日まで、当代きっての冒瀆《ぼうとく》の名人、聖職者が毛虫よりも嫌いな男、自由恋愛の熱烈な信奉者だったはずのベニート・ムッソリーニと、ヴァチカン教皇庁の長官ガスパッリの面会は、一対一の差し向かいで行われた。館の主であり、ローマ銀行の頭取であり、教会とはきわめて近しい間柄にあるサントゥッチ上院議員でさえ、この話し合いには同席していなかった。その場でなにが語られたのかは、誰にも、けっして知られてはいけないことだった。当然ながら、短時間で済むような面会ではなかった。館からピーニャ広場に出てきたとき、教皇庁の長官は、ファシズムのドゥーチェとの密談が上首尾に終わったことに、満足げな表情を浮かべていたと伝えられている。

ムッソリーニは数か月前から、ヴァチカンの上層部と秘密裏に交渉を重ね、教会との和解を模索して

いた。それは、カトリック政党である人民党に対抗するための、とっておきの切り札だった。水面下の動きに合わせ、個別の問題にたいする措置のように見せかけながら、政府はヴァチカンにさまざまな認可を与えていった。学校授業料の平等化、教室内への磔刑像の再設置、宗教教育の義務化、教会当局による教員の選定。なかでもとりわけ重要なのが、神学校が保有する資産に課される特別税の免除だった。ムッソリーニは教皇にこうした餌を次々にあてがうことで、カトリック人民党の創設者であるドン・ストゥルツォから自由になろうとした。彼にとってドン・ストゥルツォはもはや、生理的嫌悪とさえ呼びうるほどの、抑えがたい不快感をもたらす存在になっていた。

「修道士が政治に口を出す時代は終わりだ」。私的な会話のなかで、ムッソリーニはチェーザレ・ロッシにそう繰り返した。つねにムッソリーニの傍《かたわ》らに控えている、このもっとも近しい協力者は、いまでは内閣広報局局長という、いちいちの言動に細心の注意を求められる役職に就いていた。そんなロッシからしてみれば、ムッソリーニが口にする言葉はどれもこれも、活字にできないようなものばかりだった。「ドン・ストゥルツォ、あの政治かぶれの堕落した修道士は、ろくすっぽミサもあげずに、下劣な政治ごっこにばかり興じてやがる」

ムッソリーニのストゥルツォにたいする憎しみは尋常ではなかった。ローマ進軍の後、ドゥーチェは人民党を連立政権の一角に加えながらも、党の創始者であるドン・ストゥルツォのことは閣内に迎えなかった。あるときロッシは、せめて面会の場だけでも設けてはどうかとムッソリーニに進言した。すると彼は、若き日に育んだ反聖職主義の感情を爆発させてこう叫んだ。「あの男と顔を合わせるなんて、ぜったいにごめんこうむる。たしかに俺は、俺が適格と見なした者にかぎり、党の外部の人間にも閣僚のポストを与えた。しかし、だからといって、俺が連中の操り人形になると思ったら大間違いだ。どんな政権だろうと、ドン・ストゥルツォのような男が身内にいたら、運営に支障をきたすに決まっている。

〈灰色の猊下〉なんぞに用はない！〔「灰色の猊下」とは、「影の参謀、黒幕」を意味する慣用表現。もとは、フランスの宰相リシュリューの相談役だったジョセフ神父を指す呼び名〕修道士は教会でおとなしくしていればいいんだ。議会の控え室で僧服がうろうろしてるのを見かけるたびに、俺は怒りで発狂しそうになる！」

たがいに譲ることを知らないふたりの男が、和解へいたる見込みはありそうになかった。その反目は個人的な不和という次元を越えて、政治的な対立を引き起こしていた。シチリアの富裕な大貴族の子息ストゥルツォは、一九一九年にカトリック政党を創立した。同じ年、社会主義を奉じる鍛冶屋の息子で、ロマーニャの小村出身のベニート・ムッソリーニもまた、ファシスト党の前身である戦闘ファッショを結成した。このふたつの出来事は、国家統一後のイタリアの歴史において、もっとも重要な事件といってても過言ではない。人民党の設立以前、教皇はカトリック信徒にたいして、選挙で投票することも、政治活動に参加することも禁じていた。人民党はイタリア全国で満遍なく票を獲得し、一一〇名の代議士を議会に送りこむことに成功した。以後、このカトリック政党は、政局を左右する存在となった。いかなる連立政権も、カトリックの代議士を抜きにしては立ちゆかず、いつ、どのタイミングで政治危機を招来するかは、ドン・ストゥルツォの意のままだった。一九二二年春、人民党はジョリッティの首相復帰への道を遮断し、結果として、反ファシスト内閣の成立を阻止してみせた。このように、ローマ進軍に先立って間接的にファシストを援助した人民党は、進軍後には、ファシスト政権支持の姿勢を明確に打ち出した。にもかかわらず、シチリアの司祭ドン・ストゥルツォは、ファシズムによる「全権」の掌握を妨害する、唯一の、真の敵でありつづけた。

とはいえ、人民党も一枚岩というわけではなかった。ヴァチカン上層部に近い右派は、ムッソリーニとの協調を積極的に推しすすめ、閣僚や次官を内閣に送りこんでいた。他方、つねに行動隊の標的にされてきた、農村地域の「白色同盟」を代表する左派は、ファシズムとの協調には断固として反対だった。

中央に坐すドン・ストゥルツォと、若き書記長アルチーデ・デ・ガスペリは、カトリック信徒の倫理的立場と、ファシズムからの完全な自律が認められるかぎりにおいてのみ、協調に賛成という立場をとっていた。

四月十二日にトリノで開かれた党大会をもって、人民党の方針は確定された。ことは党員の結束のみにかかわるのではない。これは、イタリアの全カトリック信徒の結束にかかわる問題なのだ。大会に顔を出すことはなかったものの、趨勢を決めたのはドン・ストゥルツォの意向だった。四月十五日に採決がとられ、党中央の姿勢が圧倒的な信任を得た。党の自律、議会との一体性、憲法が定める自由、そしてとりわけ、比例代表の選挙制度が守られるかぎりにおいてのみ、人民党はムッソリーニ内閣と協調する。

選挙制度改革。これが真の争点だった。暴力と解散をちらつかせて議会を屈服させたとはいえ、ファシスト党の国会議員が三六名にとどまるという事実は変えられない。ドゥーチェの権力を盤石なものにするためには、新たな選挙法のもと、次の選挙で絶対多数の議席を獲得し、好戦的な同盟者や反抗的なファシストを完全に黙らせてやる必要がある。そうしたわけで、この二月以降、ムッソリーニは取り憑《つ》かれたように、選挙制度改革のことばかり話していた。

ファシズム大評議会は内部委員会を設立し、さまざまな可能性を検討させた。南部の名士である自由主義者や、地方のファッショを統《す》べるラスたちは、地元の取り巻き連中から確実に票を集めるために、単記名式による選挙の実施を望んでいた。ファリナッチは、単記名式に賛成する幹部の典型例だった。たいするムッソリーニは、全国名簿にもとづく選挙を想定していた。こちらは、立候補者名簿が過半数の票を得ると、当該選挙区の議席が党のものになるシステムだ。ムッソリーニの狙いは、相対多数の票を得た陣営が議席数の上乗せという恩恵を受けられる、「プレミアム制」を導入することにあった。総理府の次官を務めていたジャコモ・アチェルボは、得票数が第一位で、かつ、得票率が二五パーセントを超えた勢力に、三分の二の議席を割り当てる法案を検討していた。二五パーセントとは、要するに、ファシスト党が次回の選挙で見込めるであろう得票率だった。この法案が成立すれば、ファシズムの首領ベニート・ムッソリーニはいよいよ、議会と国の双方を手中に収めることになる。それは計り知れない心理的効果をもたらすだろう。内外から発されるあらゆる異論は抹消され、自律を求める同盟相手の声はことごとくかき消される。誰であれ、議会にとどまることを望むのであれば、ファシストの全国名簿から立候補せざるをえなくなる。そしてムッソリーニは、ローマのグランド・ホテルの三階に位置する居室でゆったりとくつろぎながら、ペンで名簿に線を引いて候補者を順位づけするだけで、三分の二の議員を好きなように任命できるのだ。この法案の成立はドゥーチェにとって、個人的な野心の成就、真正なる権力の獲得を意味していた。これを偉業と言わずしてなんと言おう?

ところが、なんとも惜しいことに、ドン・ストゥルツォは比例代表制を望んでいた。そして、さらに惜しいことに、人民党の一一〇人の議員が力を合わせれば、ストゥルツォの意向を押しとおすことはじゅうぶんに可能だった。四月十五日にトリノで閉会した党大会において、人民党の結束は確認された。

ムッソリーニは四月十七日、人民党のステファノ・カヴァノッツィ、および、同党から入閣している次官たちを招集した。ムッソリーニ内閣で国庫相を務めていたタンゴッラが昨年末に死去したため、政権には現在、カトリック系の大臣はカヴァノッツィひとりしか残っていなかった。ムッソリーニに招集された面々はいずれも、トリノの党大会でドン・ストゥルツォにいいようにしてやられた、人民党内の右派に属している。ムッソリーニは彼らの前で、これまでの「廉直かつ熱意にあふれた」協力に感謝を表明し、「今後は、行動と運動の完全な自由を与える」ことを約束した。言い方を変えるなら、ドゥーチェはこの役立たずどもを、政権から追い払うことに決めたのだった。

辞表を首相に預けるほか、カヴァノッツィに選択肢はなかった。当人の署名だけが記された白紙の辞表を、カヴァノッツィはムッソリーニに提出した。「総理、人民党の主だった幹部はみな、政権との協調が必要であることを理解しております」

「承知していますとも、カヴァノッツィさん。ですが、私としては、御党の立場をより明確に示していただきたいのです」。ムッソリーニの声音は途端に宥和的になった。人民党から大臣と次官を再登用する用意はある。引き換えに、人民党の国会議員は四月二十日の議会において、ドゥーチェの立場を鑑《かんが》みたうえで投票行為に臨んでほしい。カヴァノッツィは、言われたとおりにすると請け合った。

「いいでしょう。では、結論を出すのは二十日の採決が終わってからにします」

そして四月二十日がやってきた。カヴァノッツィは約束を守った。『ポポロ・ディタリア』は勝ち誇った論調で、人民党の国会議員グループの投票行為について伝えた。「ファシズム政権にたいする完全かつ誠実な協力姿勢が示された」

しかしドン・ストゥルツォは、人民党の大臣から裏切られても動じなかった。彼の主導により設定された、政権に協力するための諸条件は、なおも有効なままなのだ。それからさらに三日が過ぎ、ムッソリーニは周囲をあっと言わせる行動に出た。最初に呆気にとられたのはロッシだった。ドゥーチェはロッシに次のように要請した。首相がカヴァノッツィや人民党の次官らの「辞任」を——議会におけるその従順な身ぶりにもかかわらず——承認した旨、関係各機関に通達すべし。この報《しら》せが広まるなり、議会はまたしても震えあがった。

ストゥルツォの頑強な抵抗を前に、ムッソリーニは決断をくだした。全面対決、真っ向からの力くらべだ。『ジェラルキア』の三月号に、ムッソリーニはこう書いた。この新たな世紀——彼こそはその正統な息子である——において、力と同意とは一《いっ》にして不可分である。自由とは手段であって、目的ではない。手段である以上は、管理されなければならない。管理するには、力が必要である。

かくして、ベニート・ムッソリーニはまたも仮面をつけかえた。ローマ進軍の後、好戦的なラスに「正常化」への道を説いて聞かせた穏健な調停者は、私兵団を戦いに駆り立てる「名誉伍長」に転身しようとしていた〔「名誉伍長」は国防義勇軍の名誉階級〕。メヌエットはもう終わりだ、舞台に巨神《ティタン》を呼び戻す頃合いだ。スカラ座でトスカニーニの歓待を受け、平土間席、ボックス席、天井桟敷の全観客から拍手喝采を受けた男。新たな世紀の芸術を世界に知らしめるために、マルゲリータ・サルファッティがミラノのペーザロ画廊で企画した「二十世紀展《ノヴェチェント》」にて、開会のあいさつを読みあげた前衛主義者。つるはしを振りおろす労働者に檄《げき》を飛ばし、ミラノと湖水地方をつなぐ高速道路の建造を開始させた、世俗主義の旗頭。北アメリカに暮らすイタリア系移民の便利を慮《おもんぱか》り、母なる祖国と新大陸をつなぐ大西洋横断電信ケーブルの敷設協定に署名した愛国者。ベニート・ムッソリーニ、イタリアの新たな巨人は、これらすべてを一か月のうちにやってのけた。

国家がかかる大事に向き合うなかで、自由の概念はあまりにも過大に評価されてきた。もうたくさんだ。政治に口を出す聖職者など、犬に食われろ。

自由とは、アングロサクソンが崇めたてまつる北方の神である……偶像に縁のないファシズムは、物神を崇拝しない。すでに通り過ぎてしまったあとではあるが、もし必要とあらば引き返し、腐敗の始まった自由の女神の肉体を、心穏やかに踏みしだいていくだろう……今日の自由とはもはや、前世紀の前半の世代が、そのために戦い、命を落としていった、けがれなき純潔の乙女ではない。新たな歴史の曙光に向き合っている、勇敢で、荒々しく、怒りにまみれた若者たちにとっては、自由よりはるかに魅力的な言葉が別にある。それは秩序、ヒエラルキー、規律である。

ベニート・ムッソリーニ、「力と同意」、『ジェラルキア』、一九二三年三月

イタロ・バルボ、アメリゴ・ドゥミニ　ローマ、一九二三年五月二十三日

イタロ・バルボはみずからが発案した軍服――黒シャツ、軍隊用ズボン、黒い炎が刺繍されたアルディーティのジャケット、フェズ帽――を身にまとい、国防義勇軍の司令官として、辺鄙《へんぴ》な小村も含め、イタリアの津々浦々を駆けずりまわった。聞きわけが悪かったり、手がつけられないほど野放図だったりする行動隊の男どもを、新設の軍に編入していくのが彼の仕事だった。いつしかまわりは、敵であれ友であれ、憎しみか、はたまた賞賛の念を込めて、彼のことを「総大将」と呼ぶようになっていた。バルボは好きにさせておいた。実際、この分野において、ほかのふたりの司令官の存在感はじつに希薄だった。デ・ボーノは警視総監の職務に、デ・ヴェッキは国庫省と戦争年金省の次官職に、それぞれ忙殺されていた。二十七歳のバルボには、月三〇〇〇リラの俸給が支払われていたが、これは王国軍の将軍が受けとる額と同等だった。それになにより、彼の指揮下には、じつに一五〇、〇〇〇人の男たちがいる。この事実だけでも、二月の鬱屈を振りはらい、ふたたび熱狂に火をつけるのにじゅうぶんだった。

行動隊の正常化という新たな任務を帯びたために、かつて彼を打擲《ちょうちゃく》者の偶像として崇めていた多くの行動隊員から恨みを買うことになりはしたが、バルボはさして気にしなかった。それよりも問題なのは、この一五〇、〇〇〇人がいまだ兵士とは呼べず、義勇軍がいまだ軍隊とは呼べないという現実だった。

義勇軍には、衣類も、宿舎も、移動手段も、さらには小銃も不足していた。臨時予算として割り当てられた三〇〇〇万リラのほとんどは、制服代に消えていった。しかし、それ以上に欠けていたのが、正

確さ、能力、自発性だった。規律の不足は、目も覆わんばかりだった。バルボは四月、ミラノのリリコ劇場で開かれた集会ではっきりと懸念を表明した。どの道を進むかという議論はもう聞き飽きた。いま、ファシストがしなければならないのは、「歩き、行動すること」なのだ。とはいえ、バルボはこれまで行動隊の男たちに、反抗心をひけらかせ、つねに「どうでもいいさ《メ・ネ・フレーゴ》」と返事をしろと教えてきた。闘争に生きる暴力集団としての生活を、行動隊に率先して仕込んできたのはバルボだった。そんな彼らに、いまになって秩序を守れと指導するのは、そう簡単な話ではなかった。さらに悪いことに、範を垂れるべき首領たちが闘犬のようにいがみ合う事例が、ここのところ頻発していた。

ローマでは四月二十五日、ポポロ門を出たところに広がる草地で、ファシズムの幹部ふたり、大評議会の書記長までのぼりつめたフランチェスコ・ジウンタと、ロメッリーナのラスであるチェーザレ・フォルニが、サーベルを用いて決闘に臨んだ。個人的な競争関係、女がらみの怨恨、管轄地の支配をめぐる考え方の相違、裏切られた理想など、すべてがごちゃごちゃに絡まり合って、争いの原因を形づくっていた。この決闘で、行動隊の生ける伝説フォルニ大尉は、唇の動脈に裂傷を負った。フォルニはその後、ローマ・ファッショの腐敗に抗議を表明するために、義勇軍第一管区の司令官職を辞任した。この管区は、トリノ、ミラノ、ジェノヴァを頂点とする「工業三角地帯」の全域を覆う、全国でももっとも広大で、もっとも重要なエリアだった。これと似たような揉め事が、いたるところで勃発していた。たがの外れた欲望、不和、対立、私的な熱情、口にするのもはばかられる卑劣な野心。なるほどたしかに、この国からボリシェヴィキは一掃された。十二月から二月にかけて、デ・ボーノは共産党の指導層をことごとく検挙させた。だがいま、イタリアは、ファシストの有力者の縄張り争いによってばらばらになっていた。

そして五月になり、今度はアルフレード・ミズーリの番がまわってきた。一九二一年にペルージャの戦闘ファッショが創設され、ミズーリがウンブリア地方の行動隊の首領を務めていたころから、バルボは彼のことをよく知っていた。一九二二年、ローマ進軍が決行される以前、ミズーリはペルージャの行動隊でライバル関係にあったバスティアニーニと反目し、ナショナリストに転向した。ところがその後、ナショナリストは国民ファシスト党に合流し、ミズーリは不本意ながら古巣へ復帰することになった。ファシストによるナショナリストの吸収から四日後、かつての離反を理由に、党執行部はミズーリを除名した。この放蕩息子は、ムッソリーニへの個人的な忠誠に変わりはないとしながらも、次の議会で「ファシストへの異議申し立て」を行うつもりだと予告した（「放蕩息子」とは、『ルカによる福音書』にあるイエスの譬え話を念頭に置いた表現）。ドゥーチェはミズーリに警告を与えるため、決心を変えないなら牢屋に入れるぞと脅迫した。憲法が保障する自由を引き合いに出して、ミズーリは反論した。「首相に伝えなさい。私と首相は、憲法を挟んで対峙しているのだということを」

五月二十九日午前、議会は代議士と公衆でごった返していた。お目当てはもちろん、アルフレード・ミズーリの演説だ。すでに追放処分を受けているとはいえ、ファシストの身内から異議が申し立てられるのは今回がはじめてだった。議席では、ロベルト・ファリナッチの論説が掲載されている、この日の『クレモナ・ヌオーヴァ』が回し読みされていた。革命を完遂し、あらゆる異論を封じこめるには、行動隊の暴力を新たに展開することが必要である。今度の暴力は「決定的」なものになるだろう。ファリナッチの記事には「第二波」というタイトルがつけられていた。

聴衆の視線がミズーリに注がれる。額はだいぶん後退し、ひげは完璧に剃られている。わが身を標的としてさらしつつ、動物学の教授として培った明晰な雄弁をもって、アルフレード・ミズーリは語りだした。絶対的な静寂のなか、まずはムッソリーニへの個人的な忠節を表明してから、ファリナッチの紙面と歩調を合わせるようにして、がむしゃらに攻撃をしかけていく。ファシズムは退歩している。ミズーリはそう叫んだ。五〇万の党員が健全な核を圧倒し、ここ最近の「聖職売買」が行政をゆがめている。国家は政党から区別されるべきであり、ファシストの義勇軍は王国の軍隊に組みこまれるべきである。いま必要とされているのは、議会の民主主義的機能を修復し、政権の基部を他の諸政党まで拡張することである。

ミズーリの演説は聴衆に大きな感銘を与えた。多くの議員が彼のもとに駆けより、賞賛の言葉を捧げた。その様子を遠巻きに見つめている、閣僚席のムッソリーニが目に入らないかのごとくに、コルジーニ農相をはじめとする六人のファシストまでが、ミズーリを褒めたたえた。

チェーザレ・ロッシが記者席から進み出てきて、この反乱分子を露骨に恫喝した。「今夜、お前は思い知るぞ!」

ドゥーチェは怒り狂った。モンテチトリオ宮の廊下で側近たちに囲まれながら、首を振り、腕組みをし、それから腕をほどいて両脇に垂らした。「許しがたい……あれは許しがたい。党はあのような演説は容認しない。罰を与える必要がある。即座に。容赦なく」

「引き受けますよ」。押さえつけていたばねを放したように、バルボが勢いよく進み出てきた。「ローマにはアルコノヴァルド・ボナッコルシがいます。やつに指示を出しましょう」

アメリゴ・ドゥミニは、後部座席の歩道側に坐っていた。ボナッコルシに付き従う、ボローニャのふたりの行動隊員もいっしょだった。四人が乗っている「ランチア・カッパ」は、首相の公邸として使用するため目下改築が進められている、ヴィミナーレ宮の中庭に停めてあった。夜更け、ミズーリがようやっと議事堂から出てくると、車は低速で発進した。標的のあとを追い、モンテチトリオ宮のまわりの道を、ゆっくりゆっくりと進んでいく。ドゥエ・マチェッリ通りまでやってきた一行は、街灯と街灯の狭間《はざま》にある暗がりに車を停めた。

　車内は広々としていたものの、長身で肥満体のアルコノヴァルド・ボナッコルシは、助手席の空間をまるまる占領していた。上唇に刻まれた古傷の痕《あと》を、舌先でぺろぺろと舐めながら、ズドルッチョロ小路に立つ公衆便所の出入り口を見つめている。このあたりではローマの春は、小便の臭いを放っている。

　ボナッコルシが煙草に火をつける。窓は下ろしてあり、右手で煙草を吸っている。左手には、両足のあいだに無造作に置かれた、馬車の心棒を思わせる極太の棍棒が握られている。それはじつに自然な握り方だった。二十歳そこそこで「赤い二年間」〔イタリアで労働争議が激化した、一九一九年から二〇年にかけての二年間のこと〕を迎え、治安を守る部隊の一員として広場で社会主義者との戦いに明け暮れていたころから、ずっと棍棒を握りしめて生きてきたのだ。大戦後、蜂起による世直しに目覚めた彼は、サン・セポルクロ広場における戦闘ファッショ創設をもって、草創期のファシストのひとりとなった。この熟練の打擲者、人呼んで「鉄のボナッコルシ」は、一九一九年には早くも一度目の逮捕を経験している。選挙に合わせてアルピナーティとともにミラノに行ったあと、ローディのガッフリオ劇場で社会主義者を相手に発砲したせいだった。このときは一〇か月を牢屋で過ごした。それ以来、彼は休むことなく暴れつづけている。傷害、襲撃、政治家への暴力により、牢屋から出たり入ったりを何十回と繰り返し、何十回と傷を負った。そのなかで消えずに残ったのが、口唇裂の赤ん坊のごとき外貌をボナッコルシにももたらしている、唇の傷痕だった。見る者が見れば、それは母の胎内にいたときに打たれた刻印のように思われるかもしれない。軟骨組織の形成不良により、宿命の徴《しるし》により、暴力がこの人物に痕跡を残していったのだ。

　ついに、アルフレード・ミズーリが公衆便所から出てきた。ドゥミニがドアを開けようと思ったときには、すでにボナッコルシが路上に降り立っていた。いまでは棍棒は右手に握られている。隠すでもなく、かといってひけらかすわけでもない、どこまでも自然な持ち方だった。もはや棍棒は、ボナッコルシの腕の一部と化しているようでもあった。ミズーリはズボンの前開きと格闘しているところで、ボナッコルシが近づいてくるのに気がついていなかった。

頭蓋を打つくぐもった音が、狭い路地に響き渡る。標的は一撃で地面に倒れた。ボローニャのふたりの行動隊員も加わって、三人がかりで襲いかかる。ミズーリの体に棍棒が振りおろされ、蹴りが入れられる。被害者にできるのは、弱々しく腕を上げて、わが身を守ろうとすることくらいだった。するとボナッコルシが前かがみになり、口唇裂もどきの唇をミズーリの腕に近づけて、まだ小便の臭いが残る皮膚を嚙みちぎった。

巡回中の憲兵隊が駆けつけてきた。ドゥミニは腰から短剣を抜き、でたらめに振りまわした。それから、ファシズムの敵はすべて殺してやるだとかなんだとか喚《わめ》きつつ、近くの「カッフェ・チラリオ」の店内へ駆けこんだ。憲兵の姿を認めても、ボナッコルシは怯まなかった。「お前らには逮捕できないぞ」彼は叫んだ。「俺はお前らの上司だ。義勇軍の少佐なんだ」。ミズーリ議員は、みずからの血に浸かったまま、地面に横たわっていた。

翌日の五月三十日には、暫定予算の採決がとられた。議会の同僚たちは、なにごともなかったかのように、賛成二三八、反対八三で、政府の予算案に信任を与えた。

ジャコモ・マッテオッティ　シエナ、一九二三年七月二日

パリオは野次馬や観光客を呼びこむための見世物ではない。パリオは民衆の生そのものだ。

すでに一六四四年には、一二頭のマレンマ馬がシエナの市中を走っていたという記録がある。マレンマ馬は、農夫とともに過酷な労働に耐え、絶壁や藪《やぶ》の道も厭《いと》わず進む、大きなひづめと低い重心を特徴とする役畜《えきちく》だ。その馬に、籾殻《もみがら》のように軽い騎手が鞍も置かずにまたがって、サン・マルティーノ教会そばの急なカーブをまわり、カンポ広場を三分で三周という猛スピードで駆け抜けていく。もう三世紀近くも前から、シエナの町は一七の街区に分かれて、この野蛮な三分間のレースに熱狂してきた。ごく短い歓喜の瞬間に、猛り狂う民衆は生命力の炎を燃やし、けだるい服従や、割れるように痛む背中や、名もなき世代の全存在を解き放ってきた。

社会主義者のなかには、パリオを批判する者もいた。たとえば、社会党の勇気ある代議士モディリアーニは、シエナの鉱員を集めて開かれた政治会合の場で、この狂気じみたレースの並外れた野蛮さを非難した。ともあれ、ジャコモ・マッテオッティは妻を連れて、民衆の熱気が獣の激情と溶け合わさる光景を見物しにきた。それは夫妻にとって、きわめてめずらしい気晴らしのひとときだった。ヴェリアはこの日のために、夫の隣ではついぞ着る機会のなかった、慎ましやかでありながら優雅なドレスを、クローゼットの奥から引っぱり出してきた。いま、ヴェリアはカンポ広場を背に、メルカンツィア開廊の交差ヴォールトの下で夫と腕を組んでいる。群衆にまぎれ、夫とふたり、一七の街区が演出を手がける

祭りの行列がやってくるのを心待ちにしている。

モディリアーニは間違っている。たしかに、ブルジョワの紳士、企業家の頭目、富豪、大地主も、広場に設《しつら》えられた専用のボックス席や、広場を取り巻く邸宅のバルコニーから、日よけの傘の下でこの野蛮な見世物を楽しんでいる。だがパリオは、広場を埋めつくす民衆のものだ。常軌を逸した喧噪のなか、頭の真上から降りそそぐ陽光に目をまわし、ときには喧嘩沙汰になるまで興奮しながら、広場を疾駆する馬に声援を送る。これぞパリオの醍醐味だ。そう、パリオの主人公は民衆なのだ！ ここでもやはり、貴人が上に、民衆が下にいるのは事実だが、よくよく注意して観察すれば、パリオにおける貴人とは、歴史における貴人と同じく、民衆の生の観客でしかないことがわかるはずだ。貴人がいかに民衆の生を左右し、統治し、収奪しようが、観客は観客だ。凝灰岩の広場の真ん中で、直射日光に苦しみながら汗にまみれている民衆こそ、この舞台の主役にほかならない。

ジャコモ・マッテオッティはいつになく民衆と一体化していた。匿名の群衆が彼を受け入れ、彼を隠し、彼を守っていた。シエナ当局はこの日、ムッソリーニ内閣で教育相を務める、哲学者ジョヴァンニ・ジェンティーレを歓待するのに忙しかった。教育相は先だって、人文教育の賞揚に重点が置かれた教育改革案を、議会で通してきたばかりだった。ベニート・ムッソリーニは、これは政権の大きな成果だと言って胸を張り、あのベネデット・クローチェも、ジェンティーレの改革案には賞賛を惜しまなかった。どうも中央政府は、近いうちにシエナの大学を閉鎖しようと目論んでいるらしく、町の格下げを防ぐためには、このトスカーナ第二の都市を公式訪問中の教育相に、能うかぎりの好印象を与えておく必要があった。そうしたわけで、シエナのファシスト幹部はこの日、ジョヴァンニ・ジェンティーレの接待に全神経を集中させていた。ジャコモ・マッテオッティは心安んじて、民衆という羊膜の奥底に潜りこんでいればよかった。

数か月前から、マッテオッティの融通の利かなさは、社会党内部の人間関係まで蝕《むしば》みはじめていた。党員の多く、とりわけ組合運動にかかわっている党関係者は、いまではファシストとの協調に傾きつつあった。なんといっても、ムッソリーニはかつて社会主義者だったのだ。このところ正常化の戦略を採っているところを見ても、ファシズムと足並みを揃えることが、労働者の益に適うのではないだろうか。社会党の同志の多くが、そんなふうに考えていた。それに、彼ら「宮廷の」社会主義者は、もう何十年も前から、議会におけるあらゆる妥協に慣れ親しんできた。ローマ進軍が告げているのは独裁の始まりであって、対立の終わりではないということが、彼らにはわからなかった。聞く耳を持たない、あるいは、見えるはずのものを見ようとしない同僚たちに、マッテオッティは倦《う》むことなく説いて聞かせた。社会主義者はいつだって、破局は遠い未来のことだと思いこんでいる。そうしてある朝、ふと胸を圧迫されるような感覚に襲われ、目を覚ましてうしろを振りかえると、終末がすぐそばに迫っていたことに気づかされる。小さな破局はすでに実現している。私たちがそれに気がついていないだけだ。ファリナッチがあけすけに喧伝《けんでん》する「第二波」に、社会主義者は早くも呑みこまれようとしているのに。

そのことを証明するために、マッテオッティはもう何か月も前から、いつもの意固地さをもって、ファシストのあらゆる暴力を告発するという骨の折れる仕事に没頭していた。一件一件をつぶさに記録し、年末に『ファシスト支配の一年』と題して出版するつもりだった。現時点ですでに、殺人が四二件、棍棒による打擲《ちょうちゃく》、殴打、暴行が一一二件、事務所や家屋の襲撃が一八四件、新聞社への放火が二四件も報告されていた。次々と新しい報《しら》せが入ってくるのに、告発の編者はずっとひとりきりだった。リストが長くなるにつれ、マッテオッティが書記長を務める党内部でも、孤独の輪はじりじりと狭まっていった。党の長老トゥラーティまでが、出版の計画を思いとどまるようマッテオッティを説得し、彼が穏健な同志にたいして抱く「偏りのある悪意」を非難した。いよいよとなったら、自分は党を辞職しても構いません。孤立した若き書記長がみずからの立場を守るためには、そんなふうに言って周囲を牽制《けんせい》するしかなかった。マッテオッティは見ようによっては、ファシストをけしかけて自分に報復させることによってしか、社会主義者の生ぬるい幻想を打ち砕くことはできないと考えているようでもあった。

あとひとつ、ますますもって迷走の度を深めるイタリアを救うために残された唯一の道は、国外の同志に助力を求めることだった。ファシスト支配が始まったこの年、ジャコモ・マッテオッティはフランス、ベルギー、ドイツ、イギリスの仲間との結束を強めるために、頻繁に国境を越えるようになった。二月には、フランスの社会主義者の政治集会に参加するためにリールに赴き、その翌月はパリへ、それからさらにベルリンまで足を延ばし、ドイツの社会民主主義者と面会した。だが、いまではこの道も閉ざされた。ドイツへの旅のあと、ムッソリーニはマッテオッティのパスポートを無効にした。

いま、メルカンツィア開廊の下で、シエナは催しの準備を進めている。街区の旗や、伝統的な衣装に身を包んだ無数の行進者の列が、徐々にすぼまっていく。じきに広場には麻縄が張られ、入場した馬が「ゲート」に並び、出走の準備を整えるだろう。マッテオッティ夫妻は腕を組んで、祭りに興じる人びとの流れに身を委ねた。

ところが、誰かが彼の名前を叫んだ。狼に向かって叫ぶような、泥棒に向かって叫ぶような声だった。敵の名前を呼ぶときの声だった。

マッテオッティに気がついた男たちは黒シャツではなく、所属する街区を示す色彩やかな衣服を身にまとっていた。鳶《とび》、やまあらし、鵞鳥《がちょう》、波のような模様、豹、亀など、さまざまな図案が施されている。だが、服装なんぞどうだっていい。男たちは、マッテオッティを狙っている。ヴェリアが夫の腕にしがみつく。マッテオッティは、自分の体を盾にするようにして、妻の前に立っている。民衆は気にもとめなかった。街区を異《こと》にする者同士の喧嘩など、シエナの庶民にはめずらしくもなんともなかった。

ただし、今度の喧嘩にはご婦人が、立派なご婦人が巻きこまれている。そのことに違和感を覚えた数人が、夫妻のまわりで足をとめた。いくら街区と街区が激しくいがみ合っているからといって、これはいけない。女性に手を出すのは掟破りだ。

警察の車両が、群衆の波をかきわけて近づいてきた。市民が困惑の眼差しを送るなか、警官はこの気品ある紳士と淑女を保護し、レースが始められるよう広場の外へ連れていった。マッテオッティ夫妻はそのまま、鉄道の駅まで護送された。祝祭のただなかにある町から、夫妻は排除され、追放された。カンポ広場の喧騒が、シエナの粘土質の丘陵を這ってのぼる。ぶどうの木を育む土壌が、七月の太陽を浴びて乾燥し、発酵していく。

晩、ジャコモ・マッテオッティはペンをとり、ロザリオの玉のように連なるファシスト支配の個別事例を、またひとつ付け足した。七月二日の欄には、次のように記されている。「シエナ。家族を連れてこの町を訪れていたマッテオッティ議員が、ファシストに襲われそうになり、町を離れざるをえなくなる。警察は本件に、武器を用いることなく介入した」

これで終わりだった。詳しい説明も、見解も、なにひとつ記さなかった。

あの種の手合い〔社会主義者〕は、自分たちがどんな世界に生きているのか、いまだにわかっていないらしい。連中が好き勝手に外を出歩けるのもいまのうちだ。遅かれ早かれ、ファシストの革命がやつらを捕らえるだろう。社会的な死のあとには、肉体的な死が続く。アーメン。

パリオからのジャコモ・マッテオッティの放逐を伝える記事、『ラ・スクーレ』、ファシスト党シエナ支部の機関紙、一九二三年七月三日

ローマ、一九二三年七月十五日　下院議会

ファシズムの「第二波」がくる。到来を待つあいだの緊張は、いつしか祈りへ、歴史という名の聾《ろう》の神へ捧ぐ、無言の祈禱《きとう》へ変質していた。避けようがないのならいっそのこと、早くその第二波とやらを招き寄せ、私たちを流し去ってくれ。とりわけ第一波の生き残りは、言いしれぬ緊張にとらわれていた。このまま待ちつづけるくらいなら、ひと息に波に呑まれた方がましというものだ。

議員席も傍聴席も、モンテチトリオ宮の議場はことごとく人で埋まっていた。今日はこのあと、イタリアの議会をファシズムに引き渡すことを目的とした、選挙制度改革について論じられる運びになっている。自由主義、民主主義、社会主義、そしてカトリック系の議員らが、最後の防波堤として抗弁に臨む予定だった。相対多数を獲得した候補者名簿に議席の三分の二を付与するという、アチェルボの起草になる件《くだん》の改革案を、議会の特別委員会はすでに承認していた。もし、ここでこの法案を退けることができなければ、この国で選挙が実施されるのは、次で最後になるかもしれなかった。

議場の外では何週間も前から、ファシスト党の首脳らが、ときにはあからさまに、ときには遠まわしに、法案が却下されれば第二波がくるぞと言って脅しをかけていた。議場の中には、大地の鈍い震えのうちに轟音の兆しを聞きとるべく、床に耳をつけている者がいる。傍聴席に視線を上げれば、短剣を握りしめた黒シャツが、夏服姿のご婦人のあいだを縫ってうろついているのが見える。絶え間ない神経の緊張に、ほとんどの議員がへとへとになっていた。もちろん、水平線の彼方に小さな破局のひとつも見

えないようでは、生は味気ないものになることだろう。しかし、だからといって、朝の一杯のコーヒーに、毎日のように終末の兆しを感じとっていては、人はとても生きていけない。

防波堤が機能を果たすうえでとくに重要なのが、人民党の議員だった。ジョリッティに追随する自由主義者は、アチェルボのおぞましい改革案を受け入れることに決めていた。自由主義者の胸中にあるのは、ここで妥協しておけばファシストも穏健化するだろうという、いまやおなじみの希望的観測だった。改良派の社会主義者の多くも、ファシストとの協調に前向きだった。その選択を正当化したのは、労働者のためを思えばやむをえないという、いまやおなじみの言い訳だった。ひるがえって、人民党の議員らは目下、党史の岐路に立たされていた。教皇庁を代表するプッチ猊下より、「面倒ごとを起こさぬように」と公的に勧告されたドン・ルイジ・ストゥルツォは、七月十日に議員辞職を余儀なくされた。ムッソリーニはしばらく前から、ストゥルツォの政治生命を終わらせるよう強く要請していた。さもなければ、ファシストの報復は、カトリック系の教育機関や連合会、はては教会にまでおよぶだろう。度重なる脅迫にさらされたすえに、ヴァチカンはムッソリーニの要求を容れた。創設者が追放の憂き目に遭ったいま、カトリック信徒の政党の生き死には、代議士の双肩にかかっている。人民党の票がなければ、抵抗の戦いに意味はなくなる。そして現状、戦いを戦う方法はひとつしかない。反対票を投じること。ひとりの票が、勝つか負けるか、波打ち際のどこに波頭がぶつかるか、引き波はどこから始まるかを決めるかもしれない。

多数派の意見陳述が終わったあと、反対派の番がまわってきた。統一社会党の長老フィリッポ・トゥラーティは、その鋭い舌鋒でもって、キリスト者の代議士を小さな十字架に磔《はりつけ》にした。

「ご自身の意見を、ご自身の手で選びとることが、今日、この場におけるあなた方の責務です。今日、あなた方は決断するのです。今日でなければ、二度とその機会はやってきません。あなた方は新しい力となるのか、それとも、議会というこのみじめなチェス盤のうえで、とったりとられたりを繰り返すだけのポーンでありつづけるのか。近い将来、あなた方はわれわれとともに立つのか、それとも、この遺産もわれわれが、痩せ細った背中で担わなければならないのか。これは、今日のイタリア政治が抱えるジレンマです。よくお考えください！」

中央の議席に坐るカトリック信徒たちは、誰もひとこととも発さぬまま、社会主義の指導者からの呼びかけに耳を傾けていた。緊張のあまり体が引きつっている。その空気を破るようにして、ファシストが集まる右の議席から、チェーザレ・マリア・デ・ヴェッキのくぐもった声が響いた。その嘲笑はトゥラーティに、甲状腺の疾患を抱えた小さくて丸い瞳に、狭い額に、預言者風のひげに向けられていた。「ずいぶんと不細工なセイレンだな！」［「セイレン」はギリシア神話に登場する海の精。シチリア島近くの小島に住み、美しい歌声で船乗りを魅了しては難破させていた。絵画では美しい女性の姿で描かれることが多い］

議場全体に笑いが響き、左翼の議席からは怒号が、中央の議席からは野次が飛んだ。

そして、とうとう彼の出番となった。逆巻く波の轟《とどろ》きを背景に、ベニート・ムッソリーニ首相が演壇に向かう。モンテチトリオ宮の議場は円錐形のらせんに、浜辺の貝殻に変貌した。耳をつければ、海の音が聞こえてくる。

だが、ムッソリーニは笑っていた。まずは、軽口をたたいて聴衆の笑いを誘った。彼はこう告知した。次の議会では、外交政策の諸問題について、議員諸氏に報告したい。「もしも今日、議会が気まぐれを起こして、早死にしてしまうようなことがなければの話ですが」。笑い声、ざわめき、いつまでもやまない批判や賛同の言葉。それから、ふだんであれば無機質で、耳を刺すように響くその声が、感情のこもった抑揚のうちに和らいでいった。ドゥーチェは穏やかに、抑制的に、イタリア国家統一にいたるまでの輝かしい歴史に言及し、聴き手の胸中のあらゆる琴線に触れていった。ファシズムは選挙に抗しているわけでも、議会に抗しているわけでもない。ファシズムはただ、議会と国の断絶を埋める選挙を望んでいるに過ぎない。いま、ファシズムは脱皮しようとしている（「昨日まで行動隊の首領だった人物が、いまでは地方政府の評議員や首長を務めています。その豹変ぶりたるや！ 自治体を襲撃の対象として見るのではなく、自治体の予算について学ばなければいけないのだと、ファシストは理解したのです」）。同意のささやき、中央の議席からの拍手。やがて沈黙が戻ると、弁士は高みへ、哲学的叡智《えいち》の住まうオリュンポス山のいただきへ飛翔した。「自由は存在するのでしょうか？ 突きつめれば、それは哲学的、道徳的カテゴリーに属す問題です。ひとつではなく、複数の自由が存在するのです。唯一絶対の自由など、かつて存在したためしはありません」。それから、反対派の人民党員や社会主義者に向けて、歩み寄りを呼びかけた（「すでにご承知のことと思いますが、組織化された労働者大衆の直接的な代表者を、私はいますぐにでも政権に迎えいれたいと願っています」）。ムッソリーニはしめくくりに、堅固な政権を求める国民、苦悶の時代の終わりを求める国民への責任を果たすべきだと訴え、国会議員の良心に最後通牒を突きつけた。

「はっきりと言いましょう。〈議会は国民の魂から遠いところにある〉、そんな印象を国に抱かせるのは、これをかぎりに終わりにしようではありませんか……なぜなら、いまこそ、議会と国が和解にいたる好機だからです……あなた方の良心のうちに潜む、崇高な忠告に耳を傾けてください」

最後の言葉を語り終えると、ムッソリーニは万雷の拍手を浴びた。右の議席はもちろんのこと、左の議席からも拍手が聞こえた。喝采はしばらく鳴りやまなかった。傍聴席の公衆も、議員といっしょになって拍手を送った。議場中央の半円部分には、首相に賞賛を捧げるために駆けつけた議員で人だかりができていた。そんななか、ジョリッティが人波をかきわけて前に進み、ムッソリーニと長い握手を交わした。

「第二波」はこなかった。青い海面は穏やかに凪《な》ぎ、微風がさざ波を立てるばかりだった。イタリアの頭上では、夏の太陽が心地よく照り輝いている。ベニート・ムッソリーニがひそかに準備していた、典雅で柔和な仮面、公明正大な政治家の仮面に、人びとは意表を突かれた。中央の議席を占める人民党陣営は、総崩れとなった。

午後八時十分、国会議長のデ・ニコラが議事の再開を告げた。議場は人であふれかえり、議席は左端から右端まですべて埋まっていた。この日の議題にかんして、政権が信任投票の動議を提出していることを議長は通告した。選挙制度改革案の骨子を承認して個別の条文の検討に入るか、あるいは内閣総辞職か。選択肢はふたつにひとつだった。

ここで、アルチーデ・デ・ガスペリが演壇に立った。ドン・ストゥルツォが辞職した後、人民党の書記長に就任した人物だ。議場は静まりかえって、デ・ガスペリの言葉を待った。

「議員諸氏よ。私は議題をふたつに分割することを提案いたします。〈議会は現政権を信任するか〉という前半部と、〈選挙制度改革案の骨子を承認するか〉という後半部にわけ、ふたつめについては日をあらためて投票を行おうではありませんか」

ファシストの議席から激しい野次が飛び、そのほかの議席も私語で騒然となった。カトリック信徒は戦いに臨む用意があることを、デ・ガスペリは宣言したのだ。人民党の議員は一体となって、ぎりぎりの防衛線を死守しようとしていた。ムッソリーニを再信任するところまでは受け入れよう。だが、選挙制度改革案を通すわけにはいかない。人民党は、多数派に「プレミアム」が与えられる得票率の下限値が、二五パーセントから四〇パーセントへ引きあげられるよう、条文の修正を望んでいた。

時刻は午後九時、すでに会議が始まってから六時間が経過し、議場はうだるような暑気に包まれていた。傍聴席のそこかしこで、扇やハンカチをはたはたと揺らす音が聞こえる。議場では議員たちが、書類をあおいで涼をとっている。

今度は、ムッソリーニ内閣の元大臣カヴァッツォーニ議員が、人民党を代表して発言の機会を求めた。

「私はここで、友人たちを代表しまして……」

議会はぶしつけな笑いに埋めつくされた。カヴァッツォーニが「友人たち」に言及するだけで、議場全体を哄笑《こうしょう》の渦に巻きこむのにじゅうぶんだった。この前置きを聞いただけで、議場にいる全員が、カヴァッツォーニと「友人たち」の意図を察した。左翼の議席に響く笑いは、重く、苦く、防波堤が崩れ去る陰気な響きをともなっていた。

カヴァッツォーニは人声《ひとごえ》を制して言葉を続けた。「私はつねに、党紀に忠実に行動してきました。しかし、今回にかぎって言えば……」

笑いがまたしても、カヴァッツォーニの声を圧倒した。あちこちで交わされるささやきが、笑い声と混じり合う。カヴァッツォーニを取り巻く中央の議席では、党の同僚たちが身ぶり手ぶりで抗議を表明している。

「……今回にかぎって言えば、現政権と取り結んだ約束を、裏切るべきではありません。現政権への信任と併せて、条文の検討への移行に賛否の票を投じることは、公正であり、正当であり、敬意に値する行為であると考えます」

ざわめき、やまない私語、中央の議席からの抗議。人民党の結束は粉々になった。カヴァッツォーニのあとで、「協調派」の社会主義者も演壇に立った。彼らは反対票を投じることを表明した。ただし、それはかならずしも、「われわれが代表を務めるところの、組合組織による反対」を含意するものではないと社会主義者は強調した。彼らによれば、組合というのは元来、政治色を持たない団体なのだ。要するに、社会主義者もまた、些末なこだわりを並べたり、やむにやまれぬ事情を訴えたりしただけで、けっきょくは妥協した。抵抗の壁は崩壊した。

賛成三〇七、反対一四〇、棄権七で、ムッソリーニ政権はふたたび信任された。もはや承認は時間の問題となった、アチェルボ法の条文検討への移行は、賛成二三五、反対一三九、棄権七七で可決された。決定的な役割を果たしたのは、人民党の造反組だった。

議場の視線はことごとく、戦いの勝者の、いまやほとんど禿げあがった頭頂に注がれていた。左派の代議士エミリオ・ルッスは、議会運営に不満を表明し、抗議の辞職を叫んでいた。そんな彼を尻目に、首相はけたけたと笑いながら議場をあとにした。まるで、小さな子供のような笑い方だった。実際には、ベニート・ムッソリーニはあと二週間で四十歳になる。それでも、彼がいまなお、世界史上もっとも若い首相であることに変わりはなかった。

この国の民主的憲法にたいする侵害行為にジョリッティが荷担したことは、彼のこれまでの業績に消しがたい汚点を残すでしょう。そこにわれわれが見てとるのは、非難に値する懦弱《だじゃく》さや、良心の惑乱よりむしろ、正真正銘の政治的な自殺です。

ジーノ・ジーニ、作家、哲学者、『日記　一九一四‐一九二六』（アチェルボ法の承認をめぐる記述）、一九二三年七月

いざ投票という段階で、われわれの側の三〇人か四〇人が姿を消していました。早い話が、ファシズムを勝たせたのはわれわれなのです！〔強調は原文ママ〕

フィリッポ・トゥラーティによる、アンナ・クリショフ宛て書簡、一九二三年七月二十日

これもまた、ひとつのカポレットである。

アチェルボ法の投票に際して、人民党の諸議員がとった行動にたいする論評、『チヴィルタ・カットリカ〔「カトリック文明」の意〕』、一九二三年七月二十四日

紳士諸君、私は城館に閉じこもる専制君主ではありません。私はなんの不安もなしに、民衆の輪のなかへ入ってゆき、民衆の声に耳を傾けます。さて、そのイタリア民衆ですが、じつは今日にいたるまで、私に自由を求めてきたことは一度もありません。先日、メッシーナに滞在中、私の車が地元の住民に取り囲まれる一幕がありました。そのとき私に投げかけられた言葉は、「自由をくれ」ではなく、「まともな家に住まわせてくれ」でした。翌日、バジリカータの自治体を訪ねたときは、「水をくれ」と言われました。

ベニート・ムッソリーニ、議会演説、一九二三年七月十五日

イタロ・バルボ　フェッラーラ、一九二三年八月二十四日

ラヴェンナ生まれのドン・ジョヴァンニ・ミンゾーニは、アルジェンタの司祭長だった。戦時中は従軍司祭として前線に赴き、勲章の銀メダルを授かっている。

戦争が終わり、農夫のもとへ帰ったころから、ミンゾーニは一貫して反ファシズムの立場をとってきた。ムッソリーニ内閣から人民党の議員が排除されて以降、フェッラーラを地盤とする銀行家や大地主は党を見限り、雪崩を打ってファシスト党に詰めかけていた。フェッラーラでは人民党の指導者さえもが、紙くず同然となった党員証を破り捨てた。県南部において、ファシズムの思想的枠組みの外部で若きカトリック信徒を教育し、ファシスト系組合の外部で労働者を組織化しようとするのは、いまではドン・ミンゾーニひとりきりになっていた。社会主義を奉じる農夫の多くも、ミンゾーニの導きに従っていた。そうしたわけで、このアルジェンタの教区司祭は、ヴァチカンからも、「赤い」労働組合からも、はた迷惑な存在として煙たがられていた。ミンゾーニは粘り強く、みずからの道を歩んでいた。七月、教区で開かれたボーイスカウトの会合では、土地のファッショのリーダーであるラディスラオ・ロッカと、あわや乱闘になるところだった。

八月二十三日木曜日の晩、ドン・ジョヴァンニ・ミンゾーニは、若い教え子とともに司祭館に戻ろうとしていた。教区の青少年クラブの横を通り過ぎ、狭く薄暗い路地に入ったのが、おおよそ午後十時ごろだった。クラブの映写室では若者たちが、いつものフィルムに見入っている。

曲がり角にさしかかると、ふたりの男が暗がりから躍り出てきた。力いっぱい振られた棍棒の一撃が、後頭部を直撃した。ドン・ミンゾーニはわずかによろめき、それから地面に倒れこんだ。頭蓋が文字どおり粉砕されていたが、それでも、まだ膝立ちする力はあった。住居の方へひざを引きずり、そしてまた倒れた。今度は、もう起きあがれそうになかった。傍《かたわ》らにいた若者が人を呼び、ミンゾーニの体を抱えて司祭館のベッドまで運んだ。医師は、手の施しようがないと告げた。調査に来た憲兵隊の中尉は、被害者本人から話を聞くことは叶わなかった。反ファシズムの司祭は、もうなにも話せない。その唇はまるで、周囲には聞きとれないラテン語の警句を、ぼそぼそとつぶやいているように見えた。瀕死の司祭の両脇でふたりの修道女が首《こうべ》を垂れ、泣きながら祈っていた。日づけが変わってから間もなく、ドン・ミンゾーニは昇天した。

　ローマから駆けつけてきたイタロ・バルボに事件のあらましを説明しているあいだ、トンマーゾ・ベルトラーミは右の鼻から、濃い、黒ずんだ血を流していた。血の動きはひどくゆっくりとしていて、流れているのか、すでに凝固しているのか、にわかには判別がつかないほどだった。ベルトラーミ本人は、血が出ていることにも気がついていないようだった。かつてダンヌンツィオのフィウーメ軍団で中尉を務めていたこの人物を、バルボはファシスト党フェッラーラ支部の書記長に任命していた。ベルトラーミはそわそわと落ち着きなく、ときには引きつけを起こしたようになりながら話していた。言い知れぬ陶酔が、全身を駆けめぐっているようだった。バルボの質問に答えるあいだも、幻覚にはとびきり敏感な瞳孔をかっと開いて、ひっきりなしに後ろを振り返っていた。

　すこし黙るようにと、イタロ・バルボはベルトラーミに合図をした。今回の殺人を、フェッラーラ全土に睨みを利かせるための脅迫として利用するにはどうすればいいか、あれこれと考えをめぐらせている。さしもの「総大将」バルボも、ここ数か月は絶対的な権力の維持に苦労していた。ローマ進軍後に行われた十二月の地方選挙では、社会主義者は候補者を立てることさえしなかった。ファシストは誰からもじゃまされることなく、フェッラーラのあらゆる自治体で圧倒的な勝利を収めた。バルボは大地主との同盟関係を強化した。友人、親戚、さらには党の不平分子を、行政や党の要職に就けたあと、大土地所有者に有利になるように、地方税の仕組みを改正した。絶対的権力という指揮棒のもと、オーケストラの緻密なスコアにしたがって、すべてが完璧に進行しているように見えた。

だが、やがて春がやってきた。農地で働く日雇い労働者にとって、春は失業の季節だ。農夫の飢えが、ファシストの不平分子を勢いづけた。口火となったのは、フェッラーラ・ファッショの創設者ブロンビンの離党だった。「ファシストのフリーメーソンどもに、奴隷のようにこき使われるのはごめんだ」。ブロンビンはそう言い捨てて去っていった〔バルボやチェーザレ・ロッシを筆頭に、ファシスト幹部にはフリーメーソンの会員が多く含まれていた〕。以後、離反者は増加の一途をたどった。大地主が主人面して農夫から金を搾りとる現状に抗議するため、今度はベルトラーミが離党した。ついには、バルボの友人であるカレッティまでが、「無数の同胞の生き血をすする、金権まみれのブルジョワ階級に奉仕する」のに嫌気がさし、ファシストに見切りをつけた。救世主の到来でも待つかのように、フェッラーラでは日を追うごとに、反乱の機運が高まっていった。ミズーリ議員への暴行事件の後、フェッラーラの城壁にはこんな落書きが見られるようになった。

「ミズーリ万歳。ムッソリーニにMを、刺客のバルボにもMを」〔「M」は「死(morte)」の頭文字〕

落書きを書いた不平分子は、単語を最後まで綴る必要はないと考えたらしかった。このあたりでは、敵の死を祈願するには、言葉の頭文字を書くだけでじゅうぶんなのだ。

内部の反乱に対処するにあたって、バルボはみずからが確立した規則を適用した。それはつまり、自分自身は現場から距離を置きつつ、全国の行動隊に国防義勇軍の規律を叩きこむというルールだった。

バルボはまず、ディーノ・グランディをフェッラーラ・ファッショの事務局に送りこみ、それからペルージャの義勇軍の少佐に依頼して、信用の置ける六人のファシストを派遣させた。相手が小物だろうと手は抜くな。あごを砕け。それがバルボの命令だった。命令は実行された。ペルージャからやってきた六人のファシストは、フェッラーラの反主流派ファシストを、ひとりずつ巣から狩り出していった。これまでファシストのあいだでは、不可侵の避難所とされてきた、クローチェ・ビアンカ通りの娼館まで踏み荒らされた。警察との全面的な共謀により、現場では血と精子が混ざり合った。六月の終わりには、フェッラーラに渦巻いていた不満は鎮圧された。不平分子は党に戻り、ベルトラーミは司令部に復帰した。

いま、そのベルトラーミがドン・ミンゾーニ殺害事件について報告し、バルボはそのベルトラーミに、新聞社向けの声明を口述していた。下手人はそこいらの行動隊員、二匹の野犬であって、党本部とはいかなる関係もない。

「われわれは凶悪犯の有罪を断言し、二名が早急に裁判にかけられることを望んでいる。凶悪犯はファシストの隊列に紛れこんでいたとはいえ、現実には、われわれとはまったく無関係である」

ベルトラーミはペンを走らせるのをやめた。続きを書くのをためらっている。コカインに冒された鼻から血が垂れていることにようやく気づき、ジャケットの袖で鼻をぬぐった。言いたいことがあるなら言うようにと、バルボが目で合図をする。

「首謀者はフォルティです。あとはマランもかかわってます。ミンゾーニを殺したふたりのためにマランが隠れ家を用意して、そこからふたりを逃がすときは俺も手を貸しました」

アウグスト・マランはアルジェンタのファッショの書記長だった。ラウル・フォルティは国防義勇軍の大佐で、バルボの親しい友人だった。「総大将」はほんの一瞬、ベルトラーミの大きく開かれた瞳孔のなかに、自分の姿を認めた。軽く首を振ってから、バルボは言った。

「もみ消すぞ、この件は」

ベニート・ムッソリーニ　一九二三年八月末

オリーブ、ぶどう、松の木に覆われた渓谷がリヴィエーラ海岸と出会うあたりに、海辺の町レヴァントは位置している。そこはベニート家の面々にとって、家族の会話、ともに過ごした時間の記憶を形づくる、大切な場所だった。一家がまだ貧しかったころから、旅先といえばレヴァントだった。エッダはここで身ごもったのだと、ラケーレはよく言っていた。今年、ラケーレはレヴァントに、ぶどうの木に囲まれた小さな別荘を借りていた。首相の職務に忙殺されるなか、ムッソリーニは一度だけ、この別荘で家族と週末を過ごすことができた。目を覚ますと、朝食もそこそこに水着に着替え、上半身は裸のまま、きびきびと海の方へ歩いていく。観光客は彼が近づいてくると、両脇に列を作って道をあけた。いまや有名になったその肉体を見て、ドイツ人や、スラブ人や、ハンガリー人の海水浴客があれこれと語り合う声を耳にするのが、彼にはたまらなく心地よかった。護衛の付き人たちは、首相の行動を容認せざるをえなかった。ムッソリーニの力の源は雑踏にある。彼の胸や、背筋や、むき出しの腿《もも》は、つねに群衆の手に届く場所にとどめておくべきなのだ。触れれば火傷するとわかっていても、群衆は手を伸ばさずにいられなかった。

夏のはじめ、イタリア各地をめぐっていたとき、ムッソリーニは生き身をさらすことの大切さを感じとった。どこへ行っても、あえて群衆の波のなかへ飛びこんでいった。そんな真似をする首相は、ムッソリーニより以前にはひとりもいなかった。ボローニャでアルピナーティと面会したあと、ロマーニャの生家へ立ち寄り、エトナ山の突然の噴火を受けてメッシーナに急行した。フィレンツェでは地元の行動隊と交流し、歴訪の締めくくりに、ローマの退役兵の集会に顔を出した。このときはじめて、ヴェネツィア宮のバルコニーから広場の聴衆に向かって語りかけた。どこでもかならず、人波にどっぷりと浸かりながら、群衆との対話を実験した。それは、フィウーメの君主だったころのダンヌンツィオからくすねてきた技術だった。「勝利を不具にする自由が、はたして必要か?」、「否《ノ》!」、「国の妨げとなる自由が、はたして必要か?」、「否《ノ》!」、「トスカーナの黒シャツよ、いちからやりなおさなければいけないというなら、やりなおす気概はあるか?」、「応《シ》!」、「イタリアは誰のものだ?」、「われわれ《ア・ノ・イ》だ!」

妻と子供たちのために四八時間を確保したとはいえ、ムッソリーニはレヴァントでも、ほんとうの意味で家族といっしょにいたわけではなかった。いまや、彼の人格はかつてなく、世紀の歴史へじかに結びついていた。そこに、家族の物語が入りこむ余地はない。ただひとり、長女のエッダにだけは、いくらか時間を割いてやった。少女から女へなりかわりつつある十二歳のこの娘は、つねに父親のお気に入りだった。まだほんの子供だったころから、機会を見つけては、あちこちへ連れまわしていろいろな経験を積ませてきた。バイオリンの演奏も教えたし、あのみじめなボットヌート地区の、パオロ・ダ・カンノビオ通りにある編集部に連れていったこともあった。町に出ているあいだに夜更けになってしまったときには、父と娘は広場で辻馬車を拾って帰り、翌日はたっぷりと寝坊をした。エッダにたいしては、平手で叩くことも、折檻《せっかん》することもけっしてなかった。

いまでは、家でバイオリンを弾くのは、父親ではなくエッダの役目になっていた。だが、父親の帰りを待ち遠しく思う気持ちは、小さいころから変わらなかった。八月二十六日、ムッソリーニが列車でレヴァントに到着したとき、駅舎は空前絶後の航空事故に巻きこまれていた。若いパイロットが、恋人にあいさつを送るために高度をぎりぎりまで下げた結果、そのまま駅舎に突っこんでしまったのだ。父親の到着を待っていたエッダは、彼もこの事故に巻きこまれたに違いないと確信した。無傷の当人が目の前に姿を現しても、エッダはなかなか信用しようとしなかった。あの惨事が自分と無関係であったなんて、そんな話は信じられない。民衆を熱狂させるドゥーチェの肉体も、この頑固な少女の瞳を納得させることはできなかった。

簡単には納得しないのは、娘だけではなかった。たしかに、七月はムッソリーニにとって勝利の月だった。ドン・ストゥルツォは放逐され、人民党はばらばらになり、議会は屈服し、選挙制度改革案は承認され、国外のメディアは彼をアレクサンドロス大王になぞらえた。それなのに、身内の愚図どもが彼の足を引っ張っていた。ホテル・コンティネンターレでサルファッティと会っているとき、彼は決まって繰り言を並べた。自分はヨーロッパを相手に仕事をしたい。ヨーロッパにおける、世界における、イタリアの地位を向上させるために働きたい。なのにあの連中ときたら、トラダーテのファシストの諍《いさか》いをなんとかしろとかせっついてくる。アドリア海、顔を洗う盥《たらい》ほどの大きさしかないこの海で、イタリアは身動きがとれなくなっている。いまやふたつの大洋を舞台に展開している、国際政治の諸問題の前では、地中海でさえちっぽけに見える。なのに、ベニート・ムッソリーニはイタリアの外に出られない。ロッカカンヌッチャで喧嘩があったとか、アルジェンタで司祭が殺されたとか、イタリア人はそんなことばかり話題にしている。

ひとしきり心情を吐露したあとで、ムッソリーニはいつもの主張を繰り返した。衝動や暴力になすがままにされる連中は、社会の混乱といっしょに厄介払いしないといけない。動物的な胸騒ぎにすぐに反応する手合い、誰かを打擲《ちょうちゃく》するためだけに生きる輩《やから》、そんなやつらを一掃できれば、腸だか膀胱《ぼうこう》だかをからっぽにしたときと同じくらい爽快な気分になれるだろう。決闘のお祭り騒ぎはもう終わりだ。彼は『ポポロ・ディタリア』にもそう書いた。なのに、ファシストはドゥーチェの言葉を理解しようとしなかった。

かくして、今年も苦しみの夏がやってきた。七月の半ばから末にかけて、彼はじつに一四回も、ファシズム大評議会の会合に議長として出席する羽目になった。議題は毎回、党内の不和、軋轢《あつれき》だった。労働組合や、連合や、協同組合における、権力や、権威や、個人的競争関係の対立を、一件一件、一県一県、しらみつぶしに検討していった。なかでも急務だったのは、義勇軍の制度にたいする行動隊の抵抗を押しつぶすことだった。

行動隊の先頭に立って抵抗運動を扇動しているのは、クレモナのラス、ロベルト・ファリナッチだった。党中央は現在、義勇軍における階級を確定するために、将校向けの審査試験を進めていた。しかしファリナッチは、派手な文法の間違いであふれかえる演説や論説を駆使して、試験を受ける義務に反発していた。八月十六日付の攻撃的な論説では、行動隊を文明化しようとするばかげた野望は、もっとも勇ましい戦士たちからファシストの精神を奪い去り、行動隊を「退化」させる結果になるだろうと批判した。ドゥーチェは次のように応じてファリナッチを黙らせた。場所ふさぎのお荷物とおさらばできるのはたいへんにありがたい。一〇万だか二〇万だかの下等なファシストを引きとってくれるというなら、こちらとしても大歓迎だ。

だが、厄介事はまだ終わらなかった。ほんとうに、なにから手をつければいいかわからなかった。ファシズムのドゥーチェが羽を打ち、空高く舞い上がろうとするたびに、ファシストがその足を引っ張ってくる。未来に向けて大軍を解き放ち、古代ローマにさかのぼるラテンの伝統を復活させたい。海賊集団を駆り立てて、地中海の再征服を成し遂げたい。それなのに、有象無象のファシストがお荷物となって、ドゥーチェを地面に引き戻す。直情型の無法者に加え、抜け目のない策略家もまた、ドゥーチェの重しになっていた。終わりのない党の会合では、損得勘定にもとづく非難の応酬が延々と繰り返された。

これをならず者の徒党と呼ばずしてなんと呼ぼう。

個人の名前を言い立てて、あいつが悪い、いや悪くないなどと言い争い、ちゃちな不正をねちねちと糾弾する。だが、ムッソリーニはもう耳を閉ざしていた。個人などものの数ではない。重要なのは、大衆が舞台でなにを演じるかだ。個人的な事柄にかかずらっている暇などない。民衆の気分を嗅ぎとる比類なき嗅覚を備えていたムッソリーニも、個人のこととなるとからきしだった。彼には目の前の男たちが、映画のスクリーンに映し出される俳優のようにしか見えなかった。それでも、戦利品の分捕り合戦はすでに始まっていた。欲得だけにもとづいて行動するハイエナにとってみれば、勝利も惨事も、すべてはひとつの好機に過ぎなかった。サルファッティが言ったとおりだ。金と血の岐路に立ったとき、革命は息絶える。

もう夏も終わろうかというころ、例によって例のごとく、幸運の女神が救いの手を差し伸べてきた。八月二十八日、ローマに戻ってきて早々に、その報《しら》せがもたらされた。同盟相手との折衝に派遣されていたイタリアの代表団が、ギリシア‐アルバニア国境沿いのどこかにある、人里離れたうらさびしい土地で、バルカン半島の山賊集団に虐殺された。殺害の理由は、はっきりとしていない。幸運の女神の差配により、外務省のサルヴァトーレ・コンタリーニ書記官は、まだヴァカンスの最中だった。コンタリーニは、大英帝国やそのほかの大国との協調路線を支持する、熟練の外交官だ。とうとう、地中海の東岸で、イタリアのナショナリズムというカードを切るときがやってきた。いまこそ、英国にたいする隷属関係を終わらせるときだ。ベニート・ムッソリーニが、何年も前から待ち望んでいた瞬間がやってきた。この好機を逃してはならない。

コンタリーニが、慎重で節度ある助言を携えてローマに戻ってくる前に、ムッソリーニはアテネに宛てて電報を打ち、ギリシア政府に法外な賠償を要求した。最大限に礼を尽くした謝罪、国家主催の葬儀、イタリア国旗への表敬、イタリアの視察官による真相究明、犯人への極刑の適用、五〇〇〇万リラの賠償金。本件には無関係であると主張していたギリシア政府は、当然ながら、この要求を拒絶した。大英帝国の介入を期待して、ギリシアは国際連盟に訴え出た。ベニート・ムッソリーニはお返しに、軍の船団を派遣してギリシアのケルキラ島を占領させた。八月二十九日、ムッソリーニは最後通牒を突きつけた。もし、イタリア政府の要求が通らないようであれば、かつてヴェネツィア共和国が建造した古城を砲撃し、イタリアの兵士に上陸を命じることとする。まったくもって、前代未聞の振る舞いだった。国際連盟の加入国が、その憲章を公然と踏みにじっている。よもやそんな国が出てこようとは、連盟の発足時には誰も想像していなかった。

熱狂が渦を巻いて上昇する。ドゥーチェの不敵な挑戦により、ファシズムはついに高度をあげた。兵卒どもの卑しい野心というお荷物は、眼下の地面に置き去りにしてある。イタリアからバルカン半島へ、中東へ、アフリカ大陸へ、とうとう絶好の風が吹きはじめた。四〇隻の軍艦と、武装した七〇〇〇人の兵隊がイピロスの沿岸に集結する。地中海の八月、夏の終わりの寝苦しい夜、じっとりと汗ばみながら眠っていたすべてのイタリア人が、ひとつの肺になったかのように、夜明けとともに呼吸を取り戻した。その晩、ベニート・ムッソリーニは眠らなかった。海軍から矢継ぎ早に送られてくる無線電報の内容に、ひたすら耳を傾けていた。

旧来の政党は信用を失っている。同様に、ファシスト党も、ほとんど信用を失いかけている。そんななか、ひとり絶大な人気を集めているのが、かのムッソリーニ議員である。仮にムッソリーニが斃《たお》れでもしたら、イタリアになにが起きるか。それは、アレクサンドロス大王が斃れたときに、ギリシア世界になにが起きたかを考えてみればわかるだろう。

『エール・ヌーヴェル』、パリ、一九二三年七月

イタリアは世界の大国から、従僕ではなく、兄弟のように扱われることを望んでいる。

ベニート・ムッソリーニ、記者会見での発言、一九二二年十一月三日

アメリゴ・ドゥミニ　トリエステ、一九二三年九月三日

イタリア海軍の歩兵がケルキラ島に上陸してからというもの、内閣広報局は一日たりとも欠かすことなく、「われらが海」の青き栄光を謳いあげていた。だが、アメリゴ・ドゥミニの瞳に映る地中海は、まったく別の相貌を呈していた。壊疽《えそ》した四肢のように古びたこの閉ざされた海は、腐食した船体や、潮に呑まれた残骸や、行方不明の貨物船や、タールにまみれた排出物にへばりつく、二枚貝の墓場に過ぎなかった。接岸の予定もないままに、とこしえに続く沿岸航海で用いられる航海図のうえに、ひとつの油染みのようにして地中海が広がっている。日が水平線の上に高くのぼるときは、その青が悪意をもって船乗りの目をくらませる。この海をつくづくと眺めたところで、ドゥミニは軍事史の要約しか読みとることができなかった。紛争、沈没、戦闘、ドゥミニの戦い、ドゥーチェの戦い、バルカン半島の岩礁に身を潜める隻眼の兵士の戦い、さらに時をさかのぼって、胡椒の販路をめぐるヴェネツィア商人の戦い、そしてついには、古代の人類の火をめぐる戦いにいたるまで。

余剰軍需品の取引は莫大な利益をもたらす。ドゥミニは早くからそのことに気づいていた。国がただ同然の価格で投げ売りした大量の武器、弾薬、医薬品、船舶、生地、輸送機関、衣類、ガソリン、燃料を、不正な取引に手を染める商人が市場価格で再販し、巨大な利潤をわがものとする。競売にかけられた軍事物資は、勇壮な叙事詩を紡ぐかわりに、ホメロス的な雄大さに彩られた商取引の素材となる。

不正行為の仕組みはいたって単純だった。法の定めるところによれば、退役兵、傷痍《しょうい》軍人、失業者ら

が組織する無数の協会が、競売においては優先的に取引に参加できることになっていた。日々、その悲惨な境遇によって愛国者の胸を震わせている彼らには、それくらいの特典があってしかるべきというわけだ。ところが、いちばん上等な放出品は、名義貸しや、滑稽で大げさな名前の幽霊団体の活用によって、けっきょくはいつも同じ、大規模な投機会社の手に渡ることになっていた。道徳観念を持ち合わせない利権屋、たとえば、カラブリア出身の弁護士で、アルナルド・ムッソリーニの元私設秘書で、いまでは『コッリエーレ・イタリアーノ』なる親ファシスト系新聞の主幹をしているフィリッポ・フィリッペッリや、「進軍」の四首脳にして警視総監であるエミリオ・デ・ボーノのいとこ、ミラノの策謀家カルロ・バッツィといった面々は、「塹壕戦士結核患者イタリア協会」の陰に隠れて、甘い汁を吸っていた。かくして、今日の晩には用済みと判定された軍需品が、明朝には修理可能な品物として市場に復帰し、亡霊の軍隊の装備となって世界を侵略しに戻るのだった。

じつを言えば、ローマ進軍にかかった費用の大部分も、余剰品取引の利益によってまかなわれていた。そして、ファシズムが権力を掌握したのちは、誰もがこぞってこの分野に参入してきた。警視総監の肩書きを持ち、不正取引を監視する立場にあるデ・ボーノを筆頭に、内務省副大臣の職権を最大限に活用するアルド・フィンツィや、ドゥーチェの最側近チェーザレ・ロッシまでがその列に加わった。そして、そのロッシの庇護のもと、ドゥミニもまた余剰品取引に身を投じた。広報局の長として総理府に詰めるようになったロッシは、つねにドゥミニを傍《かたわ》らに置いて、「汚れ仕事」の処理を任せていた。ファシズムが権力の座に就く以前、「汚れ仕事」とは横領や汚職など、国家に損害を与える行為を指す隠語だった。それがいまでは、国家の影のもと、不平分子を棍棒で打擲《ちょうちゃく》する行為を指す言葉に変わっていた。ドゥミニはじつに聞きわけのよい部下だった。年の初めにはもう、ロッシの執務室の書き物机に陣取り、棍棒を握るのと同じ手、じつに有能なその手でもって、日がな一日タイプライターを打ち、書簡を手渡し、政務次官に命令や叱責を伝達して過ごしていた。昼食の時間になると、ロッシやほかの仲間たちと連れだって「ブレッケ」というトスカーナ料理屋に行き、キアニーナ牛のタリアータ〔牛肩ロースの薄切り〕で腹を満たした。

はじめのうち、「汚れ仕事」は秩序もなにもないままに行われていた。敵対する代議士やファシストの不平分子――たとえばミズーリ議員――に、ものの道理をわからせてやる必要があるときには、イタロ・バルボや、フランチェスコ・ジウンタや、デ・ヴェッキや、フィンツィや、マリネッリや、あるいはロッシが、手近にいる適当なファシストにその役目を任せていた。だが、夏ごろから、そうした状況に変化が見られるようになった。ロッシは「些細な任務」を一手に引き受ける集団が必要だと考え、ドゥミニに命令して、党中央に絶対の忠節を誓う部隊を組織させた。ドゥミニには経費という名目で、総理府の予算から毎月一五〇〇リラが支払われるようになった。偽の人格があてがわれ、警察からは偽装パスポートも支給された。「姓、ビアンキ、名、ジーノ。父、エミリオ、母、フランチェスキ・ファニー。一八九五年一月三日、フィレンツェ生まれ。居住地、ローマ。職業、記者」。偽の人生をジャーナリストとして生きることを望んだのは、ドゥミニ本人だった。もともと書くことは好きで、フィレンツェにいたころから現在にいたるまで、『サッサイオーラ・フィオレンティーナ』という攻撃的な論調の週刊新聞を、ひとりきりで経営、編集しているほどだった。

もっとも、この「些細な」任務はたいていが、ごく簡単な仕事だった。生きた人間の体には、たいした抵抗力は宿っていない。鈍器で打ってやれば苦しむし、ナイフの切っ先で抉《えぐ》ってやれば血が流れる。難しいのは、錆びた小銃、鉄の残骸、化石燃料など、命を持たない物質を相手にする仕事だった。そこから利益を引き出そうと、ドゥミニは何か月も前から奮闘していた。手はじめに、大戦中に沈んだイタリアの商船を引き揚げることを試みた。探索した海域はおもに、デルナ、ブレガ、ボンバやベンガジの南方といったリビア沿岸だった。あらゆる側面から取引の可能性を探るため、ドゥミニは直々にキレナイカまで赴いた。海辺の墓地や、砂漠や、窪地に見守られながら、代わり映えのしない不毛な沿岸低地をうろつき、来る日も来る日も水底を調べてまわった。けっきょく、商売になりそうなものはなにひとつ出てこなかった。そこで、またもロッシの庇護にすがり、内務省から農業省へ圧力を加えてもらい、元アルディーティで傷痍軍人のジーノ・ビアンキを装ったまま、ローマの河川港に眠る大量の燃料油を相手に、ふたたび商売の可能性を探った。じっさい、その油はいまなお余剰軍需品の扱いを受けていた。ドゥミニと同じ、戦争の残り物だ。

ところが、余剰品の醜聞をめぐる捜査のために、ムッソリーニの人選により解放国土相に登用されたジウリアーティが、ドゥミニの商売に割りこんできた。熱烈なナショナリストで、フィウーメではダンヌンツィオの次官を務めた、清廉潔白な理想主義者のジウリアーティは、事前に定められた価格の四分の一で燃料油の在庫を譲り受けた廉《かど》で、ドゥミニとその商売仲間を告発することを提案した。こうして、なにもかもが水泡に帰した。石油局の局長は、入札を取り消した。

しかし、三月になると、とうとう好ましい風が吹きはじめた。ドゥミニは陸軍省に掛け合って、六月十六日を期限とする、オーストリア・ハンガリー帝国が残していった莫大な軍需品の選択売買権を獲得した。その内訳は、モーゼル銃が三五、〇〇〇挺、マンリヒャー銃が六三〇、〇〇〇挺、弾薬が二〇〇〇万発分だった。一隻の軍艦を武装させるのにじゅうぶんな量、この売り上げだけで一生を遊んで暮らせる量だ。貧窮の帰還兵ドゥミニに天文学的な数字の保証金を提供してくれたのは、トリエステの銀行「バンカ・アドリアティカ」の頭取アレッサンドロ・ロッシーニだった。余剰軍需品を仕入れ、それから国外へ、とりわけバルカン半島へ売りさばくファシストたちを、ロッシーニはたびたび財政支援していた。

しかしドゥミニは、大量の物品を落札したあと、この先は独力でやってみせようと心に決めた。まずはギリシアに取引を持ちかけたが、船は武器を満杯にしたますますごすごとピレウス港から引き返してきた。こうして、春から夏にかけて、ジーノ・ビアンキはベオグラードをさかんに訪ねるようになった。ドナウ川とサーヴァ川が出会う町、ヨーロッパのあらゆる悲劇が集約された土地だ。ここでは、アフリカの一部の地域における飢えのように、戦争が一種の風土病として根づいている。ドゥミニはこの町から、イタリアにいるチェーザレ・ロッシに宛てて、親愛の情のこもった絵はがきを何度も送っている。唯一の問題は、フィウーメをめぐる争いが原因で、ユーゴスラヴィアがいまなおイタリアの敵国として扱われている点だった。そこでドゥミニは、敵国への武器の供与を禁じる法律を迂回するため、マルセイユの会社に名義貸しを頼むことにした。

万事快調だった。ここまでは、すべて問題なく進んでいた。ところが、ここでフランチェスコ・ジウンタのじゃまが入った。ヴェネツィア・ジューリア地方のラスで、ファシストの政権掌握後は党の書記長に就任し、ドゥミニと同じく余剰軍需品の取引に精を出している人物だ。ジウンタは指揮下の新聞『ポポロ・ディ・トリエステ』の紙面で、「敵国を相手にした武器の売買」を告発し、ムッソリーニにもこの件について上申した。アメリゴ・ドゥミニ、またの名をジーノ・ビアンキは、ポーラでユーゴスラヴィア人に足どめをくらった〔「ポーラ」はクロアチアの都市「プーラ」のイタリア名。一九二三年当時はイタリア領〕。トリエステに足を踏み入れるなり、ジウンタと足並みを揃えるデ・ボーノの命令により、ドゥミニは逮捕され牢屋に入れられた。八月十五日、聖母被昇天の祝日は、大戦の直前にオーストリア人が建造したコロネオ通りの監獄で過ごす羽目になった。

くだらない。なにもかもがくだらない。オーストリア人だろうが、イタリア人だろうが、黒のファシストだろうが、赤の社会主義者だろうが、タールが浮かぶ大海の浅瀬で口をぱくぱくさせている小魚にとっては、なんの違いもありはしない。そこにはただ、悪人どもが生きていくための、永遠の戦争があるだけだ。過去の戦いの余り物を放出する、永遠の商売があるだけだ。

偽の人格ジーノ・ビアンキは投獄された。だが、ドゥミニの気力はそれくらいのことでは挫《くじ》けなかった。獄舎の中二階から外を見ると、ポルトロッソの運河の先で、あの見捨てられた地中海が、あの悪意に満ちた青い水面が、いつもと変わらない表情を浮かべている。ドゥミニはそこから、チェーザレ・ロッシや、ミケーレ・ビアンキや、ドゥーチェの個人秘書であるファショーロに電報を送った。どの電報にも、脅迫の字面が躍っていた。あなたたちの身代わりになって十字架にかけられるつもりはありません。私は誰のこともかばい立てしませんので、どうぞ悪しからず。

二日後、平身低頭の謝罪を受けながらドゥミニは釈放され、近場のグランド・ホテルに移った。ホテルからもやはり、あの同じ海が見える。

それから間もなく、アルナルド・ムッソリーニが「わが友ドゥミニ」を擁護する文章を『ポポロ・ディタリア』に発表し、ドゥーチェはケルキラ島の侵攻を命令し、軍艦の喫水線に沿って過去の栄光がふたたび輝き、地中海は別の海に生まれ変わった。聖母被昇天の祝日を牢屋で過ごすことを強いられたドゥミニも、この件はもう忘れるつもりだった。

しかし、フランチェスコ・ジウンタは迫害の手を緩めなかった。九月はじめ、ジウンタは敵国との武器売買をめぐって二度目の議会演説に臨み、ジーノ・ビアンキはまたしてもペンをとる必要に迫られた。ユーゴスラヴィアを訪ねたのは、愛国的な目的をともなう密命のためだったとする詳細な報告書をしたためて、党指導部に送付した。ただし、そこにはアメリゴ・ドゥミニ名義で、チェーザレ・ロッシ宛ての私信が同封されていた。厚かましいまでの脅迫と威嚇の意図が、そこにはありありと見てとれた。

「国外での活動について釈明すべく強いられたことは、私にとっては大きな苦しみでした。とはいえ、これもよくある災難のひとつだと思って、受け入れるつもりでいます。しかし、たんなる釈明の文章が、自己弁護の文章という性格を帯びるようになった場合は、たいへん遺憾ながら、内務省関係者が手がける事業の内実を、明らかにせざるを得なくなるかと存じます」

アメリゴ・ドゥミニは、ファシズムの政治宣伝冊子をスラヴ語に翻訳させていた廉《かど》で、ユーゴスラヴィアから追放された……ドゥミニの勾留や、同人にたいする批判は、誤解の産物である……ドゥミニはじゅうぶんな釈明をした……非難が事実無根であることは、提出された証拠が示しているとおり。警察による即時釈放も、ドゥミニの潔白を裏づけている。

総理府公式発表、ローマ、一九二三年八月十九日

わが友ドゥミニは有能な退役軍人であり、その確固たる愛国心は一朝一夕に養われたものではない。そのドゥミニが、武器の密売という仮定の罪を言挙《ことあ》げされ、痛ましくも不当な仕打ちを受けている。

アルナルド・ムッソリーニ、『ポポロ・ディタリア』、一九二三年八月二十一日

イタロ・バルボ　一九二三年十月はじめ

大衆とはただの群れだ。民主主義の世紀は終わった。大衆に明日はない。

ドゥーチェの方針は明確だった。個人というのは放っておいても、動物的な本能、始原の衝動によってひとつにまとまる。不活性で、断片的で、一貫性のない動力によりふらふらと移動する、血まみれのゼリーのようなものだ。要するに、大衆とはたんなる素材に過ぎない。したがって、民主主義の祭壇から、「大衆という名の教皇」を引きずりおろしてやる必要がある。民主主義は、もっぱら政治的な概念として生を捉えている。ファシズムはまったく違う。ファシズムにおける生の概念とは、闘争である。軍の階級秩序は「堅固に構築」されなければならない。軍の規律は政治の規律を内包している。ファシスト党の党員であることは、兵士であることと等価である。党員証は、塹壕に横たわる兵士の亡骸から回収される認識票に等しい。

ドゥーチェの方針は明確であり、国防義勇軍の「総大将」ことイタロ・バルボは、その方針を共有するよりもまず、実地に適用することに傾注した。しかし、その主たる障害となったのは、ドゥーチェの構想においては造形の対象と見なされている、素材としての個人だった。この素材の質が、どうしようもなく粗悪だったのだ。国防義勇軍の指揮官たちは、階級への適性を確認するために試験を受けることになっていた。バルボはかつて、卒業論文の指導教授を棍棒で脅すことで、法学部の卒業証書をせしめた男だ。そのバルボが、今度はファシストの将校を審査する側にまわった。いつもどおりの、執拗なまでの熱心さで、行動隊の首領を対象に試験を実施していった。そして次第に、疑いようのない現実が明らかになってきた。素材としての人間が、あまりにも劣悪に過ぎる。一般的な知識にかんしては、まだ許容できる範囲だった。しかし、軍事的、専門的な科目となると、その結果には痛ましさすら覚えるほどだった。バルボはムッソリーニに宛ててこう書いた。「軍事関連の分野については、将校たちはきわめて乏しい知識しか持ち合わせていないことが明らかになりました。なかでもひどかったのが、戦場における作戦計画の展開です」。とはいえ、彼らのほとんどは戦争経験者であり、その多くが元突撃隊員だった。将校たちは記憶喪失にでもなったのだろうか？　一方で、それは驚くに当たらないことのようにも思えた。というのも、将校たちはほぼ例外なく、自分が指揮するはずの組織の規則さえ把握していなかったから。この調子では、「総大将」が義勇軍の幹部のために、軍事入門書の制作を決断する日もそう遠くないように思われた。

ドゥーチェがみずからの意志を世界に押しつけようとするのをよそに、世界は混沌に服従していた。ロベルト・ファリナッチ、このクレモナのラスは、ドゥーチェの意志よりも混沌の側につく姿勢を鮮明にしていた。試験を受けない者には階級剝奪の制裁が科されることになっていたにもかかわらず、自分の軍服から肩章を剝ぎとれるやつなどいるはずがないという確信のもと、ファリナッチは試験を拒否した。夏に入ると、今度はムッソリーニとの力くらべに挑み、夥しい量の電報を送りつけて党中央を困惑させた。ファリナッチはそのなかで、トリポリタニアに展開する軍団の司令官のポストを、自分の取り巻き連中に配分するよう要求した。望みが叶わないようであれば、われわれクレモナの幹部は集団で辞職する。内部のごたごたが新聞沙汰にならないよう手まわしをしたうえで、ムッソリーニはクレモナ県知事に宛てて秘密裏に電報を送り、もし集団辞職を撤回しないのなら、反逆行為の罪でファリナッチを逮捕するよう命令した。追いつめられたファリナッチは、ローマに電報を送った。辞職の脅しは撤回された。電報の末尾にはこうあった。「変わることのない愛情と、揺るぎのない忠節を込めて」

バルボやムッソリーニの努力にもかかわらず、反目はいたるところにはびこっていた。ローマではボッタイの率いる行動隊が、カルツァ・ビーニの行動隊と路上で乱闘騒ぎを起こした。ピアチェンツァでは、アミデイ派とテデスキ派の対立が、たがいに武器を用いた衝突にまで発展した。九月末には、党の内部で「修正主義」論争が勃発した。きっかけは、ジュゼッペ・ボッタイが創刊に携わった雑誌『クリティカ・ファシスタ』に掲載された、マッシモ・ロッカの論文だった。爆発的な反響を呼び起こしたロッカの文章は、「正常化」を支持する立場から書かれたものだった。暴力によってイタリアを制圧したいま、ファシズムには「イタリアを改宗させる」責務がある。行動隊は昨日の敵に歩み寄り、ファシスト党はムッソリーニのイタリアと和解すべきだとロッカは論じた。お返しに、ファリナッチを筆頭とする党の首領たちは、「修正主義者」ロッカに追放処分をくだした。しかし、それは束の間の勝利だった。ムッソリーニは、ロッカの追放を決定した執行部全員の辞任を求めた。ムッソリーニの要求は容れられた。

こうしたすべてにもかかわらず、ドゥーチェの方針はなおも明確でありつづけた。そして、イタロ・バルボはその適用に向けて、ますます精魂を傾けた。「総大将」バルボは、ロマーニャの農村で赤どもの頭をたたき割っていたときと変わらない、細心なまでの残忍さをもって、反抗的な児童を相手にする教師のように、かつて自分の隣で棍棒を振るっていた男たちを試験していった。手心を加えることはいっさいなかった。国防義勇軍の規則をめぐる小論文、多方面の知識を問う口頭試問、戦術の習熟度を測る試験……ずらりと並ぶ落第点の隣に、無慈悲な所見を書き加えていった。

未来の指導階級の顔ぶれには、あらゆる性格が揃っていた。ロッコ、トゥラーティ、ガッジョーリのように、教養と能力に富んだ人材がいる一方で、アルディーティの元中尉でルッカの行動隊の首領を務めるカルロ・スコルッァのように、未開人にも引けをとらない無知をさらす者もいた。「小論文では、きわめて貧弱な見解が、錯綜したわかりにくい文章で綴《つづ》られていた。戦術にかんしては、もっとも初歩的な問題にも満足に解答できなかった。実地試験で作戦立案の能力を見た結果、口頭試問の評価が裏づけられた」八〇満点中四三点。落第。ほかには、若者特有の軽率さが認められる、エンツォ・ガルビアーティのような受験者もいた。彼もやはり元アルディーティで、ダンヌンツィオのフィウーメ軍団を経て、いまではブリアンツァの行動隊を率いている。「ミラノ・ファッショから提供された情報はたいへん辛辣な内容であった。それによると、ガルビアーティは不誠実かつ軽率であり、柔軟さや機転の欠如によって、土地の義勇軍と行政当局の関係を修復不可能な段階まで悪化させたとのことである」。八〇満点中四七点。要再試験。あるいは、広大な所領を有する資産家で、大戦の志願兵で、戦功による受勲者で、ピアチェンツァのラスで、バルボの親しい友人で、重度の神経症を患う、ベルナルド・バルビエッリーニ・アミデイのような人材もいた。ムッソリーニの参考になるよう、バルボは彼の名前の隣に次のように記入した。「誠実な若者であり、才気に欠けるわけでもない。ただし、神経衰弱の気味があり、癲癇《てんかん》持ちと疑われても無理からぬ面がある。常人とかけ離れた気質の持ち主であり、分別ある舵取りに必要な注意深い判断力は備えていない」

あとはファリナッチがいる。度しがたい、御しがたい、醜怪きわまりないファリナッチがいる。しかし、たとえばあのトリノの若者、あのゴベッティのような、社会主義の最後の生き残りのなかには、よりにもよってそのファリナッチを、ファシストの打擲《ちょうちゃく》の権化であり、棍棒による「第二波」を唱道してでも譲らないファリナッチを、高く評価する者たちがいた。見るからに不健康そうな文学者、涙のかすかな筋によってかろうじて生に結びついている病人たち、ほんとうに「第二波」がこようものなら真っ先に溺れ死ぬであろうこの手合いは、逆説を好む気質ゆえなのか、あるいは、つねに常識から距離をとり、それを高みから見下ろそうとする抜きがたい知的傾向のせいなのか、はたまた死の予感のためなのか、自分たちが主宰する雑誌の誌面でロベルト・ファリナッチを称揚していた。そう、ファシストにはファリナッチがいるが、彼は特殊な事例であり、試験による判定の外にいる。おそらく、ファリナッチを判定するのは未来だろう。もちろん、その判定が正当か否かは、まったくの別問題だが。

集団辞職の脅しにかんしては、ファリナッチ議員およびその同調者に、自分たちの行動は適切かどうか、その重大さをよく考えるようにうながしている。現況、義勇軍の方針の決定権は私のみに属している。これは私の仕事である。自分は義勇軍を、ファシズムからではなく、党から解放する。党内で頻発する愚かしい諍《いさか》いが、嘆かわしくも衆人環視の的となり、敵対する各方面は日々、われわれに嘲笑を浴びせている。

ベニート・ムッソリーニ、クレモナ県知事宛ての電報、一九二三年九月十七日

非合法ではあるが、犠牲と腕力によって獲得されたみずからの立場を、ファリナッチの追随者は固守している……われわれは、この無知、この野蛮さのなかに認められる、尊厳の感情と犠牲の試みに敬意を払わなければならない……真の利権屋とは、理屈をこねくりまわしてローマで給料をもらっている連中である。真の利権屋とは、インテリどもである。文法の間違いだらけの文章を書きはするが、剣と棍棒の握り方なら心得ている、あの健全なる無学文盲者たちを、利権屋と混同すべきではない。もし、イタリアになんらかの益をもたらしうるファシズムがあるとするなら、それは棍棒のファシズムである。

ピエロ・ゴベッティ、「ファリナッチ礼賛」、『ラ・リヴォルツィオーネ・リベラーレ』、一九二三年十月九日

ベニート・ムッソリーニ　ミラノ、一九二三年十月二十八日、「ローマ進軍」一周年記念

ローマ進軍一周年記念行事は、午前八時に開始された。陸軍の代表として派遣されてきた大隊、国防義勇軍の百人隊《ケントゥリア》、民間の協会および愛国者団体が、公園そばの大通りに集結する。ドゥーチェは馬にまたがって登場した。義勇軍の名誉伍長として、フェズ帽、黒シャツ、襟に矢の刺繍が入ったアルディーティのジャケットを身にまとい、腰には短剣をさしている。胸に金のメダルをつけた無数の男たちが、歓呼とともにドゥーチェを迎える。ムッソリーニは腕を伸ばし、黒い手袋に覆われた指をまっすぐに揃えてあいさつを返した。視線は正面のやや上方、無窮《むきゅう》の方角に据えられている。

軍馬にまたがって眺めていると、地表に存在するなにもかもが、ひどく純粋な形態をまとって視界に飛びこんでくる。こんなにも美しいミラノを見るのは初めてだった。大通りの先に広がる景色は、厳格な遠近法に従っている。かなたに見晴るかすアルプスの山頂は、早くも雪で覆われている。ローマを征服するために、寝台車でミラノを発ったあの夜から、まだ一年しかたっていない。いつからか、ファシズムの綱領はすべて、たった一語に集約されるようになった。継続、継続、継続。たった一年……そしていま、ふと我に返ると、馬にまたがって記念日を祝っている自分に気づく。まったく時間というやつは、こちらの都合などお構いなしだ。

閲兵が済んだあとは、ベルジョイオーゾ広場で記念行事が続けられた。そこはもうひとつの時間の裂け目、ベニート・ムッソリーニにとって欠かしてはならない、自己の歴史との出会いの場だ。アレッサ

ンドロ・マンゾーニ邸の正面に位置する、小ぶりで雅《みやび》やかなこの広場で、いまから四年前、戦闘ファッショのはじめての政治集会が開かれた。あの晩、聴衆は数百人しかいなかった。今日はその数十倍だ。あのときはトラックの荷台が演壇だった。いまは貴族の館のバルコニーから話している。ベルジョイオーゾ広場。ムッソリーニは機会を見つけては、この場所に足を運ぶことにしていた。それは町中に設置された日時計のようなもの、太陽の位置にもとづき時間を測定する道具だった。太陽とは、彼のことだ。らっぱが三度鳴らされたあと、ムッソリーニは語りはじめた。

「無敵の、不敗の、栄光に満ちた黒シャツよ、私は宿命に導かれ、ファシズムの歴史にとっていまや聖地となったこの広場で、ふたたび諸君に語りかける機会を得た。勝ち誇る獣に立ち向かう勇気を持った、ほんの数百人の信義に篤《あつ》い男たちが、かつてこの広場に結集したのだ。そう、あのころ獣たちは勝ち誇っていた。あれは暗がりの時代、不純な時代、二度と繰り返されることのない時代だ……」。歓喜の拍手が湧き起こる。それはまるで、二度と繰り返されることのない不純な時代への、別れのあいさつのようでもあった。

小さな集団だったわれわれが、いまでは軍団となった。数えるほどしかいなかったわれわれが、無数のかたまりとなった。たしかに、われわれの情熱の開花には、どこか神秘的なものがある。なにも望まず、すべてをなげうつ用意のある義勇兵の部隊には、どこか宗教的なものがある。春がくる。民族が復興する。民衆が国となり、国が国家となり、国家が世界に向けて境界線を拡張する。

弁士の幸福が広場に伝播《でんぱ》し、言葉の波が兵士を沈め、凱旋将軍を迎える長い拍手のなかに熱狂が吸いこまれていく。それから、歓待の儀式が反復される。ムッソリーニは聴衆との対話を望んだ。広場から、調和のとれた見事な答えが返ってくることはわかりきっていた。

「黒シャツよ、答えてほしい。もし、明日の犠牲が今日のそれよりも大きいとしたら、きみたちはそれに耐えられるか?」巨大な「応《シ》!」が、ドゥーチェの問いかけに応答する。

「もし私が、崇高な規律の試練とでも呼ぶべきものを与えたなら、きみたちの実力を証明できるか?」

熱狂の咆哮《ほうこう》が広場を満たす。

私が明日、進軍を再開せよ、ローマとは別の方角を目指して徹底的に完遂せよと言ったなら、きみたちは進軍するか? 私が明日、警戒の合図を発したなら、偉大な日々の合図を、民衆の運命が決する日々の合図を発したなら、きみたちは応答するか? 群衆は応答した。ファシストの斉唱《せいしょう》は極限まで音域を上げ、耳を刺すような響きを轟かせた。この瞬間、広場にいる誰もが確信した。「不純な時代」は、もう二度と戻ってこない。

ところが、直後に弁士はその時代を呼び戻し、表情に翳《かげ》りを宿した。敵について、歴史を講ずる哲学者について、「歴史のことなどなにひとつわかっていない、あの陰鬱《いんうつ》な歴史のオナニストども」について彼は語った。

「やつらは言った、〈ファシズムは一過性の現象である〉、〈ファシズムには理論がない〉、〈ファシスト政権はもって六週間といったところだ〉。さて、今日で一二か月が過ぎた。ファシスト政権が一二年続くと言ったら、きみたちは驚くだろうか?」

広場はまたも、地鳴りのような歓呼に埋めつくされた。しかし、弁士はここまで語ってから、自分の言葉に動揺させられたかのように、一瞬だけ口ごもった。ムッソリーニの声が途切れる。

同じバルコニーに立ち、すぐかたわらで演説を聞いていたジュゼッペ・ボッタイは、ムッソリーニが頭のなかで素早く計算している様子を眺めていた。いまから一二年が経過しても、ムッソリーニは五十二歳。まだまだ時間は残っている。演説の熱狂は保持したまま、慌ただしく、性急に、音節と音節がもつれ合うような調子で、ドゥーチェは訂正した。

「〈一二、掛ける、五〉年だ!」広場は拍手喝采した。

ファシズムは継続する、なぜなら、ファシズムは歴史から意志を排除しなかったから。ファシズムは継続する、なぜなら、ファシズムは敵を完膚なきまでに駆逐するから。ファシズムは継続する、なぜなら、継続することを欲するから。


レストラン「グランデ・イタリア」で開かれた、ムッソリーニのための祝賀会が終わったあとは、ミラノ周遊の時間だった。近しい過去、生きた歴史、まだ血の流れている傷口を記念するための巡礼だ。ファシストの行列が、アルディーティの賛歌「青春」のリズムに乗って、サン・マルコ通りを練り歩く。戦闘ファッショの最初の事務所や、ファシストの隣人会の前を通過して、パオロ・ダ・カンノビオ通りへ向かう。かつて『ポポロ・ディタリア』の編集部が入居していた、みずぼらしく辛気くさい建物の前で、行列はすこしのあいだ歩みをとめた。旧編集部のいたるところにリボンや花輪が飾られ、ファンファーレが鳴り響き、将軍や、地方政府の評議員や、ファシストの殉難者の母や姉妹がドゥーチェを迎えた。自治体を代表して市長があいさつし、ガンボロイタ通りとロゴレド通りをつなぐ区間を、「ベニート・ムッソリーニ通り」に改称することを発表する。

ファシストの町となったミラノは、ファシスト政権の一周年を駆け足で祝福した。その忙《せわ》しさは、日々を急きたてられるようにして生きるドゥーチェの狂乱とすっかり重なって見えた。ムッソリーニはこの一年、改革に改革を重ね、みずからの意志を体現する政令を積みあげ、季節の余白をことごとく塗りつぶして過ごしてきた。これまでの数々の努力を、ムッソリーニは誇りに思っていた。わずか一年のあいだに閣議が七〇回も招集され、そのなかで二四八二件の問題が処理され、一六五八本の政令が承認された。なにもかもが、ムッソリーニにとって好都合な方向へ進んでいた。次の選挙で議会を彼に引き渡すことになるであろうアチェルボの改革案は、あと数日で正式に国家の法律となる。ケルキラ島の占領がきっかけとなった危うい国際紛争は、九月末、イタリアの威信の再確立と五〇〇〇万リラの賠償金という結果とともに幕を閉じた。国家とヴァチカンの関係は、敵意と対立の半世紀を経たすえに、ついに友好的なものとなった。

反対勢力もすっかりおとなしくなった。あの強情なジャコモ・マッテオッティを別にすれば、いまや社会主義者は息を吸うことさえためらうようになっていた。党内の反目は、十月十二日に開かれたファシズム大評議会で解消された。党中央は、マッシモ・ロッカから「修正主義者」を犠牲にすることで、ファリナッチら「非妥協主義者」から争いの口実を取りあげる道を選択した。新たな党規が制定され、党の幹部会は地方ファッショ書記長が推薦するメンバーから構成される決まりになったが、はるか高みから最終的な任命権を行使するのはドゥーチェの役目だった。あとは報道の自由だが、これも夏のあいだに手綱をつけておくことに成功した。検閲に関係する一連の政令によって、警察は今後、違法賭博場や売春宿を相手にするときと同じ仕方で、新聞社の編集部に踏みこめるようになった。

こうした動きにもかかわらず、ファシズムを批判してしかるべき自由主義陣営の哲学者もまた、ムッソリーニ政権の一周年に祝意を表明していた。その筆頭であるベネデット・クローチェは、ちょうど昨日、複数の新聞に掲載されたインタビュー記事のなかで、弟子たちに向けて次のように語りかけていた。「出所がどうあれ、それが〈善〉である以上は、受け入れ、認め、未来に向けて備えなければならない」。イタリアを代表する偉大な芸術家のなかにさえ、ムッソリーニを賞賛する者がいた。たとえばルイジ・ピランデッロ、ドゥーチェも高い評価を与えた『作者を探す六人の登場人物』によって、あらゆる人間は仮面に過ぎないことを暴露したこの不世出の劇作家は、アメリカへ発つ前に、ドゥーチェに敬意を捧げるためにキージ宮を訪問した。アメリカ合衆国からは、著名なジャーナリストであるルイジ・バルツアーニが、「目を見張るべき権勢の拡大」に歓喜する電報を送ってきた。

　ミラノでの記念行事が終わったあとは、国王とその一族が、ローマのすべての貴族に見守られつつ、鍛冶屋の息子ベニート・ムッソリーニに、ヴェネツィア宮にて公式に謁見《えっけん》の栄誉を授けることになっていた。その次は、プリモ・デ・リヴェラにともなわれてローマを公式訪問する予定の、スペインの君主の番だった。リヴェラは軍事クーデターにより政権を掌握したばかりの将軍で、自分の手本はイタリアのファシズムだと公言していた。自由主義の哲学者、王族、クーデターを起こした将軍。誰もがドゥーチェを支持していた。誰もが進んで、狂喜の合唱に参加していた。

　この熱狂的な空気のなか、一九二三年十月二十八日、ローマ進軍を記念する行進は、戦没者の母親や未亡人、それに傷痍軍人ら、一〇〇人はくだらない群衆に迎えられながら、ミラノ・ファッショの新しい事務局の発足式が行われる、ヴェネツィア通り六九番地に到着した。

　事務局の発足を祝う短いあいさつを終えるころ、『ポポロ・ディタリア』の使い走りが近づいてきた。チェーザレ・ロッシから、いつでもドゥーチェに目通りできる権限を与えられている青年だ。ピサの片田舎にあるフィレットレという自治体の、「トリオンフォ」なる社交クラブのそばで、ピエトロ・パルディとかいう社会主義者の農夫が、こめかみに傷を負った死体の姿で発見された。その数時間前、フィレットレからほど近いヴェッキアーノのバール〔コーヒー、アルコール、軽食などを出す飲食店〕では、土地の行動隊の首領サンドロ・カロージが、自分流のやり方でローマ進軍を祝ってやると言いつのっていた。ピストルの弾丸で、バールの客の帽子を撃ち抜くというのが、カロージの考えた祝い方だった。ウィリアム・テルのようにやるのさと、当人は言っていた。同じ店に居合わせた農夫のパルディは、カロージの遊戯に付き合うことを拒絶した。カロージは、過去にもさまざまな罪を犯しては逮捕され、そのたびにピサのラスであるモルゲンの口利きで釈放されてきた、一種の精神異常者だった。そのカロージが、店を出るパルディのあとをつけていった。事件はそのあとに起きた。

　ムッソリーニはタランチュラに噛まれたような気分だった。ばかげた殺人の報《しら》せのせいで、せっかくの祝祭が台なしになった。ドゥーチェは怒り狂い、前後左右へ当てどもなく歩きまわった。警察への対応、新聞社向けの隠蔽工作、事件関係者のファッショからの追放など、矢継ぎ早に指示を出していく。それから個室に閉じこもり、ベニート・ムッソリーニは椅子の上にくずおれた。新古典主義様式の優雅な建造物が立ちならぶヴェネツィア通りに、夕闇が垂れこめる。秋の黄昏のなかで、ファシストの歴史の栄光に満ちた第一年が、犯罪記事に似合いの悪行に落ちぶれようとしている。

　ドゥーチェがひとりでいる部屋に立ち入ることが許されている唯一の人物、チェーザレ・ロッシが、二枚の写真を持参して献辞を求めた。写真はそれぞれ、著名な歌手ルイーザ・テトラッツィーニと、ピランデッロの芝居にも出演したことのある大女優エンマ・グラマティカへの贈呈用だった。ふたりとも、ムッソリーニの熱烈なファンだという。

　みずからの肖像写真を正面に置いて、ドゥーチェは首を振った。ダンヌンツィオが愛用していた、ペン先の四角い万年筆で、とびきり上等なふたりのファンのために、洗練された言葉を書き連ねていく。その様子を黙って見つめていたロッシは、ムッソリーニが署名の末尾に、意味のとれない記号を書き足していることに気がついた。「第Ⅱ年。E.F.」

「ベニート、なにを書いたんだ?」

「〈ファシスト暦《エラ・ファシスタ》、第二年〉。これからは、時間のなかを分け入って進んでいくぞ」

彼のことは以前から、驚嘆の目で見つめていました。おそらく私は、これまでムッソリーニが成し遂げてきた、現実のたえざる創造という美を理解できる、数少ない人間のひとりだと思います。それはイタリア人の現実、ファシストの現実であり、それ以外の誰かの現実からはいかなる影響も受けません。現実とは、現実を構築する人間の力にのみ存在する。現実とは、精神の活動によってのみ創造される。ムッソリーニは、そのことを理解している、きわめて稀有な人物なのです。

ルイジ・ピランデッロ、『トリブーナ・ディ・ローマ』紙のインタビュー記事、一九二三年十月二十三日

生にとって必要なのは、継続することです。じきに、われわれはより良くわかり合えるようになるでしょう。

ベニート・ムッソリーニ、外国メディアから受けたインタビュー、一九二三年十一月一日

ニコラ・ボンバッチ　一九二三年十一月三十日

この日、議場はめずらしく人で埋まっていた。デ・ニコラ議員が審議の開始を告げたとき、議席の各所には約二五〇人の代議士が腰かけていた。いつもの人気《ひとけ》のない議場とは大違いだ。閣僚席には、各省の次官の姿さえあった。イタリア王国とソヴィエト社会主義共和国連邦のあいだで、一九二一年に制定された政令の法律化について、これから論じられることになっていた。半円形に並ぶ議席が、下方に向かってなだらかな傾斜を描く議場のなかで、有機的な形態、曲線、リバティ様式――未来への希望に満ちていた前世紀には、まだみずみずしい魅力をたたえ、次の世紀のはじめにはもう、手の施しようがないほど時代遅れになってしまった甘美な様式――の花紋に彩られた、鉄とガラスの堂々たる大屋根の下、時代を体現するふたつの巨人、共産主義とファシズムが対峙している。

型どおりの開会の辞が終わったあとで、ムッソリーニ首相がアチェルボ議員にともなわれて入場し、みずからの席に着いた。審議が開始された。

はじめに発言に立った数名は、真新しいことはなにも言わなかった。人民党のアヤラ議員の発言は、事前の通告どおりだった。ファシスト党のイタリアとソヴィエト・ロシアの通商関係を促進する法案の承認に、人民党は賛成の立場を表明した。社会主義最大綱領派を代表して弁論に臨んだコスタンティーノ・ラッツァーリは、議会の討論に行動隊のスタイルを持ちこんだことを誇りとする、ファシスト党書記長のフランチェスコ・ジウンタを相手に、共産主義の論理を資本主義の論理と対置させながら、いつもの熱っぽい論戦を展開した。議場にいるすべての代議士にとって、もはや聞き飽きた議論だった。

それから、ニコラ・ボンバッチの順番がめぐってきた。彼がモスクワの意思を代弁する人物であることは、誰もが知っていた。革命を勝利に導いたソヴィエト・ロシアの上層部は、つねにボンバッチをひいきにしてきた。いつまでたってもソヴィエト革命を実現しないイタリアの同志のなかでも、彼だけは別格だった。しかし、やはり誰もが知っているとおり、ニコラ・ボンバッチはベニート・ムッソリーニの友人でもあった。青年時代《かて》、両者がロマーニャ地方の辺鄙《へんぴ》な村落で学校教師をしていたころには、ふたりで精神と胃袋の糧を分かち合ったものだった。ここのところ、共産主義の指導者が一斉検挙の波に襲われているなか、奇《く》しくもボンバッチがその災禍から逃れているのは、古い友人ムッソリーニの計らいがあるからではないかという、意地の悪い声もささやかれていた。

遠目には、議会ではいま、世紀を体現するふたつの巨大な力が対峙しているように見える。しかし、焦点距離を短く設定し、ひとりひとりの顔がはっきり映るところまでフレームを狭めたなら、そこには歴史上の人物ではなく、一個の人格が存在していることがわかるはずだ。ひとりひとりに、ほかの多くの人びとと変わらない幼年期があり、青年期があり、ささやかな、ときには決定的な嫌悪や執着があり、ささやかな虚栄――かたや、傭兵隊長風の剃りあがった頭、かたや、預言者風の豊かなひげ――があり、口元や、あるいは眉間のしわに浮かぶささやかな感情がある。些細な事柄、好意や反感、酒場で飲み明かした晩のくだらない思い出が、生においても、歴史においても、人と人の断絶を引き起こす。鎮まることのない歴史の憎悪は、血を好むバビロンの神のように無言のままだ。それでも、人間たちは語りつづける。

かくして、ニコラ・ボンバッチ、レーニンからの信任篤《あつ》いイタリア人、ベニート・ムッソリーニの旧友は、右端の議席から皮肉のこもった笑い声が響くなかで口を開いた。ボンバッチはもう何年も前から、イタリア－ロシア間の通商条約を発効させるべく尽力してきた。経済的な結びつきの強化により、イタリア政府をソヴィエト国家の承認へ導くことがボンバッチの狙いだった。

共産主義のリーダーはまず、これから自分は二国の政治関係ではなく、両者を結びつける経済的な動機について論じるつもりだと言明した。

「ファシスト以前の政権は、この分野にかんしてはなんの貢献もしませんでした……」ここで早くも、ムッソリーニが割って入った。「よかった、よくおわかりのようだ！」

ボンバッチ　―　事実を申しあげたまでです。

ジウンタ　―　つまり、こういうことですな。ファシズム、万歳！（議場から笑い声。共産主義者のざわめき）

ボンバッチは演説を再開し、ロシアとの交渉を再開するよう、和やかな口調で政府に勧めた。ムッソリーニ個人に向けて、歴史の気まぐれにより宿敵と相成ったかつての友に向けて、政治的な性格を帯びた問題にとらわれている場合ではないと説いて聞かせる。

ボンバッチ　―　あなたはつねづね、イタリアのみならず、ヨーロッパを再興したいと仰っていますが……

ムッソリーニ　―　いやいや、イタリアだけでじゅうぶんですよ！（議場全体から笑い声）それに、通商条約ならすでに数十か国と締結しましたが。

ボンバッチ　―　なら、ロシアとも締結されるとよいでしょう。

ムッソリーニ　―　それには、先方と一対一で話し合わなければいけませんな。

ボンバッチ　―　そうなるよう願っています。それに、ロシアとの条約締結には別の意味もあります。現在、フランス人やイギリス人がロシア市場の獲得に励み、そこからイタリアを排除しようとしています。これは大いに憂慮すべき事態であり……

（右翼議席から皮肉のこもった野次。「よく言った！」）

ボンバッチ　―　水面下ではアメリカ人も、ロシアの石油を独占するために活発に動いています。したがって、いまこそイタリアは声を大にして抗議の声をあげ……

ジウンタ　―　すばらしい！　明日にでも、貴殿のために党員証を発行しましょう。

ボンバッチ　―　イタリア市民としての責務を果たすのに、党員証を持ち歩く必要はありません。ロシアでの取引を望むイタリア企業を、先方は喜んで受け入れるでしょう。私は心から祈っています。まあ、共産主義者が「祈る」などと口にしたら叱られるかもしれませんが（議場から笑い声）、ムッソリーニ議員の主導のもと、イタリア政府にはぜひ、条約の締結を検討していただきたいのです。というのも、ふたつの革命、ファシストの革命とロシアの革命は、ふたつの民衆の連帯という果実をもたらす可能性もあるのであって……

ここで、ボンバッチの雄弁は立ちどまった。いましがた口にした言葉と、これから口にする言葉の重みが、ボンバッチの声を押しつぶしたかのようだった。弁士はしばらくのあいだ黙りこんだ。不安をかき立てる巨大な羽音でも聞こえたのか、頭上に広がる大屋根をきっとにらみつける。そして、ボンバッチはふたたび語りだした。

ボンバッチ　―　ロシアでは革命が進行しています。もし、あなた方が仰るように、ファシストに革命の精神が備わっているのなら、二か国の関係が真の同盟に発展するのも夢ではありません。（右と中央の議席から歓声。左の議席からざわめき）

語っているのは人間であって、イデオロギーではない。バビロンの神々は、皮肉のこもった詭弁も、情熱的な高潔さも受けいれない。この日の議会で勃発した「ボンバッチ事件」は、翌日の新聞で大々的に取りあげられた。『アヴァンティ!』はボンバッチを激しく糾弾した。この社会党の機関紙にとっては、ロシアの革命と、そのパロディであるところのファシズムの革命を同列に置いて論じるなど、到底受け入れられない話だった。ファシズムにたいする一枚岩的な侮蔑は、社会主義の尊厳と一貫性を守るうえでの、越えてはならない一線だった。アントニオ・グラムシもまた、ボンバッチの「真心のこもった態度」はともすれば、「ファシストの革命にたいする媚びへつらい、ムッソリーニの偉大さにたいする狂信」にも堕しかねないとして、おおっぴらに非難を加えた。

十二月五日、今度は党が態度を決める番だった。共産党執行部はボンバッチに、議員辞職を勧告した。国会議員グループの一部は擁護にまわった。彼らには、ボンバッチが議員として不適格だとは思えなかった。長年にわたりボンバッチを敬慕してきた下部組織の労働者にとっても、まったく理解できない処遇だった。ボンバッチはロシアのために、レーニンのために演説した。その彼を、どうして党は追放しようとするのだろう?

「労働者のキリスト」は辞職しなかった。だが、抵抗も信頼も無益であることは、すぐに明らかになった。イタリア共産党はニコラ・ボンバッチに、「ロマーニャのレーニン」に、議員辞職を強要した。ちょうど同じころ、モスクワから、ウラジーミル・イリイチ・ウリヤーノフ、すなわち本物のレーニンが、またしても発作に襲われたという報《しら》せがもたらされた。いまでは車椅子での生活を強いられ、外界と意思疎通する能力は完全に失われたとのことだった。レーニンの肉体は、もはや完全に麻痺していた。あとはもう、死に向けて準備を整えるだけだった。

一九二四年

ベニート・ムッソリーニ
ローマ、一九二四年一月二十八日　ヴェネツィア宮、ファシスト指導層会合

一月二十五日、議会は解散された。選挙の日取りは四月六日に決まった。第二七会期の議会の発足は、五月二十四日と定められた。次の選挙は、ファシズム体制への信任、不信任というよりは、ムッソリーニ個人にたいする信を問う国民投票のごとく告知された。ローマ進軍後の一年間でファシズムは弱体化し、反対に、ベニート・ムッソリーニは強大になった。彼はいまや巨人だった。

一九二四年一月二十八日の夕刻、ファシスト党党首はヴェネツィア宮の会議室で、ファシスト幹部の大会合に出席した。これから何度も召集されるであろう会合の、第一回に当たる集まりだった。その前日、通りを何本か隔てた先にあるキージ宮で、同党首はユーゴスラヴィアを相手に、フィウーメをイタリアに割譲する協定に署名していた。かくして、一九一九年から血を流しつづけていた傷口が、ついに閉じられることとなった。ベオグラードでは、ユーゴスラヴィアのアレクサンダル一世国王が、協定の立役者を褒めたたえつつ、この歴史的な合意を言祝《ことほ》いでいた。「ムッソリーニ氏のような天分と力量を備えた人物でなければ、かかる困難な事業を成功に導くことは叶わなかった」。大戦が終結してからずっと開いたままだった、巨大な傷口が閉じられた。彼が、ベニート・ムッソリーニが、巧みな外交的手腕により傷を閉ざした。詩人にお似合いの、ばかばかしい冒険によってではなく。これにより、ガブリエーレ・ダンヌンツィオの墓穴には、さらなる土がかぶせられることになった。戦う詩人、ムッソリーニの宿命のライバルは、いまではガルダ湖畔の霊廟《れいびょう》で、緩慢な死を生きながら日々を送っている。

行き過ぎた成功と賞讃にもかかわらず、ある面から見れば、一九二四年はじめのムッソリーニは、いまなお貧相な男に違いなかった。ひげは自分で、一日おきに、適当に剃るだけだった。キージ宮の守衛は、しわくちゃの服を着て登庁するムッソリーニを見かけるたび、誰もズボンにアイロンをかけてくれないのかと胸を痛めた。住居はラセッラ通りにあった。王宮でもなく、貴族の邸宅でもなく、ティットーニ宮という建物のなかの一世帯分を間借りしていた。建物を所有するファッシーニ男爵は、内閣の長と住所を共有するという栄誉は保持しつつも、しっかり家賃は徴収した。グッビオ生まれの、チェジーラ・カロッチとかいう女中が、私生活の世話を一手に引き受けていた。下宿人が家で、たいていはひとりきりで、数分で平らげてしまう質素な食事を用意するのも、チェジーラの役目だった。チェジーラにかんしては、下宿人に女を斡旋する業務も請け負っているのだという、まことしやかな噂もあった。そうして連れてこられた女を相手に、下宿人はくるぶしのあたりでズボンをもつれさせたまま、胃袋を満たすときと同じ性急さで、あっというまに性欲を発散させるのだった。あれこれと下宿人の世話を焼く一方で、チェジーラは度を越した敬意を示すようなことはしなかった。それどころか、警護のために踊り場まで上がることを許されている唯一の警官を相手に、ライオンの子供の件で不平を漏らすこともあった。曲馬団の団長から小さなライオンを贈られたドゥーチェは、居間の檻で飼うと言って譲らなかったのだ。

とはいえ、また別の角度から眺めるなら、ベニート・ムッソリーニは征服者であり、思想家であり、カリスマ的な頭領でもあった。公式訪問のためにロンドンの土を踏んだ際には、ヴィクトリア駅で熱狂した群衆に迎えられた。ちょうどこの時期、詩人のジュゼッペ・ウンガレッティからは、代表作『埋もれた港』に序文を寄稿するよう要請された。キージ宮の「勝利の間」の、執務室に隣接する控え室では、企業家や、政治家や、聖職者や、軍人が長い列を作り、不安に慄《おのの》きながら、ムッソリーニとの面会の瞬間を何時間も待ちつづけていた。アルビーノ・ヴォルピのような、戦うために生まれてきた野獣でさえ、ドゥーチェとは古くからの付き合いであるにもかかわらず、敬意の混じった畏《おそ》れに身震いしていた。謁《えっ》見《けん》にあたっては新調した靴を履き、ソールと床がこすれる音に気がつくと、ドゥーチェを苛立たせはしないかと不安になった。そうして、アルビーノ・ヴォルピ、泣く子も黙る突撃隊「ピアーヴェの鰐《わに》」の元隊員である彼が、従僕にコップ一杯の水を所望し、ハンカチを濡らして靴底を湿らせるのだった。こうした観点に立つのであれば、一九二四年はじめの時点で、ムッソリーニの顔はすでに、彫刻家アドルフォ・ヴィルトが手がける胸像に等しい存在感を放っていた。大理石の柱に据えられた、ムッソリーニの巨大なブロンズ像は、現代の偶像に似つかわしい、悲壮で不穏な気配を漂わせている。

この、ひげもまともに剃られていない偶像が、ヴェネツィア宮に召集されたファシストの大会合で、次の選挙戦の方針を発表した。ジョヴァンニ・ジウリアーティ大臣が政権を代表して発言し、エンリコ・コッラディーニが党を代表して発言した後、ムッソリーニが言葉を継いだ。

彼はまず、自分はもう、いかなる選挙演説も行わないと宣言した。選挙演説というものは、「自分の生涯を通じて、もっとも屈辱的な」経験であったとムッソリーニは述懐した。選挙は実施されるべきだが、かつまた、侮辱されるべきでもある。なぜなら、選挙で選ばれるのはたいていの場合、いちばん劣悪な候補者と相場が決まっているのだから。選挙の聖性なる民主主義の幻想を手早く片づけてから、ベニート・ムッソリーニはふたつの「おとぎ話」の批判に取りかかった。ひとつめは、ファリナッチに扇動された「非妥協主義者」がことあるごとに言及する、原初の純粋性というおとぎ話だった。「はっきりと言っておく。古参であることを鼻にかける連中の、純粋主義や〈一九年主義〉へのこだわりも、原初のファシズムか二四年のファシズムかという論争も、なにもかもが単純にばかげている」

うしろの方で、ファリナッチ派のファシストがなにか不満げにささやいていたが、ドゥーチェはそんなことにはお構いなしに、ふたつめの「おとぎ話」の解体に着手した。それはすなわち、「善き独裁者」が「悪い相談役」からさまざまな助言を受けることで、いわく言いがたい影響を被ってしまっているという物語だった。ムッソリーニは、鼻で笑うような調子でまくしたてた。「これはもう、根拠のあるなしを問う以前に、滑稽としか言いようがない。私の決断は多くの場合、夜半、精神が孤独に浸っているときに成熟する。〈相談役〉というと、私には五人か六人の顔が浮かぶが、彼らは毎朝、イタリアでいまなにが起きているかを逐一報告するために、私のところにやってくる。そうして、ファシスト政権の直接的な責任という、塩辛いパンを私と分かち合うのだ」。ドゥーチェは「相談役」に礼を言い、彼らにたいする親愛の情を表明した。あえて名前はあげなかったが、心からの感謝が誰に向けられたものなのかは、その場にいる全員が察知していた。フランチェスコ・ジウンタ、エミリオ・デ・ボーノ、そしてとりわけ、チェーザレ・ロッシ、アルド・フィンツィ、ジョヴァンニ・マリネッリの五人が、ドゥーチェを支える「相談役」だった。

不平分子が広める悪意ある伝説が吹き払われたあとで、次回の国政選挙の戦略に話題が移った。ファシズムは、いかなる政党とも手を組まない。だが、ファシスト党の候補者名簿には、あらゆる党の人間を迎えいれる。国家に有為な人材であるならば、特定の党に所属していなくても構わない。戦略ははっきりしている。他党から人材を吸いあげて、ファシスト党に移し替えるのだ。そのためには、行動隊による行き当たりばったりの暴力と、これをかぎりに決別しなくてはならない。狂人、異常者、確実な死が運命づけられた連中と、きっぱり手を切らなければならない。ファシズムは「遵法の道」を進み選挙に勝利する。しかし同時に、踏みにじられた自由とやらを嘆く反対者のことも、黙らせてやる必要がある。「ファシズムの革命は、夥しい人命の犠牲を基礎とするものではない。ファシズムはこれまで、特別法廷を設けてこなかった。銃殺刑の射撃音が響くこともなかった。ファシズムは恐怖を行使してこなかった。特別法を公布したこともなかった」

しめくくりに、ムッソリーニの語り口は崇高な響きを帯び、観念が高らかに羽ばたいた。「国家の強靭化の理論としてのファシズム、力の、美の、規律の、使命感の理論としてのファシズムは、いまやローマから世界を照らす灯台となり、地上のすべての民衆がこの灯台を見つめている。祖国のために、ファシズムのために戦えというのなら、われわれには殺す覚悟ができている。死ぬ覚悟ができている」

最後の言葉は猛烈な勢いで吐き出された。出席者はひとり残らず、雷に打たれたように立ちあがり、盛大な拍手を送った。寄せては返す波のように、拍手は数分間も続いた。

「誰に向けても開かれている候補者名簿」に載せてもらうことを期待して、小物がわらわらと「善き独裁者」のまわりに群がっているのを尻目に、チェーザレ・ロッシは「悪い相談役」たちといっしょにその場を後にした。

これに先立つ一月十日、ロッシ、ジウンタ、マリネッリ、デ・ボーノは、女中のチェジーラ・カロッチが取り仕切るムッソリーニの自宅に集まり、ライオンの子供と軽く遊んでやったあとで、話し合いの時間を持った。そこで語られたのは、「遵法の道」が聞いてあきれる内容だった。「独裁者」と「相談役」は、ファシズムの敵を討つことを任務とする、自分たちに直属の秘密組織を立ちあげることを決定した。ドゥーチェは、そうした組織が必要不可欠だと考えていた。いまなお法が、自由主義的な精神の影響を受けているこの移行期において、合法的な手段にばかり頼っていては、敵の排除はままならない。制度に欠陥がある以上、それを埋めるのは施政者の義務だった。

自邸での会合においてムッソリーニは、かつてレーニンが発揮した無慈悲な活力に賞讃の意を表明した。共産主義国家が産声《うぶごえ》をあげたころ、レーニンは即座にロシアの秘密警察「チェーカー」を発足させ、恐怖による統治を行った。ドゥーチェがレーニンをおだてるのを聞いた「相談役」は、新たな秘密組織にぴったりの名称をたちまちに考案した。「ファシスト・チェーカー」。会合の終わりに、ドゥーチェは満足げな表情を浮かべ、両手に鼻を近づけてこう叫んだ。「ライオンの臭いがするな！」

「ファシスト・チェーカー」の統率者には、アメリゴ・ドゥミニが推薦された。ドゥーチェは喜んでこの人選を受け入れた。ここ何か月か、ドゥミニが率いるフィレンツェの行動隊は、反ファシストの危険な政治亡命者を排除するため、フランスでさまざまな秘密任務をこなしていた。

一月二十一日、レーニンが死んだ。ドゥミニのために、無期限の鉄道乗車券を手配してやらないといけない。

親愛なる首相へ。私やフィンツィをはじめとする幹部の命令を実行するため、アメリゴ・ドゥミニはきわめて頻繁に列車を使用しています。これから先、とくに選挙期間のはじめには、列車の使用頻度はますます高くなるものと推察されます。トッレかキアリーニに電話するなどして、二月一日から有効の無期限の乗車券を発行するように頼んでください。言うまでもなく、これは金銭的な事由による要請です。敬意を込めて。ロッシ。

チェーザレ・ロッシによるムッソリーニ宛ての書簡、一九二四年一月二十三日

チェーザレ・ロッシ　ローマ、一九二四年二月

候補者名簿の作成を請け負う委員会の長に就任してからというもの、チェーザレ・ロッシの生活からはいっさいの平穏が失われた。乞食どもはいっときたりとも、ロッシを放っておかなかった。深夜、アランチョ通りの自邸に戻ると、立候補希望者が玄関前の階段にうずくまって、ロッシの帰りを待っていることもあった。女中がいくら説いて聞かせても諦めようとしない、カタンツァーロ県の元代議士もいた。「ロッシ殿がここを通られることはわかっているんだ」。再選を渇望する代議士は、有無を言わせぬ口調でそう応えた。なかには、フラッティーナ通りに医院を構える、高名な足の専門医ヴィスコンティ医師のもとまで押しかけ、診察を受けているロッシに向けて、高位聖職者や王族の推薦状を読みあげる者さえいた。医師はその間、親指に食いこんだロッシの爪にやすりをかけていた。

委員会は、ムッソリーニが信頼を置いているいつもの顔ぶれで構成されていた。ミケーレ・ビアンキ、アルド・フィンツィ、フランチェスコ・ジウンタ、ジャコモ・アチェルボ。新聞は「五頭政治」などと形容したが、主導権を握っているのはロッシだった。二月一日、総理府が入るヴィミナーレ宮の、中央廊下に面した大きな広間に、選挙対策事務所が開設された。ロッシはそこで、県知事や、県庁所在地がある都市の首長らと面会し、机の上に積みあがった電報の山に目を走らせ、ひっきりなしに扉を叩くあらゆる党の自薦者に追いまくられつつ、三五〇人の氏名を一六の選挙区に割り振った「大名簿」の作成を進めていった。ムッソリーニの算段では、この三五〇名が、ファシストが多数派を占めるはじめての

議会を形成することになっていた。

おおやけには、ドゥーチェは権力の座に群がる物乞いたちに、あからさまに軽蔑を示していた。「われわれはいわゆる選挙戦に突入した。頼むから、紙切れに名前を載せるか、載せないかというこの興行に、熱中し過ぎないようにしてほしい。選挙だの投票だの、そんなものは取り澄ました古いイタリア、旧制度《アンシャン・レジーム》の遺物でしかないのだから。くれぐれも、あのムッソリーニが候補者名簿の作成に四苦八苦しているなどという、ばかげた妄想を信じないように」。だが、民衆の指導者は胸中では、議席獲得のために駆けずりまわる志願者にたいし、嘲《あざけ》りよりも苛立ちを感じていた。こいつらがやいのやいのと騒ぐせいで、ユーゴスラヴィアとの交渉に集中することも、レーニンの死についてゆっくりと考えることもできないではないか。

それでも、駆け引きの名人たるムッソリーニはチェーザレ・ロッシに、リストの作成にかんして詳細な指示を与えていた。第一の指示はこうだった。旧政党の人間がファシストの「大名簿」から立候補することを望むのであれば、群れを離れるよう強要すること。新参者はひとりずつ、頭《こうべ》を垂れて、武装解除したままファシストに合流しなければならない。彼らの再選は屈服に等しく、もともと属していた政党とのつながりは完全に断ち切られる。再選者が獲得するモンテチトリオ宮の議席には、いかなる政治的な重みもない。伝統的な政党は終焉を迎え、議会の生は脱政治化され、ファシスト党が唯一の巨大な「国民政党」となる。次に、第二の指示。どの群れから引き離されてきた者であろうと、合流先での身の振り方はひとつしかない。党首への服従。党首の意志への、場合によっては気まぐれへの、全面的な従属。したがって、指名の制度は天からの恵みとして機能しなければならない。まとめるとこうなる。ファシストに合流するのは党ではなく、個別の人間であり、候補者はすべて、ただひとりの男、ただひとりの重要人物によって指名される。

かかる指示を踏まえたうえで、チェーザレ・ロッシは志願者の見本市をしかるべく処理しなければならなかった。ローマは蜂の巣をつついたような大騒ぎだった。少なく見積もっても三〇〇〇人の嘆願者が駆けつけ、そこに付き添いの庇護者やらペテン師やらが加わって、堂々たる長い列を作っていた。この大人数が、首相官邸に群がったままじっと動かず、何時間も、何日間も陣を張り、官邸の係員は国会議員の人垣を整理するために、かつてストライキが行われている広場でよく聞かれた、なつかしい警官のかけ声を張りあげていた。「とまらないで、ほら、とまらないで……」

うわべでは、議会をつねに蔑視してきた行動隊のラスたちも、「議員バッジ」をめぐる争いを激化させていた。その熾烈《しれつ》さは、国会議員であることと生きることがほぼ同義の、南部の名士たちの争いにも引けをとらないほどだった。

国民ファシスト党の内部抗争は、激しさを増す一方だった。トリノでは、党内左派がジョーダ、ポンティ、トッレを支持し、デ・ヴェッキ率いる右派はこの顔ぶれを推すことに反対していた。トリノの県知事は毎日のように、ファシスト同士の小競り合いを宥《なだ》めなければならなかった。フェッラーラでは、少し前に党の主流派に復帰したばかりのオラオ・ガッジョーリが、配下の不平分子を名簿に加えるようバルボに強く求め、ピアチェンツァでは、少なくとも三つの派閥が名簿入りを争っていた。ロンバルディアは、端的に言って壊滅的な状況だった。不信が渦巻き、いたるところで追放処分が飛び交っていた。

とはいえ、党の外に目を向ければ、ムッソリーニの戦略は徐々に実を結びはじめていた。ファシスト党はたんに多数派を獲得するだけではなく、旧政党から人材を枯渇させることで、リソルジメントの理想のかすかな残り火まで吹き消そうとしていた〔「リソルジメント」は「復興、再生」の意で、十九世紀なかばにおけるイタリア新王国成立にいたるまでの、愛国的な諸潮流を指す言葉〕。それは言うなれば、精神の解体作業だった。自由主義陣営の最大のリーダーたちを、合憲性や民主主義をめぐる各種の議論もろとも「大名簿」に取りこみ、ファシスト党から再選させることによって無力化する。これがムッソリーニの狙いだった。自由主義の最重要人物ジョリッティは、ファシストからさんざん口説かれた末に、「大名簿」を支持することを受け入れた。だが、ジョリッティはあくまで、自分は独自の「並行名簿」を作成すると言って譲らなかった。他方、ジョリッティ以外の大物はほとんど全員、「大名簿」への参加を受け入れた。チェーザレ・ロッシは二月のなかばには、旧政界の主だった顔ぶれのうち、大戦への参加を決めたサランドラ元首相や、大戦を勝利で終えたオルランド元首相や、下院議長デ・ニコラの説得を済ませていた。さらには、議席と引き換えに理想の旗を振ることをやめた一〇〇人規模の自由主義者、社会民主主義者、無所属左派の民主主義者、人民党の造反者の名前も、続々と名簿に連なっていった。フィアットの社主であるアニエッリ上院議員さえもが、トリノの選挙区からファシストの組合主義者《サンディカリスト》を排除するために、ロッシとの取引に応じていた。自動車工場の労働者にオーナーが絶対的な権力を振るうにあたって、ファシスト系の組合が大きな障害になっており、アニエッリはこの状況の解消を望んでいた。

要するに、すべてが正しい方角に進んでいるように見えた。左翼陣営にかんしては、もはや警戒するだけの値打ちもなかった。自死の悪魔は、かつてないほどに深く、「赤ども」の肉に爪を突き立てていた。距離をとるべきか、参加すべきかの決心がつかず、社会主義陣営は統一派、最大綱領派、共産主義派という、三つの勢力に分裂していた。これだけではまだ足りないとでも言うかのように、名簿の提出の直前になって、反主流派からなる四つめのグループ「第三インターナショナル派」が結成された。このグループには、プーリア地方のあらゆる農夫や労働者から絶大な支持を集めている、サンディカリストのジュゼッペ・ディ・ヴィットリオが含まれていた。結論を述べるなら、ドゥーチェの天才的な政治手腕により、ほとんどすべての有力者がファシストの「大名簿」に吸収された一方で、反対勢力は合計で二一もの名簿を提出した。もっとも近しい立場にある勢力間でさえ、共闘関係は成り立たなかった。

歴史から教訓を引き出すなら、次のように言えるだろう。多くの敵は、敵にあらず。

そんななか、ひとりマッテオッティだけは気を吐いていた。つい最近も、『ファシスト支配の一年』と題する小冊子を出版したばかりだった。だがそれも、いつもの無益で儚い繰り言、多数派工作の砂漠に響くかすかな声に過ぎなかった。

ドゥーチェの心を波立たせているのは、ファシスト内部の反対勢力だった。なかでも、大戦の英雄、ロメッリーナのラス、ミラノ市庁舎の襲撃の際に行動隊を率いた指揮官、ローマ進軍においてはロンバルディア＝ピエモンテ管区の総団長を務めた男、チェーザレ・フォルニの抵抗は厄介だった。自分はモルターラの選挙区で、独自の名簿を提出して戦うと言って、フォルニは党中央に脅しをかけていた。デイ・ヴィットリオがプーリアの労働者から敬意を捧げられているのと同じように、フォルニはモルターラの行動隊員から崇拝されていた。反抗の理由はいつも変わらなかった。革命の理想は裏切られた、ローマのファシストは利権集団に堕《だ》している、原初の純粋性を取り戻せ。フォルニの場合は、かつて決闘にまで発展したことのある、フランチェスコ・ジウンタとの個人的な反目も関係していた。さらにふたりは、「マッタヴェッリ伯爵夫人」とかいうあだ名の娼婦に揃って入れあげ、その歓心を得ようとたがいに競い合っていた。

ロッシはアメリゴ・ドゥミニをロンバルディア地方に派遣し、現地の状況を視察させた。ドゥミニから送られてきた報告書は、党中央の懸念をなおも深めた。直接会って話をするために、ロッシはフォルニをローマに呼んだ。立候補をとりやめるなら、ソマリアに駐留する植民地軍の、監督官のポストをあてがってもいい。党からすれば、大盤振る舞いの提案だった。一九五センチの身長と一一〇キロの体重に加え、みずからの過去を彩る伝説をこれでもかと前に押しだし、フォルニ大尉はきっぱりと提案を斥《しりぞ》けた。ムッソリーニは、心臓に棘を打ちこまれた思いだった。

「われわれの側に立たない者は、すべて敵だ」

ごくまれに、選挙というみすぼらしい鍋で煮えたぎる、どろどろとした気色悪い物体に視線を投げかける気を起こしたとき、ドゥーチェは瞳に怒りと蔑《さげす》みを湛《たた》えながら、チェーザレ・ロッシにそう繰り返した。

ミラノ、および、ロンバルディアの一部の地域におけるファシストにたいしては、即時の積極的な介入が必要であると言わざるをえません……分離主義者の動きが広がり、フォルニ - サラ派がシルヴァ派と結託すれば、地方ファッショのかなりの部分、ミラノ・ファッショ、さらに深刻な場合には行動隊の勢力全体にたいし、やっとこで締めつけるような圧力が加わることにもなりかねません。

アメリゴ・ドゥミニによる内務省宛ての報告書、一九二四年二月末

フォルニの選挙への態度はわが党と彼のあいだに修復不能な亀裂をもたらした。私はフォルニを政権の敵と見なす。

ベニート・ムッソリーニ、パヴィア県の新知事ウンベルト・リッチ宛ての電報

どうぞ私を迫害してください、首相。息の根をとめられないかぎり、私はけっして屈しません。私たちは聖戦を戦っています。それは首相でも現政権でもなく、党の堕落に抗する戦いです。

チェーザレ・フォルニ、ベニート・ムッソリーニ宛ての公開書簡、『コッリエーレ・デッラ・セーラ』、一九二四年三月二日

チェーザレ・フォルニ、ライモンド・サラの両名を、ファシズムのもっとも危険な敵と認識するよう命令する。この命令と、首相から各県知事に並行して与えられる命令にもとづき、前記の両名を抹殺することが急務であり……

ロンバルディアおよびピエモンテ地方の党支部に宛てられた国民ファシスト党の電報通達、一九二四年三月十一日

アメリゴ・ドゥミニ　ミラノ、一九二四年三月十二日　中央駅

「ドゥミニはなにをしてる、マスでもかいてるのか⁉」

ミラノの鉄道駅のコンコースは、さまざまな年代、性別、身なりの人びとでごった返していた。とくに、出口の回転扉のまわりは、足の踏み場もないほどだった。どのようにして生計を立てているのかは知らないが、皆きびきびと、軽い足どりで進んでいる。ドゥミニのように、怒気をはらんだドゥーチェの失望を背負っている人間は、このなかにはひとりもいない。

「ドゥミニはなにをしてる、マスでもかいてるのか⁉」

とくに目につくのは、販売代理人、グレーのスーツのビジネスマン、灰緑色の軍服を身につけた休暇中の兵士だった。あとは、黒の長衣《スータン》を着た二人組の司祭や、小さな子供を連れた母親もいる。おそらく、親戚の家を訪ねてきた帰りなのだろう。誰もが、少しだけ息を切らし、だが、心の奥底では満足しているように見える。この人たちには、怒りにまみれた神の手で、血塗られた物語の登場人物に仕立てあげられるような不安はない。上からひとまとめにして見ると、人間というのはなにやら、穏やかな幸福に包まれつつ、わけもなく息を弾ませている生き物に見えてくる。とりわけそうした印象が強くなるのが、平日の、駅舎がとくに混雑する時間帯、コンコースの大階段から下を眺めているときだ。少しだけ距離をとり、あふれんばかりの人波のなかに特定の顔を探しながら、私たちはこう自問する。「この流れのなかに、自分の居場所などあるのだろうか？」

アメリゴ・ドゥミニは、この光景のすみのあたりに張りこんでいた。その場でひとり、耳の奥に罵倒――「ドゥミニはなにをしてる、マスでもかいてるのか⁉」――を響かせ、次から次へ煙草に火をつけている。新聞の売店の横に立ったまま、フィルターなしの黒煙草をせわしなく吸っている。

フォルニの反抗に端を発する、荒ぶるムッソリーニの怒りの言葉は、チェーザレ・ロッシを介してドゥミニに伝えられた。三月九日、ドゥーチェは緊急にロッシを呼びつけ、自分のまわりには無能しかいないと言って嘆いてみせた。いつも自分が、なにもかもをひとりでこなさなければならない。いつも自分が、「主演男優」をやらされる羽目になる。

ドゥミニは吸い殻の残り火で、もう何本目かわからない煙草に火をつけた。彼にとって、ドゥーチェの愛顧を失うことは破滅に等しかった。フランスでの秘密任務、国外の反ファシストの殲滅《せんめつ》活動から戻ったあと、ムッソリーニは直々に、ドゥミニの働きに賛辞を送った。国外のファッショの事務局は、彼のために銀のシガレットケース――ちょうどいま、そこから煙草を取り出した容器――を注文し、そこにドゥーチェの献辞を刻ませた。「鉄の心を持った男、ドゥミニへ」。さらにムッソリーニは、自署入りの写真まで送ってきた。ドゥミニはただちに、自身が運営する地方週間新聞『サッサイオーラ・フィオレンティーナ』の第一面に、その写真を掲載した。それだけではまだ満足できなかったのか、ムッソリーニは二月のはじめ、ラセッラ通りの自邸にドゥミニを迎え、彼を「ファシスト・チェーカー」の統率者に任命した。その場に居合わせた、党の財務部長であるジョヴァンニ・マリネッリは、『コッリエーレ・イタリアーノ』紙の販売を促進する出張視察人という偽の身分を、ドゥミニのために用意することを提案した。『コッリエーレ・イタリアーノ』を経営するフィリッペッリは、ムッソリーニ一族のために裏で暗躍する策謀家であり、余剰軍需品の取引で莫大な利益をせしめた遣り手だった。新たな役職に就いたドゥミニには、二五〇〇リラの月給が支払われることになった。さらに、新聞社の車を自由に使う権利、ホテル・ドラゴーニの一室の借り上げ、カヴール通りの住居の家賃四〇〇リラ、損害を被った際の補償、成功報酬、腹心に自由に分配できる特別手当、「ブレッケ」や「アル・ブーコ」の専用テーブルも用意された。費用はすべて、党が受け持った。

これらすべてを失うなんて、考えられない。そんなことはあってはならない。昔からの知人は最近のドゥミニを見て、人が変わったようだと言っていた。いまではドゥミニは、活気に満ち、やかましく、若さにあふれ、のんきで気楽な人物だと思われていた。寡黙だった昔が嘘のように、ことあるごとに人をからかっていた。

その前日、女とペルージャにしけこんでいたところを、ドゥミニはロッシに狩り出された。ミラノに急行して任務を遂行するよう言われた彼は、まずはフィレンツェに電話して、かつての懲罰遠征の相棒、頭のねじの狂ったピッロ・ネンチョリーニと連絡をとった。それから、信頼の置ける数人の同志をかき集め、取るものも取りあえず列車に飛び乗った。ミラノでは、フランチェスコ・ジウンタ党書記長から直接に命令を受けたアスヴェロ・グラヴェッリが、ドゥミニの到着を待っていた。グラヴェッリはドゥミニに五〇〇〇リラを手渡した。ロッシの支払い記録には、「政治的な特別任務」のための臨時費用というメモが残されている。任務を成功に導くために、党中央はチェルヴァ通りにたむろするミラノのアルディーティ、アルビーノ・ヴォルピ率いる「生肉を喰らう行動隊」にも動員をかけていた。ミラノのファシストだけでもじゅうぶんに遂行可能な仕事だったが、そこにフィレンツェの行動隊を参加させたのには、それなりのわけがあった。ミラノをはじめ、ロンバルディア地方のファッショの動きに、ロッシは警戒を抱いていた。彼らだけに任せていては、作戦は未遂のままに終わりかねない。ミラノのファシストにとって今度の任務は、一日で三〇年分も老けこむこと、みずからの青春を打擲《ちょうちゃく》することを意味しているから。

駅舎の出口へ向かう人の流れはまだ続いている。大階段のまわりも混雑してきた。少し前に、三本の列車がほぼ同時に到着したせいだ。大階段をくだりきったあたりや、張り出し屋根の下の、駅構内に続く回転扉の前で、ネンチョリーニやヴォルピの手下が出番を待っている。ぜんぶで二〇人はくだらなかった。細身の棍棒や、先端を太くして鉄具を取りつけた棍棒など、めいめいが愛用の武器を握りしめている。標的の姿はまだ確認できないが、見逃す心配はなかった。どれだけ人だかりがあろうと、あの男が来ればすぐにわかる。

ああいう男は、かたわらを歩くにはいいが、正面から対峙するものではない。それでも、ミラノ中央駅に集まったファシストは、目を皿にして彼を探していた。やつは次の選挙に向けて、反主流派の候補者名簿を提出した。その名も「国民ファッショ名簿」。ムッソリーニはあらゆる手をつくした。アフリカの司令官のポストを用意し、脅迫し、県知事に命令して傘下の新聞社の資産を押収させ、友人を逮捕させ、男が地盤とする地域の党支部を解散させた。だがどうにもならなかった。男は膝を屈しなかった。そしてやつは、越えてはならない一線を越えた。ビエッラで政治集会が開かれた際、広場を埋める何千という聴衆、何千というファシストの前で、党の大物たちを批判したのだ。「一九二〇年や二一年には、財布がからっぽだった同志から、飢えをしのぐために数リラでいいから恵んでほしいとよく頼まれたものだった。その彼らが、いまではイタリア国民の金を使って、ローマの貴族の館でのうのうと暮らしているのだ」。反駁のために演壇に立ったはずの、ビエッラ・ファッショの創設者ヴィットリオ・セッラまで、男に賞讃を送る始末だった。

来た。なにも知らずに穏やかな幸福に浸っている、名もなき無数の通行人たちに囲まれて、少なくとも頭ひとつ分はまわりよりも背が高いチェーザレ・フォルニが歩いてくる。たんなる鉄道の利用客のなかから、ブロンドに光るその髪と、すでに重たそうに垂れさがるそのまぶたを、見分けられないはずはなかった。司祭、会計士、商売人らが群れをなすこの場所で、いまから暴力が振るわれるなど、誰にとっても思いもよらない話だった。

こそこそせずに、正面から行くのだろうか？　ヴォルピや、ネンチョリーニや、そのほかのアルディーティは、大戦中の戦功により九つの勲章を授かったフォルニ大尉に、名誉ある降伏の機会を与えるだろうか？

そんなことはしなかった。ファシストは背後から襲いかかった。ただちに棍棒が振りおろされ、最初の数発は後頭部に直撃した。野蛮としか言いようのない、あまりにもあからさまな殺意だった。残飯や動物の死骸に産みつけられた、肉蠅《にくばえ》の幼虫の群れにも見えた。暴力の遠心力が群衆を追い払い、フォルニのまわりにはぽっかりと空白ができた。

襲撃者の輪にひとり取り残されたフォルニは、なおのこと大きく見えた。巨漢は丸腰で戦った。素手で、蹴りで、拳で。すでに棍棒で打たれて骨折している手で、鉄具に覆われた棒をひったくり、闇雲にそれを振りまわす。さっきまでフォルニの隣にいた男が、多勢に無勢のなか助力に馳《は》せつけた。襲撃者の一部が血を流し、後ずさりして、フォルニを取りかこむ円にほころびができた。一瞬の平衡状態に吸い寄せられるようにして、逃げようとしていた通行人がきびすを返し、暴力の現場に近づいていく。

やがて打擲は再開され、輪はふたたび狭まり、一〇本だか二〇本だかの棍棒が頭蓋骨にぶつかって乾いた音を響かせ、上腕骨や、舟状骨《しゅうじょうこつ》や、掌骨《しょうこつ》が砕かれていった。顔を血まみれにしたチェーザレ・フォルニは、よろめき、壁際に追いつめられ、ついにはその場に倒れこんだ。それでも男たちは打擲をやめなかった。群衆がファシストに叫びかかる。「やめろ！　もうよせ！」襲撃者が去ったとき、チェーザレ・フォルニの肉体はもう、コンコースの巨大な空間にうずくまるぼろ切れのかたまり、前後の区別もないままに、無限の宇宙にぽつりと浮かぶ小さな血痕でしかなくなっていた。

三月十五日、ベニート・ムッソリーニは署名入りの記事――もともとの見出しは「裏切る者は、滅ぶしかない」――を通じて、ファシズムには裏切り者を罰する権利があることを宣言した。正当性を言い立てるのは簡単だった。ボリシェヴィキが反主流派を根絶やしにしたときの残酷さと比較するなら、ファシストの暴力などものの数ではない。レーニンを失ったロシアでは、ちょうど前日、革命の中心人物であるトロッキーの理論を、スターリンがおおやけに批判していた。だいたい、暴力がどうこうと言ったところで、フォルニは死んでさえいないではないか。

翌週、フィウーメのイタリアへの割譲交渉にたいする感謝として、ベニート・ムッソリーニは国王ヴィットリオ・エマヌエーレ三世から、サヴォイア家の最高勲章に当たる「サンティッシマ・アンヌンツィアータ大勲章」を下賜された。こうして、プレダッピオの鍛冶屋の息子は公式に、国王の縁戚となった。

本日、ミラノ駅で発生した殺人未遂を、被害者の弟として、心からの憂慮をもって告発します。親族を代表して、閣下に要請します。容易に判明しうる、卑劣なる凶行の計画者と実行者を、ファシズムとイタリアの名のもとに、司法の手に引き渡してください。

ロベルト・フォルニ、ベニート・ムッソリーニ宛ての電報、一九二四年三月十二日（『コッリエーレ・デッラ・セーラ』に転載）

ボリシェヴィズムは少数派のメンシェヴィキを文字どおり抹殺した。革命的社会主義の少数派には、それよりもましな運命は用意されていなかった……イタリアで破壊活動に精を出す、あの汚らわしい卑怯者どもは、ファシズムの裏切り者が、いささかなりとも派手なやり方で罰を受けたからといって、いったいどの面を下げて哀歌をがなり立てるつもりなのか？　われわれはつねに、ロシアの制度とは遠い場所にいる。

ベニート・ムッソリーニ、『ポポロ・ディタリア』、一九二四年三月十五日

とりうる立場は、賛成か反対のどちらかしかない。ファシズムか、反ファシズムか。われわれの側に立たない者は、すべて敵だ。

ベニート・ムッソリーニ、コスタンツィ劇場で開かれた戦闘ファッショ結成五周年大会における記念演説、ローマ、一九二四年三月二十四日

ジャコモ・マッテオッティ　ローマ、一九二四年四月一日

棄権という餌を垂らして、失意が誘惑してくる。棄権か、敗北か。一月に選挙集会が開始してからというもの、このジレンマが社会主義者をとらえていた。大衆のなかに紛れて、棄権の道を選べばいい。彼らを誘惑する砂漠の悪魔が、そうささやきかける。

この騒ぎには荷担しない。いかさま師のテーブルには坐らない。世界をペテンにかけようという企みには、あらかじめ、断固とした拒否をつきつける。

はじめのうちは、ジャコモ・マッテオッティもこちらの立場に傾いていた。棍棒に支配された選挙戦が展開されることはわかりきっている。それなら、賭けのテーブルをひっくり返すことが、正しい選択に思えたのだ。ファシストの汚れた遊戯に付き合って、腐りきった敗北を喫するくらいなら、うまく衝突を回避して、さっさと逃げを打った方がいい。撤退戦を戦って、被害を最小限に食いとめるのが賢い道だ。澄み渡る青さえ休息をもたらさない、この暴力の空の下では、選挙もまたひとつの挿話に過ぎない。いまの自分がすべきこと、いまの自分にできることは、足場を守り、それを強固にすることくらいだ。遠い未来のために、現在の日々にたいして「否《いな》」と言おう。たしかにいまは、水平線の彼方に目を凝らしても、現在と異なる未来の兆しなど見えはしない。しかし、だからといって、唯々《いい》として現実を黙認するわけにはいかないのだ。

年が明けてからの何か月か、マッテオッティはこうした方針のもとに、各方面に根気よく働きかけた。

ほんの一瞬、マッテオッティの破れかぶれの情熱が、反ファシストの全勢力を結託させ、大衆を投票棄権へ導くかに思われたときもあった。二月には、昨年末に行動隊から打擲《ちょうちゃく》を受けた、民主主義者のジョヴァンニ・アメンドラを相手に、合意の一歩手前までこぎつけた。ほんの一瞬、「プロレタリア統一戦線」に属す共産主義者の提案にもとづき、左派陣営の大会合が可能になるかと思われたときもあった。だが、じきにすべてが、またしても対立の構図に回収された。兄弟殺しの悦楽、破滅の誘惑が優位を占め、マッテオッティは真っ先に、イタリア社会党の残忍な兄弟たちとの論争に巻きこまれた。「プロレタリアートを分断し弱体化させた責任を、われわれ臆病な改良主義者に負わせようとするいつもの策略」を講じているとして、マッテオッティは「兄弟」を糾弾した。

共同戦線を張る可能性が潰《つい》えるや、統一社会党書記長ジャコモ・マッテオッティは、棄権の道を断念した。衰退と混乱が渦巻くなか、意気地なしの同志や指導者は、妥協と降伏の心構えばかり養っている。この状況下で棄権でもしようものなら、それはたんなる逃避、現実にたいし目を閉ざすための浅ましい手段ということになりかねない。それよりも、闘争を再開することが必要だ。すべての戦場で、一メートルたりとも譲らず、一歩たりとも退かずに、選挙戦を含むすべての戦いを闘うのだ。選挙前夜、マッテオッティは人道的社会主義の温厚なる長老トゥラーティに宛てて、次のように書いている。われわれは硬直化し、厳格化しなければならない。多数派と反対派、ファシストと社会主義者、純粋な社会主義者と協調主義者のあいだに、溝を掘らなければならない。誰も乗りこえようなどという気を起こさない、誰にも乗りこえられないような溝を掘らなければならない。

マッテオッティはトゥラーティに手紙を書いた。一方で、妻ヴェリアにたいしては、ジャコモはもう何か月もペンをとっていなかった。妻に宛てられた最後の私信は、一九二三年十二月二十八日の日付が入った、ヴェネツィアからの絵はがきだった。サン・マルコ広場で羽ばたく、鳩の姿を描いたものだ。

手紙の文面はひどく素っ気なかった。「息災で」。たったこれだけ、コンマもピリオドも打たれていない。ちっぽけな黒点は、乾いた砂漠に飲みこまれた。

ところが、ジャコモ・マッテオッティが出版したばかりの著作『ファシスト支配の一年』においては、コンマのひとつも疎かにされてはいなかった。ローマでムッソリーニが祖国の父を気どっているあいだに、体制側の人間がどれほどの暴力を行使したか。行動隊がどれほど横暴に振るまい、どれほどの犯罪に手を染めたか。執念深く収集した数々の事例を、マッテオッティは一件たりとも漏らすことなく列挙していた。棍棒による打擲、放火、殺人がひとつずつ積み重なって、何十、何百、何千という項目からなる長大なリストとなった。各項目には、墓碑銘のようにして、場所、名前、日付が記されている。

しかし、マッテオッティが何か月もかけて準備した著作は、いつ果てるともしれないリストの目まいに憔悴《しょうすい》し、その内容は刊行から時を措《お》かずに古びてしまった。刷り上がったばかりの書籍が、印刷所から運び出された直後に、さっそく新しい報《しら》せが舞いこんできた。社会主義系の候補者で印刷工のアントニオ・ピッチニーニが、レッジョ・エミリアで殺害された。ファシストはピッチニーニの遺体を、肉屋の鉤に吊したという。

そう、人間の悲劇の歴史は、貪欲な編集者にそっくりなのだ。完成稿を引き渡すが早いか、新章を追加してくれ、新聞で報じられたばかりの新鮮な犯罪を論じてくれとせがんでくる。それでもジャコモ・マッテオッティは、みずからの習性にしたがって、執拗にペンを走らせつづけた。これから幾度も更新されるであろう告発の書を、著者は二月に刊行し、三月にはもう新版の準備に取りかかっていた。

さらに、統一社会党の書記長は、政権の公金横領にたいしてもつねに目を光らせていた。ムッソリーニ内閣が提出し、ヴィットリオ・エマヌエーレ三世から承認を受けた均衡予算案には、さまざまな虚偽が含まれている。マッテオッティはそのことを立証するために、関連書類の準備を進めていた。国家に損害を与える横領行為の数々を、流血をともなう犯罪を記録していたときにも劣らぬ厳密さで列挙していく。ここでもまた、長大なリストの目まいが彼を襲った。大規模工場の転用にともなう利益の着服、戦時利得税の廃止により失われた莫大な税収、電話公社をはじめとする公共部門全体の民営化、詐欺行為じみた銀行の救済、国家規模の金融投機、国庫に与えた損害を隠蔽するための不正会計。マッテオッティの熱意は、立て替えた経費の払い戻しを求める巡回セールスマンさながらだった。まるで、不正をひとつずつ列挙することが、補償の支払いにつながるのだとでもいうかのように、マッテオッティはすべてを記録し、すべてにかんして証拠書類を収集していった。

そして、今度はロンドンの労働組合《トレード・ユニオン》の同志から、いかにも危険な香りのする情報が提供された。イタリア政府がアメリカ企業のシンクレア・オイルと秘密裏に協定を結び、イタリアの広範な土壌における、石油探査の独占権を同社に与えようとしているらしい。対象となる土地の面積は七五、〇〇〇平方キロメートル以上で、じつに国土の四分の一に相当する。見返りに、シンクレア・オイルからは途方もない額のリベートが支払われるとの噂だった。マッテオッティは早くも、四月末にロンドンに発つ計画を立てはじめた。だが、その前に選挙がある。あと六日、四月六日に。ロンドンに発つ前に、もう何度リングに上がったかわからない、「〈一〉対〈世界〉」の勝負に臨まなければならない。勝つのはどっちだ?

勝負の行方に、国民が無関心ということはなかった。ここ数日、新聞は発行部数を大きく伸ばしている。政党の事務所は有権者でごった返しているし、バールでも熱っぽい議論が交わされている。政治にたいする国民の熱は、たしかに高まっている。それでも、ジャコモ・マッテオッティが家族とともに暮らしている、ローマのカンポ・マルツィオ界隈は、昨晩からずっと、政治ではなくひとりの少女の話題で持ちきりだった。少女は昨日、カンポ・マルツィオからほど近いカヴール広場の小さな緑地で、母親に見守られながら遊んでいた。ところが、しばらくしてから、娘がいなくなってしまったことに母が気づいた。二時間後、ある婦人が、茂みの裏でうずくまっている子供の泣き声を耳にした。発見されたとき、少女のスカートは破け、その首は鮮やかな色合いのハンカチに固く締めつけられていた。背が高く、痩身で、身なりの良い五十がらみの紳士が、乱れた服装を整えながら逃げていくところを、現場にいる誰かが目撃していた。しかし、小さなエンマの痛ましい姿に気をとられていた人びとは、逃走者にしかるべき注意を払わなかった。

ファシストの独裁にたいしては、なによりもまず、これまでとは異なる姿勢で対峙する必要があります。専横な体制に、われわれはより頑強に抵抗すべきです。譲歩はけっして許されません。かりに、なんらかの立場を放棄しなければならないなら、より激しい、より決然とした抗議と引き換えにすべきです。市民のあらゆる権利は回復されなければなりません。法律は正当防衛を認めています。権力の絶頂にあるファシズムが武器を捨て、法と自由に基礎を置く体制を自発的にイタリアに返却するなどと、甘ったるい幻想を抱いている場合ではありません。ファシズムが獲得したものはすべて、彼らをさらなる横暴に、さらなる権力濫用に駆り立てるだけです。それがファシズムの本質であり、起源であり、ただひとつの力なのです。ファシズムはただ、みずからの気性に従っているに過ぎません。

ジャコモ・マッテオッティによる、フィリッポ・トゥラーティ宛て書簡、一九二四年四月六日の選挙前夜

ベニート・ムッソリーニ　ミラノ、一九二四年四月はじめ

眠りは短く、浅く、いつも悪夢にうなされていた。夢に見るのは決まって、からっぽの投票箱だ。四月六日が近づくにつれて、彼の不安は高まった。反対党の決起やら、良心の目覚めやらを恐れていたわけではない。恐ろしいのは、空白だ。彼をさいなむ亡霊とは、大衆の棄権だった。四月の穏やかな日曜、投票日の日曜、イタリアの日曜、からっぽの投票所を目の当たりにして、背筋を凍りつかせる。誰もいない。みんな、海へ行ったり、山へ行ったり、自宅のキッチンに閉じこもったりしている。荒々しい拒絶の発作をひけらかすほか、どうにも抵抗しようのない圧倒的な力に、すべての国民がうんざりしている。広場に出ることも、バリケードを築くことも、堂々と反対票を投じることもやめてしまった。ただ黙って、権力の委任を集団で取り下げるだけだ。亡霊のような国民。それが彼を怯えさせていた。

闘争を恐れていたわけではない。彼は戦闘ファッショの創設者だ。野戦での敗北も、敵に武器をとらせる飽くなき憎悪との突然の邂逅《かいこう》も、恐れるには値しない。彼は恐怖が怖かった、不安が怖かった。魂を食いつくす不安が怖かった。午後七時よりあとには家から一歩も出ない、すべての民衆の心を食いつくす不安が、恐ろしくてならなかった。

こうしたわけで、投票を直前に控えたいま、彼の精神は絶え間ない緊張状態にあった。ファシズムの最高指導者は耳をそばだてて、各県からもたらされる情報の聴き取りに集中していた。遠くからの叫びがこだまとなって、政権中枢のもとへ届けられる。サルノの平原で、市民の自由があからさまに侵害さ

れた。ポー川の河口で、ファシストが意味もなく暴力をふるった。この手の報《しら》せを耳にするたび、彼は怒り狂い、侮辱の言葉を並べ立て、あらゆる不法行為を厳しく取り締まるよう各県の知事に通達した。それにもかかわらず、腐った果実に巣くうバクテリアのコロニーのごとく、不法行為は次々と増殖していった。各県の中心都市では、選挙戦はそれなりに整然と進行していた。しかし、いくぶん規模の小さな都市に目を向ければ、新聞社の動産が差し押さえられたり、反対党の候補者が暴力を受けたりする例がいくらでも見つかった。ノヴェッラーラ、フラスカーティ、ヴェネツィア、プラート、それにブリアンツァのいくつもの村では、聖職者までがファシストの暴力の餌食となった。南部の多くの地域やポー平原一帯では、どんな規律にも従う気のない小物のラスが、ファシストの名簿のほかにはいかなる候補者名簿も提出してはならないと、あけすけに宣言していた。彼らは自分の町から社会主義者のリーダーを追放した。それのみか、投票用紙を地元のファッショの事務局に引き渡すよう、地域の有権者に厳命を下しさえしたのだった。

こうした報せがもたらされると、首相はさらに厳しい弾圧の指示を出した。ミラノではアルビーノ・ヴォルピが、選挙の妨害行為を続けていた。首相の癇癪《かんしゃく》に押される形で、デ・ボーノはミラノ警察署長に電報を送り、ヴォルピがこのまま態度を改めないようであれば、彼の逮捕に踏み切るよう命令した。だが、ファシズムのドゥーチェには、この命令をほんとうに実行させるだけの勇気がどうしても持てなかった。袋小路に迷いこんだ気分だった。自分は満場一致で愛されたい。自分は民衆の同意が欲しい。しかし同時に、民衆の同意を分娩させるのにいつも使ってきた暴力という鉗子《かんし》を、ここで手放す気にもなれなかった。もし、民衆に見捨てられたらどうする？　民衆が彼に投票しなかったら？　民衆の愛が偽りだったら、自分はいったいどうすればいい？

ベニート・ムッソリーニは、四月六日に行われる選挙の前の週を、ずっとミラノで過ごしていた。ミラノまでは列車ではなく、みずからがハンドルを握るスポーツカーでやってきた。ムッソリーニの最側近は日々、彼の苛立ち、精神の波立ちに翻弄されていた。ドゥーチェは議会制度への不満をぶちまけた。「議員バッジの悦楽」に抗えず、選挙という流行り病にやすやすと罹患するファシスト幹部をこきおろした。そうしたムッソリーニの罵詈雑言を、側近たちは黙って拝聴しなければならなかった。狼狽する部下の前でドゥーチェは滔々《とうとう》とまくし立て、体のなかにためこんだ敵意をぶちまけた。特別法廷を設置できたらどんなにいいか。ファシズムへの全権委任はかならず延長してみせる。広大無辺な悲観主義《ペシミズム》と、宇宙規模の軽蔑が、不作法な演説のなかで炸裂する。

　人間という種への不信。これは、「マキアヴェッリへの序説」なる小論のなかで何度も回帰してくるテーマだった。ムッソリーニはこの文章を、マルゲリータ・サルファッティが主宰する雑誌『ジェラルキア』の四月号に寄稿していた。ドゥーチェはそのなかで、青年時代に父親の口から語られるのを聞いた『君主論』の内容を想起している。マキアヴェッリの人類学的な悲観主義に、自分は全面的に賛成であるとドゥーチェは書いた。国家を治めるのは言葉ではなく剣である。個人というのは放っておくと、絶えず逃走し、法律に背き、税金を払わず、兵役を逃れようとする。権力とは、民衆の意思に直接に由来するものではない。そんな話は作り事だ。民衆は、彼の頭のなかにある民衆は、直接に主権を行使する能力を持たない。民衆にできるのはせいぜい、主権を委託するにとどめておくことくらいだ。相互の同意にのみもとづく体制など、これまで存在したためしはないし、おそらくは、これから先もけっして存在しないだろう。武装した預言者はつねに勝ち、非武装の預言者はつねに負ける。

　人間というのは悲しい生き物である。肉親よりも財産に執着し、感情や熱意は容易にうつろう。フィレンツェ共和国書記官、近代政治学の始祖は、十六世紀のはじめにそう書いた。そして、二十世紀はじめのイタリア王国で首相を務めるベニート・ムッソリーニは、来るべき選挙を見据えながら、マキアヴェッリの言葉に賛同した。「あれから時は流れた。しかし、もしも私に、近しい人びと、わが同時代人を評価する権利があるのなら、私はいかなる意味でも、マキアヴェッリが下した評価を割り引くつもりはない。むしろ私は、より厳しい評価に傾いている」

臆病で卑屈な取り巻きから逃れるべく、この一月に夫を亡くしたサルファッティの自邸に、ムッソリーニは身を寄せていた。ラケーレや子供たちは、そこからさしてそう遠くないマリオ・パガーノ通りの新居に暮らしていたが、彼は晩になっても家族のもとへ帰らなかった。表向きには、選挙戦の指揮を執《と》るために、県庁舎で寝泊まりしていることになっていた。だが、実際に夜を過ごしているのは、ヴェネツィア通りに建つ愛人の館だった。張りつめた神経、みずからの同類にたいする猛々しいまでの侮蔑、人間の惨めさにたいする鬱屈《うっくつ》した見解が、いままでもそうだったように、ムッソリーニのなかの男を目覚めさせ、性の熱狂を呼び起こした。誇りを傷つけられたラケーレは、三人の子供を連れて、フォルリに暮らす姉のピーナのもとへ向かった。ピーナはピーナで、七人の子供の母であり、その体は以前から結核に蝕《むしば》まれていた。

夫がそのことを知らされたのは、ニコラ・ボンセルヴィーツィの葬列に参加しているときだった。パリのファッショの創設者で、古くからの同志でもあるボンセルヴィーツィは、カフェのテーブルに坐っていたところをアナーキストに殺害された。遺体が納められた棺は肩にかつがれ、駅から『ポポロ・ディタリア』の編集部へ、それから墓地へと運ばれた。雨が激しく吹きつけるなか、ムッソリーニは徒歩でそのあとについていった。長きにわたり戦いをともにした同志を偲《しの》び、言葉少なに、暗く沈んだ面持ちで、荘重な葬儀に参列する。

葬送行列が途切れてから、チェーザレ・ロッシがラケーレの家出について伝えた。ミラノ記念墓地のぬかるんだ土のうえで、歴史の悲劇と夫婦の笑劇《ファルス》が混ざり合う。だが、ムッソリーニには物思いにふける暇もなかった。ニコラ・ボンセルヴィーツィの棺が墓穴に降ろされるなり、イタリア各地からやってきた四人の使節が、選挙をめぐる取引について話し合うための面会を求めてきた。ムッソリーニは首を振り、ロッシの方へ振りかえった。

「選挙は今度で最後にするぞ。この次からは、俺が全員の代わりに投票する」

すでに転覆的な新聞は、内外に強く印象づけるために、選挙をめぐる混乱とその分析を大々的に報じている。以下の作業が必須である。一．混乱を避けるのに必要なあらゆる予防策を講じる。二．可能なかぎり迅速に混乱を収束させる。三．混乱を起こした主体を特定し、余計な分析の機会を与えずに済むように、内務省に報告を上げる［…］。とくに、ファシストの国民名簿の勝利が確実である以上、反対勢力の新聞にたいする破壊活動は無益であり、ぜったいに阻止しなければならない。以上をチェーザレ・ロッシと関係者に周知すること。

ベニート・ムッソリーニ、イタリア王国の全県知事および警視総監宛ての電報、一九二四年二月二十九日、四月四日

次のとおり決議する。われわれに敵対する陣営からは、たとえそれが少数勢力であったとしても、いかなる名簿の提出もぜったいに許してはならない。投票の棄権を促す宣伝工作に取り組む勢力にたいしては、そうした輩《やから》にふさわしい措置を講じていく。

モッジョ（ウーディネ県）のファッショが採択した決議、一九二四年

民主主義が破壊される時勢にあっては、選挙を力関係を測る物差しと見なすことは完全な誤りである。

イニャツィオ・シローネ、イタリア共産党の指導者、亡命先のフランスにて、一九二四年

マルゲリータ・サルファッティ　ヴェネツィア、一九二四年四月一日

ヴェネツィア国際美術展覧会は今年で第一六回を数えるが、「ファシスト暦」に入ってからは、これが一度目の開催だった。いつものとおり、祝祭向けに装飾が施されたゴンドラが、サン・ジョルジョ・マッジョーレ聖堂とサン・マルコ広場のあいだの運河で、長い列を作っている。いつものとおり、ゴンドラ漕ぎが片方だけに体重をかけて舟を漕げるよう、サン・トロヴァーゾ造船所で働く木匠《こだくみ》が、寸分の狂いもない傾斜をつけてゴンドラを彫りあげている。いつものとおり、芸術家は「カフェ・フロリアン」で待ち合わせをし、貴婦人はカナル・グランデ沿いの館のサロンで客人を迎えている。二世紀前から、町それ自体が博物館でありつづけてきたヴェネツィアは、美術展にとって理想的な背景を提供していた。だが、いつもと違う光景もある。今年、サン・マルコ広場の獅子が見おろすなか、展示館の集まる庭園で国王ヴィットリオ・エマヌエーレ三世を迎えたのは、黒シャツを身につけたファシスト党の指導階級だった。

ある意味では、マルゲリータ・サルファッティにとっても、これが人生で最初のビエンナーレ〔二年ごとに開催される美術展のこと〕だった。もちろん、ヴェネツィアに生まれた彼女は、すべてのビエンナーレをその目で見てきた。父親のアメデオ・グラッシーニはユダヤの裕福な商人で、ヴェネツィアで最初の汽船会社を設立し、リド島を観光地に変えるための融資団体を発足させ、地方議員も務めた人物だった。前世紀の末、一家はユダヤのゲットーから、リアルト橋のたもとに立つベンボ宮へ引っ越した。マ

ルゲリータがまだ幼いころから、父アメデオは娘をヴェネツィアのあちこちへ連れまわした。優雅な身なりで町を歩く人びとは、父娘とすれ違うと帽子を脱いであいさつを送った。

それでもやはり、今回のビエンナーレは、マルゲリータにとって初舞台の意味を持っていた。彼女個人のために用意された部屋で、今回はじめて、掌中の画家集団「二十世紀《ノヴェチェント》」の作品が展示される。このとき、サルファッティは会場で、画家の真ん中に立って記念撮影をしている。注意深く選び抜かれ、慎重に距離をとって配置されたキャンバス画に囲まれて、やや緊張した面持ちで肩をすぼめ、マフラーと縁なし帽にすっぽりくるまれ、実際よりも小さく見える姿で写っている。このときのサルファッティは、六人の男のあいだに立つ唯一の女、男に支配される芸術世界に立つ唯一の女だった。

この展覧会で、マルゲリータの思想が試される。芸術の新たな客観性、秩序への回帰という思想が、ここで試練にさらされる。幾何学的構成、デッサンの一体性、色彩の調和、そして、工場で働く若い女性労働者をルネサンスの聖母子像のように描いた、アキッレ・フーニの作品に見られる純粋きわまる母性、これらに基礎を置いた現代における古典性という思想が、日本、ルーマニア、アメリカ合衆国のパヴィリオンのかたわらで、世界に向けて発信される。スキアヴォーニ河岸の桟橋に降り立った、スペイン、ベルギー、フランス、オランダ、ハンガリー、イギリス、ドイツ、ロシアの代表団が、サルファッティの思想を目の当たりにする。しかし、試される思想はそれだけではない。芸術の力は政治の力と対等であり、芸術にはそれ固有の言語があり、その言語によって芸術は新たな星座を形づくるというサルファッティの思想もまた、この展覧会で吟味される。したがって、今回のビエンナーレで初舞台に上がるのは、たんなる美術批評家ではない。「エゲリア」〔古代ローマの伝説上の王ヌマ・ポンピリウスの妻で、王にさまざまな助言を与えたニンフ〕、「文化の専制君主」、「女総裁」、ベニート・ムッソリーニの教養豊かな愛人が、ヴェネツィアの舞台でデビューするのだ。人びとの視線はことごとく、彼と彼女のどちらかに注がれていた。

　とはいえ、これまでのところは、すべてが順調に運んでいた。「二十世紀《ノヴェチェント》」の作品が高い芸術性を備えていることや、それらが適切に選抜され、適切に展示されていることは、誰の目にも明らかだった。ただひとり、マリネッティだけは、国王臨席の開会式で、いつもながらのちょっとした騒ぎを起こしていた。この未来派の創始者は、ジョヴァンニ・ジェンティーレによる開会のあいさつをさえぎって、「伝統主義的ヴェネツィアを打倒する！」と絶叫した。だが、いまや未来派の混沌は、ひとつの染みに過ぎなかった。マリネッティは、自分自身の戯画《カリカチュア》に成り果てた。抗議の声をあげたのは、自分がセレモニーに招待されなかったからであることを、その場にいる全員が知っていた。そんな彼も、じきに結婚し、家庭に落ち着くというもっぱらの噂だった。おそらく、マリネッティが起こした騒動は、国王にとって喜ばしいものでさえあっただろう。この騒ぎを口実に、王は退屈な開会式から、予定より早く退散することができたのだから。要するに、マルゲリータ・サルファッティによって欲せされ、ベニート・ムッソリーニによって課せられた、新たな時代を律する新たな秩序は、はなばなしい勝利を収めたのだった。それでも、サルファッティはこの勝利に、敗北の味を感じとっていた。

　第一の失望は、美術展の会期直前に、ウバルド・オッピが離反したことだった。ブロンドの長身で、ボクシングジムで鍛えた彫刻のような肉体を誇るオッピ――おそらく、「二十世紀《ノヴェチェント》」の性格をもっとも典型的に示している画家――は、『コッリエーレ・デッラ・セーラ』で美術批評の欄を受け持っているウーゴ・オイエッティの誘いを受け入れ、単独で作品を展示することに決めた。さらに、悪意のこもった批判を展開する著述家も日につきはじめた。その一例が、「膀胱のように柔らかくぶよぶよした」芸術について書く、作家のジョヴァンニ・パピーニだった。そして、展覧会の終了後は、アンセルモ・ブッチがサルファッティのもとを去っていった。グループのなかでもっとも若く、ダンディーで、堕天使《ルシフェル》のように美しい男だった。

そもそも、マルゲリータの一九二四年は凶事とともに幕を開けた。一月十八日、夫のチェーザレ・サルファッティが、ローマからミラノへ戻る列車のなかで突然に昏倒《こんとう》した。その五日後、チェーザレは息を引きとった。政治的野心に身を焦がす夫のために、マルゲリータは長らく恋人に働きかけを続け、最近ようやく、ロンバルディア貯蓄銀行の頭取のポストをもぎとったばかりだった。だが、かわいそうなチェーザレは、手術不能の虫垂炎に苦しめられ、せっかく獲得した地位を謳歌する前に逝《い》ってしまった。夫に先立たれ、ひとりの男にすべてを捧げられる身になったというのに、今度は恋人が彼女を見捨てた。チェーザレが死んですぐ、ムッソリーニはサルファッティを正式に、いまや体制公認の雑誌となった『ジェラルキア』の、法的責任者の地位に就けた。しかし、ファシズム芸術の女教皇はますます多くの夜を、淋しさの募るホテルの一室で、むなしく恋人の来訪を待ちながら過ごすようになっていた。政治においても、愛においても、あの男はつねに、ふたつのレールを同時に進もうとする。広場と宮廷。行動隊と内閣。愛人と妻。ひとつのレールに集中し、まっすぐな人生を送ろうなどとは、考えてみたこともない。

最後にもうひとつ、きわめつけの敗北があった。そう、たしかにムッソリーニは、マルゲリータのおかげでフィッシュスプーンの使い方を習得した。しかし、キージ宮の執務室に飾る勝利の女神像を選ぶことになったとき、ファシズムのドゥーチェは、古代ローマの無数の大理石像のなかから、よりにもよって模造品を指名するという、マルゲリータには思いもよらない難事をやってのけたのだ。

そうは言っても、いまのところは、ムッソリーニとサルファッティは逢瀬を続けていた。ビエンナーレの開会直後にミラノ入りした首相は、県庁舎で寝泊まりすると偽りつつ、家族が暮らす自宅には寄りつくこともせず、記念墓地のユダヤ人区画で眠るチェーザレを尻目に、ヴェネツィア通りに建つサルファッティの邸宅へまっすぐに身を寄せた。男はひどい興奮状態にあり、間近にせまる選挙の結果を案じて前後も忘れるほど取り乱し、絶対的権力の獲得に向けて全身の筋繊維を緊張させていた。いつもどおり、女はそんな恋人を受け入れ、男に尽くし、その心を宥《なだ》めてやった。しかし、失望した女の不満を表に出さずにいることは、どうあっても無理な相談だった。こうして、彼女はふたたび旅について、遠くの異国について、アフリカの砂漠について語るようになった。昨年のチュニジア旅行は、マルゲリータにとって実りある経験となった。ベニートから出立《しゅったつ》の許可を取りつけるのにひどく苦労した甲斐もあって、帰国後に出版したアフリカについての著書は大きな成功を収めていた。だがいまでは、ムッソリーニの方が彼女に、旅立つことを勧めるようになっていた。

　サルファッティはまた出発したが、今回は遠くまでは行けなかった。スペインに到着し、豪奢な、だが衰亡の途次にあるホテルの階段を下りているとき、旅人は転倒し、片足を骨折した。

どれほどの悲しみが、私たちを取り巻いていたことでしょう。あらゆる苦しみに彩られた、この長い、ほかとくらべようのないほど呪わしい一年に、私はどれだけ多くの欺瞞に耐えてきたことでしょう。

マルゲリータ・サルファッティによる、ベニート・ムッソリーニ宛ての書簡、一九二四年

芸術は、そのもっとも素朴な表出においてさえ、もっとも傑出した政治より、はるかに優れ、はるかに偉大なものなのです。

マルゲリータ・サルファッティによる、アルトゥーロ・マルトゥーニ宛ての書簡、一九二四年

ローマ、一九二四年五月二十四日　王国議会、モンテチトリオ宮議場

四六五万票。イタリアの有権者の三人にふたりは、「大名簿」こと「束桿《そっかん》国民名簿」に投票した（「束桿」とは、束ねた棒の中央に斧を入れて縛ったもの。ラテン語では「ファスケス」。古代ローマの公的権力の表徴であり、ムッソリーニのファシスト党のシンボルでもある）。「アチェルボ法」は、候補者名簿の得票率が二五パーセントを超えた陣営に、法外な「多数派プレミアム」を提供することを約束していた。しかし、こんな法律は必要なかった。ファシストの名簿の得票率は、じつに六四・九パーセント。三五六人の候補者は、最後のひとりまで当選した。ここに、「第二国民名簿」の一九人が追加される。有権者はわれ先にとファシストに票を投じた。次の議会でベニート・ムッソリーニの政権は、三七四名という途方もない多数派を形成する。

疑いの余地はない。イタリアはまず、「ローマ進軍」により、ファシズムのドゥーチェに征服された。そして今回の選挙では、みずからの意思で屈従を選択した。一部の頑迷きわまりない敵でさえ、ムッソリーニの勝利に異論をさしはさむ余地はないと認めた。ピエロ・ゴベッティは自身が主宰する雑誌のなかで、自由主義指導階級のファシズムへの服従を、「ムッソリーニ主義の名人芸」と形容した。

凱旋式。それは古代ローマにおいて、戦争に勝利して帰ってきた将軍にささげられる、壮麗な儀式をともなう最大の栄誉だ。選挙で勝利したのち、ベニート・ムッソリーニには「永遠の都」の名誉市民権が授けられることになった。古代ローマの建国記念日に、カンピドリオの丘で授与式に出席したドゥー

チェは、このうえない名誉に胸を震わせつつ、万感の思いをさらけだした。少年時代、精神が生への目覚めを予感していたころから、ローマは心のなかで巨大な場所を占めていた。自分はいま、いかなる批判によっても明るみに出ることのない秘密に、深い敬意を抱いている。それはすなわち、農夫や牧夫からなる、慎ましやかな民衆の秘密だ。ゆっくりとした歩みを通じて、ローマの民衆は少しずつ、帝国の権勢を築きあげた。何世紀にもわたる暗がりの旅のなかで、テヴェレ河畔の粗末な小屋の集まりを、巨大な都市へ変貌させた。そうしてついには、ローマを何百万という市民であふれさせ、その軍団によって世界の統治を実現させた。

演説が終わり、ムッソリーニが組合組織の行列に同伴して歩いていたとき、なにやら異常な事態が生じた。熱狂にわれを忘れた大衆が、警察のあらゆる護衛を押しのけて、二度にわたってムッソリーニを、広場の雑踏へ連れ戻したのだ。

それからの数週間、祖国の父が、息子たちの愛にあふれる吐息にどれほど感動させられたかという美談を、政権寄りの新聞は飽きることなく報じつづけた。シチリアを視察中、ムッソリーニ首相はマフィアの根絶を約束した。「あなた方のような素晴らしい民衆が、わずか数百人の犯罪者によって、暴力で踏みにじられ、貧しさを強いられ、ささやかな財産をゆすりとられる……この現実を、これ以上は許しておけない」。フィレンツェの丘陵地帯では、偉大な傷痍軍人たちの政治集会に参加した。会場となった館の庭園に闇がおり、人びとの顔に悲劇の影が這いよるころ、先の大戦にベルサリエーリの隊員として従軍した首相は、塹壕での苦難をともにした戦友たちと食堂のテーブルについた。政務を執《と》るために、町へ下りた方がいいのではないかと促されると、ムッソリーニはこう答えた。「ここは悲しくて、心地良いんだ。どうかあなたたちといっしょにいさせてほしい」。歴史的使命を帯びた経世家は、選挙後の最初の演説で、すべてのイタリア人に向けて晴れやかに宣言した。「われわれはイタリアの民衆に、五年間の平穏と実りある労働を与えたいと思う。イタリアがつねに偉大で、敬意に値する国でありつづけるなら、ファシスト内部のそれを含め、あらゆる党派の抗争は消滅に向かうことが望ましい」

しかし党派は消滅せず、イタリア全体がムッソリーニの側についたわけでもなかった。もちろん、反対党は疑いようもなく弱体化した。社会主義者は一二三から四六へ、人民党は一〇八から三九へ、民主主義者は一二四から三〇へ議席を減らした。わずかなりとも勢力を伸ばしたのは、一五から一九へ議席を増やした共産党だけだった。この一九人のなかには、候補者名簿から除外されたニコラ・ボンバッチに代わって国会入りする、アントニオ・グラムシも含まれている。とはいえ、酩酊の日々が過ぎたあとで、冷静さを取り戻した内務省が、大量のデータをもとに票の内実を分析したところ、ミラノを含め、北部の大工業地帯における全県庁所在地では、ファシストの「大名簿」に投票した有権者はむしろ少数派であったことが明らかになった。北部の工場で働く労働者は、頑としてファシストに投票することを拒んだわけだ。今回の大勝利を支えたのは、イタリア中部、そしてとりわけ、ローマ進軍以前にはファシズムなど存在しないも同然だった、南部の有権者たちだった。ムッソリーニにイタリアを差し出したのは、いちばん遅れてやってきたファシストだった。政治的素養などろくに持ち合わせず、生まれながらの隷属を旨とし、勝ち馬に乗ることしか頭にないような連中だ。ミラノ、ジェノヴァ、トリノの工場労働者を代表して、モスクワに亡命中の社会党書記長ジャチント・セッラーティは、今回の敗北を未来の雪辱につなげる決意を表明した。

こうした報せのすべてが、ムッソリーニを心底から苛立たせていた。イタリア人のなかに、彼の勝利をいまだに認めたがらない者が存在すると考えただけで、はらわたが煮えくり返る思いだった。新議会が発足するやいなや、反対勢力の新聞は、今回の選挙の正当性に疑義を呈するような記事を掲載した。それを読んだとき、ムッソリーニの怒りは頂点に達した。財務部長のマリネッリとともに、党を支える

「四首脳」のトップに昇進したばかりのチェーザレ・ロッシが、いつものごとくムッソリーニのかたわらで、その激昂《げっこう》ぶりを目の当たりにしていた。「こいつらはなにが望みなんだ？　いまだに納得してないのか？　苦い薬を飲むのが嫌なら、腹を割いてねじこんでやろうか？」ムッソリーニは憤激しながらロッシに怒鳴りかかった。そして、最後はかならず、怒りはロマーニャ方言の悪罵に昇華された。「このくそったれが《ボイア・デン・スィニュル》！」

ファシストもまた、内部からムッソリーニの勝利を台なしにしようと励んでいた。身内の勢力のあいだでさえ、党派争いはなくならなかった。マッシモ・ロッカはまたしても、ファリナッチにたいし「修正主義論争」を仕掛け、地方の行動隊は相も変わらず、政治的動機という口実のもとに私的暴力を振るっていた。財政問題について話し合うためにエットーレ・コンティと面会した際、この大企業家は首相にたいして、いまだやむことのない黒シャツの破壊行為に、市民がどれほど辟易しているかを直言した。ムッソリーニは首を振り、椅子の背もたれに拳を叩きつけた。

「失礼ですが、コンティ議員、私のためにやつらを銃殺する気はありませんか？」

「ご冗談を」。コンティは答えた。「私は国王に忠誠を誓っております。私が引き金を引くとしたら、それは王からの命令があったときです」

ムッソリーニは癇癪《かんしゃく》を破裂させた。「ごろつきども！　暴漢ども！　まあいいさ、あんな連中でも私には必要なんだ……」

厄介事の種はまだあった。ファシズムに敵対的な新聞はここのところ、現政権の「石油スキャンダル」についておどろおどろしく書き立てていた。政府は四月二十九日、イタリアの土壌の開発権をシンクレア・オイルに譲渡する契約に署名したが、そのわずか数日後に、ムッソリーニは報道機関向けの公式発表で、あからさまな虚偽を口にせざるを得なくなった。ご安心ください、このアメリカの企業は、イタリアにおいて石油の対外貿易権を独占する多国籍企業群とは、いっさいなんのつながりもありません。いまはひとまず、このように言っておくしかなかった。というのも、ジャコモ・マッテオッティがつい最近イギリスに飛び、腐敗の証拠を入手してきたという噂が、あちこちから聞こえていたから。

とにもかくにも、四月六日の「勝利の選挙」によって誕生した新議会は、大戦へのイタリア参戦九周年に当たる五月二十四日に発足した。この日付が選ばれたのは、新たなファシスト時代の始まりにふさわしいという理由からだった。だがこの新時代は、はじめの一歩を踏み出すのにさえ、だいぶ難儀している様子だった。

選挙に不正があったとして、社会主義者は議会への出席を拒否していた。空白の議席は、数の上では少ないものの、ベニート・ムッソリーニの勝利に深い裂け目を作っていた。なにしろこの人物は、事ここにいたってもなお、まわりから「右」の政治家として見られることに、深い嫌悪感を覚えていたから。まさしくその「右」の議席、彼の手下どもが陣取っている界隈では、欠席者にたいする罵倒と脅迫が飛び交っていた。イタリア国王ヴィットリオ・エマヌエーレ三世は、議場の左側にできた裂け目など気にも留めずに、新しく選出された「勝利の世代」に熱のこもったあいさつを送り、議会の発足を宣言した。ムッソリーニは閣僚席で腕組みをし、顔色ひとつ変えないまま、ひとり物思いに耽っていた。

悪にたいする非‐抵抗の実践は、政治屋の跋扈《ばっこ》に勝るとも劣らない、わが国の重大な宿痾《しゅくあ》である……反対党の務めとは本来、闘争を激化させること、あえて非‐妥協を貫くこと、休戦の暇《いとま》も与えずに体制を挑発しつづけることにある……われわれはたんに、ファシズムの多数派獲得に異議を唱えなかっただけではない。おそらくこの目で見ることは叶わないであろう未来に、われわれは穏やかに満足の意を表明したのだ。

ピエロ・ゴベッティ、「選挙を終えて」、『ラ・リヴォルツィオーネ・リベラーレ』、一九二四年四月十五日

ローマ、一九二四年五月三十日　モンテチトリオ宮、下院議会

「マッテオッティ議員が発言を要求しています。マッテオッティくん、どうぞ」

新しく下院議長に就任した法学者のアルフレード・ロッコが、ジャコモ・マッテオッティに発言を促した。するとたちまち、議場全体がざわめきはじめた。マッテオッティが最初の一音節を発する前から、引き波のようなくぐもった音がざわざわとあたりを満たした。議場に敷かれた絨毯が、不快と嫌悪を吸収して増幅させる。こうして、もはや身内からも見放された孤独な男が、左翼の議席から立ちあがった。

過去四年間の議員活動を通じて、ジャコモ・マッテオッティはすでに一〇六回もの演説に臨んでいた。マッテオッティの演説は長く、詳細で、しかもたいていの場合、本人を含めひとにぎりの議員しか理解できないような、財政と予算の諸問題に焦点が当てられていた。その痩せぎすの身体や、歯根が露出するほど歯ぐきが後退した口にごくまれに浮かぶ微笑が、一部の議員に畏敬の念を抱かせていたことは否定できない。とはいえ、党の同志を含む圧倒的多数派にしてみれば、マッテオッティとは焦燥、苦悩、怨恨の同義語にほかならなかった。

第一の論点は、選挙管理委員会の認可を受けるために提出された候補者名簿についてだった。冒頭の三語を口にしたあたりで、さっそくひとつめの野次――右翼議席の代議士が発したもの――が飛んできた。マッテオッティは構わず続けた。

「名簿の認可にたいして、単純明快な異議を表明いたします。政権与党の名簿は名目上、四〇〇万を超

える圧倒的な票を獲得しました。しかし、事実を子細に検討するなら、有権者が自由意志にもとづき投票したとは到底言えず……」

議場はたちまち、私語、ざわめき、抗議の声であふれかえり、マッテオッティの演説は中断を余儀なくされた。統一社会党書記長は、巨大な標的に照準を合わせていた。この日彼が登院したのは、開口一番、なんの前置きもなしに、選挙の正当性に疑義をつきつけるためだったのだ。教会の礼拝で唱えられる連禱《リタニア》のごとく、マッテオッティはその後も、選挙の法的有効性にたいする疑念をしつこく表明しつづけた。「われわれの考えでは、今回の選挙は本質的に無効であります」、「イタリアの有権者はひとりとして、みずからの意志で決断する自由を行使できませんでした」、「有権者はひとりとして、この問題に対峙する自由を行使できませんでした」……

「八〇〇万人のイタリア人が投票したんだぞ！」ファシストの名簿から当選したメラヴィリア議員が叫んだ。「お前はイタリア人じゃない！　祖国を裏切るやつはロシアへ行け！」フランチェスコ・ジウンタが議席からはねるように立ちあがり、マッテオッティを侮辱した。

罵倒の嵐が吹き荒れたが、マッテオッティは動じなかった。有権者に投票を強要するため、政権が私兵団を動員したことをマッテオッティは指摘した。今度はこの点にかんして、執拗な追及が始まった。「ファシストの私兵団が存在します……」（右翼議席からの野次、やむことのないざわめき）、「ファシストの私兵団が……」（ざわめき、抗議、怒鳴り声）、「一般市民から構成され、特定の党に奉仕する私兵団が存在します。党はそうした部隊の運用を控えるどころか、積極的に活用し……」。三七〇名のファシスト議員、圧倒的多数派の怒声が、弁士の演説をなぎ倒した。男たちの心臓が早鐘を打ち、膨張した動脈のなかを血液が駆けめぐった。モンテチトリオ宮の議場に、血の臭いが充満していく。

これで黙りこんだとしても、臆病者と誹《そし》られる謂れはないだろう。しかし、マッテオッティは怯むどころか、すすんで嵐に立ち向かい、ファシストの違反行為を列挙する作業に着手した。署名のない名簿の提出、公証人手続きの暴力による妨害、反対党の政治集会の禁止、ファシスト名簿の代表者による投票所の占拠……

またしても、議場はすさまじい喧噪《けんそう》に包まれた。野次、怒声、罵倒。卑怯者、嘘つき、扇動者。罵倒、怒声、野次。扇動者、嘘つき、卑怯者。マッテオッティは騒音を撥《は》ねかえし、自分は事実に奉仕するのだと宣言した。自分はただ、事実を数えあげようとしているだけだ。

「個別の事実を知りたいとお望みですか？　では、お聞きください。イグレシアスでは、わが同僚のコルシ氏が三〇〇筆の署名を集めていました。ところが、コルシ氏は自宅を包囲され……」

右翼の議席から野次が飛ぶ。「嘘だ！　でたらめだ！」

バスティアニーニ　──　あんたの捏造だろう！

カルロ・メラヴィリア　──　嘘だ。この場でこしらえた作り話だ！

ファリナッチ　──　まだ続けるなら、あんたが言ったとおりのことを、ほんとうにやってやるぞ！

マッテオッティ　──　なるほど、それがみなさんの本業というわけだ！

ファリナッチの威嚇でもって最高潮に達した怒りの大合唱でさえ、マッテオッティの意気を阻喪《そそう》させるにはいたらなかった。すこしのあいだ沈黙し、議場の怒号が静まるのを待ってから、社会主義の代議士はファシストによる横暴の列挙を再開した。彼はあくまで、出来事の叙述に徹した。執拗に、粘り強く。ひたすらに、出来事だけを追いつづけた。なにが起きたかを語るだけなら、その内容がほんとうであれ、偽りであれ、怒号を呼び起こす道理はない。

しかし瞬く間に、怒号と、野次と、脅迫が火の手をあげた。今度はもう、議場が静まることはなかった。野次はあらゆる方角から飛んできた。テルッツィ、フィンツィ、ファリナッチ、グレーコ、プレスッティ、ゴンザレス、そのほか大勢のファシストから。マッテオッティは着席し、それからまた立ちあがり、自分の演説はまだ終わっていないと言って抗議した。議長のロッコが、困り果てた表情で必死にベルを鳴らす。ファシストの拳がテーブルを打ち鳴らす。怒号が響き、傍聴席を埋めつくす聴衆たちが好き勝手に喚《わめ》きちらす。そんななか、マッテオッティは飽くことなく延々と語りつづけた。どれほどの時間が流れただろう。一時間半だと言う者もあれば、二時間、いや三時間だと言う者もいた。時間は広がり、もつれ合い、すさまじい速度で虚空を回転し、みずからの上へ螺旋《らせん》を描きながら急降下していった。アルフレード・ロッコは議長として、挑発的な言辞は避けるよう発言者に厳命した。まるで、マッテオッティの演説のせいで、自分にまで危害が及ぶのではないかと恐れているみたいだった。「分別をもった」言葉遣いを勧めてから、議長は演説の再開を認めた。友も敵も、その場にいる誰しもが、早く終わってくれと祈っていた。さしものマッテオッティも、そろそろ締めくくる頃合いだと感じていた。ただし、言うべきことをすべて吐き出すまでは、黙るわけにはいかなかった。

「あなた方はいま、力と権力を手中に収めている。自分たちの権勢を誇っている。なら、ほかの誰でもなくあなた方が、法を遵守する姿を率先して示すべきなのです……自由を与えられれば、人は間違いを起こすものです。一時的に、放縦がはびこることもあるでしょう。だがイタリアの民衆は、ほかのすべての国の民衆と同じく、その過ちをみずから正す能力があることを示してきました。しかるに現政権は、世界のなかでわが国の民衆だけが、自分の足で立つことを知らず、力による支配を受けるのにふさわしい国民であることを示そうとしています。われわれは、それが残念でならないのです。外国の勢力による統治は長きにわたり、イタリアに多くの害をもたらしてきました。そうしたなかでも、わが国の民衆はつねに隷属に抗い、みずからを教化することを怠らなかった。そしていま、イタリア人のこれまでの歩みは、あなた方によって帳消しにされようとしています」

弁士はふたたび、脅迫と侮蔑の叫びに圧倒された。だが今回は、もう立ちあがろうとしなかった。ジャコモ・マッテオッティは満足しているようだった。二重の意味での抗議――ファシスト政権にたいする抗議と、ファシストとの協調に傾く社会主義陣営にたいする抗議――の演説は、あますことなく語られた。マッテオッティと外の世界をつなぐ橋は、ことごとく焼き落とされた。

反ファシストの不屈の闘士は、議席の仲間たちの方を振り返り、あたりを埋める轟音をよそに語りかけた。

「私の演説は終わりました。今度は皆さんが、私のための追悼演説をご準備ください」。そう言ってから、ジャコモ・マッテオッティはにっと笑った。長い歯が前に突き出て、炎症した歯ぐきから歯根が露《あら》わになっている。自分の冗談に笑っているのか、痙攣《けいれん》による発作的な笑いなのか、にわかには判別がつかなかった。

マッテオッティ議員が、果てしなく続く一〇七回目の議会演説に臨んでいるあいだ、ベニート・ムッソリーニはひとことも発さずに、閣僚席でじっとしていた。首相はかたくなに、無関心をひけらかしていた。まるで、目の前で議場を揺らしている時化《しけ》の波も、風上にいる自分の渚を濡らすことはできないのだとでも言いたげだった。マッテオッティの演説とファシストの怒号が衝突しているあいだ、ムッソリーニはずっと新聞に読みふけり、鉛筆でメモをとり、椅子の木材を鉛筆の芯の先でとんとんと打っていた。しかし、ようやく議場をあとにしたとき、国会記者には首相の顔が、土気色に染まり引きつっているように見えた。

「ドゥミニはなにをしてる、チェーカーはなにをしてる⁉　あんな演説をした男を、このまま野放しにしておけるか！　このくそったれが《ボイア・デン・スィニュル》！」

マッテオッティの演説のあとでご主人さまが怒りを爆発させると、取り巻きは大いに慌てふためいた。ムッソリーニの最側近や親族たち――弟のアルナルド、妻のラケーレ、フィンツィ、チェーザレ・ロッシ、そのほか数名――は、彼が癇癪《かんしゃく》を破裂させたり、怒りを暴発させたりする光景を見慣れていた。われを忘れたベニート・ムッソリーニが、犯罪者の横顔をちらりと覗かせたとしても、いまさら驚くような話ではなかった。そもそも暴力とは、この時代全体を覆う空気、ファシストの惑星を包みこむ大気の法則のようなものなのだから。

実際、マッテオッティの演説の数分後には、フランチェスコ・ジウンタが発した侮辱をきっかけに、反対党の代表者とファシストが激しい乱闘を繰り広げ、国会の事務員がやっとの思いで争いを制止したのだった。また、複数の記者が証言するところによれば、議場から出てきたチェーザレ・ロッシは、モンテチトリオ宮の廊下に置かれたテーブルにつくと、いつもの冷静な態度をかなぐり捨てて、脅迫の言葉を撒き散らしたという(「マッテオッティのような相手には、拳銃にものを言わせるしかない……ムッソリーニがなにを考えているか知ったなら、ああいう手合いもたちまちおとなしくなるだろうにな……ムッソリーニを理解していれば、あれがときに血を必要とする男だということもわかっているはずだ」)。その後の数日にわたって、ファシスト系の新聞は社会主義の代議士にたいし、粗野な中傷とあからさまな脅迫を大々的に書き立てた。

こうしたすべてにもかかわらず、ムッソリーニに近しい人びとは、次の事実もよく承知していた。彼にとって、憎しみが永続的な感情である一方、怒りは往々にして、一時的な感情に過ぎなかった。この時期よく口にされた、「(敵対者の)存在を不可能にする」という言葉は、一種の決まり文句、決め台詞のようなものだった。それは死刑宣告であり、しかも同時に、たんなる慣用表現でもあった。その言葉を字義通り受けとるか、メタファーとして受けとるかは、聴き手の選択に委ねられていた。

ただ、残念なことに、ムッソリーニの「近しい人びと」のなかには、幹部のなかでもとりわけ多くの党員から軽蔑の眼差しで見られている、ジョヴァンニ・マリネッリも含まれていた。肉体的に見て、暴力の戦列に加わるにはおよそ不適格なこの人物は、若さを謳いあげる合唱が響くなかで、齢四十にして早くも老けこみ、活力を信仰の対象とする党にあって、重度の慢性胃炎に苛《さいな》まれていた。そんなマリネッリは、党の財務部長という役職に由来する巨大な権力にしがみついて、復讐心の混じったせせこましさ、けちくささを存分に発揮していた。身内のファシスト、とくに行動隊員は、マリネッリに激しい憎悪を抱いていた。暴力を解き放つために行動隊が遠出する際、マリネッリはいつも予算を出し渋った。ほんとうは自分も暴力を行使したいのに、それができない悔しさを、マリネッリはそうやって解消していた。事実、この財務部長の性格は、温和どころの話ではなかった。胃はつねに酸と痙攣に苦しめられ、テーブルにつくたびに劣等感に悩まされ、周囲の人間への恨みつらみが、たえず癇癪や嫉妬心を誘発していた。胃炎という眼鏡をとおしてしか世界を見つめることができないほどに、ジョヴァンニ・マリネッリはこの病を深く内面化していた。さらに、周囲が口を揃えて言うには、マリネッリは愚鈍そのものであり、盲導犬のようにご主人さまに忠実な男だった。

これらすべての事情が相俟《あいま》って、先の一月、ムッソリーニの命令により、チェーザレ・ロッシと共同で「チェーカー」の指揮にあたることになって以来、マリネッリはこの役職を固守することに汲々《きゅうきゅう》としていた。暴力の実践に不適格な財務部長は、実行部隊に命令をくだす任務に夢中になった。そして、ジャコモ・マッテオッティの弾劾演説のあと、ご主人さまが怒りをぶちまけた相手というのが、ほかでもない、のろまで愚かで癇癪持ちの、この召し使いだった。

「ドゥミニはなにをしてる、チェーカーはなにをしてる⁉　あんな演説をした男を、このまま野放しにしておけるか！　このくそったれが《ボイア・デン・スィニュル》！」

首相の予定表を見返してみると、ファシスト幹部の緊急会合がヴェーデキント宮で開かれたあとの六月一日、この日は日曜日であったにもかかわらず、ベニート・ムッソリーニはジョヴァンニ・マリネッリを執務室に呼び出している。その翌日、一九二四年六月二日にも、首相はマリネッリと面会している。

イタリア人はもう長いあいだ、信頼を置いたすべての相手から裏切られることに慣れっこになってきた。いまとなってはイタリア人は、自分のために血を流してくれた人間のことしか信用しようとしない。そう、イタリア人から信じてもらおうと思ったら、血を流さざるをえないのだ。

ジャコモ・マッテオッティ、一九二四年はじめ

マッテオッティ議員の演説は醜悪なほどに挑発的であった。ジウンタ議員はそれを「匪賊《ひぞく》的」と形容したが、おそらくより直截な表現の方が適切だろう。

『ポポロ・ディタリア』、一九二四年六月一日

ローマ、一九二四年六月七日　モンテチトリオ宮、下院議会

「被害者は一晩中、むごたらしく殺害されたときの姿のまま、野天に放置されていた。日が昇ってからも、その亡骸はまだ、痛ましい裸体をさらしていた。罪なき小さな被害者は、頭をやや左に傾け、両腕で地面を抱きかかえるようにして横たわっていた。裸体のあちこちに、青いあざが認められた。靴をはいているのは片足だけだった。半開きになった口のまわりに、凝固した血がこびりついていた」

少女が姿を消したのは、六月四日の午後十時ごろ、ゴンダルフォ通りでのことだった。名前をビアンカ・カルリエーリという。警察は夜通し少女の行方を捜《さが》していた。陵辱《りょうじょく》された肉体は、翌日の午前十一時、サン・パオロ・フオーリ・レ・ムーラ大聖堂のそばで発見された。

昼前から、痙攣《けいれん》的な激しい暴力をともなって、恐怖が町を満たしていた。家から一歩も出ないよう、親は子供に厳しく言い渡した。ローマ市民は正当な裁きを希求した。ヴィットリオ広場では、年金生活を送っている陸軍の元大佐が、隣人の娘を眺めて心を和ませていたところ、勘違いした通行人から危うくリンチを受けそうになった。ローマには、およそ一〇〇万人が暮らしている。六月六日はその全員が、直接に、あるいは心のなかで、小さなビアンカの葬儀に参列していた。

四月に同様の事件が起きたときとは異なり、今回は全国紙が、ローマの少女にたいする犯罪行為を報じた。『ジョルナーレ・ディタリア』の紙面では、じつに六回にわたり「おぞましい」という形容詞が使われていた。この「おぞましい」犯罪をやってのけた犯人は、「ローマの怪物」と名づけられた。怪

物の影はすでに、人びとの想像力を鋭く刺激していた。今回もやはり、背が高く、身なりの良い男性が目撃されていた。ただし、前回は「五十がらみ」とされていた犯人像が、今度の事件では「青年」に修正された。ミラノに本社を置く『コッリエーレ・デッラ・セーラ』は、「外見上はまだ若く、灰色の服を着た男」として、優雅な犯人像をスケッチした。灰色の服の男が、イタリアの夜を恐怖で染めあげた。

政界の空の下でも、毒をはらんだ霧がふたたび、ローマに重くのしかかっていた。不穏で極端な選挙結果、マッテオッティの苛烈きわまる弾劾が、戦後すぐの政界を覆っていた憎しみの瘴気《しょうき》を、ふたたび呼び覚まそうとしていた。

六月三日、議場ではロベルト・ファリナッチが、ジョヴァンニ・アメンドラをはじめとする反対党のリーダーたちを攻撃していた。「もっと早く、あなた方を銃殺しておくべきだった!」数時間後、議場の外では、ファシストの結束を示すデモ行進が行われた。ムッソリーニが発案し、チェーザレ・ロッシが企画したこの行進は、徐々に熱を帯び、ついには人狩りにまで発展した。社会主義の代議士たちは、百人規模の行動隊に追いまわされ、モンテチトリオ宮の付近の街区を右往左往する羽目になった。

それでも、マッテオッティはいささかも怯まなかった。翌日、議場に戻ってくるなり、彼はまたしても首相に論戦を吹っかけた。一九一九年、ムッソリーニが主幹する『ポポロ・ディタリア』が、兵役忌避者の恩赦に賛同の意を示したことを、マッテオッティは激しく糾弾した。それは自分の文章ではないとムッソリーニが反駁すると、マッテオッティは皮肉のこもった返答で首相をやりこめた。「われわれがあなたの文章を編纂して、完全な批評校訂版を出版したら、さぞかしお困りになるでしょうね!」翌五日、政府が国王と議会の前で収支の均衡を宣言する予算委員会の席で、ジャコモ・マッテオッティ——ふつうの人間が小説を読むような感覚で、国家予算を読みとく男——は計算上のごまかしを暴露した。マッテオッティが計算したところでは、国家財政には二〇億三四〇〇万リラという、目もくらむほどの赤字が生じていた。緊張は日ごとに高まった。六月六日の議会では、ムッソリーニと最左翼のグループのあいだで、もう何度目かわからない激しい言い争いが繰り広げられた。ドゥーチェは激昂《げっこう》し、共産主義者の偶像であるボリシェヴィキをお手本にすることを約束した。「ここがロシアなら、あなた方の背中にはいまごろ銃弾が撃ちこまれていたはずだ！（野次）われわれにもそれくらいの勇気はある、それを証明してみせましょう。（拍手、ざわめき）いまからでも、遅すぎるということはけっしてない！」

　行動隊の平党員が棍棒を振りまわして、反対勢力の異議申し立てにたいし怒りをぶちまけているあいだ、ファシスト党の指導層は、より鋭い、より毒の濃い不安におびやかされていた。モンテチトリオ宮の周辺では、マッテオッティがイギリスで、シンクレア・オイルとの石油開発計画にまつわる重大な不正の証拠文書を集めてきたという噂が、まことしやかにささやかれていた。暫定予算案についての議論が交わされる予定の六月十一日の議会で、社会党の代議士はおおやけに、政権を告発するつもりかもしれない。彼はおそらく、体制とムッソリーニ一族を危機に陥れる資料を所有している。

　経済省はワシントンに宛てて電報を送り、シンクレア・オイルとスタンダード・オイルの関係——首相によって公式に否定された関係——にかんする情報を提供するよう強く求めた。情報は大至急、遅くとも六月十日までにイタリアに届いていなければならない旨、電報には明記されていた。

　怨恨と恐怖の雲が太陽をさえぎる。石油、血縁、賄賂の副産物が混ざり合い、悪臭を放つ有害物質となって、ローマの土壌を汚染する。体制側の新聞は、瘴気を発生させているのは批判者の方だと言って、責任を転嫁しようとした。マッテオッティは日々、言葉によって磔《はりつけ》にされていた。マッテオッティの主張はたんなる叫び、噂話、挑発であり、糞便と分泌物の混淆《こんこう》に過ぎないと、ファシスト系の新聞は書き立てた。事態がここまで切迫すると、波立つ意識を抱えながら日々を送る人びとにとってはもう、マッテオッティが危険な文書を持っているか否かという点はたいして重要ではなくなっていた。この局面で意味を持つのは、人びとが文書の存在を恐れているという、その事実だけだった。

どの陣営も、こんな状況に長く耐えられるはずはなかった。トゥラーティはクリショフに宛ててこう書いた。「われわれの大部分は、拳を握りつづけることに疲れています。前線で戦った兵士たちが、敵と味方の塹壕でワインのボトルを遣りとりしたときのように、少しで良いから安らぎの時間が欲しいと、多くの者が願っています」。そんなトゥラーティも、社会主義の同志がファシストの代議士と親しげにしていたり、閣僚席の大臣らと冗談を言い合ったりしているところを目にしたときは、気力がくじける思いがした。この点にかんしては、彼はマッテオッティと意見を同じくしていた。社会主義者にはもう、たったひとつの武器しか残されていない。軽蔑。断固とした、曲げようのない軽蔑。それすら取りあげられてしまったら、社会主義者はほんとうに終わってしまう。しかし、社会主義穏健派の指導者たるトゥラーティは、マッテオッティによる単調な追及の日々が、このまま永遠に続くわけではないことをはっきり認識していた。マッテオッティはムッソリーニを壁際に追いつめた。現政権は不安定な地盤のうえでなんとかバランスをとっているが、それも長続きしそうにはない。じきに首相は、決断を迫られるだろう。ファリナッチが欲する恐怖か、無期限の議会の閉鎖か。後者は当然、議会の廃止という結果に行き着くはずだ。

誰より大きな不安を覚えているのは、ほかならぬムッソリーニだった。ファシスト支配の一年目、彼は絶え間ない警戒状態のもとで日々を送り、近しい協力者にも同じ経験を強要した。ローマ進軍がムッソリーニにもたらした権力は、とても盤石とは呼べなかった。旧権力とは妥協を強いられたし、組閣するには連立政権を組まざるをえなかった。政権与党と言いながらも、議会におけるファシスト党の勢力は少数派であり、ムッソリーニは危うい均衡状態を保つのにうんざりして何度も怒りを爆発させた。そしていま、四月六日の選挙における圧倒的な勝利によって、戦場から敵は一掃され、空気は浄化されたはずだった。なのに、またしても、あたりには瘴気が充満している。六月七日、首相は反対党の批判に答えるために、議会で演説に臨むことになっていた。首相は荒々しい気性を解き放ち、怒りをほとばしらせるに違いない。誰もがそう予感していた。

ところが、議場に現れた首相の姿に、人びとは目を疑った。ベニート・ムッソリーニは鮮やかな色彩の上着を身につけ、洒落者の横顔をせいいっぱいひけらかしていた。その口から語られたのは、過去の数々の演説のなかでも、飛び抜けて明晰で、抑制的で、宥和的な内容だった。特別法を制定したり、議会を蹂躙《じゅうりん》したりするつもりはいっさいない。反対党が議会で果たしうる補完的な役割を、自分はじゅうぶんに認識している。声の調子は軽やかだった。ところどころで冗談も交えながら、ムッソリーニは終始穏やかな雰囲気のもと演説を進めていった。その表情は晴ればれとしていた。いま、この場を支配しているのはドゥーチェであり、彼以外の何者でもなかった。マッテオッティの弾劾演説のことなどすっかり忘れてしまったかのように、過ぎ去ったばかりの狂乱と喧噪の一週間は、もう二度と戻ってこないと確信しているかのように、ドゥーチェは滔々と語りつづけた。

モンテチトリオ宮の半円形の議場に響くムッソリーニの演説は、率直で、現実的で、一貫しているようにも聞こえた。首相は社会主義者に向かって、まっすぐに語りかけた。敵ではなく、対話者に語りかけるときの口調だった。まずは、責任という言葉で社会主義者を縛りつけ、彼らに自省を促した。「つねに不在のまま、つねに外部にとどまったままでいることはできません。良きにつけ悪しきにつけ、なにかを語り、実行しなければいけないのです。望むと望まざるとにかかわらず、なんらかの協調を選択しなければなりません。さもなければ、永久に歴史から追放されたままになってしまいます」。そう言いつつも、ムッソリーニは救いの手を差し伸べた。もう二〇か月も前から、反対党は昔ながらの不毛な論争や、曖昧模糊とした抗議に絡めとられ、行き場を見失っていた。しかし、楽観的な立場に立つなら、もっと違った風景が見えてくる。観念を先行させ、批判に明け暮れてばかりいた日々は、そろそろ終わりにしていいころだ。もう一度、対話をしよう。過去の怨恨に、さしたる意味などないのだから。

一九二四年六月七日、ファシズムのドゥーチェが宥和的な演説を終えるが早いか、ある噂が政界を駆けめぐった。ムッソリーニは社会主義者を、政権に取りこもうと画策している。けっきょく、彼はいまでも、かつての同志とふたたび抱擁を交わしたいという思いを捨てきれずにいた。「進軍」の後、一九二二年十一月にも、同じことを試みた形跡がある。そのときは成功しなかった。だがいまなら、二四年の六月なら、きっとうまくいくだろう。モンテチトリオ宮の廊下に、清浄な空気が戻ってきた。

――出番を心待ちにしている。アルビーノ

ミラノのアルビーノ・ヴォルピによる、ローマのアメリゴ・ドゥミニ宛ての電報、一九二四年六月七日

――ただちに出発を。広告契約の締結に貴君が必要。パンツェリと有能な運転手を同伴のこと。ジーノ・ダンブロージョ。

ドゥミニ（偽名を使用）による、アルビーノ・ヴォルピ宛ての海底電報、一九二四年六月八日、午後一時

アメリゴ・ドゥミニ　ローマ、一九二四年六月十日

少なくとも一時間前から、ジュゼッペ・ヴィオラは車の後部座席で、分娩中の妊婦のように身をよじらせていた。本人曰く、「短剣で突かれるよう」な激痛が、みぞおちのあたりを走っていた。ポポロ広場にある最寄りの薬局へ、一刻も早く連れて行ってくれと懇願している。午後四時ごろ、ヴィオラはとうとう、くすんだ血の混じる吐瀉物《としゃぶつ》を、車のなかにぶちまけた。未消化の食べ物は、黒っぽくざらざらとしていて、コーヒーを飲み終えたあとのカップの底によく似ていた。世の中には、カップの底に残った模様で運勢を占う者がいるらしいが、その場に居合わせた誰ひとり、ヴィオラのげろから未来を読もうという気にはなれなかった。ここから眺めるかぎりでは、未来とはさぞかしろくでもない場所に違いない。

いまや、「ランチア・ラムダ」の車内で呼吸することは、一種の苦行と化していた。この車は、リムジンのような箱型の車体を採用し、ぜんぶで六つの座席を備えていた。内訳は、外部に二座席、内部に四座席で、内部のふたつが固定席、ほかのふたつが可動式だった。車内はたいへんに広く、ガラスの引き戸が運転席とそのほかの座席を隔てている。だが、いくら広いといっても、ここで息をすることはためらわれた。肥満気味の五人の男は二時間前から、逸《はや》る心を抑えつつ、この車のなかに閉じこもっている。食べ物と、ワインと、テストステロンで腹をいっぱいに膨らまし、外界から隔絶されたこの空間で、酸素を消費しつづけている。いっかな消化が進まない胃を抱え、だらしなく口を開いたまま、タールが

べっとりと張りついた肺から、煙草のけむりを吐き出している。口から出るガス、尻から出るガス、そして戦争の記憶が、車のなかに充満していく。

部隊の長であるアメリゴ・ドゥミニは、助手席に坐っている。車の外では、暦より早くやってきた夏の酷暑が、ローマと世界を覆っている。なのにドゥミニは、空気の入れ換えを固く禁じていた。窓はすべて閉められ、目隠しのカーテンはおろされている。五人の男が車内に箱詰めになっているところは、誰にも見られてはいけない。いかなる痕跡も残してはいけないのだ。したがって、車を降りてすぐの場所を流れている、テヴェレ川の濁った水も、男たちにとっては目を慰めるだけの蜃気楼に過ぎなかった。真昼の太陽が、どっしりと重い鋼鉄のボディをじりじりと焦がしている。呼吸を奪うあぶくとなった乗り物は、シャロイア通りと、川沿いのアルナルド・ダ・ブレーシャ通りのあいだに位置する交差点に停められている。男たちはそこから、ジュゼッペ・ピサネッリ通り四〇番地の玄関を見張っている。そこでは標的が、妻と三人の子供とともに暮らしている。

ヴィンチェンツォ・ランチアの自動車会社の、最新モデルに閉じこもる五人の男にとって、待つことは苦にならなかった。戦う前の、あるいは、呼吸する前の長い待ち時間は、人生の見習い期間にとうに経験済みだった。ランチア・ラムダで待ち伏せする五人の男――アメリゴ・ドゥミニ、ジュゼッペ・ヴィオラ、アルビーノ・ヴォルピ、アウグスト・マラクリア、アムレート・ポヴェローモ――は、全員が元アルディーティで、全員に普通犯〔政治犯以外の犯罪者〕としての前科があった。塹壕で戦った経験も、牢屋で過ごした経験も、全員が共有していた。潰瘍の血をすっかり吐き出したいま、ヴィオラもようやく泣き言を漏らすのをやめた。男たちは気を取りなおし、もう何本目かわからない煙草に火をつけて、暑さと、ワインと、けむりに呆《ほう》けながら、戦友の亡骸が横たわるピアーヴェ川の土手沿いや、サン・ヴィットーレ刑務所の虱《しらみ》だらけのベッドで過ごした夜の記憶を反芻《はんすう》しはじめた。待ち時間も、そろそろ終わりに近づいている。

　ジャコモ・マッテオッティはたいへん規則正しい生活を送る人物だった。ドゥミニらは数日前から、マッテオッティの行動を観察していた。議会に登院する日は、午前九時に家を出て、午後一時半に家に戻り、昼食をとって、午後三時ごろにまた出かけ、あとは午後九時まで戻ってこない。議会がない日は、昼食のあと、毎日午後四時半ごろに外出し、ポポロ広場で一五番線のトラムに乗って、予算委員会の図書室で調べ物をする。出かけるときはいつも、「下院」と記された白っぽい封筒を脇に抱えていた。この封筒を奪うのが、男たちに課された任務だった。

「封筒なしで戻ってくるなよ」

　党の財務部長ジョヴァンニ・マリネッリは、何度もそう繰り返した。アメリゴ・ドゥミニは、期待を裏切る気はさらさらなかった。誰もが知っているとおり、マリネッリはけちくさく、金離れの悪い男だった。それでも、五月二十二日にドゥミニの徒党が、偽名を使って「ホテル・ドラゴーニ」に記帳して以降、一味はマリネッリから支給された金で、ひたすら贅沢三昧の日々を送ることができた。一〇日にわたって、党の金で食べ、飲み、女を抱いているだけでよかった。食事はたいてい、昼も夜もトスカーナ料理屋の「ブレッケ」か「アル・ブーコ」のテーブルを陣取り、キアンティのワインを好きなだけがぶ飲みした。夕食のあとは、ボルゲーゼ宮の一室にしけこんで、夜っぴて杯を酌み交わした。ある晩、警察が現場に踏みこんできて、ヴィオラに拳銃を突きつけて連行していったことがあった。しかしドゥミニは、ローマ警察本部長のライーノに働きかけ、すぐにヴィオラを釈放させた。そんな麗しい生活も、六月のはじめには終わりを告げた。マリネッリはドゥミニを呼びだし、行動を起こすよう指示を出した。

　もともとは、マッテオッティが外国へ移動しているあいだに事を済ませる予定だった。警察はそのために、わざわざマッテオッティにパスポートを再発行していた。しかし、あいにくこの計画は不首尾に終わった。ドゥミニは事前に、マッテオッティが列車でオーストリアに向かうという情報を把握していた。そこで、駅のホームで社会主義の代議士を待ち伏せしていると、あろうことかマリネッリが、ミラノに行くために同じ列車に乗りこもうとしてきたのだ。プラットホームの庇《ひさし》の下に、暴力集団がたむろしているのを目にした途端、マリネッリは発作に襲われた。「この列車には私も乗るんだ。ばかな真似をするんじゃないぞ！」彼は顔を紫色にしてそう叫んだ。それに、どのみちマッテオッティは、ホームに姿を現さなかった。

そこで、あらためて計画を練り直し、標的が家を出てきたところを誘拐することに決めた。『コッリエーレ・イタリアーノ』の主幹で、アルナルド・ムッソリーニの元個人秘書であるフィリッペッリは、ふだんは公用の駐車場に停めてあるランチア・ラムダを、ドゥミニ一行に貸し出した。運転手なしの、車両のみのレンタルだった。決行前日の晩は、首相の執務室があるキージ宮の中庭に駐車した。護衛の憲兵には、ドゥミニが話をつけておいた。政権から委託された重要任務に必要なのだと言うと、憲兵はすぐに納得した。この界隈で、ドゥミニの顔を知らない者はいなかった。ドゥミニが内閣広報局で働いていることは、キージ宮に勤めている人間なら誰でも知っている。それから、ミラノにいるアルビーノ・ヴォルピに電報を送り、何人か手下を連れて、ただちにローマへ戻ってくるよう指示を出した。ヴォルピはすぐに出発した。一行はコロンナ宮で落ち合い、食前に軽く一杯ひっかけてから、「アル・ブーコ」で昼食をとった。そのあと、十二指腸潰瘍がヴィオラを襲ったというわけだ。

車の内装を汚している、血の混じったヴィオラの吐瀉物に、ドゥミニはちらりと目をやった。フィリッペッリに返却する前に、自分で掃除するしかない。なにしろあいつは、どんな細かいことでも見逃さない、道ばたの雑草の成長具合まで感知する男なのだから。

懐中時計は午後四時四十分を指している。ロスコフ製の銀時計が、正確に時を刻む。遠い親戚の駅長から、遺産として受け継いだ時計なのだと、ドゥミニはよく自慢していた。

ジュゼッペ・ピサネッリ通り四〇番地の玄関が開いた。待ち伏せしていた五人の男は、とっさに身を乗り出し、全身の筋肉を緊張させ、ズボンのベルトを締め直した。束の間、一行は呆気にとられた。マッテオッティが、帽子をかぶっていない。なにか異様な事態が起きたに違いなかった。いくら暑いとはいってても、頭頂をむき出しにして通りへ出るのは、品位ある紳士にとっては考えられない行為だった。社会主義の代議士は、淡い色合いのスーツ、白のスウェード靴、ジャケットによく合う色味のネクタイを身につけていた。脇に封筒を抱えている。帽子の件を除けば、すべて台本どおりだ。

ところが、この日ふたつめの予期せぬ出来事が生じ、男たちは早くもアドリブの演技を強いられることとなった。マンチーニ通りを折れたあと、マッテオッティはふだんの習慣に反して河岸通りを渡り、テヴェレ川に沿って歩きはじめた。おそらく、川を眺めたい気分だったのだろう。ごくまれに訪れる休息の時間、テヴェレ川で舟を漕ぐのが、マッテオッティの数少ない楽しみのひとつだった。だが、河岸には多くの人通りがある。アルマジャ邸のプラタナスの木陰では、憲兵が涼をとっている。川べりに続く、一段一段のスペースを大きくとってある石の階段では、水浴びを終えた市民が横になって、日光浴を楽しんでいる。歩道では市の清掃員が仕事の準備をしている。ふたりの少年が、マッテオッティのすぐそばを駆けまわり、馬跳びをしたり、戯《ざ》れ歌を口ずさんだりして遊んでいる。

運転席に坐りなおしたヴィオラに向かって、ドゥミニが車を発進させるよう指示を出した。ヴィオラには運転手として、ドゥミニとともに車中で待機する役が振られていた。ランチア・ラムダは、河岸通りを滑るように進んでいった。白い封筒を脇に抱え、帽子もかぶらずに道を歩く男を追い越すと、やがて車は速度を緩め、停止し、両側のドアが勢いよく開け放たれた。

最初に標的に手をかけたのは、詐欺破産罪の前科持ちで、アルディーティの元大尉で、勇猛で知られたネストレ将軍の息子であるマラクリアだった。アルビーノ・ヴォルピは、どういうわけか消極的で、仲間に標的を指し示すことしかしなかった。

この日みっつめの驚きは、急に体をつかまれたマッテオッティが、激しく抵抗してきたことだった。マラクリアはつまずいて、地面に倒れこんだ。そこでヴォルピが飛びかかったが、細身で素早いマッテオッティは、ヴォルピにも抵抗した。

もとはレッコで屠畜《とちく》をしていたアムレート・ポヴェローモが、重々しい足どりで背後から近づいてきた。拳を一発、マッテオッティのこめかみにお見舞いする。この拳を頭蓋に食らえば、どんな家畜もたちまちおとなしくなったものだった。マッテオッティはくずおれた。

そこにドゥミニが合流した。動かなくなった体の四肢を、ひとり一本ずつ持ちあげる。そして、この日よっつめの予期せぬ出来事が発生した。被害者の、尋常ならざる抵抗力。マッテオッティは意識を取り戻し、闘争を再開した。誘拐犯は、マッテオッティを運びながら彼を殴りつけた。だが被害者は、悪魔憑《つ》きのように暴れつづけた。いったいどこから、こんな力が湧いてくるのか？　おそらく、過去の誘拐の記憶が彼を駆り立てていたのだろう。マッテオッティの生まれ故郷であり、政治家としての地盤でもあったヴェネトにいたころ、彼は行動隊に拘束されたことがある。その際、マッテオッティが尻にむりやり棍棒を突っこまれたという噂は、地元の人間なら誰でも聞き知っていた。

ようやく車にたどりつき、一行は出発した。左右に激しく揺れながら、恋人たちにおなじみのミルヴィオ橋に進入し、全速力で北東へ、農村へ、入市税の徴収帯の外へ走っていく。そのあいだずっと、マッテオッティの悲鳴を覆い隠すために、耳障りなクラクションが響いていた。まるで、火事の現場に急行する、消防車のサイレンの音のようだった。

自動車のなかでは、三人の男が拳の雨を降らしている。それでも、ジャコモ・マッテオッティは戦うことをやめなかった。マッテオッティは抵抗した。徹底的に。一歩も引かずに。運転席とそのほかの座席を隔てるガラスに蹴りが入り、ばらばらに砕け散った。前方の座席に坐り、不安げに何度もうしろを振り返っていたドゥミニの胸に、ガラスの破片がもろに降りかかった。このままではまずい。こんな抵抗は予想していなかった。

滅多打ちにされながらも、マッテオッティは叫ぶことをやめなかった。ドゥミニがうしろを振り返る。マッテオッティを黙らせるために、後部座席へ体を伸ばす。悲鳴を外に漏らさぬよう、運転手はいまだにクラクションを鳴らしている。被害者の咆哮《ほうこう》が、初夏の夕方のけだるさをぶちこわしていく。それから不意に、車内が静かになった。叫びはやんだ。かわりに、なにかがごぼごぼと流れ出す音、喉の奥から絞り出すようなあえぎが聞こえてくる。

ドゥミニがまた振り返った。

ジャコモ・マッテオッティの顔は、ぼろぞうきんのようなくすんだ灰色に染まっていた。今度は彼の口からも、血の混じった吐瀉物が流れ出している。アルビーノ・ヴォルピが、恋人を抱きかかえるように、左腕をマッテオッティの肩にまわしている。ヴォルピの右手は、明るい色合いのジャケットのしわに吸いこまれるようにして、あばらのなかにめりこんでいた。

四時半ごろです。友達と遊んでました。僕らの近くで車が停まりました。ちょうど、アントニオ・シャロイア通りの突き当たりです。五人の男の人が出てきて、あたりを歩きまわってました。マッテオッティがやってくるのが見えました。ひとりがマッテオッティの方に行って、思いきり殴って、マッテオッティを転ばせました。助けてと叫んでいました。ほかの四人がやってきて、そのなかのひとりが、マッテオッティの顔を乱暴に殴りました。男たちはマッテオッティの頭と足を持って、僕らのそばに停めてあった車のなかに運びました。僕らはすぐそばにいたので、マッテオッティが暴れているのが見えました。そのあとは、もうなにも見ていません。

レナート・バルツォッティ、あだ名「ネロンチーノ」、十歳、マッテオッティ誘拐の目撃者

恐るべき一〇〇時間

ローマ、六月十一日、水曜日

「わかった。あとは私が考える。どこにも情報を漏らすなよ」

タイピストと速記者を兼任する、ベニート・ムッソリーニの個人秘書アルトゥーロ・ベネデット・ファショーロは、キージ宮の執務室で、机をはさんで首相と向かい合っていた。一方は直立し、もう一方は着座しているふたりの男の、ちょうど中間に位置するマホガニー材の天板のうえに、血のこびりついた財布が横たわっている。ムッソリーニは乱暴に腕を振って、その財布をひったくった。坐ったまま、書き物机の引き出しを開け、そこに財布を投げつける。彼はすでに、すべて聞いていた。時刻は午前九時。賽は投げられた。

昨晩の帰宅途中、ファショーロはガッレリア・ヴィットリオでアルビーノ・ヴォルピを見かけた。「ピカロッツィ」という、夜行性のローマ市民のたまり場になっているバールでのことだった。ヴォルピはファショーロのそばにやってきて、すべてを語り、彼に財布を渡した。

ドゥーチェの執務室を出たところで、ファショーロはチェーザレ・ロッシにばったりと出くわした。首相からは情報を漏らすなと言われていたが、極度の動揺を来《きた》していた個人秘書にとって、この命令を守るのは至難のわざだった。ファショーロから話を聞くなり、ロッシはマリネッリのもとへ急いだ。ふたりのあいだで、嵐のような会話が交わされた。猛烈な怒りにたじろぎつつも、マリネッリはどうにか同志を宥《なだ》めようとした。「落ちつけ。必要なことだったんだ。きみが無闇に騒ぎ立てると、私がドゥーチェの不興を買うことになる」。ロッシは『コッリエーレ・イタリアーノ』に急行し、主幹のオフィスに押し入った。なにもかもお見通しで、なにごとにも動じず、道ばたの草の伸び具合すら感知するフィリッポ・フィリッペッリは、この世の表も裏も知りつくした男の無頓着さをひけらかした。ランチア・ラムダは、新聞の編集長の車庫に隠してある。問題があるとすれば、車内がすこしばかり汚れていることくらいだ。大方マッテオッティは、「内臓の疾患」でも抱えていたのだろう。フィリッペッリは軽い笑みを浮かべて言った。あとでドゥミニに、車を掃除するように言っておくさ。その直後、世間が昼食をとっているころ、誘拐犯たちはホテル・ドラゴーニでマリネッリと密会していた。党の財務部長は逃走の費用として二〇、〇〇〇リラを渡し、車を清掃してからローマを離れるよう指示を出した。闇が下りる前の首都で、犯罪の暗い糸が、血まみれの厄介事を片づけるのに忙しい政治家たちを結びつけていた。

夫の帰りを待ちながら、ヴェリア・マッテオッティは眠れぬ夜を過ごしていた。翌日の午前中にはもう、党の仲間たちに夫の失踪について報告した。両腿の筋肉が、不安のあまりわれ知らず痙攣《けいれん》する。この日の午後には、フィリッポ・トゥラーティがアンナ・クリショフに情報を伝えている。「マッテオッティの運命にたいする、すさまじい心痛」を感じていることを打ち明けつつも、トゥラーティはこの時点ではまだ、政府の犯罪だとは信じられずにいた。それは、およそありそうもない話であるように彼には思えた。だから、すぐに警察に駆けつけようともしなかった。軽率な真似をすれば、すべてが「突拍子もない笑い話」に帰することにもなりかねない。

夕方、ロッシは首相と面会した。ロッシの証言によれば、ムッソリーニは皮肉めかした口調で、心の動揺を隠そうとしていたという。首相はマッテオッティの失踪に、かつての自分の行動を重ねるような言葉を口にした。「お仲間のマッテオッティが昨日から姿を消したとかで、モンテチトリオの社会主義者は大わらわだ。大方、娼婦のところにでもしけこんでいるんだろう……」

六月十二日、木曜日

昼過ぎには、マッテオッティ失踪の報は広く拡散していた。フラミニオ警察のロドルフォ・デ・ベルナール署長は、マッテオッティの住居に隣接する、スタニスラオ・マンチーニ通り一二番地に暮らす守衛夫婦に尋問を行っていた。夫妻は誘拐の前日、六月九日の晩に、不審なランチア・ラムダが近所をうろついているのを目撃していた。盗みに入る住宅を物色しているのではないかと不安になったふたりは、ナンバープレートの番号を控えていた。

デ・ベルナール署長は、純粋に職務に忠実たらんとして、ただちにこの情報を署内で共有した。報《しら》せは瞬く間にデ・ボーノへ、そしてムッソリーニへと伝えられた。

「連中は公道に車を停めたのか！　あの間抜けども！　せめてプレートに小便を引っかけていたら良かったのにな。そうすれば、地面の埃がプレートを覆ってくれただろうよ」

午後の新聞各紙が、マッテオッティ失踪の報を刷りはじめたころ、チェーザレ・ロッシは緊急でドゥーチェに謁見《えっけん》した。今度の一件が起きてから、ムッソリーニの顔が動揺の色に染まっているのを見るのは、このときがはじめてだった。

そのすぐあとにやってきたベネデット・ファショーロの目にも、ドゥーチェの狼狽ぶりはありありと見てとれた。昨日の朝は、ヴォルピから受けとった財布を持ってきたファショーロだったが、この日の手土産は、ドゥミニから直接に託されたパスポートだった。

「どうしてこんなものを持ってきた⁉」ムッソリーニは不満をぶちまけた。「じきに、ローマのすみずみまで知れ渡ることになるぞ」

けっきょく、昨日財布をつかみとったときと同じように、ムッソリーニはパスポートをひったくり、同じ引き出しのなかに放りこんだ。

「あとは私が考える」

部屋を出る前に、ファショーロは遺体の埋葬について伝えた。場所、寸法、穴を埋めるのに使った土など、細かい点まで余さず話すようムッソリーニは要求した。

午後七時半、首相は議会と対峙した。彼を迎えたのは、憤《いきどお》りと恐れだった。自分たちも一歩間違えば、王国の首都の中心で、白昼堂々、暴行され、誘拐されるかもしれない。ムッソリーニは、議員の感情に理解を示した。現状を鑑《かんが》みるに、今回の失踪に「犯罪が関係している」可能性は捨てきれない。首相はそう表明した。しかもそれは、「政府と議会の動揺と憤慨」を引き起こしかねない犯罪である。

それから、民衆を代表する五〇〇名の国会議員を前にして、悲劇の厳粛さと向き合いながら、ベニート・ムッソリーニは厚かましいとしか言いようがない嘘をついた。「警察は迅速に捜査を開始し、すでに疑わしい痕跡を発見しています。真相を明るみに出し、犯人を捕まえて司法の手へ引き渡すのに、そう時間はかからないでしょう。マッテオッティ議員が早急に議会へ戻られることを、心より祈念しております」。早く再会したいと願った人物がすでに刺殺体となっていることを、首相はよく承知していた。墓穴の場所も、大きさも、上にかぶせられている土の出どころも知りつくしていた。それは、みずからへの冒瀆《ぼうとく》を許さない唯一の神、死者の神への冒瀆の言葉だった。

反対党の議員は納得しなかった。この種の事件を、こんなやり方で片づけるのは受け入れられないと、社会主義者は声をあげた。エウジェニオ・キエーザ議員は、より詳細な説明をムッソリーニに求めた。

しかし、ムッソリーニは閣僚席に着席したまま、じっと動かず、腕組みをして黙っていた。

「なら、あなたも共犯だ！」

衝動的に、だが声高に発されたキエーザの言葉が、無言の議会に響き渡る。言葉が口にされてしまった以上、疑念が議場の階段を這いのぼっていくのは自然の摂理だった。

声をあげた人間を叩きのめすことで、疑念をふたたび引きずりおろそうとするかのごとくに、ジュゼッペ・ボッタイは自分の椅子をひっくり返し、キエーザ議員に向かって投げつけた。議場で乱闘が起き、議長のロッコが必死にベルを鳴らしている。


数時間後、アメリゴ・ドゥミニはローマのテルミニ駅にいた。ここから列車に乗って、北へ逃走するつもりだった。ところが、警視総監のデ・ボーノが、容疑者逮捕までのあらゆる手順を踏みつけにして、駅舎内の警察分署へドゥミニを引きずっていった。ドゥミニはデ・ボーノに旅行かばんを差し出した。そこには、血に染まった被害者の衣服が入っていた。

「すべて否定しろ。すべてだ。ファシズムを救うにはそれしかない」

アメリゴ・ドゥミニは「被勾留者七八〇／Ｇｓｉ（最大限の監視および孤立《グランデ・ソルヴェリアンツァ・エ・イゾラメント》）」として、ローマのレジーナ・チェーリ刑務所に入れられた。さしあたり、彼ひとりが罪をかぶることになってしまうが、デ・ボーノは早期の釈放と、刑事責任の免除を確約した。ドゥミニはこの取り引きを受け入れた。残りの面々はみな、逃走中の犯人という扱いになった。

並行して、ヴェーデキント宮ではファシズム大評議会の緊急会合が開かれていた。会議が終わると、ロッシ、マリネッリ、フィンツィの三名は、デ・ボーノのオフィスである警視総監室に極秘で参集した。ロッシはただちに非難を始めた。いま起きていることは狂気の沙汰だ、この異常な状態から抜け出さなければならない、ドゥミニの逮捕など子供だましもいいところだ。マリネッリは、六月のはじめから続いていた、マッテオッティを排除せよという上からの強烈な圧力についてほのめかし、ここ数日のみずからの行動を正当化しようとした。

マリネッリの泣き言にうんざりしたロッシは、核心に踏みこんだ。

「ドゥミニを逮捕し、ほかの連中も逮捕したところで、所詮ただの芝居だろうが。何日か牢屋に閉じこめておいたあとで、すぐに外に出してやるんだからな」

「すぐに出す？　なぜ？」ロッシの言っていることがわからないようなふりをして、デ・ボーノが問いを返した。

「〈なぜ〉？　そうでもしないと、連中が口を割るからだ。自分たちの頭にこんな考えを吹きこんだのは彼なんですと、やつらは白状するだろう」

「〈彼〉？　誰のことを言ってるんだ？」

「首相だ」

イタリア陸軍の老将軍、「ローマ進軍」の四首脳、そしていまでは、ファシズム政権下で警視総監の地位にあるデ・ボーノは、内務省のオフィスでひとりきりになったあと、専用回線からドゥーチェに電話をかけた。

「あなたに責任をかぶせようとしています」

「私を強請《ゆす》るか、あの卑怯者どもめ！」ムッソリーニは金切り声をあげた。通話は途切れた。亡霊たちの夜が始まる。

六月十三日、金曜日

噂によると、ドゥミニはマッテオッティの死体を去勢したらしい。フィリッペッリはドゥミニから睾丸を手渡され、恐怖で失神したらしい。また別の噂によると、ドゥミニはそれを、直接にムッソリーニに送り届けたらしい。首相は冷ややかな笑みを浮かべ、パスポートが入った書き物机の引き出しのなかに、獲物の肉体の切れ端を放りこんだらしい。噂によると、遺体はローマ市内に持ちこまれ、干し草を積んだ馬車に隠され、パン屋の釜で焼かれたらしい。噂によると、遺体はテヴェレ川に投げ捨てられ、酸性の薬品で肉を溶かされ、解剖学教室で展示され、石鹸にされ、ヴィコ湖に沈められたらしい。さらに別の噂によると、社会主義の代議士の亡骸は、ボルゲーゼ公園の動物園に提供されて、ライオンの餌になったらしい。

つい昨日までは、サン・パオロ・フオーリ・レ・ムーラ大聖堂のそばで、謎めいた「灰色の服の男」により陵辱され殺害された幼い少女の物語が、ローマ市民の集合的な想像力の中心に坐していた。だがいまでは、マッテオッティの失踪がその地位に取って代わり、市民の脳内にらちもない夢想を描き出している。

まだ日も落ちない時間帯に、天下の公道で国会議員が誘拐されたという報《しら》せは、明けても暮れても続いていた暴力的な日々を、暴力をもって断ち切ることになった。政治的な立場に関係なく、広く怒りが共有され、ファシスト党の内部を含め、いたるところから抗議の声があがりはじめた。反ファシスト系の新聞は次々と号外を出したものの、公正な裁きを欲する読者を満足させるにはいたらなかった。あまりに卑劣かつ邪悪な犯罪であるという見方が広まり、体制全体が機能不全に陥ったほどだった。明白な腐敗、政治闘争で用いられる暴力的手段、高邁な理想の目も当てられないような堕落ぶりが、突如として人びとを覚醒させ、これ以上は容認できないという感情を焚きつけた。不満、嫌悪、脅迫、サーベルがかちゃかちゃ鳴る音、嗚咽、悔恨、もみしだかれる無数の手、かきむしられる無数の髪。ふと気づけば、どこを向いても、それ以外のものは目に入らなくなっていた。抽象的な観念、錯綜した観念、「悪」の観念が、アメリゴ・ドゥミニや、名もなき逃走犯の人格のうちに、速乾性のセメントのように凝固していく。

ファシストのあいだでは、「各自退避《ソーヴ・キ・プ》」の大号令が飛び交っていた。午前中、ふたたび大評議会が招集された。会議はまさしく、「万人の万人にたいする闘争」の様相を呈していた。各人が、みずからを擁護するための文書を準備し、バルボはキージ宮に駆けつけて「ドゥミニの即時銃殺」を要求した。証拠を隠滅し、判断を誤《おと》らせる手がかりをばらまき、痕跡を抹消する。警察の捜査を攪乱《かくらん》し、故意に誤った情報を広め、政敵を貶めるキャンペーンを新聞紙上で展開する。マッテオッティは国外に逃げたとか、愛人のもとに身を隠しているとか、数日前に、フランスの極右の一味である二人組の暗殺者がローマに到着していたとか、ロヴィゴの行動隊がマッテオッティの行方を追っているとか、ありもしない話をあれこれとこしらえていった。

誤情報を広めたことが徒《あだ》となって、中傷者が窮地に立たされることもあった。ファシストの国会議員で、マッテオッティと同じくロヴィゴを地盤とするアルド・フィンツィは、容疑者の長いリストに登録された。

午後四時、首相はふたたび議会と相対《あいたい》した。ただし、今日の議場には空白ができていた。ファシストの代議士にかんして言えば、三七〇名が漏れなく席に着いている。一方で、反対党の国会議員は、抗議のために議会を欠席していた。頭上高くの傍聴席には、ヴェリア・マッテオッティが腰かけている。議席にできた陥没や、傍聴席にできた深い亀裂を埋めるには、ファシストの代議士だけでは到底足りなかった。

ムッソリーニは犯人を罰することを約束し、とどまることを知らない憎しみを非難した。自分はいま、心をかき乱されている。ひどく胸を痛めている。もし要請があれば、すぐにでも被疑者の「略式裁判」を実行しよう。このたびの、愚にもつかぬ卑劣なる犯罪は、反ファシズムの勢力にとってのみ有害であるだけではない。それはむしろ、ファシストの革命にたいし、甚大な損害を与える行為である。「犯人は、端的に言って、私の敵です」。ムッソリーニは力を込めてそう叫んだ。「今日、私たちを戦慄させ、私たちの喉から憤慨の叫びを絞り出している犯罪を実行に移せるのは、幾度もの長い夜、悪魔的な所業についてじっくりと思いをめぐらしてきた人物だけです」

恨みなき眠りを眠れるよう、死者は、すべての死者は、たった一枚のシーツでくるまれなければいけないとムッソリーニは訴えた。それから、予定に先立ち、この日をもって夏期の国会会期を終了すると宣言し、次期国会の召集は無期延期とすることを発表した。

しかし、六月十三日、この恐るべき一日、パドヴァの聖アントニオの祝日にあたるこの日は、まだ終わっていなかった。ヴェリア・マッテオッティが、首相との面会を求めてきたのだ。ヴェリアはこの日、朝から下院に足を運び、ムッソリーニのもとへ同伴してほしいと社会主義の代議士に懇願していた。トゥラーティはどうにかしてヴェリアを思いとどまらせようとしたが、いくら言っても彼女は聞く耳を持たなかった。

体制側の新聞が伝えたところによると、ベニート・ムッソリーニはキージ宮の広間で、この「哀れな夫人」を迎えたという。敷居のかたわらには、アチェルボとサルディの両議員が立っていた。マッテオッティ夫人がその敷居を踏みこえるなり、ムッソリーニは「気をつけ」の姿勢をとった。ヴェリアがたまらず泣きじゃくると、首相は心を動かされ、きっぱりとした口調で彼女を慰めた。「奥さま。私としても、ご主人を生きて帰してさしあげたいのです。政府はその責務を全ういたします。いまのところ、楽観できる要素はありませんが、いくばくかの希望は残っています」

マッテオッティの舅《しゅうと》であるカジミーロ・ヴロノウスキー弁護士は、体制側の新聞とは異なる証言を残している。いまや、誰からも「マッテオッティ未亡人」と呼ばれるようになったヴェリアは、姉のネッラに付き添われてキージ宮を訪問した。そして、控えの間で立ったまま、係員が首相に彼女の来訪を告げてくれるときを待っていた。

こちらのケースでも、ムッソリーニは直立してヴェリア・マッテオッティを受け入れた。ただし、政務次官のアチェルボ、サルディ、フィンツィらを後ろに従え、ほとんど下から支えられるようにして、かろうじて立っていたとされている。

ふたりの女と、四人の男が対峙する。ムッソリーニはわずかに震え、フィンツィは片手で顔を覆っている。ヴェリアは言った。生きているなら、夫を家に帰してほしい。死んでいるなら、せめて人間らしく弔ってやるために、亡骸を返してほしい。言葉を探しまわるようにして、なにかぶつぶつとつぶやいてから、ムッソリーニはヴェリアに返事をした。

「奥さま、私はなにも知らないのです。知っているなら、生きていようがいまいが、あなたのもとへご主人を帰しているはずです」

六月十四日、土曜日

「溺れなければならない者は、とことんまで溺れたらいい」

『ポポロ・ディタリア』の紙面に記された警句は、あらゆる反対勢力の希望と確信を要約していた。政権はもう抗しきれないという確信。罪が償われるのではないかという希望。

悲憤と動揺の波がファシズムを沈めつつあった。不平の渦巻きが、ファシズムを水底に引きずりこもうとしている。政権中枢を脅かす犯罪の詳細が、少しずつ明らかになってくるにつれて、ファシスト政権にまつわるさまざまな醜聞を、新聞は手当たり次第に暴露していった。はした金で購入した不動産を転売して巨利をむさぼる、アルド・フィンツィによる不正な取り引きや、不法移民を金儲けの道具にする、ミケーレ・ビアンキの恥知らずな遣り口など、政権幹部の腐敗ぶりを示す例はいくらでも挙げられた。この時期、ムッソリーニの取り巻きを撮影した写真には、後期ローマ帝国の堕落した宮廷を思わせる雰囲気がにじんでいる。

反対に、ジャコモ・マッテオッティの人物像は、すでに聖人の栄光に包まれていた。ジュゼッペ・ピサネッリ通りの住居は早くも巡礼の目的地となり、彼がさらわれた現場には無数の花輪が捧げられた。テヴェレ河畔に、即席の霊廟が建ったようなものだった。河岸通りに伸びる信徒の行列を警察が追い散らし、献花と人だかりを騎馬憲兵が一掃した。

「当面は、できることはなにもない。連中が仕出かした愚行は度を越している。お手上げだよ。デ・ボーノはなんの役にも立たない。いたるところで怒りが沸騰している」

これが、ふたりの関係が断絶する前、チェーザレ・ロッシがムッソリーニの口から語られるのを聞いた最後の言葉だった。ムッソリーニの顔は青白く、動揺しているのが傍目《はため》にもよくわかった。奇襲に呆然とし、失望に麻痺している。ついさっきも、ジョヴァンニ・マリネッリが執務室にやってきて、またろくでもないことを言い出したばかりだった。すでに誘拐から五日もたっているというのに、犯行の前後に支給した手当ての領収証――人殺しどもの署名が入ったもの――を、いまだに手元に保管してあるらしい。良き管理者として、会計の未処理事項をしかるべく整理しておきたかったのだと、ファシスト党の財務部長は弁明した。それから両手で頭を抱え、領収証を破棄するために走っていった。

ムッソリーニは首を振り、水平線に浮かぶ亡霊の方へ、ぼんやりと視線を向けた。彼はずっと、外科的な暴力の必要性を訴えてきた。正確で、精密で、情け容赦ない残忍さを、彼はずっと夢見てきた。なのにいま、血と糞便にまみれた手に握られているのは、獣じみた犯罪ばかりだった。

どこかで断ち切らないかぎり、責任の鎖は自分のところまで到達する。こうして、もっとも近しい協力者を犠牲にするという手段がとられた。ベニート・ムッソリーニは、アルド・フィンツィとチェーザレ・ロッシに辞職を要求した。

アルド・フィンツィは餌に釣られ、要求を受け入れた。彼の自己犠牲にたいしては、内務省が遅滞なくその代償を支払うことを、ムッソリーニは請け合った。一方のチェーザレ・ロッシは、猛烈に反発した。自分は潔白であると主張し、みずからの名誉を守らなければならないと表明し、友人たちの前ではムッソリーニを狂人呼ばわりしした。控えめで丁寧な公式の辞任状を執筆するかたわらで、あからさまな脅迫がつづられた私信も用意した。二通の手紙を送付したあとで、ロッシは姿をくらました。

ムッソリーニは国のトップとしての役割を演じることで、体勢を立て直そうとした。この時期には、エチオピアの皇太子ラス・タファリ・マコンネン、未来の皇帝ハイレ・セラシエから表敬訪問を受けている。だが、いくら首相の威信を示そうとしたところで、なんの役にも立たなかった。かつてドゥミニに打擲《ちょうちゃく》され、それがもとで勇敢にも決闘を申しこんだことのある、敏腕記者アルベルト・ジャンニーニ主宰の諷刺雑誌『ベッコ・ジャッロ』には、エチオピアの王族の訪問を当てこする、なんとも辛辣な一コマ漫画が掲載された。絵のなかでは、ファシスト警察の長であるデ・ボーノの肩に、ハゲタカのような姿のエチオピア皇太子がとまっている。共犯者のごとき雰囲気を漂わせながら、ハゲタカがデ・ボーノの耳にこうささやく。

「ほんとのこと言えって。食っちまったんだろ?」

六月十五日、日曜日

突然、ベニート・ムッソリーニのまわりに空白ができた。決然たる姿勢で体制を守らなければならないはずの義勇軍は、動員をかけてもろくに反応しなかった。呼びかけに応じた兵士の割合は、ローマでは四〇パーセント、ミラノでは二〇パーセント、トリノではほぼゼロだった。ローマのウンベルト通りでは、首相が執務室で腕組みをしているキージ宮の窓の下を、通行人がそそくさと、怯えるように歩いていた。明らかに、バルコニーに視線を向けないように用心している。いまもミラノの友人にかくまってもらっているジュゼッペ・ヴィオラは、アルビーノ・ヴォルピ逮捕の報に接した際、次のように言い放った。もし裁判で尋問されても、自分はムッソリーニ本人としか話をする気はない。「その場でやつに飛びかかって、鼻を嚙みちぎってやる！」

主君の孤独をもっとも深く理解しているのは、宮仕えの従者だった。クイント・ナヴァッラがはじめてベニート・ムッソリーニに会ったのは、一九二〇年、カンヌでのことだった。このときナヴァッラは、当時外相だったトッレッタ侯爵の随行員を務めていた。あのころのムッソリーニは、大臣へのインタビューを切に望む、無名の新聞記者でしかなかった。ナヴァッラに差し出された名刺には、ただ一行、「ベニート・ムッソリーニ」とだけ記されていた。その後、一九二二年十月三十一日午後一時、ナヴァッラはコンスルタ宮でムッソリーニと再会した。彼はすでに首相になっていた。

以来、クイント・ナヴァッラは無菌室のなかで生きるようにして、首相執務室の控えの間を守り、イタリアという国がぞろぞろと列をなす有り様を眺めてきた。二〇か月にわたり、この忠実な従者は、扉の向こう側で轟《とどろ》くご主人さまの声を聞き、大臣や、将軍や、企業家や、行動隊員や、貴族らが、うなだれて出てくるのを目にしてきた。そんな彼に、あるときムッソリーニが、ふと内心を打ち明けたことがある。

「わかっているんだ。私が一日中寝ていたところで、イタリア人は文句を言わない。私が存在していること、自分の好きな時間に寝起きできることがわかっていれば、それでイタリア人にはじゅうぶんなんだ。感嘆と恐怖には、どこか親戚のようなところがあるからな」

しかしいまでは、すべてが変わった。いまはもう、恐怖しか残っていない。直近の一〇〇時間、キージ宮は墓場のような空気に覆われていた。町では市民がファシストのバッジを外し、同じことが省内でも起きていた。数日前まで、卑屈な態度でへいこらする連中であふれかえっていた明るい広間は、すっかりからっぽになってしまった。控えの間にはもう、ひとっこひとり見当たらない。マッテオッティの敵《かたき》を討つために、誰かがピストルを構えて広場からキージ宮へ踏み入ったとしても、兇漢《きょうかん》をとめる者はいそうになかった。

今夜、国王が首都に帰還し、イタリアとムッソリーニはふたたび、王の掌中に収まる予定だった。勝利の間で、ドゥーチェはひとり、静かにその時を待っていた。

クイント・ナヴァッラは、どうしたらいいのかわからなかった。彼もやはりひとりきりで、控えの間の自分の椅子に坐っていた。逃げだしたい誘惑に必死に抗い、不安を抱えながら、最大限の自制をみずからに言い聞かせる。だが、何時間たっても、首相から呼ばれることはなかった。ふだんの務めを果たすように言われることも、訪問者を招き入れるように指示されることもなかった。そもそも、控えの間に訪問者はひとりもいなかったのだが。

首相宛ての緊急の公文書があるとかで、ナヴァッラは急遽、首相の秘書官から呼び出された。文書を首相に手渡すのは、ナヴァッラの役目だった。このような場合、しきたりでは、首相からの呼び出しがなくとも、執務室のなかに入っていいことになっていた。

クイント・ナヴァッラは呼吸をとめ、意を決して勝利の間の扉を開いた。敷居の先で目にしたのは、生涯忘れることのないだろう光景だった。

ベニート・ムッソリーニは、仕事用のひじかけ椅子に坐っていた。背もたれの丈がたいへん高く、金めっきをかぶせられた二本の木製の円柱が、背もたれの両側面を支えている。クイント・ナヴァッラが扉を開けたその瞬間、ムッソリーニは目を見開き、鼻と胸をふくらませて荒々しく呼吸しつつ、右に左に体を揺らし、金色の円柱に禿頭《とくとう》を打ちつけていた。避けがたい終わりの時《テンポ》を刻む、錆《さ》びたメトロノームのようだった。

犯行の動機を、政治的な対立のみに求めるべきではない。マッテオッティ議員は、政治家も関与する融資団体の醜聞を暴露しようと決意していた。同氏を沈黙させることは、一部の政治家にとっての急務だった。

エピファニオ・ペンネッタ、マッテオッティ事件の予備調査に当たっていた司法警察長、一九二四年六月

マッテオッティ未亡人とその家族を代表して、下院にて、マッテオッティが使用していた引き出しの検分に立ち会った。しかしそこには、議会のレターヘッドが印字された用箋しか保管されていなかった……そこでマッテオッティの自宅も調べ、すべての引き出しのなかをくまなく探した。見つかったものといえば、数枚のメモ書きだけだった。桁の大きな数字がいくつも書きつけてあり、引き算や、かけ算や、割り算が行われていた。国家予算を点検する作業に使われていたものと推察される。ほかにはなにも見つからなかった。したがって、危険な資料などというものは存在しないと結論づけた。

カジミーロ・ヴロノウスキー、ジャコモ・マッテオッティの舅

首相へ

さまざまな兆候や、まわりから聞こえてくる情報を総合するに、あなたは私を、私ひとりを、ファシズムに降りかかった災厄を払うための贖罪の山羊《スケープゴート》にするおつもりのようです……

であるならば、いくつかの点について、あなたと私のあいだで見解を共有しておく必要があります。あなたの決断に、私はまったく同意しておりません……要するに、こういうことです。近日中に、私の人格にたいして、私の過去にたいして、そして、ときに違法行為であることも顧《かえり》みずに、あなたの命令を忠実に実行してきた、あなたの協力者としての私の資質にたいして、しかるべき連帯の意思を表明していただ

きたい。しかし、それ以上に、現状において政権には、国家理性の根本要素が欠如しているという事実を、はっきりと自覚していただきたい。その証が立てられないようであれば、今朝方あなたにお伝えし、今日一日で準備を完了した事柄を、私は実行に移すつもりです……

これから私は逃走生活に入ります。あるいは、情けないことに、囚われの身となるかもしれません。言うまでもありませんが、あなたが今日までこれでもかと見せつけてきた冷笑主義《シニスム》が、目下のところあなたを支配している混乱と結託し、ほかの誰でもない、あなた自身によって引き起こされた今回の事態を治めるために、私の抹殺を企てた場合は、あなたも、そして体制もまた、私とともに破滅する運命にあることをご承知おきください。なぜなら、あなたもおわかりのとおり、長く、詳細な告白の文書が、すでに信頼の置ける友人の手に渡っているからであり、私の身にもしものことがあった場合、友人はかならずその務めを果たすからです。

チェーザレ・ロッシによるベニート・ムッソリーニ宛ての私信、一九二四年六月十五日

いかなる犠牲を払ってでも　一九二四年六月十六－二十六日

王とは肥えた豚ではない。かつてナポレオンはそう言った。立憲君主政体の国家元首は、みずからの国でなにが起きているかを把握しておく義務がある。犯罪的な首相が国家を恥辱の谷に突き落とし、臣民の大多数がそれを非難しているのであれば、国王がとるべき道はひとつ、軍の忠誠を頼みにして首相を辞任に追いやり、犯罪に立脚する体制を終焉に導くことである。

反対党の全国会議員を代表して、国王の侍従であるカンペッロ伯爵を介し、ジョヴァンニ・アメンドラはヴィットリオ・エマヌエーレ三世にそう伝えた。

スペインから戻ったばかりのヴィットリオ・エマヌエーレ三世は、アメンドラに忠誠への謝意を伝えるよう、カンペッロ伯爵に指示を出した。それから、明けて六月十六日、ベニート・ムッソリーニと面会した。国会内の諸勢力を和解させるよう説いて聞かせ、内閣を刷新する必要性を強調し、「正常化」の道を進むよう駆り立てた。形式を重視するという明確な姿勢にもとづき、国王は憲法の尊重に執着した。抑えがたい憤慨の念には蓋をして、国王は実質的に、首相への信頼をあらためて明示することとなった。ベニート・ムッソリーニは気力を取り戻した。さあ、反撃開始だ。

ムッソリーニはその日のうちに閣議を開き、みずからの主導権を承認させた。まずは、調停者としての善意を示すために譲歩を重ねた。いままではファシストが掌握していた内務省を、右の良識派から敬意を集めているナショナリストの首領、ルイジ・フェデルゾーニの手に託した。さらに、今回の事件への関与が疑われ、その任に不適格であることが露わになったという事由から、エミリオ・デ・ボーノを解任した。後任の警視総監は、トリエステ県知事のクリスポ・モンカダに決まった。そして、一日が終わる前にアルド・フィンツィを呼び出して、再度の変心をうながした。

というのも、いったんは辞任要請を受け入れたフィンツィであったが、自分がどうにもまずい立場に置かれていることに気がつくと、『コッリエーレ・デッラ・セーラ』と連絡をとり、真相を暴露すると言って首相側に揺さぶりをかけたのだ。ダンヌンツィオとウィーン飛行をともにした英雄には、祖国のためにすべてを捧げる用意がある。ただし、名誉だけは話が別だ。今回の犯罪の主犯はただひとり、プレダッピオの鍛冶屋の息子、ベニート・ムッソリーニである。

六月十六日、内務省の元政務次官でもあるフィンツィは、プレダッピオ生まれのベニート・ムッソリーニと、およそ一時間にわたり面談した。部屋から出てきたとき、フィンツィはひどく怯えている様子だったという。顔面は蒼白で、落ち着きを失い、ムッソリーニに反抗したことへの後悔を周囲に漏らした。事態が収束したらすぐに、フィンツィをもとの役職に復帰させることを約束してから、ドゥーチェは彼を部屋から送り出した。

「しばらくお別れだ、アルド。わかってるな」。この「わかってるな」が、先の大戦のエースパイロットの頭を極度の混乱に陥れた。

それからの数日間、ムッソリーニは反転攻勢を展開した。政権支持の集会を土地のファシストに開かせるよう、多くの県庁所在地に向けて指令を発した。県知事は従った。町の広場に、棍棒を持った男たちが戻ってきた。「大打擲《ちょうちゃく》者」ことトゥッリオ・タンブリーニは、国防義勇軍第九二軍団、人呼んで「鉄の軍団」を率いてフィレンツェからローマへくだり、臨戦態勢で中心街を練り歩いた。とはいえ、ほかのどこよりも頼もしい支持は、やはりポー平原から、レアンドロ・アルピナーティのもとから届いた。自動車事故でベッドに寝たきりになっていたにもかかわらず、つねにかわらず主君に誠実なこのボローニャのラスは、六月十九日には早くも何千という行動隊員を集め、その三日後の二十二日、エミリア全土からやってきた五万の黒シャツで広場を氾濫させた。

一方で、警察も着々と仕事を進めていた。いったんは逮捕を逃れたアルビーノ・ヴォルピだったが、スイス国境を越える直前、「ベッラージョ」というレストランで昼食をとっていたとき、とうとう身柄を拘束された。犯行に使用された自動車を貸し出した、『コッリエーレ・イタリアーノ』の主幹フィリッペ・ッリは、捜査の網も気にせずにのびのびと数日を過ごしたあと、モーターボートでフランスの海辺に向かっている最中に、沿岸警備隊に捕まった。それから何日とたたないうちに、ほとんどの容疑者が警察の手に落ちていった。ジュゼッペ・ヴィオラとアムレート・ポヴェローモはミラノで逮捕され、潜伏生活を続けられる見込みはないと判断したチェーザレ・ロッシは、六月二十二日にローマ警察へ出頭した。最後は、ジョヴァンニ・マリネッリの番だった。多くの証言が、今回の犯行にマリネッリが関与していることを示唆していた。さらに、五月三十一日に、ナポリのペッジョレアーレ刑務所長にかけた電話の内容も、マリネッリへの嫌疑をなおも深めた。マリネッリは刑務所長に、政府の任務に必要だからと、盗賊団の囚人を即時釈放するよう求めていたのだ。いつもどおりご主人さまに忠実なマリネッリは、絶対的な沈黙の殻に閉じこもった。容疑者の一群のなかでは誰より早く、レジーナ・チェーリ刑務所に入れられていたアメリゴ・ドゥミニも、旅行かばんから自動車の内張りや、血で汚れた衣服や、凶器のナイフや、「内閣広報局－内務省」と印字された名刺が発見されたにもかかわらず、ファシスト首脳陣の関与も、犯行に及んだ際の殺意も、明確に否定しつづけた。ドゥミニの言い分によれば、結核を患っていたジャコモ・マッテオッティは、取っ組み合いのさなかに喀血《かっけつ》して窒息死したのだった。

現今の情勢に力を得て、ムッソリーニは六月二十四日、王国の上院議員で埋めつくされた広間に姿を現した。穏やかな口調と安定した声音で、節度のある巧みな演説を展開する。ムッソリーニは今回も、あらゆる暴力を平定するために選びだされた、「秩序の男」の役まわりを演じてみせた。

六月二十五日、ムッソリーニは内密に、アルトゥーロ・ベネデット・ファショーロと面会した。アルビーノ・ヴォルピからは凶事の伝言役を、ドゥミニからはぞっとするような遺品の配達係を押しつけられ、今回の犯行についてドゥーチェに最初に報告する羽目になった、温厚な個人秘書だ。そのファショーロにも、ムッソリーニは辞任を求めた。彼にもまた、忠誠と犠牲を強要し、それにたいする見返りを約束した。

「私が助かれば、私が全員を助けてやる。安心しろ。いまは混乱が大きくなる方が好都合だ」

六月二十六日、政権への信任投票が上院で実施された。賛成二二五、反対二一、棄権六票という結果になり、政府は圧倒的な信任を得た。

「きわめて重要な意味を持つ投票だった」。ムッソリーニは自分の手帳にそう記している。「決定的と言ってもいい。政治的、道徳的な嵐が吹き荒れる、この困難な時局にあって、上院はほとんど全会一致で、政権の側についたのだ」

首相を救う上院の投票結果に安堵のため息をついたのは、ひとりムッソリーニだけではなかった。自由主義思想の指導者であり、自身もまた上院の一員であるベネデット・クローチェは、とあるインタビュー記事のなかで、みずからの選択の理由を説明している。いくらかの批判を前置きとして述べ、二、三の不平を告白し、古き良き時代へのいくばくかの郷愁をまくし立ててから、自由主義の偉大な思想家はファシズム支持の方針をあらためて強調した。ファシズムは一過性の熱狂ではないし、一時の悪ふざけでもない。ベネデット・クローチェはそう語った。ファシズムは真摯な要請に応答し、多くの結果を出してきた。もし、ファシズムの恵みが一掃されるのを看過するなら、イタリアは、ファシズム以前の無為にして軟弱な時代へ後戻りすることになる。国民の歓呼と同意に迎えられて、ファシズムは権力に到達した。今般の危機は、ファシズムの最良の代表者たちにとって、「彼らが担う、強力かつ有益な政治的要素」を確固たるものにする好機でもある。そうして、クローチェはきっぱりと言い切った。ファシズムの心とは、イタリアという祖国への愛であり、祖国を救わんとする思いである。

このナポリの哲学者の言葉は、イタリアの津々浦々で反響を呼び起こした。クレモナからはロベルト・ファリナッチ弁護士が、ムッソリーニの申し出を受ける形で、マッテオッティ殺しの最重要容疑者である、アメリゴ・ドゥミニの弁護団に加わることになった。広く知られているとおり、ファリナッチは高校の卒業証書を金で買い、他人の卒業論文をはじめからおわりまでそっくり書き写して法学部を卒業した男だった。ほんの一〇日前に、ムッソリーニから同じ依頼を受けたときは、ファリナッチはそれを断っていた。人殺しどもを守るために、体制は着々と、戦《いくさ》にのぞむ準備を整えていた。

次の県知事に告ぐ。アレッサンドリア、マントヴァ、フィレンツェ、ボローニャ、ピアチェンツァ、トレヴィーゾ、カッラーラ、ペルージャ、スルモナ、フォッジャ、カタンツァーロ、カリアリ。

マッテオッティへの犯罪にたいしては、われわれは党をあげて怒りの声を発している。しかるに、議会の反対勢力は本件を、政権を攻撃するきっかけとして利用している。われわれは、反ファシスト統一戦線に直面している。

月曜または火曜に、全市、全県のファシストを広場に集め、政権およびファシズムにたいする忠誠を、あらためて厳《おごそ》かに誓わせること。ムッソリーニ。

ベニート・ムッソリーニ、県知事宛ての電報、一九二四年六月十六日

政権党の長としての、長期的な目標に変わりはありません。法を尊重したうえで、政治の正常化と国家の平穏化を、いかなる犠牲を払ってでも実現させます。同時に、日々のたゆまぬ警戒を通じて、党員の選別と浄化を進め、時流に合わない、致命的な違法観念にとらわれた残党を、最大限の努力をもって一掃してゆきます……光と公正が現実となりますように！　法の支配が、ますますもって明らかとなりますように！

ベニート・ムッソリーニ、上院での議会演説、一九二四年六月二十四日

濁った国　一九二四年六月二十七日－七月二十二日

「これは追悼ではありません。われわれがここに集まったのは、ある儀式のため、宗教的な儀式のためです。それは、言うなれば、祖国に捧げられる儀式です。あえて名前を呼ぶことはいたしません。なぜなら、この瞬間、彼の名はアルプスを越え、海を越え、あらゆる土地の人びとの胸中で呼び起こされているからです。彼は死者ではなく、敗者ではなく、ましてや、けっして殺されたわけでもありません。彼は生きています。彼はここにいて、戦っています。彼は告発者です。審判者です。復讐者です。その四肢を切り刻んだところで、なんの意味もありません。柔和で厳粛なその顔を傷つけたところで、なんの意味もありません。四肢はもとどおりの場所に還りました。ガリラヤの奇跡は更新されました〔「ガリラヤ」はイエスの出身地で、その伝道の主要舞台〕。墓地は亡骸をわれわれのもとへ返しました。死者は立ちあがります。語ります。亡霊の魂を速やかに鎮めることができるよう、ここにいる全員を代表して、私は彼に誓います」

六月二十七日、反ファシストの全勢力が集まった会合で、フィリッポ・トゥラーティは、いまは亡き友を理想化する言葉を語った。トゥラーティが話しているあいだ、何人もの参加者が、モンテチトリオ宮のB広間の入り口の方を、不安そうにちらちらと振り返っていた。まるで、四肢を刻まれたジャコモ・マッテオッティの亡霊が、部屋に入ってきやしないかと怯えているようでもあった。その少し前、会合の冒頭で、しゃれにもならない失態が、亡霊の来訪を容易にする雰囲気を形づくっていた。会合参加者の点呼をとるにあたって、議員名簿を機械的に読みあげていた書記は、その名前に行き着いたとき、うかつにも彼の出席を確認したのだ。「ジャコモ・マッテオッティさん？」一瞬の困惑と動揺ののち、多くの参加者がこう叫んだ。「はい！《プレゼンテ》」

とはいえ、ここ数日はイタリア全体が、死に侵され、魅せられ、かたわらに亡霊を引き連れて歩いていた。手始めに、トゥラーティの言葉によって鼓舞された反対勢力の会合において、毀損《きそん》された政治と司法の秩序が修復されるまでのあいだ、議会活動を停止する決議がとられた。徹底的な欠席戦術は、ただちに「アヴェンティーノ」と名づけられた。別の亡霊、別の棄権行為、すなわち、紀元前四九四年に、ローマの平民がアヴェンティーノの丘で、為政者への抗議のために政治活動から身を引いた故事を念頭に置いた命名だった。

ジョヴァンニ・アメンドラを筆頭とする、反対勢力のリーダーたちの考えでは、このたびの棄権運動はあらゆる「俗悪な妥協」をしりぞけ、政権の蛮行にたいし徹底的に抗戦するものでなければならなかった。ただし、反対勢力が頼みにできる手札は、事実上、国民のあいだに広まる普遍的な侮蔑感情に限られていた。道徳的な問題に、彼らは有り金のすべてを賭けていた。ムッソリーニへの恭順と、権力者たちの共犯関係が、セメントの代わりとなってファシストのブロックを形づくっている。ところが、反対勢力はこのブロックを破壊するのに、ハンマーを用いるつもりは毛頭ないらしかった。まるで、棍棒に対抗するには、憤慨だけでじゅうぶんだとでもいうかのように。まるで、道徳は政治を左右する力になると、本気で信じこんでいるかのように。

職場で、青年会で、イタリアのあらゆるバールで、似たような光景が観察された。きわめて多様な人びとが、精神世界との接触を求めて――とりわけ、ジャコモ・マッテオッティの亡霊との触れ合いを求めて――、降霊術の集まりに参加し、胸に秘めた願いを吐き出した。だが、いくら願っても返事は届かなかった。亡霊たちは、いたるところに現れながらも、口を閉ざしたままだった。

イタリア全土の何百万、何千万という労働者が、マッテオッティに敬意を捧げるために仕事を控えた。もっとも、過去の徹底的なゼネストが悲惨な結果をもたらしたことを、労働者は忘れていなかった。そこで、今回は節度をもって、ほんの数十分の労働拒否にとどめておいた。こうした状況にもかかわらず、イタリア経済を支配する企業家や資本家は、生産力の回復や財政の均衡の方が、政治的な自由よりも好ましいという判断のもと、あえて体制に歯向かおうとはしなかった。一方で、復員兵の団体は七月七日に集会を開き、ファシズムから距離をとることに決めた。その数日後には、傷痍軍人の団体が抗議の列に加わった。しかし、みずからもまた復員兵であり、傷痍軍人であり、こうした人びとから生まれながらの指導者と見なされているガブリエーレ・ダンヌンツィオは、もはや冒険にのぞむ精神を失い、いまでは完全に文学の世界に没入していた。政府は以前から、莫大な謝礼と引き換えに、詩人の手稿の買い取りを進めていた。慢性的な金欠に悩まされていたダンヌンツィオは、国家からの一連の援助によって完全に懐柔された。こうしたわけで、復員兵、傷痍軍人らのあいだで火がついた一時的な反ファシストの感情は、明確な指導者を欠いたまま燃えつづけることを余儀なくされた。

同時期、七月九日にはフィレンツェで、武装した無数のファシストが道々を埋めつくした。さんざん予告されていた「第二波」が、ついに到来したかと思えるような眺めだった。しかし、この突発的な動きも、内閣改造にともなって収束した。ジェンティーレ、カルナッツァ、コルビーノが辞任し、カザーティ、サッロッキ、ランツァ・ディ・スカレーアが新しく就任した。中央の混乱が足かせとなって、「波」は自然と崩れて消えた。

誘拐の報が拡散して以後、イタリア企業の株価は大幅に下落していた。政権の「捕虜」にも等しい立場に置かれた国王は、アルベルト憲章〔イタリア王国の憲法〕への誓約に背き、報道の自由を制限する政令に署名した。これにより各県知事は、国家にとって有害な情報を広める新聞社の資産を差し押さえることができるようになった。メディアから発言の自由を取りあげたことで、株式市場はひとまず平穏を取り戻した。他方で、国王の静寂主義《キエティスム》的な宿命論は、民衆の想像力をじわじわと侵食しつつある亡霊に、はっきりとした実体を与えることにもなった〔「静寂主義」はキリスト教の神秘思想。自発的な活動を否定し、すべてを神にゆだねて、魂の平穏を得ようとする考え方〕。復員兵の代表団が、即時の果断な行動を要求するために国王のもとを訪ねた際も、ヴィットリオ・エマヌエーレ三世はうつろな様子で、まともに会話に応じようとすらしなかった。「今日、娘がウズラを二羽も仕留めてね」。そんな話をしながら、国王は子煩悩ぶりを発揮していた。

そう、たしかにイタリア人の大多数は、今回の犯罪に戦慄していた。亡霊のはびこるわが家を浄化するために、ファシズム政権が倒れることを望んでいた。ところが、夕食の時間が近づいてくると、けっきょくは日常が優位に立った。日々の生活を支配する些事のなかに、道徳が入りこむ隙はなかった。国は濁り、公正の感情はぼんやりとくすんでいった。蜂起の感情は、醜聞の記事を追いかける不健全な情熱に落ちぶれた。

とりわけ、亡骸をどうやって処分したのかという点について、さまざまな仮説がとめどなく増殖していた。なかでも有力だったのは、ローマの火葬場で焼かれたという説だった。炎よりも氷を好む人びとは、ローマの総合病院《ポリクリニコ》内にある、法医学教室の冷凍保管所に隠されているのではないかと夢想した。あるいは、ヴィコ湖の神秘的な水底に沈んでいると主張する一派もいた。実際に、潜水夫がヴィコ湖にもぐって、水中をくまなく捜した。湖底はからっぽで、さびしげで、やもめのようだった。水底の神秘を浚《さら》ったところで、泥やぬかるみが舞いあがるばかりだった。そこで、今度は洞穴《ほらあな》やら、地下墓所《カタコンベ》やら、打ち捨てられた小さな墓地やらに探索の手が伸びた。国の動揺は悪夢にまで浸潤していった。自由のすべての感覚を奪い去る亡霊に圧迫されて、イタリアは夢のなかで泣きわめいた。

ベニート・ムッソリーニは、みずからの肉体や、みずからを形づくったとされる鉄のような素材と、完全に不可分な男だった。そんな彼の存在さえ、この数週間でつとに「亡霊化」が進行していた。「死者はふたりいる」。記者で作家のウーゴ・オイエッティはこう書いた。「ひとりはマッテオッティ、もうひとりはムッソリーニ」

六月なかば、ごく短いあいだ精力的な働きを見せたあとで、ファシズムのドゥーチェは生ぬるい無気力に絡めとられ、息を潜めるようにして日々をやり過ごすようになっていた。そのため、修正主義者と非妥協主義者の論争が党内で再燃しても、ムッソリーニは関わり合いになろうとしなかった。今回、非妥協主義者の論陣をリードしたのは、先の大戦の志願兵である若きトスカーナ人、クルツィオ・マラパルテだった。自身が創刊した雑誌『コンクイスタ・デッロ・スタート』のなかでマラパルテは、「ローマという悪徳の巣」に対置される、民衆的で農民的な、地方ファシズムの高潔な魂を代表して、マッテオッティの「やもめども」に抗するために、徹底的な行動隊主義を解き放つべきだと強硬に主張していた。

どう対処すべきかもわからないので、ムッソリーニは好きなように喚《わめ》かせておいた。七月二十二日に招集されたファシズム大評議会の席でも、ドゥーチェはまだ揺れていた。革命には狡猾さと戦略が必要であると断言し、幹部たちに理解と助力を求める一方、必要とあらば、暴力を行使する準備はできていると表明した。ドゥミニの弁護を勇んで買って出た若い弁護士は、まさしく亡霊のごとく身を潜めているようにムッソリーニに促した。取り調べを受けた人物、尋問者、事件の証拠の記録にかんして、あまりに多くの人びとが好き勝手なことを語り合っている。この状況で表に出るのは危険すぎる。ムッソリーニはこの話題を拒絶しなければならない。裁判を無視しなければならない。

ベニート・ムッソリーニの私生活さえもが、一時の昂揚《こうよう》と痛ましい憂鬱のあいだで揺れ動いていた。この時期、ムッソリーニは愛人のビアンカ・チェッカートをローマに呼び寄せていた。ムッソリーニとのあいだに娘をひとり儲けている、親と子ほども歳の離れた愛人だ。つねに男の要望に応えられるよう、チェッカートは数日間、ラセッラ通りのムッソリーニの自宅で、監禁されるようにして過ごしていた。虚栄心の高まりを抑えきれなくなったときには、ムッソリーニはチェッカートの前で、顔も知らない女性ファンから届いた数々の手紙を読みあげた。かと思えば、突然に、妻ラケーレへの怒りを爆発させることもあった。妻は妻で、最近ついに、どこぞの馬の骨とも知れぬ輩と、ロマーニャで不義を働いたのだった。足もとに投げだされた遺体の怨念に、妻の不貞が折り重なり、ベニート・ムッソリーニは人生ではじめて、激しい潰瘍の発作を経験した。医師たちはムッソリーニに、好物であるオレンジジュースの量を減らすこと、コーヒーの摂取をいっさい控えることを命令した。誠実廉直な従僕であるクイント・ナヴァッラは、あるときムッソリーニが、勝利の間のじゅうたんのうえで体をふたつに折り、胃の痛みに身をよじらせているところを目撃した。

まだ交流のあるごく少数の友人たちの目には、ムッソリーニが亡霊に取り憑《つ》かれているように映った。七月末、自動車事故の怪我から回復したレアンドロ・アルピナーティは、四人の同志を引き連れてローマへ下った。一行が足を踏みいれたひとけのないキージ宮は、すべての船員が逃げ出したあとの沈みかけの船を思わせた。係員の呼び出しを待つまでもなく、アルピナーティはまっすぐにドゥーチェの執務室へ直行した。ムッソリーニは憔悴していた。ひげは二、三日前から剃《そ》られていないようだった。熱でもあるのか、いやに目がぎらついている。

「耐えがたい状況だ。足もとに死体が転がったままで、政権を運営できるはずがない」。首相はそう愚痴をこぼした。

「ベニート、きみが殺させたのか？」アルピナーティは出し抜けにそう尋ねた。

「違う」

「なら、きみになんの関係がある？　このばかげた犯罪を仕出かしたやつを罰して、あとは考えないようにしたらいい」

レアンドロに、古くからの誠実な友に、ベニートは怒りをぶちまけた。考えないでいることなど不可能だ。彼はいつも、午後七時ごろにキージ宮を出る。すると、帰り道でかならず、無言のまま、敵意のこもった目つきで彼が通り過ぎていくのを見つめる、幾人かの通行人とすれ違う。悪夢のなかにいるようだ。マッテオッティの妻は毎日のようにやってきて、夫の消息を尋ねてくる。はじめのうちは、自分も面会に応じていたが、いまではもう、あの未亡人と向き合う気力はない。

しかし、この言葉には嘘が含まれていた。あるいは、ひょっとしたら、ムッソリーニは幻覚を見ていたのかもしれない。六月十三日、はじめて首相と面会したあと、ヴェリア・マッテオッティがムッソリーニに会いにきたことは一度もなかった。アルピナーティに心情を吐露するあいだ、ファシズムのドゥーチェは当惑する友の前で、マッテオッティ未亡人がやってくることを恐れるかのように、きょろきょろとあたりを見まわしていた。ボローニャのラスはエミリア地方に戻る前に、ローマに同伴した行動隊員四名を、無言の、敵意ある群衆のなかに紛れこませた。アルピナーティが仕込んだ偽の群衆は、キージ宮の表玄関から出てきた首相に拍手を送った。ムッソリーニはいっとき呆然とし——もう何週間も前から、誰からも拍手されていなかったのだ——、軽い笑みを浮かべて拍手に応えた。

しかし、拍手の効果などひと晩で消え去った。トゥラーティの崇高な誓いにもかかわらず、マッテオッティの亡霊は消えなかった。その魂はいまなお鎮まることはなく、亡霊は国中を徘徊していた。だが、国は蜂起しなかった。濁ったままだった。この先も、迫害は永遠に続くのだろうか？

ベニート・ムッソリーニは手帳にこう書いている。「遺体は見つかっていない。緊張が高まっている。利権あさりという非難が広がる」

死者はふたりいる。ひとりはマッテオッティ、もうひとりはムッソリーニだ。イタリアはふたつに分断された。一方の死者のために泣く者たちと、もう一方の死者のために泣く者たちと。

ウーゴ・オイエッティ、一九二四年七月

あまりに多くの人びとが裁判にかかわり、あまりに多くの人びとが裁判について語っています。危険きわまりない状況です！……差し出がましいこととは存じますが、首相に助言いたします。誰から話を振られようと、裁判のことは無視してください。この件にかんしては、いかなる会話にも応じるべきではありません……われわれの個人的名誉をしかるべく守るためにも、そのように振る舞うことがぜひとも必要なのです。厚かましくもこのような助言を申しあげたのは、あなたさまを心より敬愛しているからこそです。

ジョヴァンニ・ヴァゼッリ、アメリゴ・ドゥミニの弁護人、ベニート・ムッソリーニ宛ての私信、一九二四年七月

クロロホルム　一九二四年七月二十二日－八月七日

「調子はどう？」

「ヴェーラよ、どんな調子でいてほしいんだ？」

「新しい報《しら》せは？」

「ない。俺はもう、なにが起きても驚かない。どれだけばかげたこと、どれだけ忌まわしいことが起ころうとも……とくに頭が痛いのは、身内の人間がなにを考えているのかわからないことだ。連中が味方なのか敵なのかも区別がつかなくなってきた。あの裏切り者ども！」

「だいじょうぶ、最後にはすべてうまくいくわ。でも、お願いだから落ちついて。神経をとがらせて、冷静さを失ってはだめよ」

「神経になんの関係がある？　俺は誰のことも憎んでいないし、誰のことも恨んでいない！　残念だが、運命は敵に有利な手札ばかり配っている。もう負けは決まったようなものだが、あいにく俺には、名誉ある撤退の道も残されていない！」

「ねえ、思い出して。あなたはいつも、抜け目のない勝負師だった。いままでだって、はじめから負けがわかっているような多くの勝負を、最後の一手でひっくり返してきたじゃないの」

首相専用回線の盗聴記録が伝えているとおり、一九二四年七月末、ムッソリーニはマルゲリータ・サルファッティの言葉によって、自己への信頼を取り戻し、勝負師としての天分を再認識した（運命の皮肉と言おうか、ふたりだけの親密な会話のなかでは、ムッソリーニはこの恋人を、マッテオッティ未亡人の名前と一音節しか違わない「帆《ヴェーラ》」というあだ名で呼んでいた）。負けてテーブルを離れるのは、勝負師の流儀に反している。魚雷艇で大戦を戦った英雄コスタンツォ・チャーノも、サルファッティと同じように、権力の座にとどまるよう首相を激励した。チャーノは船乗りとしての経験から、ムッソリーニに教訓を授けた。はじめて船の操縦を教えたときにも言ったとおり、「海が時化《しけ》っているときは、船からおりるべきではありません」

ベニート・ムッソリーニは船をおりなかった。そもそも誰ひとり、船をおりるよう強要してくる者はいなかった。国王は首相を再信任したし、反対勢力は新聞を通じての論争しか仕掛けてこない。警察の捜査は、ムッソリーニの頭上をぐるぐる旋回するばかりで、直接に襲いかかってくることはなかった。

アメリゴ・ドゥミニは、レジーナ・チェーリの第六翼監房で、このうえなく快適な生活を送っていた。たんなる打擲《ちょうちゃく》が、ふとしたはずみに悲劇に変じたのだという主張を繰り返し、ムッソリーニの関与はあらゆる面から明確に否定しつづけた。国民ファシスト党の経理部は、この著名な囚人とそのお仲間のために、多岐にわたる経費を余すことなく精算していた。外部のレストランに注文した食費、絹張りされた英国製ヴィキューナのスーツ、アストラカンの毛皮で飾られたパジャマ、党のシンボルマークが入った便箋にいたるまで、すべての代金を党が負担した（「ヴィキューナ」は、アンデス山中に生息するラクダ科の動物ヴィキューナからとれる、最高級の毛織物。「アストラカン」は、ロシアのアストラハン地方を主産地とする、生まれたばかりの子羊の毛皮）。おまけに、党の便箋には目を疑うようなレターヘッドが入っていた。「ファシスト・アルディーティ団－レジーナ・チェーリ分遣隊－ローマ、ルンガーラ通り二九番地」

ただ一度、ドゥミニが平静を失ったのは、七月末にデ・ボーノが、宣誓つきの声明におよんだときだった。「あの老いた淫売」の証言は、今回の犯行は不慮の事故であるとするドゥミニの筋立てを突き崩すような内容だった。そこでドゥミニは、脅迫まがいの手紙をフィンツィに書き送り、もしも裏切られるようなことがあれば、すべてを、全員を敵にまわして、いかなる犠牲も厭《いと》わずに、死に物狂いで戦うことを断言した。しかし、その後ドゥミニは脅しを引っこめ、感情的になったことを悔い、「これまでどおり、忠実で模範的なファシスト」として振る舞うことを約束した。とどのつまり、アメリゴ・ドゥミニにとってレジーナ・チェーリは、「鉄格子のない牢獄」と同じだった。ムッソリーニとの協定は守られた。

こうしてムッソリーニは、時化は乗りこえられる、党はふたたび掌握できると思い直すようになった。八月七日、ヴェネツィア宮の会議室に集まった全国評議会の面々は、気力を取り戻したドゥーチェと対面した。ファシズムの長として、政権の長として、ドゥーチェは幹部たちに新しいスローガンを、新しい航路を提示した。

「あるドイツの哲学者はこう言った。〈危険に生きよ〉。私はこれを、若く、情熱的な、イタリアのファシズムのモットーにしたい。〈危険に生きる〉」

ドゥーチェはスローガンをぶちあげたあとで、その意味するところを明確にした。ファシストはあらゆる犠牲に、あらゆる危険に備えなければならない。だが同時に、みずからの過ちを認めることも必要である。あまりに多くの党員が、名誉だの称号だのに拘泥《こうでい》して、貴重な時間を空費してきた。むしろわれわれは、「裸一貫で目的地に到達すること」を誇りとしなければならない。これから先は、無益な暴力の出る幕はない。われわれはもう、ファシズムのために殺したり、死んだりする用意があるなどと言ってはいけない。そうではなく、祖国のために犠牲になる用意があると言わなければならない。一方で、件《くだん》の修正主義にも、これをかぎりに退場してもらいたい。修正主義者と呼ばれる輩は、戦線が反転した際に前衛に収まることを狙って、あえて後衛に控えているような連中に過ぎない。だが、二二年十月に始まった革命は、民主主義的かつ自由主義的な老衰国家の、決定的な征服によって完了されるべきなのだ。ただひとり、歴史という告発者を除けば、ファシズムは誰からの告発も受けつけない。

勇ましくスローガンを掲げたはいいものの、戦いの行方は楽観できない。多数派の立場を失うことは、なんとしてでも避けねばならない。ムッソリーニは、態度を決めかねている下院議員は一〇〇人近くいると見積もっていた。したがって、今後はきわめて繊細な舵取りが要求される。戦略はこうだ。「あえて医学用語を使わせてもらうが、反対勢力に、そしてイタリア国民に、クロロホルム麻酔をかけることが必要だ」

残忍さが求められる局面であることは間違いない。ただしそれは、外科医的な残忍さだ。いわれなき不安も、ヒステリーも、きっぱりと終わらせる。ときには、民衆を殴ることもあるだろう。税金を搾りとったり、厳しい規律を課したりもするだろう。それでも、民衆の心の奥深くに根を張っている、ある種の感情だけは踏みにじってはいけない。破局の空の下で、日々を送ることなどできはしない。活力を回復したドゥーチェは、評議会のメンバーの前で、イタリア国民の魂の状態を得々と解説してみせた。死刑執行の射撃隊を組織するとか言って、毎日のように私たちを不安がらせるのはやめてください。そういうのはうんざりなんです。射撃隊の組織が終わってから、ある朝、私たちが目を覚ましたときに、その旨を伝えていただければじゅうぶんです。お願いだから、しつこく何度も言わないでください。なんでもしてくださって構いません。でも、私たちに知らせるのは、ぜんぶが済んだあとにしてください。それに、あと一週間もすれば、聖母被昇天の祝日だ。今年の八月十五日は金曜日に当たる。イタリアの民衆はまる三日かけて、子供を海に連れて行ったり、年寄りや死者と仲直りしたりするだろう。家族みんなで食卓を囲み、足はテーブルの下に伸ばし、ワインはテーブルの上に置いて、マカロニの皿の前で団欒《だんらん》の時を過ごすだろう。まる三日、イタリアの民衆はなにも考えず、なにも気づかずにいるだろう。

実情を言うなら、国会議員は受け身の姿勢で待つことしかできないし、非国会議員は議案に票を投じることしかできない……それで、反対勢力はなにをしている？　ゼネストでも局所的なやつでもいいが、なにかストライキを打っているか？　広場のデモ行進は？　武装蜂起の試みは？　いいや、やつらはなにもしていない。反対勢力はただ、新聞で反ファシストの論陣を張っているだけだ。そのほかのことは、いっさいなにもしていない。

ベニート・ムッソリーニ、ファシズム大評議会での演説、一九二四年七月二十二日

民衆のあいだに広がる、いわれなき不安を除去しよう。戦士としてのわれわれの顔を、民衆に見せつけよう。ただし、その戦士が行使できるのは、必要最低限の残酷さ、外科医の残酷さにかぎられる。すでに動揺している民衆の神経を、なおも逆撫でするようなことは避けるべきだ。そうすれば民衆は、われわれが望むとおりに振る舞ってくれるのだから。明日、覚悟を決めた千の男たちがローマを掌握するだろう。退路の橋を焼き落とし、もはや前に進むしかない兵士たちと同じ決意でもって、本気で行動を起こすなら、明日、ローマの住民は家のなかに閉じこもるだろう。なぜなら、けっきょくのところ、人類はいまもまだ、アレッサンドロ・マンゾーニが描いた宿屋の主人と変わらないから。あの主人はこう言った。「私には関係ありませんや。人それぞれに、やるべきことがありますんで」

ベニート・ムッソリーニ、国民ファシスト党全国評議会での演説、一九二四年八月七日

今度の一件は手強く、愚かしく、唐突だった。だが、この時化《しけ》も乗りこえられると思う。自分に襲いかかってきそうな時化を、私に押しつけてくる連中がごまんといるんだ。だが、それも今回が最後だろう。

ベニート・ムッソリーニによる、妹エドヴィジェ宛ての書簡、一九二四年八月一日

死体　クアルタレッラの林、一九二四年八月十六日

下水溝、雌犬、追いはぎに隠れ処《が》を提供してきた緑深い林。これらが、イタリアを痛ましい悪夢から呼び覚ました。

フラミニア街道を担当する道路監督員アルチェオ・タッケリは、下水溝の排水状況を調べるために、街道の起点から一八キロの地点で四つん這いになり、道路わきのみぞを点検していた。すると、片方の袖が欠けたジャケットが見つかった。ハンカチが入ったままの、胸ポケットの補強布のまわり、袖を通せばちょうど心臓の位置にくるあたりに、血痕がこびりついている。みぞのもっと奥の方を探すと、土のうえに白っぽいものが横たわっているのが見えた。回収してみたところ、生地が裏返しになった状態の、欠けていた袖であることが判明した。

憲兵隊のオヴィディオ・カラテッリ曹長は、休暇をとって、リアノ・フラミニオに暮らす家族のもとで過ごしていた。クアルタレッラの林のことなら、曹長はすみずみまでよく知っていた。背の高い木々が生い茂り、容易に人を寄せつけない場所だ。この林を、カラテッリ曹長は子供のころから、獲物を狩るためにあちこち駆けずりまわっていた。圧迫感のある柵や、密に立ちならぶ高木や、とげだらけの草むらが、林と街道を隔てている。林のなかを進んだ先には、深い渓谷が開けている。西側の一角と渓谷のあいだに位置する草地に、打ち捨てられた炭置き場がある。こんもりと茂る草木に覆われ、いばらやオークにまわりを囲まれているため、街道からはこの炭置き場は見えない。夕方ごろ、くれなずむ夏空

の下、曹長は飼い犬が吠えている声を耳にした。炭置き場のあたりからだ。駆けつけてみると、雌犬がさかんに地面を引っかいている。だが、あたりはもうだいぶ暗い。今日のところは、家に戻った方が良さそうだ。

翌日、この貪欲な雌犬は、クアルタレッラの鬱蒼《うっそう》とした林が見えてくるなり、弾けるようにして駆けだした。前日と同じ場所を、犬はまた引っかきはじめた。

夏の落ち葉や、オークの乾いた樹皮で覆われた地面を、曹長は掘り返してみることにした。杖を柔らかな地面に突き刺し、どの程度まで沈むか見るために蹴とばした。地面からは、蹴りをはね返すようにして、おぞましい腐敗臭が立ちのぼってきた。大地は続けて、人骨や、蠢動《しゅんどう》するうじ虫に覆いつくされた肉片を白日のもとにさらした。もうすこし土を除《の》けると、頭蓋骨の前面部が露わになった。

ジャコモ・マッテオッティの遺体は、すでにかなりの程度まで白骨化が進んでいた。柔らかな皮膚に覆われた部分は、もうほとんど見当たらなかった。うずくまるような姿勢で、きわめて狭い穴のなかに押しこまれている。地面に打ちこまれた大きなやすりが、マッテオッティのために用意された唯一の墓標だった。やすりはおそらく、人殺しどもが地面を掘るのに使った道具だろう。

検察官は次のように記録している。クアルタレッラの林（フラミニア街道沿い、ローマから二三キロ、リアーノとサクロファーノの中間地点）、浅く細長い穴、地表面の幅は四〇センチから七五センチ、長さは中心部で最大値をとり一二〇センチ、深さは最大で四五センチ。かつて炭置き場として利用されていた小さな広場で、まわりをいばらに囲まれている。

法医学者が調べたところ、遺体が長期間にわたって地中に埋められていたことは間違いなかった。穴のなかで腐敗が始まり、外的な要因を加えられることなく、自然現象として分解が進行したと考えられる。四肢が切断された形跡はないものの、浅い穴のなかにかなり強い力で押しこまれたことは明らかだった。穴はきわめて小さく、間に合わせの道具で性急に掘られたものと推察された。おそらく、犯人たちは足を使って遺体を穴のなかに押しこみ、本を閉じるようにして遺体を折り曲げて、両足を背中の下へもぐりこませたのだろう。仕上げに、すこしばかりの盛り土が、大ざっぱに遺体の上にかぶせられた。この死骸がマッテオッティ議員だと判断する決め手となったのは、歯ぐきの後退のせいで前に突き出ている金歯だった。

死因を特定するにはデータが少なすぎた。すでに内臓は失われ、頭蓋骨に損傷は見当たらなかった。証拠として提出された、袖が引きちぎられたジャケットやズボンのほかには、被害者の衣服は発見されていない。とはいえ、ジャケットについた血痕をもとに、仮説を組み立てることは可能だった。胸部および腋窩《えきか》の左前部上方を調べたところ、生地の裏にも表にも、広範に血痕が染みついていた。このことから、鋭利な刃物で傷つけられ、胸部の左前部側面から大量に出血し、結果として死に至ったのだと推測された。心臓のあたりへの、短剣のひと突き。それが、考えうるもっとも自然な死因だった。

その日の午後、憲兵隊はずっと、ほかの肉片や骨を探して、あたりの土地をくまなく調べていた。日が暮れる前に、追いはぎが根城とする緑深い林は、たいまつをかかげる群衆に包囲された。群衆はじりじりと林の内部へ迫ってきた。最初にやってきたのは、統一社会党の代議士たちだった。おぼつかない足どりのフィリッポ・トゥラーティが、ハンカチで顔を覆っている。涙をこらえているのか、死骸の悪臭によって引き起こされた吐き気を抑えこもうとしているのか、傍目《はため》には判別がつかなかった。

恐怖がふたたび世界を襲った。新聞記者が狂奔《きょうほん》し、新聞の紙面が轟音をあげた。記事は現場の状況を詳しく伝えた。遺体から衣服がはぎ取られていたこと、狭苦しい穴のなかに遺体が力ずくで押しこまれていたこと、その穴はやすりを使って大急ぎで掘られたものであったこと。リアノ・フラミニオの林で明るみに出た、神をも恐れぬ蛮行を、新聞は「歴史上まれに見る、計画的残虐行為」と形容した。道路監督員からジャケットを受けとった憲兵隊のドメニコ・パッラヴィチーニ大尉と、遺体の第一発見者であるオヴィディオ・カラテッリ曹長の証言の食い違いも、市民に疑念を抱かせる一因となった。一部の疑り深い人びとは、今回の発見はあらかじめ仕組まれたものではないかと怪しんでいた。

だが、そんなことはもうどうでもよかった。やすりで掘られ、雌犬の爪で暴かれた貧相な穴から、半島のすみずみまで動揺が拡散し、八月なかばの三連休に、なかばお祭り気分に浸っていたイタリア人を、怠惰な眠りから揺り起こした。夜半、首都のあちこちの道ばたでは、ムッソリーニの肖像画を、血のように赤いペンキで加工するパフォーマンスが繰り広げられた。

大地はこうして、ジャコモ・マッテオッティの亡骸を返却した。もはやわずかな肉片しか残されていなかったとはいえ、亡骸にはやはり、死者の魂を鎮める力があった。悪夢が終わり、終わりが始まる。

遺体にかんする、詳細な記述は控えます。ひどい有り様でした。骨格すら原形をとどめておらず、頭蓋骨のほかには、脛骨《けいこつ》、大腿骨《だいたいこつ》、肋骨《ろっこつ》など、各部位の骨がばらばらに散らばっているばかりでした。

——フィリッポ・トゥラーティによる、アンナ・クリショフ宛ての書簡、一九二四年八月十六日

どれだけの、どれほど多くの嘆かわしい出来事が、私たちを取り巻いていることでしょう。この策謀に、はたして終わりはあるのでしょうか……猟犬の吠え声や、そのあとを追いかける無節操な人びとの喚《わめ》き声は、あの痛ましい亡骸が見つかったことで静まるでしょう。

——マルゲリータ・サルファッティによる、ベニート・ムッソリーニ宛ての書簡、一九二四年八月

転落　一九二四年年八月二十一日－十二月十六日

八月二十一日、ジャコモ・マッテオッティの遺体は、ふたたび大地へ還された。今回は、自分の土地に帰ることができた。ヴェリアの意思により、葬儀はフラッタ・ポレジネで営まれた。フィリッポ・トゥラーティが提案した、ローマのヴェラーノ墓地における「政治的」埋葬を、マッテオッティ未亡人は望まなかった〔「ヴェラーノ墓地」は、政治家、軍人、聖職者、文人をはじめ、多くの著名人が眠る墓地〕。

棺がモンテロトンド駅から出ていくとき、鉄道の枕木にそって膝をつく農夫、職工、鉄道員らが、哀悼の叫びをあげた。フラッタでも、喪に服す無数の労働者からなる群衆が、同じように棺を迎えた。誰もが復讐を、公正を、反撃を希求している。「復讐を！　マッテオッティ、万歳！　大義に殉じたマッテオッティ、万歳！　自由、万歳！」

故人の生まれ故郷であるフラッタ・ポレジネでは、舞台の中心に坐すのは若き妻ではなく、彼の老いた母親だった。武装した男たちが県道にずらりと並ぶなか、司祭がマッテオッティに祝福を捧げる。それから、わが子の死を悼む母親が、棺のかたわらに寄りそった。じきに母は嗚咽を漏らし、最後は苦悶の叫びを発した。ルチア・エリザベッタ・ガルツァローロ、周囲からは「イザベッラ」と呼ばれているマッテオッティの母親は、ジャコモといっしょに、七人兄弟の末っ子を埋葬した。結核や、生や、ファシズムが、七人の子供をことごとく、イザベッラから奪っていった。

この瞬間から、すべてが急降下をはじめ、すべてが崩壊しはじめた。イタリアは喪中の国となり、母の悲痛の側に立った。

またしても、世界から憎しみの眼差しを向けられる身となったファシズムは、行動隊の威嚇と暴力に手を染めることとなった。マッテオッティの葬儀に先立って、すでにナポリの町中で、複数の死者と負傷者が出ていた。そして八月三十一日、アミアータ山の坑夫を集めて開かれた政治集会では、ムッソリーニみずからが、決定的な暴力の行使に言及した。社会主義者の非難はわずらわしいことこのうえないが、やつらは完全に無力である。近く、言葉から行動へ移る日がやってくる、「その日こそ、われわれはあの連中を、黒シャツの野営テントの寝藁《ねわら》にしてやろう」。良心の導きのもと、議会で欠席戦術をとっている「アヴェンティーノ」の一派のことは、ムッソリーニはたいして警戒していなかった。「早晩、欠席者たちの過ちが明らかになる」

ドゥーチェの演説から一週間もたっていない九月五日、トリノで暴力が牙をむいた。『ラ・リヴォルツィオーネ・リベラーレ』の若き主宰者、見るからに虚弱なピエロ・ゴベッティが、路上で行動隊の一団に待ち伏せされた。打擲《ちょうちゃく》により血が流れ、ゴベッティは内臓に重大な損傷を負った。その場に居合わせた通行人は恐怖に身がすくみ、ひとりに一二人が襲いかかる現場を、遠巻きに眺めていることしかできなかった。だが、トリノの襲撃だけで終わりではなかった。イタリア各地で、示威運動、破壊活動、偶発的な争いが頻発するようになった。つねにファシストが加害者ともかぎらなかった。九月十二日、ローマのトラムで起きた事件が、混乱の拡大の極点だった。この日、工場労働者のジョヴァンニ・コルヴィは、拳銃の銃弾三発でもって、ファシスト系のサンディカリストであるアルマンド・カザリーニを殺害した。まだ小さなカザリーニの娘は、トラムの車中で石のように固まったまま、目の前で父親が殺される様子を眺めていた。クレモナではファリナッチが、反対勢力の一斉排除を主張していた。「ほうきで掃くだけでは片づかないなら、機関銃を使えばいい」。ファシスト系の雑誌『インペーロ』は、「アヴェンティーノ」の指導者のために強制収容所を設置せよと訴えていた。地方の行動隊員はムッソリーニに嘆願した。「ドゥーチェよ、われらに行動の自由を」。「第二波」は不可避というより、すでに始まっているようでもあり、歴史の必然のようでもあった。

それでも、急降下の勢いはやまず、ファシズムに背を向ける人びとの列は長くなる一方だった。はじめに動いたのは、これまでファシズムを支えていた大企業家だった。九月十四日、オリヴェッティ、コンティ、ピレッリらからなるおなじみの代表団が、ムッソリーニに陳情書を提出した。それは事実上、企業家からの最後通牒の意味合いを持つ文書だった。その次に行動を起こした自由主義者は、十月のはじめに会合を開いた。自分たちもその一角をなす現体制から、自由主義者は距離をとることに決めた。ついには『コッリエーレ・デッラ・セーラ』も、あけすけにファシズムを批判するようになった。捜査機関の取り調べも急速に進行していた。ロッシとマリネッリの責任に触れたデ・ボーノの証言により、アメリゴ・ドゥミニは袋小路に追いこまれ、防衛線を後退させることを余儀なくされた。ドゥミニは十月二十日、「ファシスト・チェーカー」の職務に従事していたことや、今回の犯行には命令者がいたことを認めた。元警視総監の命令――「否定しろ、否定しろ、すべてをひたすら否定しろ」――には、もはやなんの意味もなかった。十月二十八日、ローマ進軍二周年を記念する国防義勇軍の祝典は、ひとけのない広場で催された。先の大戦の傷痍軍人さえ、式典に参加しなかった。とうとう、ガブリエーレ・ダンヌンツィオまでが沈黙を破り、ガルドーネから声をあげはじめた。マッテオッティ事件に汚されたイタリアを、詩人は「悪臭漂うあばら屋」と表現した。水面下では、ムッソリーニ暗殺の陰謀が推し進められていた。国民ファシスト党は、包囲された要塞のようにして、みずからのうちに閉じこもった。アヴェンティーノの丘から突撃の命令がくだされる瞬間を、全員が待ち受けていた。

包囲されたファシズムは転落を続けながら、自身を浄化するために、毒をはらんだ最後の抵抗を試みた。十月二十二日、すでに六月に警視総監の職を解かれていたデ・ボーノが、国防義勇軍の司令部からも退くように強要された。こうして、義勇軍の指揮権はイタロ・バルボが一手に握ることとなった。政権から国外追放の処分を受けたドン・ストゥルツォは、十月二十五日にロンドンに渡った。パリでは、ファシストのニコラ・ボンセルヴィーツィが、政治亡命中の社会主義者に殺害された事件の裁判が進められていた。クルツィオ・マラパルテは破廉恥な偽造文書をこしらえ、すでにこの世にはいないジャコモ・マッテオッティに、ボンセルヴィーツィ殺害の責任をかぶせようとした。イタリア最大の劇作家ルイジ・ピランデッロも、十月末に党員証を取得して、ファシズムを浄化する試みに一役買った。十一月四日の戦勝記念日、なおも転落を続ける体制は、祖国へ捧げられるあらゆる崇拝の感情を、ファシズムへ誘導しようと企てた。ムッソリーニは「無名戦士の祭壇」の前でひざまずき、そこから北にまっすぐ進んだポポロ広場では、ジュゼッペ・ガリバルディの孫が指揮するナショナリストの行進を、行動隊が襲撃していた。ムッソリーニの目論見はもろくも崩れた。いたるところで、ファシストと帰還兵の衝突に火がついた。戦功により金メダルの勲章を授かったマリオ・ポンツィオ・ディ・サン・セバスティアーノは、国民ファシスト党の党員証を破り捨てた。彼もまた、大部分のイタリア人の列に加わり、「アヴェンティーノ」の一派による、体制を打倒するための明確な政治的指導力の発揮に期待をかけた。

十一月十二日、いまもって転落がとまらないなか、これまでは共犯関係にあった議会が、ファシズムとの離縁を模索しはじめた。この日、あまりにも長い閉会期間を終え、ようやく議会が再開した。初日の議事には、直近の数か月に物故した国会議員の追悼式が含まれていた。追悼者のリストのなかには、ジャコモ・マッテオッティの名前もあった。欠席戦術を一時中断し、アヴェンティーノの丘から下りてきた共産党のレポッシ議員は、ファシストが追悼に参加することを断固拒否した。議場のすべての議員に向かって、レポッシは絶叫した。「人殺しや、人殺しの共犯者が犠牲者を悼むなど、天地開闢《かいびゃく》の昔から、一度たりとも許されたためしはない！」体制にたいする痛烈な攻撃だったが、レポッシを黙らせようとするファシストはいなかった。モンテチトリオ宮の廊下では、自由主義陣営の主要な指導者たちのあいだで、ムッソリーニを放逐するための密談が交わされるようになった。初日の国会を欠席して大きな反響を呼んだジョヴァンニ・ジョリッティは、十一月十五日、政権が提出した法案に反対票を投じて立場を鮮明にした。数日後、議場では、出版の自由を抑圧する処置をめぐって、ジョリッティはムッソリーニと論戦を交わした。数日後、大戦を勝利で終わらせたヴィットリオ・エマヌエーレ・オルランド元首相も、ジョリッティの陣営に合流した。採決が行われるたびに、政権は賛同を失っていった。十一月二十四日、著名な喜劇作家セム・ベネッリが、政権からの離脱を表明した。「ファシズムが退くか、国家が退くか、ふたつにひとつだ」。ベネッリはみずからの意図をこう語った。多数派がぼろぼろと剝げ落ち、ムッソリーニの権力がきしみはじめた。トゥラーティはクリショフに宛ててこう書いた。「雪崩が始まりました」

十一月二十六日、イタロ・バルボも転落した。このロマーニャのラスは、ある新聞にドン・ミンツォーニ殺害の責任を問われ、名誉毀損で編集部を訴えていた。ところが、裁判の過程で、かつてバルボの片腕だったトンマーゾ・ベルトラーミが、犯行後にバルボから受けとった書簡を証拠として提出した。バルボはその書簡のなかで、暴力行為を働いても罪には問われないことを、部下に保証していた。ムッソリーニはバルボを罷免《ひめん》した。かくして、行動隊の偶像も地に墜ちた。ファシズムの転落は続く。

十一月三十日、反ファシストの全勢力がミラノに結集した。大勢の民衆が参加し、大いなる感動が呼び起こされた。舞台の中央には、マッテオッティの巨大な肖像画がそそり立ち、白と赤の花と、緑の葉でできた花輪が、肖像画のまわりを飾っていた。人びとは叫んだ、「マッテオッティ、万歳！」人びとは叫んだ、「人殺しを倒せ！」予審を終えた検察は、実行犯だけでなく、ロッシとマリネッリにかんしても、公判の日程を延期するよう要請した。十二月三日、『コッリエーレ・デッラ・セーラ』の主幹で上院議員のルイジ・アルベルティーニが、政令の悪用にたいして怒りを込めて抗議した。その数時間後、今度は富豪のエットーレ・コンティが、上院でムッソリーニをこう批判した。ファシズムは、物質面では国を立て直すことに成功したが、道徳面で立て直すことには失敗した。コンティの次はジャルディーノ将軍が、軍隊と君主政体というふたつの観点から、国防義勇軍の在り方に疑義を呈した。十二月五日の採決で、ファシズムは上院の二〇票を失った。ムッソリーニが政権に引きこんだ社会党ブロックは、四八時間のうちに粉々に砕け散った。弔いの鐘が聞こえる。

報復の時が迫り、各地で攻撃の火の手があがる。十二月六日、カトリック系の日刊紙『イル・ポポロ』の主幹を務めるジュゼッペ・ドナーティが、マッテオッティ殺しにデ・ボーノが関与したとする詳細な告発を発表した。大陪審の尋問を受けたデ・ボーノは、六月十二日、ヴィミナーレ宮で開かれた秘密会合の席で、ロッシとマリネッリのふたりが、自分たちはムッソリーニの命令を実行するのだと表明していたことを証言した。十二月十六日には、とうとう一介の下院議員までが、政権に楯突いてきた。自由主義者のジョヴァンニ・バッティスタ・ボエーリは、ファシストの「大名簿」から当選したにもかかわらず、勇ましくもおおやけの場でムッソリーニに食ってかかった。

「議席を返しなさい」。ファシズムのドゥーチェは激昂《げっこう》して叫んだ。「あなたは国民名簿から選出された議員だ」

「国民名簿に加わったときは、犯罪の片棒を担ぐことになるとは思っていませんでした」

自由主義系の新聞のなかで唯一、ファシズムにいっさいの手心を加えてこなかったトリノの『ラ・スタンパ』は、陣営のなかでも第二線に属す穏健な代議士が、こうもあからさまにファシズムの巨頭に反旗を翻した事実を、体制に突きつけられた決定的な判決として解釈した。「政権の関心事はひとつしかない。死なずにいること。政権が抱えている恐怖はひとつしかない。公正な裁きがくだされること。立ちどまることも、傷を癒やすこともできぬままに、不安と動揺の感覚が国中に広がっていく」

同日、また別の新聞の紙面に、この拡散する動揺のうちに、フィリッポ・トゥラーティは「千年紀の群衆」の心理状態を読みとっていた。「はっきりと特定はできないが、それゆえにただただ恐ろしさばかりがつのる、決定的な行動」の合図を、千年紀の群衆はアヴェンティーノの指導者に熱望している。どうせ落ちるなら、どん底まで落ちてくれと人びとは願っている。二度目の千年紀の終わりまでまだ数十年もあるにもかかわらず、イタリア人は息を詰めて、世界の終わりを待ち構えている。

ミラノのアンナ・クリショフは、トゥラーティに同意しつつも、より実際的な見地から返事を書いた。

「決着を急ぐべきだと感じます」

沼　ローマ、一九二四年十二月二十一日

ラッファエーレ・パオルッチは善良な一市民であり、熱烈な愛国者であり、高名な医師でもあった。胸部および腹部の外科手術の権威であり、戦時中の功績により金メダルの勲章も授かっている。みずから組み立てた全長八メートルの吸着型機雷を、戦友とふたりきりで敵船にしかけ、見事オーストリアの軍艦を沈めたのだ。十二月十九日の晩、ラッファエーレ・パオルッチは「沼」の面々を自邸に呼んだ。「沼」とは、「一家の父親のファシズム」を指す言葉だった。物言わぬ多数派《サイレント・マジョリティ》、荒れ狂うふたつの陣営のあいだでいつも板挟みになっている人びと、新たな暴力の報に触れるたびに市民としての良識を震えあがらせ、額にわずかばかりの皺を寄せる国会議員が、この一派を形成している。四四名の右派の穏健な代議士が、ローマの豪邸に集まって、大ブルジョワの邸宅にふさわしい内装とチョコレートに囲まれながら、混沌を終わらせ、天候を回復させ、和解と、正常化と、憲法の尊重を促すための計画を練っていた。現政権を退陣に導くこと。これが、慣習的に「沼」と呼ばれる、灰色の領域に属す議員たちの目的だった。地方のラスとの関係を断ち切って、伝統的な自由主義者と手を組むようムッソリーニに圧力をかけ、あわよくば、ヴィットリオ・エマヌエーレ・オルランドを首相の座に返り咲かせる。その後、「アヴェンティーノ」の一派に向けて、議会へ帰還するよう呼びかけるというのが、「沼」の勢力が描いているシナリオだった。国王の侍従を務めるポンペオ・ディ・カンペッロ上院議員はしばらく前から、この計画を進めるように右の穏健派を急き立てていた。

このような目的のもと、国王からの委託を受ける形で、四四名は国家を治療するための行動計画に賛同した。地方のラスの過剰な権力を排除すること。暴力の行使はぜったいに回避すること。治安の維持は警察に任せること。「ファシズム革命の第二派」とやらを頓挫させること。暴力、不正、腐敗に侵された人びとを、あらゆる要職から追放し、選挙法を改正して単記名選挙制度を導入すること。

門前に狼がいるというのに、家のなかで選挙制度の改革案について話し合うというのは、なんとも奇妙な事態に思えるかもしれない。しかし、現実を直視するなら、選挙によって選ばれた代議士というのは往々にして、選挙のことしか考えていないものなのだ。ひとつの選挙区にひとりの当選人しか出ない単記名選挙においては、選挙母体が個々の候補者に直接に票を投じることになる。この制度が採用されれば、政界に跋扈《ばっこ》する策士や、組合組織の寄生者や、扇動者や、野蛮人や、狂人は排除されることになる。ラッファエーレ・パオルッチはそのような見通しを立てていた。これでムッソリーニは、自由主義者に、穏健派に、国王に、善良な市民に、降伏するしかなくなるだろう。

しかし、ラッファエーレ・パオルッチは名誉を重んじる男であり、陰謀家ではけっしてなかった。そのため、何か月も前から討議が交わされていたこの選挙改革案に、ドゥーチェがつねから反対を唱えていたことを知ってはいたものの、「沼」の会合が行われたあと、彼は誠実にも首相のもとを訪れ、体制側の国会議員によって示された意思を首相と分かち合うようにした。ムッソリーニは注意深く耳を傾けていたが、パオルッチの目には、改革案を真剣に検討しているようには映らなかった。

翌日、パオルッチとムッソリーニはともに、モンテチトリオ宮の議場にいた。ムッソリーニは閣僚席に歩み寄り、現行の選挙制度を単記名式に変える、選挙制度改革の政令を提出した。まさしく、その前日にパオルッチが提案し、ムッソリーニが憤慨を露《あら》わにしていた改革案だった。この政令にかんしては、誰もなにも知らされていなかった。署名済みの閣僚はふたりだけで、残りの大臣はこれから名前を書き加えるということだった。

善良な一市民、「一家の父親」たちは動転した。政界の獣は先手を打って、石ではなく爆弾を「沼」のなかに投げつけてきた。動揺が波立ち、濁った水が盛大に攪拌《かくはん》される。

目にも鮮やかな急展開にしばし呆然としたあと、パオルッチはすべてを悟った。反対勢力、穏健派、行動隊の三者から牙を立てられていたムッソリーニは、起死回生の一手によって、勝負の主導権を奪い返した。社会主義者、共産主義者、カトリックら、比例選挙制度に多分に依存している反対勢力は、この改革により多くの議席を減らすだろう。一方で、年季を積んだ自由主義の名士たちは、いまなお選挙の地盤において幅広い支持者を抱えているため、今度の改革から大きな恩恵をこうむることになる。穏健なファシストや狂乱の行動隊は、いずれも現実的な支持母体を欠いている。過去に当選できたのも、比例制度のもとで大量の票が流れこんできたからに過ぎない。彼らは新しい制度下では、ムッソリーニに生殺与奪の権を握られることになる。ドゥーチェは執務室に閉じこもり、有利な選挙区を割り振ったり、取りあげたりすることで、再選か忘却かを自在に差配するようになるだろう。

要するに、ごく単純な選挙制度改革によって、ムッソリーニは鞍のうえで体勢を立て直したのだ。昨日まで、首相を落馬させようと躍起になっていた右の自由主義者は、再選の見込みに惹きつけられて態度を軟化させた。昨日まで、体制内反対勢力として振る舞っていた穏健派のファシストは、落選の見込みに脅かされ、慌てて主流派の戦列に復帰した。かくして、みずからのぬかるみを封じこめるようにして、「沼」の口は閉じてしまった。職業政治家にとってなによりも大切なのは、再選されることだった。天地がひっくり返ろうとも、自分の席をほかの誰かに譲るような真似をしてはいけない。

そうこうする間に、反対勢力も巣から狩り出された。アヴェンティーノの丘から突撃の狼煙《のろし》があがるのを、イタリアはもう何か月もむなしく待ちつづけていた。反対勢力としても、これ以上、攻撃を先延ばしするわけにはいかなかった。彼らにとって最大の、かつ、おそらく現時点における唯一の武器は、相も変わらず、流された血への非難だった。アヴェンティーノの首領であるジョヴァンニ・アメンドラは、六月十五日に作成されたチェーザレ・ロッシの覚え書きを、八月はじめの時点ですでに入手していた。引き出しの奥に三か月もしまいこまれたあと、十一月なかばに、その文書はヴィットリオ・エマヌエーレ三世に送付された。国王がこの難局を打開してくれることを、アメンドラは期待していた。こうしてアヴェンティーノのイタリアは、十二月をまるまる無駄にした。国王はいつもどおり、指一本動かさなかった。

そこでアメンドラは、文書の公表に踏み切った。まずは、一二月二十七日、傘下の日刊紙『イル・モンド』の紙面に、覚え書きの抜粋を掲載した。これにより、ファシズムが正真正銘、国家の中枢に居座る非合法集団であることが暴露された。そこでは政治家ムッソリーニは、生粋のならず者、暴力行為の黒幕、実行犯のための情報屋、犯罪日時のアリバイを調達するのに奔走する調整係として描かれていた。

ところが、奇妙なことに、ムッソリーニは文書全体の公表にたいして、なんら圧力をかけてこなかった。むしろ公開を後押しし、さっさと掲載するよう急かしたとさえ言われている。「差し押さえはなしだ。最大限の透明性を確保しろ」。ドゥーチェはまわりに、そんな指示を出していたらしい。なにか悪魔的な計算が働いていたのだろうか？　破滅願望に取り憑《つ》かれていたのだろうか？　いくら新聞が喚《わめ》いたところで、翌日にはみんな忘れていると高をくくっていたのだろうか？

いずれにせよ、ロッシの文書が暴露した事柄は、あらためて巨大な反響を呼び起こした。行動隊は地団駄を踏み、ファシスト系の新聞は、いつものくだらないお喋りだとして切って捨てた。『コッリエーレ・デッラ・セーラ』はついに、首相の辞任を公然と要求した。全面対決、食うか食われるかだ。

不意打ちによる混乱がやんでみれば、ムッソリーニの狙いは誰の目にも明らかだった。それは、反対勢力に恐怖を抱かせただけではない。むしろ、体制内の反乱分子を蹴散らして、独立というばかげた夢を潰《つい》えさせたのだ。ムッソリーニの手腕は見事だったと言うほかない。

一九二四年十二月二十日提出の選挙制度改革の政令をめぐる、アントニオ・サランドラ元首相の見解

反対勢力はまたしても、狂乱の態で死者の話を掘り返している。屍肉を食らうハイエナを思わせる、怒気をはらんだサディスティックな欲情でもって、死人から利益を引き出そうとしている。そうやって、国民の胸を恐怖の悪夢で押さえつけている。しかし、あと数週間もすれば、単純かつ人間的な条理と、揺るぎのない現実とが、反対勢力を決定的になぎ倒すだろう。

「膀胱は破裂しない」(ロッシの覚え書きが公開されたことにたいするコメント)、『ポポロ・ディタリア』、一九二四年十二月三十日

政治家がなんらかの告発を受けた場合は、体制が政治家に事実上認めている、免責をはじめとするさまざまな特権をみずから放棄し、司法の手にすべてをゆだねる義務がある。

わが国を除き、立憲政体が採用されているヨーロッパの国ならどこでも、首相が告発を受けたとなれば、進んで先述のとおり振る舞うだろうし、もし首相がそうすることを望まないなら、自由市民として証を立てるために職を退くよう、まわりから強制されるだろう。

ルイジ・アルベルティーニ、『コッリエーレ・デッラ・セーラ』、一九二四年十二月二十七日、三十日

猟犬　ローマ、一九二四年十二月三十一日　キージ宮

ファーバー社の二色鉛筆が七本、赤と青の芯がきれいに削られた状態でまっすぐに並べられ、書き物机の北西端を活気づけている。四角い先端にほっそりと切り割りの入った万年筆のペン先が、三本のペン筒にしっかりとはめこまれている。

ドゥーチェはこの日も、ボルゲーゼ公園で朝の乗馬を済ませてから、職場であるキージ宮に向かった。「勝利の間」に入るとすぐに、あのうっとうしい蠅どもが姿を消していることに気がついた。従僕のクイント・ナヴァッラが、いつもどおり忠実にドゥーチェの指示に従い、ゲラニオールを大量に撒布《さんぷ》していたのだ〔ゲラニオールはバラ系の香料。虫除けの成分として使われる〕。無二の相棒である黄色い革の書類かばんは、コーヒー用の小卓のうえに寝かせておいた。警察への対抗措置や出版物の検閲にかんする政令は、すでに署名を済ませて書き物机に置いてある。一年の最後のこの日も、ほかのすべての日々と同じように、首相の執務室はすみずみまで、細心の注意をもって、丁寧に整えられていた。だが、外の世界となると話は別だ。世界は、残念ながら、抵抗している。ムッソリーニへの服従を拒否している。

書き物机には新聞各社の朝刊が、上に行くほど直径が小さくなる柱のように積まれている。その紙面が、整理整頓された無菌の部屋に、世界の錯乱を吹きこんでいる。自由主義系の新聞はムッソリーニの辞任を、社会主義系の新聞はムッソリーニの生首を求めている。ファシストの過激派は、あけすけにドゥーチェを脅している。ファリナッチは、ひとまず屋根裏にしまっておいた棍棒を取り出して、「埃を

払い、この手に握る」時がきたと、『クレモナ・ヌオーヴァ』の新年第一号で表明することになる。雑誌『コンクイスタ・デッロ・スタート』の編集を手がけるクルツィオ・マラパルテは、行動隊員としては二流だったが、誌面でムッソリーニに警告を発することはためらわなかった。「われわれの側に立たない者は、すべて敵だ」。ファシストの在り方を決定づけるこのモットーは、それを考案した人物にも、ベニート・ムッソリーニ本人にも適用されると、マラパルテは強く主張した。記事のタイトルは明瞭かつ不遜だった。「ファシズムはムッソリーニを敵にまわすか？」、「ファシズム全体へ向けられた訓戒には、ムッソリーニを含め、その構成員のすべてが従わなければならない」。行動隊の非難は明快であり、その要求は傲慢だった。マラパルテは正面切ってムッソリーニを攻撃した。「なるほど、ムッソリーニ議員は王権から委託を受けたかもしれない。だが、同氏にはまずもって、地方ファシストの負託に応える義務がある」。マラパルテはそう念を押してから、地方の意志は堅固であり、道理を聞き分けるつもりはないことを表明した。あらゆる妥協、怯懦《きょうだ》、取引を排して、革命を継続しなければならない。そして、行動隊には、ムッソリーニ抜きでも革命を継続する用意がある。

突然、「勝利の間」の扉が開け放たれた。部屋のなかにいたムッソリーニには、ノックの音も聞こえなかった。視界に入ってきたのは、クイント・ナヴァッラの従順な顔つきや慎み深い肉体とは、似ても似つかない連中だった。黒シャツを身にまとい、勲章のメダルをシャツに留めた、喧《やかま》しくて厳《いか》めしい数十人の男たちが、軍隊式の歩調でがやがやと部屋に踏みこんでくる。ベルトに短剣を差している者もいる。男たちは首相の書き物机のまわりで、半円形に整列した。入り口に向かって、一筋の逃げ道は残されていたものの、ほとんど包囲されたも同じだった。首相は椅子に坐ったままじっとしている。

ムッソリーニを取り囲んでいるのは、イタリア全土からひそかにローマに集まってきた、国防義勇軍の三三名の高官《コンソレ》だった。一行は、やはり義勇軍の高官である、マリオ・カンデローリが指揮する軍団の兵舎に宿営し、人目につかないよう三つのグループにわかれて、キージ宮の正面に位置するコロンナ宮に集合した。そしていま、ファシズムの高官は、自分たちの指導者《ドゥーチェ》を肉体的に圧迫している。ムッソリーニは驚きに打たれ、不愉快そうな表情を浮かべた。一行を先導しているのは、エンツォ・ガルビアーティとアルド・タラベッラだった。

このふたりのことなら、ムッソリーニは何年も前から知っている。ガルビアーティはモンツァの行動隊の首領であり、義勇軍では「不屈の」第二五軍団を指揮していた。ローマ進軍の際には『ポポロ・ディタリア』防衛の任を託した、腹心の配下でもある。アルド・タラベッラは、ファシズムの生ける伝説だった。先の大戦ではアルディーティの大尉を務め、突撃用の新兵器である機関拳銃を自在に操り、銀メダルを三つと銅メダルを三つ、都合六度も勲章を授かった。ファシストとしては最古参に属し、ミラノに最初のファッショが創設された直後、一九一九年四月以来の同志だった。

口火を切ったのはタラベッラだった。まずは、革命から第四年目となる二五年が、幸多き一年となるようドゥーチェに祈念した。ムッソリーニは、落ち着いた態度を崩すことなく、このような乱暴なやり方は不愉快であると伝えた。大戦の英雄はすぐに本題に入った。

「ドゥーチェ、われわれがやってきたのは、長引く停滞に疲れたことをお伝えするためです。いまや牢獄はファシストであふれかえっています。いまにもファシズムが裁かれようとしているのに、あなたは革命にたいして責任を取ろうとなさらない。なら、われわれがその責任を負いましょう。われわれは今日にでも、オッキウート判事のもとに出頭します。判事は喜んで、われわれをレジーナ・チェーリに収監するでしょう。選択肢はふたつしかありません。あなたを含め、全員が牢に入るか、あるいは全員が外に出るか」

ムッソリーニは目の前の兵士に、規律への服従を厳命した。

タラベッラは直立の姿勢をとったまま、構うことなく言葉を継いだ。自分たちの心に火をつけたのはドゥーチェである。ならず者の社会主義者を懲罰するよう、自分たちをけしかけたのはドゥーチェである。そのあなたが、いまになって、燃えあがる炎を消しとめるつもりなのか。ドゥーチェはこの場で決断をくだすべきだ。革命を継続するために反対勢力を一掃するのか、自身も含めて、全員で犯罪者として自首するのか。

ムッソリーニは揺れた。子飼いの兵士から突きつけられた二者択一は、こめかみへのフックのようにしたたかに彼を打った。あたりを見まわし、横目で短剣を盗み見る。ふと、「大打擲《ちょうちゃく》者」ことトゥッリオ・タンブリーニがいないことに気がついた。ドゥーチェは話題を逸らそうとした。

「タンブリーニはどうした？　なぜいないんだ？」ムッソリーニが尋ねた。

「すでに一万の黒シャツの先頭に立って、ふたたび進軍しているからです」

タラベッラはそう返答すると、高官たちの主導権を承認するタンブリーニの自筆書簡をムッソリーニに差し出した。

ムッソリーニはたっぷりの時間をかけて、最初の数行に目を通した。フィレンツェでは、トスカーナ地方の行動隊が社会主義系の新聞社に火を放ち、拘束された同志を解放するために軍の兵舎を襲撃し、町中のいたるところに暴力を振りまいている。この事実を、ムッソリーニはすでに内務省からの報告で把握していた。

有無を言わせぬドゥーチェの口調にひびが入った。説得を試みるように、理解を求めるように声を和らげ、右手をあげてわが身を守ろうとする。

「私のまわりには誰もいなくなった……私の足もとに、あの死体が投げつけられたんだ……」

「ドゥーチェ、たったひとつの死体の重みが、革命を押しつぶすと仰るのですか⁉」

容赦のない、雷鳴のようなタラベッラの返答が、低気圧性の竜巻を部屋のなかに招来した。周囲の空気が電荷を帯びる。先の叫びを記憶し、次の叫びを予言する、絶対的かつ痙攣《けいれん》的な静寂があたりを満たす。虐殺を逃れた一匹の蠅が、狂ったように翅《はね》を鳴らして、窓ガラスへ体当たりを繰り返している。

ムッソリーニは立ちあがった。先ほどまでとは打って変わった、鋭く耳障りな声で、あらためて規律への服従を命令する。この場にいる高官は例外なく、許可なく持ち場を離れた廉《かど》で処罰の対象になるだろう。絶対的な服従が期待される兵士がこのような行動に出たことはじつに遺憾であり、失望を禁じえないとドゥーチェは語った。厳しい叱責にたじろいで、一部の高官は後ずさった。仲間割れが始まる。ムッソリーニは高官たちに、部屋から出ていくように言った。

タラベッラは、おとなしく出ていこうとはしなかった。「お望みのとおり、〈気をつけ〉をいたしましょう」。そう言ってから、タラベッラは付け足した。「ただし、扉は蹴って帰りますので、どうぞ悪しからず」。英雄は異議申し立てを終えた。壁際に追いつめられ、力なくしおれる男が、部屋にひとり取り残された。

昼に執務室で包囲された男は、夜は宮廷で拒絶された。同日の晩、新年の到来を祝う恒例の晩餐会が、クイリナーレ宮で催された。この壮麗な行事には王族のほかに、イタリアのあらゆる名士が参加するならわしだった。ベニート・ムッソリーニは、大広間の片隅で孤立していた。アンヌンツィアータ大勲章の受勲者、上院議員、下院議員が入場したあと、ファシズムのドゥーチェは最後のグループに混じって会場入りしなければならなかった。ジョリッティ元首相も、サランドラ元首相も、ムッソリーニにあいさつを送ろうとしなかった。ドゥーチェには、政権の大臣たちにすがりつくほか、辱《はずかし》めに耐える手立てがなかった。

その場に居合わせたフィリッポ・トゥラーティは、ムッソリーニはもう終わったと判断し、あとは「ドゥーチェをどうやって退場させるか」という問題だけが残っていると、クリショフに宛てて書きつづった。

やむをえず、ドゥーチェはまた賭けに出た。日付が空白になっている議会解散の政令に署名するよう、ムッソリーニは国王に要請した。解散というカードさえ手元にあれば、まだ下院議員に揺さぶりをかけられるという算段だった。国王は署名を断った。その政令に署名するのは、ムッソリーニが議会の信任を得て、選挙改革を実行してからだと王は答えた。やぶれかぶれになったムッソリーニは声明を発表し、新法が成立すればすぐにでも議会を解散できるのだとはったりを利かせてみせた。

議会が再開する前日の晩、ファーバーの七本の二色鉛筆を友として、ムッソリーニは未来の法廷と対峙するための演説を準備していた。つい先日、国防義勇軍の三三名の高官が、猟犬の群れのようにぐるりと取り囲んだ書き物机に、彼はいま、ひとりきりで坐っている。

フィレンツェの暴力、一月一日の新聞の発行を妨害した政令……これらはいずれも、配下の過激派にたいして威厳を保つために、ファシズムの親玉が講じた策略に過ぎません。言うなれば、すでに確定した避けがたい死を、気高く壮麗なマントで飾ろうとするのと同じことです。

フィリッポ・トゥラーティによる、アンナ・クリショフ宛て書簡、一九二五年一月二日

ローマ、一九二五年一月三日　下院議会、午後三時

モンテチトリオ宮の議席は、中央から右端までぎっしり埋まっていた。しかし、数は少ないとはいえ、かたくなにも空白のままの左側の議席が、まるで心筋梗塞のようにして、議場に壊死《えし》を引き起こしていた。もっとも、「脱退主義」を掲げる議員たちも、モンテチトリオ宮の外にいたわけではない。反対勢力の代議士はほとんど全員、傍聴席の群衆に紛れる形で、議会の行方を見守っていた。

傍聴者の視線の先、半円形の議場では、フランチェスコ・ジウンタが議長のアルフレード・ロッコを相手に冗談を飛ばしている。ランツァ・ディ・トラビア議員が「イタリア、万歳！」と叫ぶと、ファリナッチが「ファシズム、万歳！」とやり返す。傍聴席では行動隊が「青春」を歌っている。この日、イタリア議会は冗談を飛ばす者、叫ぶ者、歌う者であふれかえっていたが、言葉を発する者はひとりも見当たらなかった。

二日前から、国家の胃は痙攣《けいれん》状態にあった。首相辞任の噂が飛び交い、広場に反ファシストの叫びが響き渡り、やがて噂が嘘だとわかると、たちまち沈黙が回帰した。陰気な情熱がシーソー遊びに興じるなか、場面は刻々と移り変わり、人びとの生はフィルムのこまのように回転を続けていた。

「彼」はすでに打ちのめされ、集中砲火を浴びて自信を喪失し、ほとんど虚脱状態だという噂があった。しかし、その一方では、国防義勇軍の高官が抵抗のための桿菌《バチルス》をドゥーチェに接種したのだと主張する向きもあった。いずれにせよ、全員が固唾《かたず》を呑んで、「彼」が現れるのを待っていた。まるで「彼」に、

生の余白を埋めてもらうことを、生のフィルムを粉砕してもらうことを期待しているかのように。

午後三時をすこし過ぎたころ、いつものように右側の扉から、ディ・ジョルジョ議員、フェデルゾーニ議員、チャーノ議員をあとに従えて、ムッソリーニが議場に入ってきた。「眉間にしわを寄せ、険しい表情を浮かべていた」と、『コッリエーレ・デッラ・セーラ』の記者は伝えている。

ファシズムのドゥーチェは、取り巻きによる儀礼的な拍手を右手で収め、閣僚席に腰をおろした。議長のロッコから発言を促されると、極限まで張りつめた静寂のなか、ベニート・ムッソリーニはふだんどおりのしぐさでネクタイの結び目を直し、それからただちに攻撃にとりかかった。

反対勢力による議会からの脱退は、敵方たるファシズムが交渉に応じる場合にのみ機能する。だが、壁際に追いつめられたこの男は、すべての敵から敗者と見なされていたこの男は、交渉に臨む気はないことをきっぱりと言い切った。首相の椅子に、またもバリケードが築かれた。ムッソリーニは敵に向かって、正面から荒々しく呼びかけた。

「紳士諸君！　私がこれから語る内容は、言葉の厳密な意味に従うなら、議会演説には分類されないことでしょう。私はあなた方に、政治的な議案の採決を求めるわけではありません。この期に及んで、採決になんの意味がありましょうか」

ここで、弁士は一冊の本を手にとった。それは、王国の憲法が収録された議員向けの手引き書だった。安全ピンの外された手榴弾でも見つめるように、議場にいる全員の視線がその書物に釘づけになった。

「憲法第四七条にはこうあります。〈下院は国王に仕える大臣を告発し、被告発者を高等法院に引き渡す権限を有する〉。ここで正式に、皆さんにお尋ねします。この議会に、あるいはこの議会の外に、第四七条の利用を望む方はおられますか？」

敵を勝利に導く武器を、ムッソリーニはひけらかした。司祭が信徒に、イエス・キリストの肉体に変化する聖体のパンをかざすように、民主主義のルールを記した書物を、国会議員の眼前に高々と掲げた。

沈黙。

誰か。ひとりでも。

言葉を発する者がひとりでもいれば、彼は負けていただろう。

自分の議席に坐っている者であれ、傍聴席の聴衆に紛れている者であれ、反対勢力の指導者のなかには、勇気ある人びとがいた。もう何年ものあいだ、彼らの日常は塹壕戦そのものだった。絶え間ない脅迫に耐えてきたし、すでに複数回にわたり暴力を振るわれた者もいる。彼らのなかから、誰かひとりでも立ちあがれば、告発を胸に孤独に屹立《きつりつ》する者がいれば、それでじゅうぶんだったのだ。党規を破り、暴力の鎖を断ち、物理的な力に道徳的な力で対抗し、未来からの呼びかけに応え、後世の人びとに仇《かたき》を討ってもらうために現在において処刑され、歴史のなかで救済されるために生によって沈められる道を、誰かひとりでも選んでいたなら。「彼」はまだ、語るべき言葉を持っている。チラシの裏には、即興にたいして開かれたわずかなメモ書きがある。誰かひとりでも立ちあがれば、それらすべてを台なしにできたはずなのに。

誰も立たなかった。

ドゥーチェに拍手を送るために、ファシストのおべっか使いが、椅子から跳びあがっただけだった。するとドゥーチェは、議場全体に拡張し、氾濫《はんらん》した。ここにいる誰ひとり、告発のために孤独に立つ気がないのであれば、彼が、ベニート・ムッソリーニが、みずからにたいする告発を雪《そそ》ぐだろう。

こうして、モンテチトリオ宮にムッソリーニの声が、ひとつひとつの音節を機関銃で放つようにして、力強く響き渡った。巷《ちまた》では、彼が「チェーカー」を創設したことになっている。それはいつ？　どこで？　どのようにして？　誰も答えられないではないか。罪をあばく者がいないなら、自分で無実を証明するしかない。彼はつねに、ある種の暴力は歴史から排除しえず、自分はそうした暴力の信奉者であると公言してきた。だが彼は、勇敢で、知的で、遠い先まで見通す力を持った男だ。たいするに、マッテオッティに行使された暴力は、臆病で、愚鈍で、盲目的と呼ぶに値する。かかる愚行に彼が手を染めるなど、思い違いも甚だしい。彼はつねに言行一致の男である。そんな彼が、いったいどんな事情から、不合理かつ破滅的なマッテオッティ殺しを命じたというのか？　あの不屈の好敵手を、彼はまったく憎んでいなかった。むしろ敬意さえ抱いていた。あの強情さを、あの勇気を尊敬していた。いつ片時も勇気を欠いたことがないという点で、マッテオッティと彼は似たもの同士だ。これから語る言葉が、その証拠となるだろう。

攻撃にかかる前に、兵士が武器に弾を込めるようにして、ムッソリーニは数秒のあいだ黙りこんだ。それから両手を腰に当て、胸を突き出し、一音節一音節をはっきりと区切りながら、言葉を次々にハンマーで打ち出していった。

すでに数か月にわたり、浅ましく汚らわしい政治宣伝が繰り広げられている。あまりにもおぞましく、あまりにも禍々《まがまが》しい嘘が拡散され、地下でも残忍な尋問が行われている。彼は冷静さを保ち、荒ぶる人びとを宥《なだ》め、和解のために尽力してきた。それにたいし、敵はどう応えたか？　賭け金をつりあげ、緊張を高めることしかしなかった。敵は道徳をめぐる論争に注力した。ファシズムとは、イタリアの民衆の高潔な情熱ではなく、下品な欲望である。ファシズムとは、国家に居坐る蛮族の大軍であり、その運動の担い手は山賊や略奪者である。そんなふうにして、なにもかもを犯罪に帰し、いっさいを本気にしてはいけないとイタリア人にほのめかした。空も、大地も、空気も、色も、音も、匂いも、すべてが悪意ある精霊のペテンであるというどす黒い疑念を、イタリア人の胸中に吹きこんだ。若き民衆は衰亡の徒党にあらがい戦っているし、地中海に投げだされたイタリア半島は、アフリカ大陸にたいするヨーロッパの防波堤たらんと努めている。これら壮大な歴史の叙事詩も、ファシズムの敵の手にかかれば、無益で平凡な犯罪記事に落ちぶれる。こうして敵は、すべての被造物にたいして疑いを抱くよう仕向けてくる。未知の宇宙の中心で、愚かな神がばかげた戯言《たわごと》を吐き出しつづけ、その神の錯乱が、この世のすべてを生みだしたのだと信じこませる。要するに、敵の目に映る世界とは、悪によって統治される永続的な過ちにほかならない。

ならば、彼が、片時も欠かしたことのない勇気をもって、いまこそ彼が、生の、世界の、歴史の中傷家に立ち向かおう。

「それでは、紳士諸君よ、私はここで、議会の前で、イタリアの全民衆の前で表明します。これまでに起きたすべての事柄の、政治的、道徳的、歴史的責任を、私が、私ひとりが引き受けるということを。ふとした言い間違いでさえ、人を吊すに値するというのなら、どうぞ杭《くい》を、縄をお持ちください！　もしファシズムが、イタリアの最良の若者が発揮する高潔な情熱ではなく、ひまし油と棍棒でしかないのなら、それは私の責任だ！　もしファシズムが犯罪結社であったなら、この私こそが犯罪結社の頭領だ！」

またしても、世紀の息子をとめるために立ちあがる者はいなかった。議場から返ってきたのは、敬意と忠誠と熱狂のこもった、ひとかたまりの叫びだった。

「あなたとともに！　われわれ全員が、あなたとともに！」

そうして彼は、水平線に向かってあごを突きあげ、胸を反らし、結論に行き着いた。ふたつの要素がぶつかり合い、そのいずれもが譲らないとき、争いを決着するのは力である。歴史を通じて、それ以外の解決策は存在しなかったし、未来永劫、それ以外の解決策は存在しない。彼は、強き男は、この演説から四八時間以内に、「すべての面にかんして」状況を明らかにすることを約束した。

曖昧でどうとも取れる、「すべての面にかんして」という表現が、下院議会に墓石のように覆いかぶさった。議論も採決もないままに、この日の議会は終了した。明日以降、議会は政権が必要と判断した場合のみ召集されることになった。

ファシストの地鳴りのような喝采が静まると、議場からはゆっくり、少しずつ人がはけていった。ベニート・ムッソリーニは長いあいだ、ひとりきりで、閣僚席に坐ったまま動かなかった。

この声を聞くがいい。「ムッソリーニ、万歳！　ムッソリーニ、万歳！」主《あるじ》の名を叫んでいる。なぜなら、人の生において、主とはすべてだから。閣僚席に駆けよって、主と喜びを分かち合うより先に、男たちがまたも「青春」を歌いはじめる。男たちは歌っている。なぜなら、彼らはまだ青年であり、青年には、声をからして歌う歌が必要だから。

あの光景を見るがいい。サランドラや穏健派の不平分子は、ずっと椅子に坐ったままだ。そのあいだ、ファシストはまっすぐに立ち、終わることのない喝采を送っている。やがて、議会の終了が告げられると、不平分子も席を立って、痛ましい泣き言をつぶやきながら、ぞろぞろと議場をあとにしていく。自由主義者が退却するあいだも、傍聴席にはまだトゥラーティの姿が見える。社会主義者の途方に暮れた視線が、トゥラーティを問い詰めている。相手を安心させようと、尊大なしぐさでもってトゥラーティは返答する。おおかた、こんなふうに言っているのだろう。「心配することはない。すずめを驚かせようとする、ムッソリーニのいつもの遣り口だ」

見るがいい。聞くがいい。いまなにが起きているのか、やつらは理解していない。誰ひとり。ひとりとして。わたしがなにをしようとしているのか、やつらは理解していない。

相手を変え、戦場を変え、やつらは戦いつづけるだろう。すでに自分たちが、死者の家に住んでいることも知らずに。われわれは、白の髑髏《どくろ》が刺繡された黒シャツを身にまとうファシストは、ずっとそこに住んでいた。人間性の本質にたいする敬意のなかで、何世紀ものあいだぬくぬくと暮らしてきた連中は、この家を知らない。闇夜に包まれた巨大な平原を、やつらは震えながら、闘争の本能に従うことさえできぬままに、手探りでさまよっている。やつらにはわからない、わからない……袋のなかに迷いこんだ、物見えぬ子猫と同じだ。

私は歴史を前にみずからを正当化した。それでも、認めずにはいられない。生そのものにたいして盲目である生とは、じつに酷《むご》く、痛ましいものであることを。

けっきょく、始まりに戻ってきた。誰も権力の十字架を背負おうとしない。なら、私がつかもう。

訳者あとがき

ファシズムの歴史を、ムッソリーニの視点から描くこと。ファシズムと闘った人びとや、その横暴の犠牲になった人びとの視点ではなく、暴力を行使した側、支配した側の視点から物語ること。第二次世界大戦後のイタリア文学の歴史において、いままで誰ひとり果たしえなかった試みに挑戦した本書『小説ムッソリーニ　世紀の落とし子』（Antonio Scurati, *M. Il figlio del secolo.* 原題の直訳は「M．世紀の息子」）は、二〇一八年の刊行と同時に、イタリアに一大センセーションを巻き起こした一冊である。

全四部作の第一作に位置づけられる本書では、ムッソリーニが「戦闘ファッショ」を結成した一九一九年三月から、ファシズム独裁が始まる一九二五年一月までの、およそ六年間の歴史が描かれている。イタリア本国ではすでに、一九二五年から一九三二年までを取り扱った、第二作「M．神意の男（*M. L'uomo della provvidenza*）」が刊行済みである。

では、小説の形式でムッソリーニについて書くことが困難なのはなぜなのか。イタリアの作家たちはこれまで、ムッソリーニという、考えようによってはこのうえなく「物語向き」な素材に、なぜ手をつけてこなかったのか。

それはやはり、ムッソリーニの小説を書くことが、ファシズムの再評価、それも、肯定的な意味での再評価に結びつきかねないという危惧があったためであろう。ムッソリーニを物語の主人公に据えるのであれば、どうあっても、「人間ムッソリーニの素顔」を描写せざるをえなくなる。それにより浮かびあがるのは、常人離れした悪魔的な独裁者というよりも、ひとりひとりの読者が自分の似姿を見いだしうる、非凡ではあるが典型的なイタリア人の姿となるだろう。小説の読者たちが、ムッソリーニのパーソナリティに魅了されたり、ファシズム統治期への郷愁をかきたてられたりすることは、「反ファシズム」を揺るがぬ前提とする戦後イタリアの文芸業界において、あってはならぬことだった。

『小説ムッソリーニ　世紀の落とし子』の刊行にあたっても、当然ながらそうした懸念が取りざたされた。たしかに、「鍛冶屋の息子」ムッソリーニによる政権奪取を描いた今作には、ファシストたちの「国盗り物語」として読める面白さがある。また、ファシスト政権が直面した最大の危機「マッテオッティ事件」をめぐる箇所は、さながら一種の犯罪小説のようでもあり、ファシズムの「指導者《ドゥーチェ》」がはたしてこの難局をどう切り抜けるのか、読者は手に汗を握りながら展開を見守ることになる。原書では八〇〇頁におよぶ長大なこの作品を読み終えたとき、ファシズムの歴史には物語としての荒々しい（そして禍々《まがまが》しい）までの魅力が備わっていることを、読者は痛感せずにいられないだろう。

それでも、著者スクラーティは本書を指して、「かつて自分が書いたなかで、反ファシズムにもっとも多大な貢献をする一冊」と評している。スクラーティの指摘によれば、イタリア文学は過去七〇年にわたって、もっぱら犠牲者の視点からファシズムの歴史を描いてきた（ファシズム統治下のイタリアを舞台にした文学作品というと、日本語に翻訳されたもののなかでは、イタロ・カルヴィーノ『くもの巣の小道』、カルロ・レーヴィ『キリストはエボリで止まった』、ナタリア・ギンズブルグ『ある家族の会話』、はたまたカルロ・エミーリオ・ガッダ『メルラーナ街の混沌たる殺人事件』などがただちに思い浮かぶが、たしかにこれらは、「ファシストの視点から描かれた物語」ではけっしてない）。しかし、あらゆる言説、あらゆる議論の所与の条件として、反ファシズムが広く共有されていた時代が終わりを告げたように思えるいま、二十世紀の文芸を特徴づけてきた「犠牲者の視点に立った反ファシズム」が、かつての有効性を失いつつあるとスクラーティの目には映っていた。新しい世代のために、これまでの反ファシズムを炉に放り、あらためて鍛えなおすことが求められている。そこで、周縁的な事柄に焦点を当てるという昨今の流行にあえて背を向け、歴史の表舞台で主役を演じた人びとを相手にすべく書かれたのが、本書『小説ムッソリーニ　世紀の落とし子』だった。

物語の叙述に価値判断を持ちこむことなく、無慈悲なまでに率直に、事実をそのままに提示すること。ファシズムにたいし、根本的かつ決定的な「否」を突きつけるには、それが最良の方法だとスクラーティは確信していた。本書の冒頭には、「このノンフィクション・ノヴェルに記された出来事や人物は、著者の想像力の産物ではない」という注記が置かれている。スクラーティは作品の執筆にあたって、想像力の介入を可能なかぎり排除しようと努めている。自身のそうした創作態度を念頭に、スクラーティは本書を「ドキュメンタリー小説（romanzo documentario）」と形容している。

『小説ムッソリーニ　世紀の落とし子』は二〇二一年時点で、イタリア国内で五〇万部を売りあげ、世界四〇か国以上で翻訳権が取得されている。二〇一九年、「戦闘ファッショ」の結成から一〇〇周年にあたる年には、商業的な面と権威の面の双方でイタリア最高峰に位置する文学賞、ストレーガ賞を受賞している（なお、スクラーティはこの賞について、著書『私たちの生涯の最良の時』のなかで、「権謀術数や裏取引、イタリア文学界の諸党派間の票のやりとりなどをへて決定する」賞であると評している）。ファシズムとの歴史的な関係の深さもあってか、ヨーロッパの近隣諸国においては、本書にたいする注目の度合いがきわめて高い。各言語への翻訳にともなって、『ル・モンド』、『ディー・ツァイト』、『エル・パイス』などの有力紙の数々に、熱のこもった書評が寄せられている。フランスでは、刊行から時を措かずに複数回にわたって版を重ねたほか、週刊誌『ル・ポワン』が、本書の仏訳を外国小説の「年間ベスト5」に選出している。スペイン語訳は二〇二〇年半ばまでに五刷に達し、『エル・パイス』が発表した「（国内小説も含めた）二〇二〇年のベスト五〇」のリストには、本書が第一七位でランクインしている。

著者のアントニオ・スクラーティは、一九六九年にナポリで生まれ、現在はミラノの私立大学でクリエイティブ・ライティングのコースを教えている。「こうしたプロの文章表現講師が活躍するのがイタリア文壇の近年の傾向」だと、イタリア文学研究者の土肥秀行は指摘している（『文藝年鑑２０２０』より）。スクラーティは二〇〇二年、デビュー作となる長篇小説「闘争のくぐもった音（*Il rumore sordo della battaglia*）」を、「Ｍ」シリーズの版元でもある大手出版社ボンピアーニから刊行する。これは、騎士道精神が衰退し銃火器が台頭しつつあった時代、ルネサンス期のイタリアを舞台とする歴史小説である。二〇〇五年には、コロンバイン高校の銃乱射事件から着想を得た第二作「生き残り（*Il sopravvissuto*）」で、ストレーガ賞と並ぶ著名文学賞「カンピエッロ賞」を獲得する。その後もコンスタントに小説の発表を続け、二〇一五年には『私たちの生涯の最良の時』（望月紀子訳、青土社、二〇二〇年）により、一世紀近くの歴史を持つ由緒ある文学賞「ヴィアレッジョ賞」を受賞している。二〇〇九年には「世界の終わりを夢見た子ども（*Il bambino che sognava la fine del mondo*）」が、二〇一四年には「不実な父（*Il padre infedele*）」が、先述のストレーガ賞の最終候補にノミネートされており、本書『小説ムッソリーニ　世紀の落とし子』での受賞は、著者にとって「三度目の正直」の快挙となった。

歴史書のような風貌をたたえた本作を、著者はあくまで「小説（romanzo）」と呼び、原書の表紙にも、「Ｍ」の大きな文字のわきに、「小説」という親切な但し書きが印字されている。しかし、多くのイタリア人がこの作品を、小説を偽装した「警告の書」と受けとめたことは、インターネット上に見られる一般読者の反応からも明らかである。「ファシズムの足音が聞こえる」という、いまや狼少年の叫びと化した感のある良識的左派の呼び声が、これほどの切迫感をもって響いた時代はかつてなかった。とりわけ、本書が刊行された当時のイタリア政界の状況を鑑みるなら、一〇〇年前との類似はいっそう際だって見えたことだろう。二〇一八年三月に実施された総選挙の後、イタリアでは紆余曲折の末に、左派ポピュリズムの「五つ星運動」と、右派ポピュリズムの「同盟」が相乗りする奇妙な連立政権が誕生した。著名なコメディアンで、いわゆる「アルファブロガー」でもあるベッペ・グリッロが創設した「五つ星運動」は、既存の政治秩序にたいする異議申し立てを旨とする団体であり、反‐党、反‐政治階級、反‐エスタブリッシュメントなどを旗印とする。「五つ星」のこうした態度は、ファシストとは「反党の集団」であり「反政治」であるとするムッソリーニの考えとぴたりと重なる（上巻86ページ）。「議会を懲《こ》らしめてやるために、議会の輪に入ろう」（上巻438ページ）というムッソリーニの呼びかけは、議会の外からの変革こそ運動の使命であると信じる、「五つ星」の構成員に向けられたメッセージのようにも聞こえる。しかし、ファシズム（ないしムッソリーニ）の記憶をより鮮明に喚起させるのはむしろ、「同盟」を率いるマッテオ・サルヴィーニの方であったろう。「イタリア人第一主義（Prima gli italiani）」を合い言葉に、反‐移民、反‐EUを金科玉条とするサルヴィーニは、もとはダンヌンツィオのモットーであり、後にファシストが掠めとった「どうでもいいさ！《メ・ネ・フレーゴ》」を好んで口にし、メディアに向けては「ヨーロッパなんざどうでもいいさ」、「ブリュッセルなんざどうでもいいさ」と、挑発的な言辞を繰り返してきた人物である。加えてサルヴィーニは、暑苦しいまでの男性性のアピールという面でも、ムッソリーニを手本としているかのような政治家である。本書にはムッソリーニが、上半身を露わにした水着姿を、みずから進んで海水浴客の視線にさらす場面がある（下巻271ページ）。こうした振る舞いはサルヴィーニが得意とするところでもあり、インターネットの検索エンジンで「Salvini a torso nudo（上半身裸のサルヴィーニ）」と打ちこめば、水着姿のにこやかなサルヴィーニのイメージが数多くヒットする。

もっとも、ほんとうの意味で不気味なのは、為政者の身振りに認められる表面的な類似よりも、当時と現在の市民が共有する気分の方にある。国家への失望、裏切られたという感覚、今日より明日が良くなることはもうないのだという苦い確信……かつてムッソリーニ（およびその追随者）が利用した、民衆のあいだに渦巻く負の感情は、いまふたたび、世界のいたるところでマグマ溜まりを形づくっている。排外主義を標榜するサルヴィーニのような政治家を支えているのは、中間層が抱く出口のない不安、「じゅうぶんに所有したことなど一度もないのに、すべてを失うのではあるまいか」という切実な恐怖である（上巻459ページ）。

では、われわれ日本の読者にとって、『小説ムッソリーニ　世紀の落とし子』は「警告の書」たりうるだろうか？　「歴史に学べ」というのであれば、同じ独裁者でも、ムッソリーニよりヒトラーについて読みたいという日本の読者は多いだろう。ムッソリーニの評伝を日本語で物したロマノ・ヴルピッタは、「なぜか、ムッソリーニは戦後日本で人気のない人物である。［……］悪玉にされても、ヒトラーは一流の人物としての評価を受けているが、ムッソリーニは二流と見なされている」と書き、ニコラス・ファレルによるムッソリーニ伝を訳した柴野均は、日本語で読めるムッソリーニとヒトラーにかんする本は「一対十、あるいは一対二十ぐらい」分量の差があると見積もっている。日本の出版業界における統帥《ドゥーチェ》の重みは、総統《フューラー》とは比ぶべくもない。数年前には、ティムール・ヴェルメシュのベストセラー小説『帰ってきたヒトラー』を原作とするフィルムが日本でも大ヒットを記録したが、そのリメイクである『帰ってきたムッソリーニ』はさしたる反響も呼ばずに終わった。両作の関係は、「本家」と「パロディ」としてのふたりの独裁者のイメージを象徴しているかのようでもある（もちろん、実際の歴史に即して考えるなら、「本家」はムッソリーニの方であって、ヒトラーはその手法の模倣者なのだが）。

しかし、両者を生みの親とする思想、運動、体制である、ファシズムとナチズムに視線を移せば、目に映る景色はやや変わってくる。たしかに、書店の棚をひととおり眺めても、ムッソリーニにかんする書籍は少ない。他方で、表紙に「ファシズム」の語が記された本であれば、たいした苦労もなしにいくらでも見つけてこられる。「ナチズム」にかんする書籍は、基本的には両大戦間のドイツ史とイコールであり、第三帝国と不可分の関係にある。ところが、「ファシズム」をテーマとする書籍の多くは、イタリアの歴史には特段の関心を払うことなく、「いまそこにある危機」としてこの用語を使っている。つまり、日本の読者にとって「ナチズム」は歴史であり、「ファシズム」は今日の問題なのだ。これはなにも、ファシズムがナチズムより歴史的に先行し、前者が後者を包摂する概念であるからと指摘するだけで片づけられる話ではない。

それにしても、ファシズムとはなんなのだろう? 本書の冒頭でムッソリーニが創始する政治運動「戦闘ファッショ」が「ファシズム」の語の由来となっているわけだが、それでは「ファッショ」とはなんなのか? イタリア語の「ファッショ(fascio)」は「束」とか「まとまり」とかいった意味を持つ名詞だが、じつは、政治団体に「ファッショ」の名をつけるのは、ムッソリーニの専売特許というわけではない。古くは一九世紀末のシチリアにて、「労働者ファッショ(またはシチリア・ファッショ)」と呼ばれる、社会主義思想に触発された過激な組合運動が展開されている。第一次世界大戦の勃発直後には、ムッソリーニ自身も深いかかわりを持った「革命行動ファッショ」というグループが、イタリアの参戦を目的に活発な運動を繰り広げている。要するに、「ファッショ」とは「集団」、「団体」の意であり、議会外の(戦闘的な)運動によって政治に変革をもたらそうとする勢力を指す言葉だった。もとは普通名詞のこの言葉が、一九一九年の「戦闘ファッショ」の創設をもって、固有名詞として新たな生命を獲得していくのである(なお、日本史の専門家によるファシズムの概説書に、単数形の「ファッショ」は「杖、細い木」といった意味で、複数形の「ファッシ」はそれらを束ねたものであると解説しているものがあるが、これは誤解である。単数形であれ複数形であれ、イタリア語のファッショは「結束」や「集団」の意であって、そこに「細い木」のような含意はない)。

しかし、用語の起源をおさらいしたところで、ファシズムの輪郭が鮮明になるわけではない。ならば、原書にして八〇〇ページ、日本語訳では上下巻を合わせて一〇〇〇ページ近くになる『小説ムッソリーニ 世紀の落とし子』を読みとおせば、読者はファシズムの本質を正しくとらえることができるのだろうか。訳者としては、自信をもって「イエス」と答えたいところだが、じつをいえばそれもまた怪しいのである。「ファシズムとはなにか」を知ろうとして本書を手にとった読者は、場合によっては、読了後になおさら疑問を深めることにもなりかねない。けっきょく、ファシズムとは「右」なのか、「左」なのか。保守反動なのか、革命なのか。伝統崇拝なのか、未来へ向けて躍動するダイナミズムなのか。知的に誠実であろうとするなら、これらいずれの問いにたいしても、「どちらでもあり、どちらでもない」と答えざるを得なくなる。ウンベルト・エーコは「永遠のファシズム」と題された小文のなかで、イタリア・ファシズムを「〈ファジー〉な全体主義」と呼び、そこにはいかなる「本質」もないと評していたが、本書を読めばその言わんとするところがよくわかる。「ファシストとは誰だ？　ファシストとはなんだ？　ファシストの発明者ベニート・ムッソリーニは、こうした問いに意味はないと考えている。［……］アイデンティティの探求をこれより先に進めてはいけない。重要なのは、一貫性という障害物、原理原則というお荷物から、慎重に距離を置いておくことだ」(上巻86ページ)。ファシズムのなんたるかを規定して、運動に足かせをはめる結果になることをムッソリーニは警戒していた。ファシズムとは、伸縮自在の布でできた、中身がからっぽの袋のようなものである。それは定まった形を持たず、どんな思想も、運動も、無節操に呑みこんでしまう。ファシズムの語がイタリアの国境を越え、二十世紀前半という時代の枠組みを越え、今日もなお世界のいたるところを浮遊しているのは、かかる融通無碍な性格があるからこそであろう。

もちろん、猫も杓子もファシズムとする、この用語の際限のない拡大適用に異を唱える歴史家は少なくない。たとえば、一九六〇年代から九〇年代にかけて、全八巻、合計で七〇〇〇ページ以上にもなる浩瀚《こうかん》なムッソリーニ伝（こちらは「M」のような小説ではなく、学術的な性格を有する評伝）を著したレンツォ・デ・フェリーチェは、ファシズムをあくまで両大戦間のヨーロッパに特有の現象と捉え、それ以外の地域・時代にファシズムの語を適用することには明確に否定的な立場をとっていた。したがって、デ・フェリーチェの主張を容れるのなら、「現代に生きるファシズム」だの、「日本型ファシズム」だのというものは、そもそものはじめから存在するわけがないということになる。だが、本書にも記されてあるとおり、私たち人間は、存在しないものにも恐れを抱くことができる生き物である（「この世に悪霊が存在するかはわからない。だが、悪霊への恐怖は確かに存在する」下巻147ページ）。二十一世紀の世界にファシズムが存在するかどうかは定かでなくとも、ファシズムという「悪霊」にたいする恐怖は目に見える形で存在している。ならば、かかる恐怖を飼いならす意味でも、ファシズムの創始者ムッソリーニの歩みを、ムッソリーニの視点から再体験しておくことは、抗体獲得のための有益な作業となるだろう。敵味方の分断をあおる身振り（「われわれの側に立たない者は、すべて敵だ」下巻319ページ）、民衆のあいだに瀰漫《びまん》する負のエネルギーの活用（「政治的闘争のために怨恨を利用できることに、最初に気がついたのは彼だった。社会から爪はじきにされ、不平不満を募らせている落伍者に、最初に声をかけたのは彼だった」上巻216ページ）など、ムッソリーニが用いた政治手法の多くは、いまもって有効性を保っている。「極右」や「反動」といったラベリングにより理解したつもりになるのではなく、ファシズムがじっさいになにをしたのかを知ることで、為政者がムッソリーニの「手口」を（自覚のあるなしとは関係なしに）模倣しようとした際に、私たち市民はその危険性を察知できるようになる。先に名前を引いたデ・フェリーチェは、公平、冷静、客観的な記述に努めたというムッソリーニ伝を著したことにより、本書の著者スクラーティと同じように、ファシズムの名誉回復につながる仕事をしたとして激しい批判にさらされた。そうした声にたいし、この歴史家は次のように反駁している。「事実というものは、政治集会向けの反ファシズムに依拠してファシズムを糾弾するよりも、また、すでに難破しかかった数多くの図式に依拠してファシズムを糾弾するよりも、はるかに雄弁で説得力をもつものなのです」（『ファシズムを語る』より）。ひとつひとつの事実の積み重ねには、声高な政治的アピールを凌ぐ力がある。ムッソリーニは雄弁の政治家として知られるが、聴く者に事実への敬意さえあれば、事実が雄弁によって打ち負かされることはけっしてない。『小説ムッソリーニ　世紀の落とし子』に収められた、ムッソリーニとファシズムをめぐる夥《おびただ》しい量の「事実」は、私たちの時代を徘徊する悪霊を祓うための、このうえなく強力な武器となるはずである。

　アントニオ・スクラーティの著書は、すでに言及した『私たちの生涯の最良の時』が、望月紀子の訳により青土社から刊行されている。本作は、傑出したロシア文学者で反ファシズムの闘士、そして、草創期のエイナウディ社（トリノの名門出版社）の主要な協力者でもある、レオーネ・ギンズブルグの生涯を扱った歴史小説である。一九四四年、ローマのレジーナ・チェーリ刑務所で拷問を受けた後、レオーネは三十四歳で生涯を閉じている。「犠牲者の視点に立った反ファシズム」を、「M」の著者がどのように書いたのか、興味を持たれた読者はぜひ手にとってみてほしい。

　本書『小説ムッソリーニ　世紀の落とし子』が、ファシストの「国盗り物語」であるとするなら、シリーズ第二作「M．神意の男」は、ファシストによる「国づくり」の物語である。国政選挙の事実上の廃止（ファシスト党による一党独裁の確立）、自国通貨の威信を守るための「リラ戦争（英国のポンドにたいするリラ高を誘導する政策）」、秘密警察「オヴラ」の創立と監視社会の始まりなど、ムッソリーニが指向する国の在り方が徐々に具体化していく巻といえる。また、ほんの数回ではあるが、第二作には国家社会主義ドイツ労働者党の党首、アドルフ・ヒトラーの名前も登場する。作中に挿入された史料（『デイリー・メール』のインタビュー記事）のなかで、未来の総統は次のように語っている。「もしドイツに、ドイツ人のムッソリーニが現れたなら……ドイツの民衆は彼の足もとにひれ伏して、本家のムッソリーニにたいしてイタリア人がした以上に、激しい賞讃を捧げるでしょう」。時代を見通す力を持ったふたりの男は、この先いかなる関係を築き、いかなる運命をヨーロッパにもたらすのか。まだ道のりは長いが、日本の読者とともに、「M」の物語を最後まで見届けられたらと願っている。

二〇二一年六月十五日、佐倉にて

訳者識

M. IL FIGLIO DEL SECOLO
Antonio Scurati

Questo libro è stato tradotto grazie ad un contributo alla traduzione assegnato dal
Ministero degli Affari Esteri e della Cooperazione Internazionale italiano
この本はイタリア外務・国際協力省の翻訳助成金を受けて翻訳されたものです。

栗原俊秀（くりはら・としひで）
翻訳家。1983年生まれ。訳書にC・ロヴェッリ『すごい物理学講義』（小社）、J・ファンテ『ロサンゼルスへの道』（未知谷）、ゼロカルカーレ『コバニ・コーリング』（花伝社）など。C・アバーテ『偉大なる時のモザイク』（未知谷）で、第2回須賀敦子翻訳賞、イタリア文化財文化活動省翻訳賞を受賞。

小説ムッソリーニ　世紀の落とし子　下

2021年8月20日　初版印刷
2021年8月30日　初版発行

著　者　アントニオ・スクラーティ
訳　者　栗原俊秀
装　幀　岩瀬聡
発行者　小野寺優
発行所　株式会社河出書房新社
〒151-0051　東京都渋谷区千駄ヶ谷2-32-2
電話（03）3404-1201［営業］（03）3404-8611［編集］
https://www.kawade.co.jp/

印　刷　株式会社亨有堂印刷所
製　本　大口製本印刷株式会社
Printed in Japan
ISBN978-4-309-20835-0

須賀敦子　静かなる魂の旅
永久保存ボックス／DVD＋愛蔵本

須賀敦子／中山エツコ／G・アミトラーノ著

須賀敦子の希有な人生を辿るDVD＋愛蔵本。DVDはBS朝日の大好評番組を180分に新編集。イタリアの美しい映像と朗読で綴る。愛蔵本は多数の須賀の写真、友人の貴重な証言情報満載。

河出文庫
須賀敦子が選んだ日本の名作
60年代ミラノにて

須賀敦子編

須賀敦子の編訳・解説で60年代イタリアで刊行された『日本現代文学選』から、とりわけ愛した樋口一葉や森鷗外、庄野潤三らの作品13篇を収録。解説は日本文学への見事な誘いとなっている。

河出文庫
霧のむこうに住みたい

須賀敦子著

愛するイタリアのなつかしい家族、友人たち、思い出の風景。静かにつづられるかけがえのない記憶の数かず。須賀敦子の希有な人生が凝縮され、その文体の魅力が遺憾なく発揮された、美しい作品集。

須賀敦子の本棚　池澤夏樹＝監修
嘘と魔法　上下

E・モランテ著
北代美和子訳

現代イタリア文学の金字塔とされる大作を初紹介。両親を亡くし養母も失って天涯孤独となった少女が、祖母、母、自分の三代にわたる女性たちの激動の生涯を物語る。ヴィアレッジョ賞受賞作。

レストラン「ドイツ亭」

A・ヘス著
森内薫訳

ベストセラー『朗読者』を彷彿とさせるノンフィクション小説。1960年代のアウシュヴィッツ裁判で裁かれたナチス戦犯の中に父母を発見した女性主人公。崩壊する絶望の家庭と希望。

クオリティランド

M・クリング著
森内薫訳

恋人や仕事・趣味までアルゴリズムで決定される究極の格付社会。アンドロイドが大統領選に立候補し、役立たずの主人公が欠陥ロボットを従えて権力に立ち向かう爆笑ベストセラー。

河出文庫

私はガス室の「特殊任務」をしていた

知られざるアウシュヴィッツの悪夢

S・ヴェネツィア著
鳥取絹子訳

アウシュヴィッツ収容所で殺されたユダヤ人同胞たちをガス室から搬出し、焼却棟でその遺体を焼く仕事を強制された特殊任務部隊があった。生き残った著者がその惨劇を克明に語る衝撃の書。

河出文庫

見えない都市

I・カルヴィーノ著
米川良夫訳

現代イタリア文学を代表し世界的に注目され続けている著者の名作。マルコ・ポーロがフビライ汗の寵臣となって、巨大都市や無形都市など様々な空想都市の奇妙で不思議な報告を描く幻想小説。